UN REMÈDE MIRACLE

MICHAEL PALMER

UN REMÈDE MIRACLE

roman

traduit de l'américain
par
ERIC WESSBERGE

LE GRAND LIVRE DU MOIS

L'édition originale de cet ouvrage a été publiée par Bantam Books New York (Random House Inc.), aux Etats-Unis, en 1998, sous le titre :

MIRACLE CURE

A Judith Palmer Glantz
Pour ton talent en tant que mère
et ton élégance en tant qu'ex
et en mémoire
de mon bien-aimé père.
Tu nous manques, Pop.

Remerciements

Mon nom est sur la couverture mais ce livre n'a pas été écrit dans le vide. Une fois encore, j'exprime ma profonde gratitude à mon éditeur Beverly Lewis, ainsi qu'à son assistante Christine Brooks et à mes agents, les incomparables Jane Rotrosen Berkey, Don Cleary, et Stephanie Tade.

Je remercie en outre :

Le Dr Anthony Zietman pour la soirée au King's Rook ;
Les Drs Michael Fifer, Igor Palacios, et la bande du service de cathétérisation du MGH, pour leur savoir-faire et leur accueil ;
Le Dr Jerry Faich pour l'anatomie interne ;
Le Dr George Allman pour son savoir et son expérience partagés ;
Le Dr Michael Czorniac pour les articles ;
Les Drs Bob Smith et Bill Wilson pour la trousse à outils ;
Beverly Tricco, Sam Dworkis, et Mimi Santini-Ritt pour les lectures ;
Matt, Bekica, Daniel et Luke pour l'inspiration et le coup de main face aux problèmes.
Et merci, tout particulièrement, au Dr Cary Akins, revenant, et raccommodeur de cœurs brisés.
Les personnes ci-dessus ont contribué grandement à la couleur et au parfum de ce roman. Toute erreur ou mauvaise interprétation des faits m'incombe totalement.

M. S. P.

IL Y A TROIS SORTES DE CONTREVÉRITÉS :
LES MENSONGES, LES SALES MENSONGES
ET LES STATISTIQUES.

Propos attribué à Benjamin Disraeli par Mark Twain.

Prologue

Au prix d'un énorme effort, Sylvia Vitorelli avait réussi à glisser un troisième oreiller derrière son dos. Maintenant, assise presque à angle droit dans son lit, elle se sentait nauséeuse et respirait court. Doit être l'humidité, se dit-elle. Dans son appartement de Boston, qu'elle avait quitté pour s'installer chez son fils, ce ne serait pas arrivé. Quoique à Boston, elle ne respirait pas très bien non plus. Ses chevilles et ses doigts enflaient depuis des mois. Et ces dernières semaines, elle avait de plus en plus de mal à prendre sa respiration, surtout en position allongée.

Sylvia étouffa un juron. Jamais elle n'aurait dû accepter ce voyage jusqu'à Fulbrook, au fin fond de l'Etat de New York, où se trouvait la ferme de son fils. Elle aurait dû dire à Ricky qu'elle n'était pas prête pour ça. En même temps, la présence fantomatique de son défunt mari Angelo rendait la vie là-bas insupportable de tristesse. Sans parler du chantier de la voie express souterraine. Bruit et poussière dans tout le nord-est de Boston... D'ailleurs, c'était sa belle-fille en personne, pourtant peu hospitalière d'habitude, qui l'avait invitée à venir passer une petite quinzaine à la campagne. *Les enfants te réclament tout le temps. C'est si beau, l'automne, par ici !*

Sylvia regarda l'heure. Encore une demi-heure de messe pour Ricky, Stacey et les enfants. Ensuite, ils devaient passer chez des amis. Pour s'excuser de ne pas venir, elle avait prétexté un mal de tête alors qu'en fait, elle ne se sentait même pas capable de s'habiller. Il fallait pourtant qu'elle tente de se lever

Regarder la messe à la télé, peut-être, ou faire quelque chose à manger. Elle voulut bouger, mais fut prise aussitôt d'une toux râpeuse, accompagnée d'un horrible gargouillis dans la poitrine.

Pour la première fois, elle commença à paniquer. Dans sa poitrine, le ronronnement liquide ne cessait plus. Elle haletait, maintenant. La sueur commença à couler sur son front, lui piquant les yeux. Son sac à main était à côté d'elle, sur la table de chevet. Elle se mit à fouiller dedans à la recherche de ses comprimés, sans trop savoir ce qu'elle allait en faire. Depuis quelque temps, ses doigts, bleus et marbrés à faire peur, ne désenflaient plus.

La chambre était étouffante et sentait le renfermé. Peut-être un autre diurétique, se dit-elle, ou bien de la trinitrine. Elle vida désespérément son sac sur le lit. Parmi plusieurs tubes de pilules se trouvait un petit carton avec son rendez-vous à l'Institut de cardiologie de Boston. Une goutte de sueur tomba dessus et se mêla à l'encre. Prochain rendez-vous dans une semaine. Ces onze jours avec Ricky l'obligeaient à sauter une séance de Vasclear, ce qui n'était jamais arrivé depuis presque un an. Mais l'absence de traitement ne pouvait expliquer sa soudaine difficulté à respirer. Elle n'y allait plus que tous les quinze jours, du reste ; d'ici peu, une fois par mois. En plus, son cardiologue lui avait donné le feu vert pour partir.

Seigneur, pensa-t-elle, en avalant fébrilement une pilule de chaque tube. Seigneur, qu'est-ce qui m'arrive ? Soudain, elle se souvint que la trinitrine, dont elle n'avait jamais eu besoin depuis le début de son traitement au Vasclear, devait être dissoute sous la langue et non avalée. Dans son affolement, elle renversa le tube de sa main tremblante, éparpillant toutes les minuscules pilules par terre et sur le lit.

Son annulaire gauche commençait à la lancer. L'alliance en or, qu'elle portait depuis plus de cinquante ans, disparaissait complètement dans la chair. Et la peau gonflée était violet sombre, presque noire. Seigneur, aidez-moi... Au secours !

A présent, elle haletait, comme si elle se noyait. Et l'affreux gargouillis continuait. Née sous le sternum, une douleur aiguë, oppressante, commençait à lui remonter dans le cou. Une crise d'angine de poitrine, comme avant son traitement. Il fallait qu'elle joigne Ricky au téléphone. Ou bien appeler directement le SAMU ? Faire quelque chose en tout cas... Sa chemise de nuit était trempée de sueur. Elle toussait en s'efforçant de gonfler ses poumons. Il n'y avait pas de téléphone dans la chambre d'amis.

Courageusement, elle réussit à s'arracher du bord du lit et à faire quelques pas en titubant vers le bureau. Ses pieds lui paraissaient comme des outres, ses orteils étaient noyés dans une masse de chair boursouflée. Un nouvel accès de toux emporta ce qui lui restait de souffle. Elle s'agrippa au coin du bureau, tenant à peine debout. La toux, incoercible, ne la lâchait plus, elle transpirait des pieds à la tête.

Elle se redressa et aperçut, terrible apparition, son propre visage terreux dans le miroir aspergé de sang. Ses cheveux étaient poissés de sueur. Une mousse écarlate lui couvrait les lèvres et le menton.

Prise d'une frayeur insensée, Sylvia se détourna du miroir, trébucha et tomba lourdement par terre. Elle entendit l'os de sa hanche gauche craquer sous son poids et une douleur atroce la transperça à cet endroit. Elle commença à perdre conscience. En même temps, ses souffrances s'estompaient. *Ricky... Barbara... Maria... Johnny...* Les uns après les autres, les visages de ses enfants défilèrent. Le dernier fut celui d'Angelo. Il lui faisait signe de la main en souriant.

PREMIÈRE PARTIE

Deux ans plus tard

1

THE BOSTON GLOBE

Substance tropicale prometteuse pour le traitement des maladies cardiaques

Les chercheurs des laboratoires pharmaceutiques Newbury à Boston annoncent une percée importante dans le traitement des troubles cardiaques, première cause de mortalité en Amérique...

— Tu ne peux pas lancer le sept de cœur, Brian. Je viens de ramasser le huit il y a deux tours.

— Je parie que tu as tous les huit.

— OK. Perdu... Gin.

Brian Holbrook regarda son père empocher la mise et rassembler les cartes d'un geste décontracté. Soixante-trois ans de soleil avaient laissé une multitude de taches sur ces mains autrefois capables de casser des noix mais rendues osseuses par une décennie d'infirmité. Toutefois, elles pouvaient encore ramasser des cartes à jouer.

Jack Holbrook, que beaucoup appelaient depuis toujours *Black* Jack Holbrook, n'était pas un flambeur professionnel. Mais il adorait parier, sur tout et n'importe quoi, depuis le gagnant du Super Bowl jusqu'à la marque du prochain véhicule qui passerait le coin de la rue. Deux dollars, dix, cent, ça n'avait pas vraiment d'importance du moment qu'il éprouvait le frisson du jeu. Jack était, depuis toujours, le compétiteur le plus farouche que Brian connaissait.

Brian jeta un œil à sa montre, prenant soin de ne pas se faire voir de son père. Trois heures. Ils jouaient au gin rami depuis près de deux heures. En général, à dix *cents* le point, ils misaient jusqu'à ce que l'un d'eux, invariablement Jack, atteigne les dix mille points. Brian avait déjà perdu dix-sept dollars.

— Si on s'arrêtait pour regarder le match ? suggéra-t-il.

— On prend la voiture, on dîne vite fait à Boston et on se fait la dernière toile de Van Damme ?

— Il faut que je sois au club à neuf heures.

— Il y a largement le temps. Ça fait une éternité qu'on n'a pas passé une journée ensemble.

Pour ça, Jack avait raison. Avec deux boulots plus ses visites hebdomadaires aux filles, Brian était soit sur la brèche, soit endormi, les bras en croix, sur son lit. Le club s'appelait Aphrodite, un bar rock sur Lansdowne Street, devant Fenway Park. Brian était videur. Son mètre quatre-vingt-dix et son quintal convenaient au profil requis, ses trente-huit ans un peu moins. Ensuite, évidemment, il y avait son niveau d'études. Docteur en médecine, diplômé de cardiologie, il détonnait dans la corporation des videurs. Mais sans autorisation d'exercer, ces diplômes étaient tout juste bons à tapisser une cage à poule.

Ce dimanche après-midi entièrement libre constituait une rareté dans sa vie. Becky et Caitlin étant parties pour le week-end chez les parents de Phoebe, sa visite se trouvait reportée au mardi suivant. Et Dieu sait pourquoi, son patron chez Speedy Rent-A-Car ne s'était pas aperçu qu'il avait oublié d'inscrire Brian au tableau des dimanches. Darryl, qui faisait carrière chez Speedy, adorait exercer son pouvoir sur les autres, en particulier les jeunes étudiants qui se servaient de l'agence pour pénétrer sur le marché du travail. Il avait fallu pas mal de temps pour qu'il réalise que Brian était médecin mais depuis, il s'efforçait de rattraper le temps perdu.

Videur... employé chez un loueur de voitures... visites surveillées chez ses filles... logé par papa... Brian savait qu'après dix-huit mois de dur travail, d'assistance psychologique, de réunions aux Narcotiques Anonymes, et surtout après les centaines d'heures passées à écouter Freeman Sharpe, son sponsor chez les NA, décroché de l'héro depuis vingt ans, il maintenait un solide contrôle sur ses démons intérieurs. Mais sa vie extérieure laissait encore beaucoup à désirer.

Le travail de Brian au club ayant pris fin à trois heures et demie du matin, il ne s'était réveillé qu'à dix heures. Il avait prévu de courir un peu et peut-être de se mêler ensuite aux jeunes qui jouaient au foot [1] dans le parc. Ils adoraient l'avoir dans le jeu, surtout dans le pack. En voyant son père, toutefois, il avait changé d'idée. L'ex-entraîneur de Brian, du cours moyen jusqu'à la fac, était enveloppé dans une couverture sur un fauteuil qu'il n'avait pratiquement pas quitté de la nuit. Sur la table, à côté de lui, plusieurs médicaments contre les maladies cardiaques et d'autres contre la douleur. Il avait les traits tirés et besoin de se raser.

— Alors, tu as un plan pour aujourd'hui, Coach ? demanda Brian.

— Ouais. Le Sultan de Brunei doit passer avec son harem. Juste trois poules pour moi, je lui ai dit.

— Et si je faisais le petit déjeuner ?

Les cheveux gris coupés à la GI, le teint bronzé et les traits fins, Jack avait l'air plus jeune et surtout en meilleure santé qu'il n'était. Mais Brian savait que son état cardiaque empirait. Son quintuple pontage, au bout de six ans, commençait certainement à se détériorer. Brian prit le tube de trinitrine et regarda dedans. Il restait moins de la moitié des comprimés.

— Tu en as pris combien, hier ? demanda-t-il en lui montrant le tube.

Jack le lui arracha des mains et le mit dans sa poche.

— Pour être franc, je ne me souviens même pas d'en avoir pris.

— Allez, Jack...

— Mais ça va, je me sens bien. Occupe-toi de tes affaires.

— Tu es mon client, Jack. Je suis ton fils et ton cardiologue, rappelle-toi.

1. Football américain, plus proche du rugby que du foot international. (N.d.T.)

— Non. T'es videur dans un bar. Et vendeur chez Speedy.

Brian faillit s'emporter. Il se souvint que Jack dormait sans doute encore moins que lui et serra les dents.

— Tu as raison, Coach. Quand je serai redevenu cardiologue, je pourrai te conseiller. Pas avant. Allez, je vais faire griller des tartines.

L'appartement était au rez-de-chaussée. Jack le possédait depuis dix ans, depuis cette fameuse crise cardiaque, en fait. Dans le séjour, comme dans les autres pièces, on sentait l'absence de main féminine. Photos de sport sur les murs, trophées sportifs absolument partout, sur toutes les étagères, tous les coins de meubles. La plupart avec le nom de Brian. Signes extérieurs de reconnaissance pour un homme qui avait besoin de nourrir son amour-propre. Après son emménagement chez son père, dans les premiers temps, ces souvenirs mettaient Brian mal à l'aise. Mais Freeman Sharpe l'avait aidé :

— Ton père t'aime et il a toujours voulu que tu aies une meilleure vie que la sienne. Alors s'il te fait sortir de tes gonds, rappelle-toi qu'il est expert en la matière parce qu'il te connaît comme personne.

Et finalement, comme pour tant d'autres choses dont il se faisait une montagne, il était parvenu à voir d'un œil détaché les dépouilles de ses succès d'autrefois.

En allant dans la cuisine, cependant, il ne put s'empêcher de regarder une photo fixée au mur du couloir. Cliché officiel de l'équipe junior de l'Université du Massachusetts, au début d'une saison fatidique. Brian était au milieu de l'avant-dernière rangée. Numéro 11. Soudain, un visage retint son attention à l'extrémité droite du dernier rang. Dr King, orthopédiste. Bizarre qu'il ne l'ait pas remarqué avant, il passait des dizaines de fois par jour devant cette photo. A force de séances de thérapie, il avait fini par endosser seul la responsabilité de son accoutumance aux analgésiques. Mais si quelqu'un d'autre avait des comptes à rendre, c'était bien lui, Linus King.

Brian se retint de balancer un direct dans le sous-verre. Au cours des deux années consécutives à sa reconstruction du genou de Brian, Linus King, un dieu en médecine sportive, n'avait jamais pris le temps de faire un bilan approfondi de son travail, ni même d'écouter son patient assez longtemps pour comprendre pourquoi son articulation lui faisait toujours mal. Patience et rééducation, ne connaissait que ça, le bonhomme. Ça et le Percocet, par centaines de comprimés, sans parler des autres calmants. En fin de compte, un passage à la résonance magnétique nucléaire avait révélé une fracture non diagnostiquée. Un plâtre et trois mois d'arrêt eurent raison de la fracture mais le mal était fait. Brian avait déjà dans son carnet d'adresses les numéros d'une kyrielle de toubibs surmenés qui ne demandaient qu'à signer une prescription de complaisance pour prix de leur inattention. Quand il se fit sa première ordonnance, enfreignant la loi et trahissant sa conscience, il était déjà complètement accroché et dépendant depuis plusieurs années.

— Jack, tu penses vraiment que tu es en état d'aller te balader en ville ? demanda-t-il.

— Je ne sais pas. Il me semble, oui. J'ai des fourmis dans les jambes, fiston. Et te battre au gin rami, ce n'est pas précisément le défi le plus excitant qui soit.

— Bon, on n'a qu'à se la jouer à la coupe. Si tu gagnes, c'est Jean-Claude et le restaurant de ton choix.

— Et si je perds ?

Brian sentit que son père connaissait la réponse.

— Si tu perds, on y va quand même. Mais il faut me promettre de retourner voir le Dr Clarkin.

— Je vais bien.

— Ça m'étonnerait. Ton opération date de six ans. La greffe de ton pontage doit être entretenue ou changée. Clarkin peut s'en occuper.

— Plus de Clarkin et plus de chirurgie. Je te l'ai déjà dit mille fois. La sonde et les tubes dans le nez, c'est fini.

Chose étrange, les toubibs ou les membres de leur famille traversent souvent les pires épreuves médicales, et Jack, qui ne faisait pas exception, avait eu droit à ce qui pouvait arriver de pire comme galère postopératoire. Arrêt cardiaque, infection, révision de la greffe, réinfection. Huit semaines d'alitement en service spécialisé, un calvaire. A plusieurs reprises, il avait littéralement imploré la mort de le délivrer. En fait, Black Jack possédait un instinct de vie énorme. Mais l'ayant vu quotidiennement pendant ces cinquante-six jours, Brian comprenait que son père ait une franche aversion pour les blocs chirurgicaux.

— D'accord, dit Brian. Mais je ne t'ai jamais vu te dégonfler face à un pari amical.

— C'est parce que j'ai la réputation de payer recta quand je perds. Et je sais que je finirai par rafler la mise sur ce coup-là. Alors disons qu'on coupe une seule fois. Je te fais grâce des soixante et onze dollars que tu me dois ou alors tu m'offres le dîner et le ciné.

— Ça roule.

Brian coupa et découvrit la reine de trèfle.

— Tiens, on dirait que ma chance tourne.

Jack tira le trois de carreau.

— La mienne aussi, je crois.

Jack enfila son sweater favori, un cardigan orange tout usé que la mère de Brian lui avait offert juste avant sa mort, près de treize ans auparavant.

— Tu auras assez chaud si je lève le toit ouvrant ? demanda Brian.

— Bien sûr... Heu... Brian, avant qu'on parte, il faut que je te dise quelque chose que j'ai sur le cœur.

— Vas-y.

— Tout à l'heure, quand je t'ai dit que tu n'étais pas cardiologue, je disais n'importe quoi.

— Ne t'inquiète pas pour ça. Je ne fais jamais attention à ce que tu dis, de toute façon.

— C'est parce que je suis frustré. Je ne comprends toujours pas comment tu as fait pour te laisser avoir comme ça.

— Je sais, papa. Je sais. Il y a des fois où il faut toucher le fond avant de reprendre goût à la vie.

— Je suis sûr que tu trouveras quelque chose.

Brian détourna les yeux.

— Moi aussi.

En réalité, il était quasiment certain du contraire. Six mois plus tôt, la commission exécutive du conseil de l'ordre l'avait déclaré en bonne voie de guérison et prêt à reprendre ses activités. Mais dans les cas de drogue et d'alcool, avant de réémettre l'autorisation d'exercer, l'administration tenait à ce que le médecin ait déjà un poste et que ses urines soient testées sur son lieu de travail. Pas de boulot, pas d'autorisation. Loi immuable des autorités. Pourquoi prendrait-on le risque d'embaucher un médecin sans cette maudite autorisation ? avait vainement plaidé Brian. A Boston, avec trois facs de médecine et pléthore d'hôpitaux universitaires, il y a plus de cardiologues que de morues au large !

Deux enfants et un père malade empêchaient Brian de s'éloigner du Massachusetts. Il avait courageusement répondu aux annonces du *New England Journal of Medicine* et envoyé une vingtaine de CV. Il s'était forcé à prendre contact partout, à se dégoûter d'essuyer refus sur refus, à se dégoûter de ses anciens collègues et amis qui l'éconduisaient poliment. Il avait même placé une annonce lui-même.

> Ancien chef cardio et directeur service KT hôpital région Boston, cherche poste cabinet de groupe, Mass, Rhode Island, sud New-Hamp.

Pas de boulot, pas d'autorisation. Pas d'autorisation, pas de boulot. La quadrature du cercle.

Depuis quelques mois, il n'essayait plus et s'était mis à réfléchir aux autres directions que pouvait prendre sa vie. Pas facile, comme cheminement, mais il y avait une compensation. Durant tous ces mois de frustration et d'échec, il n'avait pratiquement jamais pensé à boire ou à prendre des médicaments.

— T'es prêt, Pop ?

— Va t'occuper de ton toit ouvrant. J'arrive.

Jack Holbrook se dirigea lentement vers la salle de bains. Quand il entendit la porte d'entrée se refermer derrière son fils, il s'appuya au mur, luttant pour maîtriser sa respiration. Une douleur perçante, venue de derrière le sternum, lui remontait jusqu'aux mâchoires. Il fouilla dans sa poche de chemise à la recherche du tube de trinitrine et fit dissoudre un comprimé sous sa langue. Une demi-minute plus tard, la souffrance commença à décroître. Il essuya la sueur qui perlait au-dessus de sa lèvre supérieure et poussa un long soupir.

— Ça va, Jack ? lui cria Brian d'en bas.

— Oui, oui, Brian. Tout va bien.

Le logement de Jack se trouvait à Reading, une banlieue ouvrière sur la route 128 desservant le nord-ouest de l'agglomération. En cette fin d'après-midi de dimanche égayée par le soleil déclinant, le trajet pour se rendre au centre-ville était aussi agréable qu'il était détestable en semaine à huit heures du matin. Et la Lancia décapotable achetée neuve trois ans plus tôt par Brian, de loin la meilleure chose qu'il eût sauvée de son divorce, était le véhicule parfait pour ce genre de déplacement.

Pendant qu'ils roulaient, peut-être pour ne pas gâcher cette journée de paix et de repos, Jack tint sa langue mais Brian savait qu'il brûlait de lui poser des questions. De son côté, il évita d'importuner son père avec des questions ultrasensibles sur sa santé. Ils se contentèrent d'échanger quelques commentaires sportifs.

Le Towne Deli était un petit snack branché sur Boylston, qui servait une excellente salade au bar, et des sandwichs à neuf dollars. Brian laissa son père devant l'établissement et mit dix minutes à trouver une place. Quand il entra dans le snack, il repéra Jack aussitôt, assis à une petite table d'angle. Pendant quelques secondes, il s'immobilisa dans l'entrée, considérant ce qui restait de l'homme qui avait dominé sa vie durant ses vingt premières années. Depuis qu'il savait se tenir debout, pas un jour ne s'était écoulé sans que Jack soit présent pour surveiller ses repas, sa vie sociale et ses performances, afin de créer ce qu'il estimait être un futur quarterback de génie. Et sans cette partie fatidique, il aurait peut-être réussi.

Pour lors, il était immobile, penché sur le menu. Inconsciemment, il se mit à se frotter le cou et la poitrine de haut en bas. Brian se hâta vers lui. Sous son bronzage, il était terreux, les yeux ternes.

— Jack, qu'est-ce qui se passe ? Tu as mal ?

Jack Holbrook respira par le nez et hocha la tête.

— Un peu, grogna-t-il.

Brian prit le pouls des deux carotides sur le cou de son père. Régulier mais faible. Un peu de sueur commençait à luire sur son front.

— Seigneur, souffla Brian. Jack, tu as ta trinitrine ?

Jack sortit le tube de sa poche.

— On n'aurait pas dû venir à Boston, dit-il d'une voix rauque.

— N'importe quoi, dit le fils d'une voix pondérée en retrouvant la vieille sensation de calme qu'il éprouvait jadis, en réponse à l'urgence médicale. Qu'est-ce que ça aurait changé ? Allez, Pop, je vais t'asseoir par terre et tu vas prendre ta trinitrine. Tu as toujours l'aspirine que j'ai mise dans ton portefeuille ? Bon. Attends, je m'en occupe.

Jack faisait soit une méchante crise d'angine de poitrine, mauvais apport de sang dans une partie du cœur, soit un infarctus du myocarde, c'est-à-dire pas de sang du tout. Si la cause en était l'obstruction d'une artère par un caillot, l'aspirine aiderait à dissoudre celui-ci avant que la lésion soit irréversible.

— Vous avez un problème, monsieur ?

Brian leva les yeux vers le directeur du snack au cheveu rare. *Bien sûr que non, voyons. Je fais toujours asseoir mon père par terre au restaurant.*

— C'est un malade cardiaque, il a une douleur à la poitrine.

— Est-ce que... Faut-il que j'appelle une ambulance ? Ou bien voulez-vous que je demande s'il y a un docteur dans la salle ?

— Je *suis* docteur, dit Brian, pour la première fois depuis un an et demi. Et, oui, je crois qu'une ambulance serait une très bonne chose.

Brian se maudit d'avoir accepté cette virée à Boston. Le médecin traitant de Jack, un chirurgien cardiologue, travaillait à Suburban, l'hôpital de la banlieue nord-ouest, sur la route 128. Son dossier médical se trouvait là-bas. C'était un excellent hôpital, connu pour ses services d'orthopédie, de rééducation et, dans certains milieux, pour son ancien chef de cardiologie, un certain Brian Holbrook.

Il reprit le pouls de Jack et lui épongea le front.

— Et ta douleur, Jack ? Tu peux me donner un ordre de grandeur sur une échelle de un à dix ?

— Six. La trinitrine me fait du bien. Qu'est-ce qu'il y a comme risques que ce soit un infarctus ?

— Fifty-fifty.

— Pas bon, ça.

— Reste ici et ne bouge pas. Les secouristes vont te donner un peu d'oxygène, un antidouleur, et tu vas te sentir beaucoup mieux.

— J'te parie dix dollars que l'ambulancier est une ambulancière.

— Tenu. Détends-toi. Tu veux t'allonger sur le dos ?

— Je ne pourrais pas.

Bientôt, ils entendirent un hurlement de sirène au loin. Brian gardait les doigts posés sur l'artère radiale de Jack. La transpiration, si caractéristique des crises cardiaques, semblait un peu moins forte.

— Ça va s'arranger, Pop. Ta douleur, tu en es où ?

— Dix.

— Dix ? le maximum ?

— Non. Tu me dois dix dollars, dit-il en lorgnant vers la porte.

Une jeune brunette en tenue bleue d'infirmière secouriste, extrayait une civière de l'ambulance. Brian présenta son père et donna à la jeune femme un aperçu de la situation et du traitement rudimentaire qu'il avait entrepris.

— Vous êtes médecin ? demanda-t-elle.

— Cardiologue. Dr Holbrook.

— Je vois. Bon, on va faire ce qu'on peut mais je ne prétends pas qu'on soit infaillibles. Si on oublie quelque chose, n'hésitez pas à vous manifester.

— Merci. Jack est suivi à Suburban.

— Eh bien, dans quelques minutes, il va l'être à White Memorial. Ça vous va ?

White Memorial était le meilleur hôpital de la ville mais surtout il comprenait l'Institut de cardiologie de Boston, un des centres les plus réputés du pays dans cette spécialité. L'espace d'un instant, Brian revécut en pensée l'entretien de candidature qu'il avait raté là-bas, dans le service de cardio, juste après son diplôme. La lettre de refus reçue par la suite s'expliquait assez bien. Vu ce qui lui était arrivé depuis, le recruteur s'était même montré plutôt avisé.

Dès que son père fut sous morphine et oxygène, Brian remarqua que son état s'améliorait.

— En fait, dit-il à la jeune femme, l'Institut de cardio était précisément l'endroit où je comptais l'emmener.

2

Quand ils quittèrent le snack, la douleur de Jack était redescendue à deux ou trois. Brian se serra dans l'ambulance et celle-ci entama le court trajet jusqu'à White Memorial. Sur l'écran du moniteur que Brian ne quittait pas des yeux, l'absence d'extrasystole incitait à l'optimisme, mais la courbe des pulsations suggérait nettement une insuffisance coronarienne.

A Suburban, le cardiologue de Jack, un ancien collègue de Brian, s'appelait Gary Gold. Parmi les quatre autres médecins du service, il était le seul à avoir admis que Brian se remettait de maladie et qu'il méritait de reprendre sa place dès que possible. Brian s'en voulut de ne pas avoir insisté auprès de Gary pour qu'il fasse comprendre à son père la nécessité d'un sondage intracardiaque. Il est vrai, se dit-il, que ça n'aurait servi à rien puisque Jack ne voulait plus entendre parler de chirurgie.

White Memorial se présentait comme un jeu de construction composé d'une douzaine de blocs occupant la surface de quatre pâtés de maisons au bord du fleuve Charles. Comme dans la plupart des grands centres hospitaliers, il y avait des immeubles en construction tout autour. Pelleteuses et autres engins faisaient autant partie du décor que les ambulances, et deux grues s'élevaient au milieu du chantier, dominant toutes les tours, sauf la plus haute. Nouveau centre de soins ambulatoires, proclamait un panneau. Un autre annonçait l'ouverture du centre de recherche Hellman, dans un bâtiment de vingt étages. Reflet des malades qu'il accueillait, l'hôpital connaissait un cycle permanent de maladies et de guérisons, de déchéances et de réhabilitations, de décès et de naissances.

Une agitation bruyante bien que maîtrisée régnait aux urgences. La salle d'attente ne désemplissait pas, quoiqu'il y eût deux infirmières pour s'occuper du triage. Brian imprima la scène tandis qu'on poussait Jack vers un lit équipé d'un moniteur. Énergie palpable dans les gestes, intensité émotionnelle maximale. Son élément. Il avait l'impression d'être un plongeur qui perce à la surface après avoir bouffé de l'oxygène en bouteille. Une sensation de plénitude dans la gorge et la poitrine, à laquelle il ne s'attendait pas. Il se revit parmi eux tous et les larmes lui vinrent aux yeux. Pas la peine de rêver d'un passé révolu à tout jamais.

— Comment ça va, Jack ? demanda Brian en prenant la main de son père.

Ils attendaient qu'on mette un drap sur la petite table de soins de la salle six.

— J'ai connu mieux. Je n'ai plus mal, remarque.

— Super.

— Deux dollars que je n'aurai pas droit au dîner.

Brian leva les yeux vers le moniteur. Le tracé cardiographique du segment ST était moins pointu. Bon signe.

— Si c'est comme dans les autres hôpitaux, j'ai bien peur que tu n'aies raison.

Il donna un coup de main pour hisser Jack sur la table, puis se rangea sur le côté alors qu'un interne nommé Ethan Prince procédait à un rapide examen. Brian fut étonné et un rien agacé de constater que le jeune homme s'y prenait vite et bien. Puis il se souvint où il était. Certes, Suburban pouvait être considéré comme un bon hôpital, mais aucun toubib de là-bas n'aurait passé le barrage du premier entretien à White Memorial. Même pas la peine de postuler si vous glissiez au-dessous des dix pour cent en tête de votre promotion.

— Tu connais du monde ici ? demanda Jack à son fils.

L'interne, stéthoscope aux oreilles, le fit taire d'un *chut* discret.

J'espère bien que non, pensa Brian.

— Je ne crois pas, murmura-t-il.

Au même moment, comme pour le faire mentir, une voix l'appela depuis la porte. Sherry Gordon se tenait debout dans l'embrasure, mains sur les hanches. Elle n'était pas beaucoup plus vieille que Brian mais déjà plusieurs fois grand-mère. Et elle avait l'air parfaitement à son aise dans cette équipe des urgences où travaillaient les meilleures infirmières que Brian eût connues.

— Eh, vous étiez à Suburban ! s'exclama-t-il en s'avançant vers elle pour recevoir un gros baiser sur la joue. Qu'est-ce que vous faites ici ?

— La crème monte toujours vers le haut... Ils ont gardé ma candidature sous le coude pendant des années. C'est rare qu'ils embauchent, vous savez. J'en ai profité.

— Et vous vous plaisez ?

Elle montra le hall d'admission en pleine effervescence, et sourit.

— Devinez... (elle le regarda dans les yeux). Et vous, au fait ? Comment ça va ?

Brian soutint son regard.

— J'ai été six mois en cure, répondit-il à voix basse. Et j'ai assisté à des millions de meetings aux AA et aux NA, mais je vais bien, merci.

— Eh bien, ça fait plaisir d'entendre ça, Brian. Très plaisir. C'est votre père, n'est-ce pas ? Je me souviens du cauchemar qu'il a vécu à Suburban.

— Il y a six ans. Ça faisait quatre ans qu'il traînait une insuffisance mitrale, et puis son angine de poitrine est devenue insupportable et on l'a opéré. Un cauchemar, en effet. Le pire, c'est que le pontage n'a qu'à demi réussi. A mon avis, il est en train de refaire une petite affection mitrale.

— Eh bien, l'interne qui s'occupe de lui est un crack. Il me fait penser à vous, ce petit.

— Si ça pouvait être vrai...

— Il faudrait voir avec lui si on ne peut pas mettre votre père sous Vasclear. Tout le monde parle de ce produit, ici. Bon, je vous laisse, il faut que je retrouve le Dr Gianatasio. On a une femme très mal en point sur les bras.

— Phil Gianatasio ?

— Oui, c'est ça. Vous le connaissez ?

— On a fait l'externat puis l'internat ensemble il y a des années. Je ne savais même pas qu'il était sur Boston. Ça fait un bail. Soyez gentille de lui dire que je suis ici, Sherry. Je passerai le voir quand je serai sûr que mon pater est stabilisé. C'est possible ?

— Bien sûr, pourquoi pas ? Bon, je file. Bonne chance avec votre père.

Le Vasclear. Le peu que Brian savait du médicament, il l'avait appris dans les journaux. Autant dire rien. Évidemment, il avait un peu décroché de l'actualité médicale, depuis le temps où il faisait la tournée générale du service deux fois par semaine, tout en lisant régulièrement une douzaine de périodiques professionnels différents. Pourtant, il s'était tenu au courant. En fait on n'avait pas écrit grand-chose sur le Vasclear, dernier-né d'une longue lignée expérimentale de produits destinés à lutter contre l'artériosclérose.

Ethan Prince remit le stéthoscope autour de son cou et réexamina l'électrocardiogramme du malade avant de le passer à Brian. Celui-ci le prit calmement, tâchant de dissimuler son impatience et sa reconnaissance aux yeux du jeune médecin. Il y avait encore deux millimètres d'élévation excessive du segment ST sur plusieurs des douze séquences du tracé.

— On dirait une lésion antérieure persistante, dit Brian.

— Je suis d'accord. Nous allons le garder en observation. Il va falloir prendre une décision au sujet de ce caillot. D'ici là, je vais essayer de lui trouver un cardiologue. Le Dr Gianatasio est de garde mais il est occupé avec une femme très mal fichue dans la quatre. Il faut que je trouve qui est le deuxième cardiologue de garde. (Il se tourna vers Jack qui reprenait des couleurs.) Monsieur Holbrook, il semble que vous ayez une artère légèrement obstruée, par conséquent, votre cœur ne pompe pas tout à fait assez de sang.

— Une crise cardiaque, fit Jack. Allez-y. Dites-le.

— En fait, nous ne pourrons pas parler de crise cardiaque avec certitude avant d'avoir analysé votre sang et refait un électrocardiogramme.

— Deux dollars que c'en est une.

— Pardon ?

— Ne faites pas attention, dit Brian en reprenant la main de son père. Il était attaquant dans l'équipe de football de son école. Trop de coups sur la tête.

— Je vois... Bon, je ferais mieux d'y aller. Il faut que j'aille aider Gianatasio et que je trouve un autre cardio pour vous.

— Une dernière chose en vitesse. Sherry Gordon m'a dit de me renseigner sur le Vasclear.

L'interne haussa les épaules.

— Vous en savez sans doute autant que moi là-dessus. Ce sont les chercheurs de l'Institut de cardio qui ont mis au point ce produit. Les résultats sont très prometteurs, à ce qu'on dit.

— Merci.

Une voix résonna dans le haut-parleur :

On demande un anesthésiste aux urgences, s'il vous plaît. Anesthésiste pour le service urgences...

— Cette femme en salle quatre doit être dans une mauvaise passe. Je pense qu'ils réclament un anesthésiste pour l'intuber.

Ethan Prince sortit au pas de course, laissant Jack aux soins d'une infirmière. Brian se dandinait d'un pied sur l'autre, inutile, embarrassé et conscient de l'être. A l'autre bout du couloir, la vie d'un malade cardiaque était sur le fil. Ces mains supplémentaires, ce savoir et cette expérience, Gianatasio aurait pu en profiter, pourtant ça ne comptait pas plus que s'il eût été un cancre ou un incapable.

— Docteur Holbrook ?

Une robuste infirmière s'était encadrée dans la porte. Elle avait des cheveux noirs et l'air autoritaire.

— Oui ?

— Docteur, je suis Carol Benoit, la surveillante du service. Désolée de vous interrompre, mais le Dr Prince vient de me dire que votre père était hors de danger pour le moment. Est-ce que nous pourrions discuter quelques instants ?

— Bien sûr.

— Docteur Holbrook, il y a une femme dans un état critique en salle quatre. Le Dr Gianatasio demande si vous pouvez venir voir.

Brian sentit aussitôt une décharge d'adrénaline.

— Volontiers, répondit-il, peut-être avec trop de brusquerie.

Jack somnolait tranquillement, les yeux fermés. Il respirait sans difficulté et le cœur était stable. Il pouvait rester sans surveillance pour quelque temps. Brian avança d'un pas vers la porte, mais l'infirmière ne bougeait pas. Elle lui fit signe de venir parler dans le couloir, à l'écart de Jack et du personnel.

— Avant que vous n'alliez là-bas, murmura-t-elle d'une voix pincée, je tiens à vous avertir que j'ai demandé à Sherry Gordon qui vous étiez et de quel hôpital vous veniez. Elle m'a dit que vous aviez perdu votre autorisation d'exercer.

— Et alors ?

— Quand je lui ai demandé pourquoi, elle me l'a dit.

En quelques secondes, Brian se sentit passer de la prudence à la méfiance. Redressant les épaules, il lui dit :

— Venez-en au fait.

— Il n'est pas question que quelqu'un exerce illégalement dans mon service.

— Franchement, je ne vois pas en quoi partager mon expérience et donner mon opinion pourrait s'apparenter à un exercice illégal de la médecine.

— Je vous préviens que je serai là, conclut-elle, le regard dur.

Brian revint au chevet de son père pour le prévenir et le rassurer, puis il fonça dans le couloir, direction salle quatre. Avant d'entrer, il ferma les yeux un instant et se décontracta le cou.

Dix ans s'étaient écoulés depuis que Brian et Phil avaient fait leur stage ensemble à l'Eastern Massachusetts Medical Center. Ils avaient bien travaillé tous les deux durant ces deux années. Phil semblait à l'aise avec la vivacité d'esprit et l'assurance de Brian et celui-ci appréciait que Phil, plus pondéré et méticuleux que brillant, eût conscience de ses limites et n'hésitât pas à demander de l'aide. Après l'internat, Brian avait trouvé un poste en cardiologie dans un des meilleurs hôpitaux de Chicago, tandis que Phil préférait temporiser en s'enrôlant comme médecin militaire. Ils avaient continué à s'écrire et à s'appeler pendant un certain temps. Puis la relation s'était arrêtée d'elle-même.

Phil était penché sur le lit de la malade quand Brian entra. Déjà porté à l'embonpoint autrefois, il avait bien engraissé de dix kilos. Sur le haut du crâne, ses cheveux noirs cédaient le terrain à la calvitie, mais Brian ne les avait jamais vus si longs derrière. Une chose inchangée, en revanche, c'était son visage rieur et jovial. Pour l'heure cependant, Phil semblait préoccupé. Il y avait de quoi.

Sur le lit, inconsciente et visiblement en état de choc toxique, reposait une femme d'à peu près soixante-dix ans, aux cheveux gris ébouriffés. Un souffle rauque soulevait faiblement sa poitrine et la pâleur autour des yeux et de la bouche faisait un contraste saisissant avec le reste du visage, écarlate. Dans la salle se trouvaient également le Dr Ethan Prince, Sherry, une autre infirmière, l'anesthésiste et, dans un coin, un homme plus âgé en costume râpé, avec un stéthoscope qui lui gonflait la poche de veste. Le médecin privé de la patiente, supposa Brian. Il n'avait pas l'air habitué à gérer les situations de crise. Sur le seuil, observant sans participer, veillait Carol Benoit.

Moniteur... pulsations... oxymètre... couleur de la peau... du lit unguéal... couverture hypothermique. Le temps que Brian approche du lit, il avait déjà enregistré des dizaines d'informations. Il se sentait renaître. Ça ne durerait que quelques instants mais c'était d'une importance inestimable.

— Brian, tu tombes du ciel... commença Phil.

— Ah, non, attention, je ne fais plus le boulot des dieux. Ça ne m'a pas réussi. Vous en êtes où, ici ?

— Eh bien, Mme Violet Corcoran, que voici, a soixante-huit ans, et elle est suivie par le Dr Dixon, dit-il en se tournant vers ce dernier. Fred, Brian Holbrook (les deux médecins échangèrent un signe de tête). Jusqu'à cette semaine, elle n'avait jamais vraiment été malade, d'après Fred.

Quelque chose dans l'intonation de Phil semblait suggérer que le simple fait d'avoir Dixon pour médecin n'allait pas sans risque. Mais il n'avait pas hésité à accompagner sa cliente à l'hôpital un dimanche soir, se dit Brian. De la conscience professionnelle, à défaut d'excellence clinique.

— Il la traitait avec un macrolide pour une infection respiratoire, poursuivit Phil. Son mari nous a appelés il y a une heure pour dire qu'elle n'allait pas bien. Elle avait quarante de fièvre en arrivant. Le pouls est à cent quarante. Elle a une grosse pneumonie au lobe inférieur gauche. La tension artérielle est descendue de cent soixante à cent.

— Choc septique ?

— Probablement, mais regarde ce qu'elle fait.

Phil montrait l'écran du moniteur. Le rythme des contractions cardiaques était caractéristique de la tachycardie ventriculaire, un dérèglement souvent précurseur d'arrêt cardiaque pur et simple.

— Tachycardie ventriculaire, constata Brian.

— Nous sommes tous d'accord là-dessus. Avec des hauts et des bas depuis qu'elle est arrivée. Arythmie légère au début. Plus nette maintenant.

— Traitement ?

— Jusqu'à présent, on a essayé la xylocaïne, le brethylium et du Pronestyl et on s'apprête à ajouter un peu de digitale. Aucun résultat.

— Elle va trop vite pour qu'on lui mette un pacemaker.

— Exactement.

Brian tendit la main vers le stéthoscope de Phil.

— Je peux ?

Carol Benoit en avait assez vu.

— Docteur Gianatasio, permettez-moi de vous rappeler que le Dr Holbrook n'est pas autorisé à traiter ni à toucher nos malades.

Un lourd silence tomba dans la pièce, seulement troublé par le gargouillement de la bouteille d'oxygène. Soudain, Gianatasio ôta le stéthoscope de son cou, fit le tour du lit et tendit l'appareil à la surveillante.

— D'accord, madame Benoit, dit-il d'une voix avenante. Et si vous auscultiez cette dame vous-même ? Nous pourrions peut-être profiter de votre diagnostic...

L'infirmière serra les dents en rougissant. Elle repoussa le stéthoscope et battit en retraite.

— A votre aise, dit-elle. Mais en cas de pépin, c'est vous qui serez responsable, je vous préviens.

— Entendu, je cours le risque. Brian, je vais demander à Sule de l'intuber, à moins que tu n'aies une meilleure idée. Ensuite, on essaiera de lui faire un choc électrique.

Brian s'approcha de la malade, le stéthoscope au cou.

— Ça ne sert à rien si on ne cherche pas d'abord la cause sous-jacente. Il faut s'attaquer à ça avant tout. Sinon, on peut lui envoyer deux cent mille volts, il n'y aura aucune différence.

— Ça pourrait être une infection massive chez un sujet déjà malade du cœur.

— Possible.

— En tout cas, dépêche-toi, Brian. Elle perd pied de minute en minute.

Brian commença par observer soigneusement la malade. Quelque chose chez elle lui rappelait un tableau clinique qu'il avait vu jadis en stage. Il la palpa au cœur, à la gorge, et prit le pouls à la saignée du bras. Puis il mit les écouteurs en place et fit glisser le diaphragme de l'appareil en divers points de la poitrine et du cou. Il pressentait quelque chose, mais quoi ?

— Sule, allons-y pour l'intubation, dit Phil. On la passera au choc aussitôt après. Vite, bon Dieu ! Elle va nous glisser entre les doigts.

Brian ne réagit pas, complètement absorbé par un son perceptible sur le devant du cou de la malade. Soudain, il se souvint. Sur sa gauche, l'anesthésiste venait d'introduire un flexible endotrachéal avec tellement d'adresse qu'il ne s'en était même pas rendu compte.

— Essayons deux cents joules une fois. Si ça ne marche pas, passez tout de suite à trois cent cinquante, ordonna Phil.

— Attendez ! s'écria Brian en montrant du doigt le point qui l'intriguait sur le cou de Violet Corcoran. Phil, écoute un peu ici.

Il y avait un bourdonnement net, et Brian était presque sûr qu'il provenait du flux sanguin dans la glande thyroïde hyperactivée.

— La pression artérielle descend, annonça Sherry Gordon. Quatre-vingt-dix.

Phil écouta pendant quelques secondes à l'endroit indiqué.

— Oui, j'ai entendu ce son tout à l'heure en l'examinant. J'ai pensé que c'était un écho des pulsations cardiaques.

— Pas d'accord.

— Thyroïde ?

— A tous les coups. Je n'ai vu qu'un seul cas d'hyperthyroïdie dans ma carrière, mais celui-ci y ressemble bigrement. Fièvre, pouls irrégulier, coma, tachycardie.

Gianatasio réécouta.

— Ça se pourrait, dit-il d'une voix excitée. Nom de nom,

c'est même très possible. Fred, est-ce que madame est sujette à l'hyperthyroïdie ?

Fred Dixon se mit à fouiller dans une liasse de notes et de résultats d'analyse.

— Quatre-vingts, cria Sherry.

— Ma foi, fit Dixon d'une voix hésitante, j'ai noté il y a un an un taux d'hormone un peu élevé. Mais les gens de son âge font plutôt de l'*hypothyroïdie*, d'habitude. D'ailleurs, je ne pensais pas que...

— Brian, qu'est-ce qu'on fait maintenant ? interrompit Phil.

— Faites appeler un endocrinologiste, déjà. Ensuite, je dirais dose massive de stéroïdes, forte dose de propranolol en intraveineuse pour bloquer l'effet hormonal sur le cœur, puis un inhibiteur chimique quelconque pour agir sur la production d'hormone elle-même. L'endocrinologue nous dira lequel, sinon, on trouvera dans une doc.

— Allons-y, ordonna Gianatasio. Madame Benoit, tâchez de trouver quelqu'un en endocrino. Au pire, passez-nous la personne au téléphone. N'oubliez pas de prévoir un poste pour le Dr Holbrook. Et puis il me faudrait le *Principes de pathologie interne* de Harrison et le plus gros traité d'endocrinologie que vous puissiez trouver. Salle de réunion des internes, sinon, bibliothèque. Bon, les autres, écoutez-moi. Je vous demande du sang-froid...

3

— Pas d'autographe, pas d'autographe, je suis désolé mais le Dr Holbrook ne signera plus d'autographes aujourd'hui.

Phil Gianatasio entra à reculons dans la salle six en repoussant une foule imaginaire.

Assis au chevet de Jack, Brian le regardait d'un œil amusé.

— Arrête un peu ton cirque, Phil, sinon je m'en vais t'autographier l'arrière-train.

— Et quel arrière-train, hein, tu as vu ? fit l'autre en se tapant sur la fesse. Un cul d'hippopotame ! Il y aurait la place, non seulement pour signer, mais pour écrire ton autobiographie ! Peut-être même qu'il en resterait assez pour mettre un sonnet ou deux ! Seigneur, Holbrook, quel sauveur tu es, quel sauveur ! C'est pas une balle que tu lui as fait éviter, à la mère Corcoran, c'est un obus incendiaire !

— Qu'est-ce qui se passe ? marmonna Jack, émergeant d'un nuage de Valium.

Jack, quant à lui, n'avait pas complètement esquivé son projectile, mais ne souffrait, semblait-il, que d'une blessure superficielle. Une première analyse de sang indiquait qu'il avait fait un petit infarctus, mais ne courait aucun danger immédiat. A soixante-trois ans, cependant, et avec ce qui lui était arrivé, il ne fallait pas se faire d'illusions : Jack restait un condamné sursitaire.

Brian était très excité d'avoir sauvé Mme Corcoran, mais non moins résolu à contrôler son émotion, quitte à laisser Phil exulter pour deux.

— Quelles sont les nouvelles ? demanda-t-il en lui faisant signe de s'asseoir.

Gianatasio se laissa tomber sur une chaise avec soulagement.

— Les nouvelles, c'est qu'il y a un type qui vient de battre la camarde au dernier tour de batte en trois lancers. Le plus dingue c'est qu'il ne venait pas des vestiaires mais du haut des gradins.

Brian se tourna vers son père.

— Papa, le grand enfant que voici s'appelle Phil Gianatasio. Tu ne t'en souviens sans doute pas, mais nous avons fait l'internat ensemble. Ça remonte à loin.

— Bien sûr que si je me souviens ! Son père tient un restaurant. Sa femme est une jolie brune.

Sur quoi Jack sortit sa main de sous la couverture et la tendit à Phil.

— Vous avez une mémoire extraordinaire, dit celui-ci en la

prenant. Mon père tient toujours le restaurant et Joanne reste une jolie brune, bien qu'elle ne soit plus ma femme, hélas.

— Brian aussi a divorcé, dit Jack en soupirant.

— Plus de Phoebe ? questionna Phil en haussant un sourcil.

— Séparés depuis deux ans. On a officiellement divorcé il y a un peu plus d'un an, avoua Brian en sentant décroître son exaltation. Nous avons deux petites filles.

— Ça n'a pas l'air de te rendre très heureux.

Brian haussa les épaules.

— Ce n'est pas moi qui ai voulu la rupture, si c'est ce que tu veux dire. Phoebe rêvait d'épouser un petit médecin de campagne, elle s'est retrouvée avec un petit médecin en post-cure.

Phil poussa un ricanement dépité.

— Eh bien, moi, je suis un gros médecin qui passe sa vie à l'hôpital surtout depuis trois ans que j'ai été nommé ici. C'est ça que Joanne n'a pas supporté.

— Tu as des gosses ?

— Peut-être la prochaine fois. Enfin, passons... Monsieur Holbrook, vous savez ce que vient de faire votre fils ? Le temps que vous piquiez votre roupillon, il a donné un diagnostic parfait dans une situation très confuse et sauvé in extremis la vie d'une charmante vieille dame.

— C'est bien, déclara Jack sans enthousiasme.

Il se tourna du côté du mur.

Phil interrogea Brian du regard. Celui-ci ne put que secouer la tête avec tristesse. Il regrettait d'avoir parlé de post-cure. Jack n'encaissait décidément pas.

— Plus tard, dit-il du bout des lèvres.

Phil fit un signe de tête montrant qu'il comprenait. Il était toubib. Il avait un père. Il savait ce que c'était d'être sous pression.

— Eh bien, dit-il en se grattant la gorge, comme tu peux t'en douter, les nouvelles de la quatre sont excellentes. Il y a un endocrino avec elle, maintenant. Il est parfaitement d'accord avec ton diagnostic et ton traitement. L'histoire va se répandre comme une traînée de poudre dans l'hôpital. Tu penses, un cas d'hyperthyroïdie ! C'est exactement la raison d'être de ce genre de boîte. Et dire que j'étais là, au cœur de l'action, et que je n'ai rien vu venir...

— Justement, c'est parce que tu avais trop le nez dessus. Il fallait que tu te concentres sur la réanimation.

— T'as toujours été indulgent.

— Mais c'est vrai !

Un ronflement olympien s'éleva du lit, en réponse à Brian qui s'enquérait de l'état de son père.

— C'est marrant, dit Gianatasio, tu ronflais exactement comme ça en salle de garde. Je ne savais pas que c'était génétique.

— Phil, parle-moi de ce produit, le Vasclear.

Le front de Gianatasio se creusa de rides.

— C'est vraiment une avancée, Brian. De tout ce que la science a pu découvrir, c'est ce qui ressemble le plus à une fontaine de jouvence.

— Mais de quoi s'agit-il ?

— Moitié phospholipide, moitié enzyme. C'est fait à partir de l'écorce d'un arbre qu'un nommé Art Weber a découvert en Amérique du Sud. Les chimistes de Newbury sont en train de synthétiser le truc. C'est dingue, Brian, ça débouche les artères.

— Pour de vrai ?

— Les artériogrammes avant et après sont époustouflants.

— Effets indésirables ?

— Je sais que ça paraît fou, Brian, mais l'Institut de cardio termine la phase deux d'une étude clinique en double insu et jusqu'à présent, il n'y en a aucun.

Brian sentit son cœur s'emballer. Il était comme un cancérologue qui entendrait brusquement parler d'un traitement universel de la leucémie sans aucun des inconvénients de la chimio classique. Malgré le ronflement bruyant de son père, il baissa la voix :

— Phil, ce serait possible de traiter mon père avec ?

— Il faut voir. Qui est son toubib ?

— Ici, il n'en a pas encore. L'interne devait appeler le type qui est de garde avec toi.

— Ah non, pas lui ! C'est Bart Rutstein. Il accepte la clientèle privée uniquement parce qu'il n'a pas assez de crédits pour faire tourner son labo de biologie moléculaire et pour élever ses cinq gosses en même temps. Je m'occuperai de ton père si tu veux. Mais j'ai une meilleure idée. Carolyn Jessup est chef de clinique pour le programme Vasclear. Elle a une grosse clientèle privée et beaucoup de ses malades sont traités dans le cadre de ce programme. Je vais voir ce qu'on peut faire pour qu'elle accepte de prendre ton père comme patient.

— Carolyn Jessup ? Ce serait super ! J'ai suivi son cours de cathétérisme cardiaque il y a quelques années. Un des meilleurs auxquels je sois allé dans cette discipline.

En même temps, Brian se remémorait la femme élégamment vêtue d'une cinquantaine d'années traversant d'un pas assuré l'amphithéâtre où siégeaient cent cinquante cardiologues du monde entier. Professeur et clinicienne émérite, elle avait, ce qui ne gâchait rien, le naturel et la grâce d'un top model.

— Dès qu'elle annonce un de ses cours, toutes les places s'arrachent le jour même, confirma Phil. C'est mérité. Jessup est un peu distante, elle peut même être intimidante, comme femme, mais c'est un toubib formidable. Quand je suis arrivé, ils cherchaient un nouveau directeur pour l'institut. Tout le monde s'accordait à dire que le poste lui allait comme un gant. Je ne comprends toujours pas pourquoi elle ne l'a pas eu. Peut-être sa façon d'être, elle est capable de se montrer très hautaine, peut-être un parti pris contre les femmes, ou parce qu'elle n'est pas assez politique. Dieu sait qu'elle avait assez publié, pourtant.

— C'est Ernest Pickard, le type de l'Institut National de la Santé, qui a eu le poste, hein ?

— Exact, oui.

— Pas non plus le premier venu.

— Effectivement. Et il fait du très bon boulot là où il est, faut reconnaître. En plus, depuis qu'il a été nommé, le courant passe bien entre lui et Carolyn. C'est à mettre à leur crédit. Tu sais ce que c'est. S'il y avait eu le moindre regard oblique devant les malades, quelqu'un aurait saisi le prétexte pour sonner le tocsin.

— Tu pourrais l'appeler toi-même ? demanda Brian.

— Oui, je peux et je vais le faire. Si elle n'est pas ici ce soir, je la joindrai demain. Mais je t'avertis, elle a beau me connaître et j'ai beau être en cours de titularisation, il y a une douzaine d'échelons de différence entre elle et moi.

— Attends... Titulaire dans le plus grand CHU du monde ? Et à l'Institut de cardio de Boston, en plus ! Mais Phil, c'est formidable. Je suis fier de te connaître, vraiment !

Un silence gênant s'installa soudain.

— Brian, ce n'était pas pour t'envoyer ça en pleine gueule, que je te parlais de ma titularisation. J'espère que tu le sais.

— Oui, je sais. Ne t'inquiète pas, répondit Brian. D'ailleurs, j'ai eu mes chances et j'ai fait mes choix, comme toi. J'aurais peut-être dû me faire aider plus tôt, mais j'étais persuadé de pouvoir m'en sortir tout seul. Je ne veux pas que vous marchiez sur la pointe des pieds chaque fois que vous me voyez, ni toi ni personne, sous prétexte que je reviens de loin. Tu sais, dans la vie, j'ai toujours eu tendance à foncer. Comme ces engins spatiaux qui doivent atteindre une certaine vitesse pour s'arracher à la force de gravité. Maintenant j'apprends à réaliser mes objectifs en allant lentement. C'est mon nouveau truc. Je ne suis pas encore très calé. Disons que j'ai encore du mal à rétrograder quand je suis lancé. Mais je m'améliore.

— Je m'en doute, dit Phil. Ça se voit dans tes yeux. Bon, concernant le Vasclear...

— Oui ?

— Comme je te l'ai dit, le médicament est en train d'être testé. Il s'agit d'un test à double insu ou test anonyme. Il y a trois lots : dose faible, dose forte et placebo. Les trois groupes de sujets correspondants sont appelés alpha, bêta et gamma. On n'a pas encore levé le secret, les codes sont sous scellés. Par conséquent, personne ne sait qui a reçu quoi, ni Jessup ni même

Art Weber, l'inventeur. Il est directeur du projet dans le labo qui met le produit au point.

Brian savait que ça ne pouvait pas se passer autrement. Lorsqu'on expérimente un nouveau remède, la méthode du test anonyme est la seule acceptable. Pour éliminer le plus de facteurs de distorsion possible, ni le sujet, ni le médecin traitant, ni les responsables de l'évaluation clinique ne savent si le produit administré est actif ou neutre. Cette information n'est connue que de l'ordinateur qui a programmé l'opération. Par surcroît de précaution, on peut même faire une permutation en intervertissant le groupe actif et le groupe neutre, au milieu du programme, en continuant à garder le secret.

— Mais si ce truc marche aussi bien que tu le dis, observa Brian, tout le monde doit déjà pressentir qui reçoit quoi.

— Dans notre esprit, il ne fait aucun doute que c'est le groupe bêta qui reçoit la dose élevée. Les résultats les plus spectaculaires viennent pratiquement tous de ce groupe. Mais l'ordinateur n'a pas enregistré assez de données pour autoriser le descellement du code. Je crois que c'est parce que le nombre de sujets est encore relativement faible. Depuis deux ans qu'ils ont commencé la phase deux, il n'y a que six cents malades traités, environ. Ça fait deux cents par groupe. Pourtant, des rumeurs disent qu'ils pourraient lever le secret bientôt. Il paraîtrait même que le Vasclear serait mis sur le marché d'ici peu, tellement c'est efficace.

— Super pour l'humanité, mais peut-être trop tard pour Jack. Si tu peux accélérer le processus, Phil, fais-le, je t'en prie. Le pauvre a vraiment morflé.

— C'est ce que m'a dit l'interne, fit Gianatasio en regardant l'heure. Bon, c'est le moment d'aller voir notre thyroïdienne aiguë. Il va falloir lui trouver un surnom. On ne plaisante pas avec la célébrité à White Memorial. Ils ne vont pas tarder à monter ton père dans sa chambre. J'irai le voir dès que...

Un léger toussotement sur le seuil leur fit tourner la tête. Un homme aux traits anguleux, vêtu avec recherche, les regardait en souriant.

— Ernest ! s'exclama Phil.

— Je travaillais dans mon bureau quand on m'a informé qu'une brillante réanimation avait eu lieu chez vous. Je suis venu remercier les responsables.

Phil présenta Brian au directeur de l'ICB et s'empressa de lui dire que c'était à lui que revenait tout le mérite.

— J'aimerais bien jouer les héros, ajouta-t-il, mais la seule chose utile que j'aie faite en l'occurrence, c'est d'appeler un vieux copain à la rescousse.

— Il arrive que ce soit précisément la meilleure des choses à faire. Enchanté, monsieur Holbrook, dit Pickard en lui tendant la main.

L'homme avait l'air franc du collier. Il parlait d'une voix pondérée et distinguée.

— Mais nous nous connaissons, sauf erreur, n'est-ce pas ?

— Pardon ? fit Brian interloqué.

— Enfin, c'est une façon de parler. J'étais dans les gradins, parmi les supporters de Harvard, quand vous avez infligé cinq essais de suite à notre équipe. C'était bien vous, n'est-ce pas ?

— En effet.

— Une sacrée leçon...

— Peut-être, mais vous étiez imbattables au tableau d'affichage de l'internat.

— Ça se pourrait, fit Pickard en riant. Ça se pourrait bien. Quand je vous ai vu jouer, j'étais sûr que vous finiriez professionnel, tellement vous étiez bon.

Le rire de Pickard était naturel. Brian échangea un regard avec Gianatasio.

— Enfin, la médecine n'a qu'à s'en féliciter, et nous en particulier, paraît-il. Vous pouvez m'expliquer ce qui s'est passé ?

— Si vous êtes d'accord, Ernest, intervint Phil, je vais vous laisser discuter tous les deux. Il faut que je passe voir la malade en question.

Pickard déplaça les deux chaises de la chambre à l'écart du lit et invita Brian à s'asseoir.

— C'est votre père, m'a-t-on dit.

— C'était notre entraîneur le jour du match que vous avez vu.

— Il doit être très fier de vous.

Brian se demanda ce que Pickard savait de lui et de sa situation. Il regarda Jack, puis l'écran du moniteur cardiaque.

— Parfois, dit-il.

— Son état n'inspire plus d'inquiétude, n'est-ce pas ?

— Pour le moment.

— Excellent. Alors j'ai appris que vous aviez diagnostiqué une crise d'hyperthyroïdie en deux minutes chez une femme dans le coma.

— J'ai vu un cas en stage, juste après mon internat. Elle avait exactement les mêmes symptômes.

— Remarquable. Racontez-moi ça.

Pour un patron de cette envergure, il paraissait prendre son temps, décontracté. Brian lui décrivit, étape par étape, l'examen pratiqué, en indiquant les critères qui l'avaient guidé, le passé de la malade, l'aspect de la peau et des ongles, le bruit suspect à l'auscultation.

Le chef de l'Institut de cardio l'écouta avec attention. Le rapport achevé, il posa encore quelques questions, puis se leva et resserra la main de Brian.

— Belle déduction pour une intervention d'urgence, en tout cas. Bravo. J'espère que vous nous ferez le plaisir d'être là le jour de la visite générale du service.

— Naturellement.

— Et s'il y a quoi que ce soit que je puisse faire pour vous, n'hésitez pas.

Pickard s'en allait déjà, mais la voix de Brian le fit se retourner.

— Eh bien, en fait, oui. Il y a quelque chose. On m'a dit que le Dr Jessup dirigeait le programme Vasclear.

— C'est exact.

— Pensez-vous que vous pourriez intercéder auprès d'elle pour qu'elle accepte de prendre mon père en charge ?

— Ça me semble possible. Pour le moment, Carolyn est chez

elle. Je l'ai eue au téléphone il y a une heure. Mais je dois vous dire que je n'ai aucune influence pour décider qui doit être mis sous Vasclear. C'est strictement du ressort du Dr Jessup et du Dr Weber.

— Je comprends.

— Parfait. Eh bien, j'appellerai Carolyn dès que j'aurai vu votre malade. Comptez sur moi.

Il se retourna mais fut encore arrêté par Brian.

— Docteur Pickard, il y a une dernière chose.

— Oui ?

— Si jamais c'était possible, j'aurais vraiment besoin de boulot.

4

Le laboratoire de cathétérisation cardiaque flambant neuf de l'ICB était situé au sous-sol. Brian marcha à côté du lit roulant de son père pendant qu'on le poussait dans les couloirs reliant White Memorial et l'Institut de cardio.

Deux jours s'étaient écoulés depuis la mini-crise cardiaque de Jack et comme prévu par sa nouvelle doctoresse, il n'y avait pas eu de complication. Il fallait maintenant examiner de près ses artères coronaires et prendre une décision concernant le traitement futur. Seule option exclue : le Vasclear. Grâce à l'intervention de Pickard, Jessup avait accepté de prendre Jack comme patient. Mais le protocole expérimental du médicament, toujours suivi à la lettre, excluait de manière spécifique les malades ayant subi un pontage cardiaque.

— Cinq contre un que je sors de là les pieds devant, lâcha Jack.

Carolyn Jessup avait rencontré étonnamment peu de résistance chez Jack, en dépit de son habituelle phobie, pour le convaincre d'accepter la cathétérisation. Brian fut effleuré par l'idée que le vieil entraîneur n'était pas insensible aux charmes de l'élégante praticienne, et ne put réprimer un sourire.

— Absurde. Il n'y a pas meilleure qu'elle, répliqua Brian.

— Je croyais que c'était *toi,* le meilleur ?

— Ça ne compte pas.

S'il n'y avait guère d'espoir de mettre Jack sous Vasclear dans l'immédiat, l'éventualité de pouvoir retravailler un jour à l'ICB commençait à se faire jour dans l'esprit de Brian. La veille, en sortant de chez Speedy et avant d'enchaîner à l'Aphrodite, il était passé voir Ernest Pickard dans son bureau du cinquième étage dominant le fleuve Charles. Pendant plus d'une demi-heure, ils avaient parlé de sa vie, de sa toxicomanie et de sa guérison. Pickard n'avait rien laissé voir de ce qu'il pensait mais Brian devait apprendre dans la soirée, par un message de son ancien collègue Gary Gold, que ce dernier avait reçu un coup de fil de Pickard demandant son opinion sur lui.

Les brancardiers firent entrer Jack dans une salle d'attente. Invité par Jessup à assister à l'intervention, Brian alla se préparer dans les vestiaires. Il se lava soigneusement les mains, enfila une tenue chirurgicale et pénétra dans le labo. Parmi tous les actes cardiologiques, il avait toujours eu un faible pour la cathétérisation, que les professionnels de la santé, dans leur jargon, appellent simplement KT. L'énergie et l'attention extrême requises pendant l'opération lui rappelaient ce qu'il éprouvait sur le terrain, lors des grands matchs. Il fallait des mains qui ne tremblent pas, un toucher délicat, plus la capacité à transposer en trois dimensions ce qu'il voyait du cœur en deux dimensions sur l'écran. Et tout ça avec l'épée de Damoclès d'une crise cardiaque suspendue en permanence au-dessus de vous.

Pendant qu'il attendait, seul, dans le laboratoire, il révisa mentalement les étapes successives de l'exploration vasculaire que Carolyn Jessup s'apprêtait à pratiquer sur son père. Anesthésie locale pour commencer, avec une injection dans l'aine droite, suivie de l'introduction à travers la peau de deux cathéters creux, très fins et très longs. Le premier par la veine fémorale, jusque dans la veine cave puis l'oreillette et le ventricule droits ; le deuxième, juste à côté, par l'artère fémorale, jusqu'à l'aorte, puis dans les deux cavités gauches correspondantes. A moins d'une malformation congénitale ou d'une pathologie exceptionnelle, il n'y a pas de communication directe entre les cavités droites, qui propulsent le sang vers les poumons, et les gauches qui reçoivent le sang des poumons et le refoulent vers le reste du corps par l'aorte puis les artères coronaires. C'est là toute la raison de ces deux cathéters séparés.

Les cathéters une fois en place, ce qui se vérifie au moyen d'un colorant opaque aux rayons X, on mesure la pression sanguine dans les différentes cavités et dans les vaisseaux. On déplace ensuite le cathéter gauche dans l'artère coronaire droite, puis dans la gauche. Ces deux artères se ramifient à partir de l'aorte pour irriguer le muscle cardiaque. On injecte à nouveau un produit photosensible dans ces artères, tandis que le flux sanguin est enregistré et en même temps visualisé sur écran, grâce à une caméra vidéo. On peut alors observer les artères sous huit angles différents.

Très ému d'être de retour dans son milieu, même comme outsider, Brian examina la table de soins télécommandée, le complexe artériographique avec la puissante caméra et le moniteur, les différents types de cathéter étiquetés et alignés contre un mur, suspendus à des crochets dans leur emballage en Cellophane. Il regardait le contenu du chariot de réanimation quand son père entra dans la salle sur son lit roulant, poussé par le technicien chargé de piloter l'installation. C'était un Noir fin et élancé qui se présenta sous le nom d'Andrew.

— Le Dr Jessup m'a chargé de vous accueillir, dit-il. Elle va arriver. Bienvenue au labo.

— Si j'me faisais porter manquant et qu'vous me remontiez dans ma chambre ? hasarda Jack.

— Votre père est toujours comme ça ? demanda Andrew, un rien taquin.

— Oh, non, il est beaucoup plus virulent que ça d'habitude ! Ça doit être la prémédication.

Le local, que Brian avait trouvé immense en le visitant tout seul, se remplit rapidement. Une infirmière prit place derrière la paroi vitrée où elle commença à initialiser le matériel radioscopique et la vidéo. Quelques instants plus tard, une autre infirmière alla se mettre en tenue, enfila une paire de gants stériles et prépara le plateau d'instruments. Brian aida Andrew à porter Jack de son lit jusqu'à la table fluorescente.

— Seigneur, Brian, c'est comme une plaque de glace, ce truc. Ne me dis pas qu'ils ne peuvent pas réchauffer un peu ces tables. Il n'y a même pas de coussin. Les rayons passent à travers, non ? Dites, Andrew, si vous me donniez un oreiller ? J'y ai droit, hein ?

Brian soupçonnait la logorrhée de son père et ses protestations incessantes de dissimuler une trouille phénoménale. Andrew, qui l'avait sans doute senti aussi, posa une main fraternelle sur l'épaule de Jack. Celui-ci n'essaya pas de l'en empêcher, et Brian eut confirmation de ses doutes.

— Bonjour, tout le monde.

Carolyn Jessup émergea du vestiaire femmes et prit immédiatement contrôle de la salle. Elle portait un masque et une coiffe en papier, un ensemble chirurgical avec un pantalon flottant et des chaussures de tennis. Aussi attirante là-dedans que dans son tailleur de conférencière, pensa Brian. Elle commença par s'arrêter au chevet du malade.

— Alors, Jack, vous vous sentez comment ? demanda-t-elle.

— On fait aller, grogna-t-il. Je vous trouve très mystérieuse, sous ce masque.

Brian se retint de pouffer. Subitement, Black Jack Holbrook, l'homme qui, d'un regard, pouvait ordonner à des arrières de cent trente kilos de se jeter à plat ventre pour enchaîner vingt pompes de suite, Black Jack, l'entraîneur de choc, n'était plus qu'un bichon.

— Dans cet accoutrement, les femmes ont toujours un air mystérieux et séduisant, répondit Jessup. C'est pourquoi il y a une telle demande pour travailler au bloc. Des questions avant que nous commencions ?

— Une seule. Qu'est-ce que je fais ici ?

— Ces images sont indispensables pour vous soigner. Autrement, c'est comme si nous agissions les yeux bandés.

— Du moment qu'on ne m'opère pas...

Brian avait discuté avec Jessup des suites catastrophiques de l'opération de son père, sans lui cacher que celui-ci était prêt à tout supporter, sauf un nouveau pontage. *Nous verrons,* avait-elle commenté d'un air entendu.

Pour l'heure, elle chuchota quelques mots d'encouragement à l'oreille du malade, puis s'avança vers l'infirmière instrumentiste qui l'aida à enfiler ses gants et sa blouse.

C'est parti, se dit Brian en remarquant combien Jack paraissait petit et fragile, pris en sandwich entre la table et l'énorme caméra radioscopique.

Carolyn prit position à côté du patient, vérifia d'un coup d'œil que tout le monde était prêt, en particulier la responsable du poste vidéo, et se mit au travail. On sentait l'assurance et l'économie de mouvement dans ses moindres gestes. Elle fit montre d'une habileté infaillible pour introduire les deux aiguilles de gros calibre dans l'artère et la veine fémorale.

— Brian, j'ai réclamé ses radios à Suburban, dit-elle tout en enfilant les longs cathéters. On devrait les avoir dans la journée.

— Elles datent d'il y a quatre ans. Je me demande si vous pourrez en tirer quelque chose. Vous savez, je crois que je n'ai jamais vu de cathéter artériel comme celui-ci.

— Bien observé. Il s'agit d'un prototype Ward-Dunlop. Ça fait trois ans que nous travaillons avec eux à sa mise au point. Nous sommes un des établissements actuellement chargés de le tester. On ne se sert plus que de ça, ici.

— Ça ne m'étonne pas. Le progrès a l'air sensible par rapport aux modèles précédents.

— Effectivement. Nous espérons que d'ici un an ou deux, tous les services de cardio du pays l'auront adopté. Eh, Jack, vous êtes toujours avec moi ?

— Oui... mais je préférerais être avec vous à Hawaii.

Il parlait les yeux fermés, d'une voix alanguie et pâteuse. Le produit anesthésiant agissait convenablement.

— Bien, approuva Jessup. Si quelque chose vous fait mal ou vous gêne, n'hésitez pas à crier.

— Entendu.

— Maintenant, Jack, il faut que je vous dise qu'un autre médecin va passer vous voir pour examiner vos artères avec moi.

— Pas de problème. Faites comme vous voulez.

— Il s'agit du Dr Randa. C'est le chirurgien en chef de l'Institut de cardiologie.

— Pas d'opération, répéta Jack.

— Je sais, Jack. C'est votre point de vue et je vous comprends. (Brian crut déceler un soupçon de séduction dans sa voix.) Pour le moment, je ne suggère rien. C'est juste une consultation. Il va jeter un œil aux radios et aux images. D'accord ?

— Si... vous... le... dites.

Brian se réjouit de voir son père capituler si vite, même si la sédation était pour quelque chose dans la petite victoire de Jessup. Il se félicitait aussi que Laj Randa fût appelé à donner son avis, bien qu'on eût un jour décrit le chirurgien devant lui comme *un petit trouduc avec des mains de fée.*

Au fur et à mesure que Jessup faisait progresser les deux cathéters dans le cœur de Jack, elle vérifiait leur position en injectant un peu de colorant opaque aux rayons X, tout en positionnant la caméra avec une pédale. Elle contrôlait bien moins souvent que la plupart des cardiologues, ce qui ne surprit pas Brian. Elle mesura la pression dans les deux cavités du cœur droit, avant de s'arrêter sur le cœur artériel, ou cœur gauche, en particulier sur les artères coronaires de Jack.

— OK, dit-elle. Commençons par la coronaire droite. Vue antérieure oblique gauche, s'il vous plaît, Andrew.

Le technicien régla la caméra afin d'effectuer le premier des huit cadrages, et Carolyn Jessup envoya une giclée de colorant. Brian avait un œil sur l'ECG, l'autre sur le visage de son père, et il étudiait en même temps ses artères sur l'écran vidéo. A chaque injection, les vaisseaux apparaissaient en blanc lumineux, sur le fond gris du cœur palpitant. Bien que le tronc artériel soit le même chez tous les sujets, l'ensemble des ramifications, capillaires compris, forme une arborescence qui varie d'individu en individu, comme les empreintes digitales.

Brian avait vu juste. Les vaisseaux de Jack étaient en mauvais état. Presque toutes les artères importantes étaient touchées par des plaques d'artériosclérose. Deux des greffons du pontage semblaient bouchés. Question alcool et tabac, Jack et Shirley Holbrook ne s'étaient pas privés pendant les trois décennies qu'avait duré leur union. Après la mort de Shirley, d'une cirrhose suivie d'insuffisance rénale, Jack avait cessé de boire du jour au lendemain. Quand il laissa tomber la cigarette deux ou trois ans plus tard, le mal était en grande partie déjà fait.

Après une dernière injection dans la coronaire gauche, dite artère du condamné, Brian siffla entre ses dents et détourna les yeux. Jessup le regarda.

— Pas joli, souffla-t-elle.

Jessup s'apprêtait à retirer les cathéters quand la porte du vestiaire hommes s'ouvrit brusquement, livrant passage à Laj Randa, suivi à distance respectueuse par deux de ses étudiants. Le patron de chirurgie ne faisait guère plus d'un mètre soixante. Il avait la peau café au lait, les yeux noirs perçants et portait une barbe, ainsi qu'un turban de soie bleu. *Un sikh,* pensa Brian. Secte mystique indienne, persécutée depuis des siècles au Penjab. Il en avait fréquenté un pendant son internat. Peut-être l'homme le plus intense, le plus dogmatique et le plus déterminé qu'il eût connu. Si Randa était aussi fervent que lui, il n'avait jamais coupé ses cheveux. Sa barbe était soigneusement peignée et roulée sur elle-même.

— Alors Carolyn, dit Randa en passant à côté de Brian, ce monsieur a quel âge ?

Son accent était moitié anglais, moitié indien.

— Soixante-trois ans. Il...

— Opéré par ?

— Steve Clarkin. Quintuple pontage à Suburban il y a six ans, dit Brian.

Randa se figea et se tourna lentement vers Brian qui le dépassait de deux têtes.

— Et vous êtes ?

— Le fils de monsieur. Brian Holbrook. Je...

Randa s'était déjà retourné.

— Carolyn, vous pourriez me remontrer les images ?

Jessup fit signe à l'infirmière postée derrière la vitre. Celle-ci entendait tout. Brian se dit que Randa n'ignorait pas ce détail. Il aurait pu s'adresser directement à l'intéressée. L'hypothèse du trouduc semblait se vérifier.

Quelques instants plus tard, la cathétérisation de Jack repassait à l'écran.

— Voyez, dit Randa à ses carabins, il y a deux greffons hors d'usage sur cinq. Résultat typique pour Clarkin.

La remarque était inconvenante en toute circonstance, à plus forte raison en présence d'un patient de Clarkin. Jessup, visiblement habituée au chirurgien, restait imperturbable.

— Alors, lui dit Randa quand l'écran s'obscurcit, est-ce que vous comptez traiter ce monsieur avec votre potion magique ?

— Laj, ne parlons pas de ça ici.

— J'ai lu un article dessus dans le *Boston Herald.* Le *Herald !* Pourquoi pas le *National Enquirer ?*

— Je ne sais pas d'où la presse non spécialisée tire ses informations sur le Vasclear, répondit patiemment Jessup.

— Il faut croire qu'ils ont de bonnes sources. Je n'aime pas que ce soient les tabloïdes qui me fournissent l'information médicale dont j'ai besoin. Les méthodes pour informer la communauté scientifique d'une découverte ont certes évolué depuis les origines, mais elles n'incluent pas encore le *Boston Herald.*

— J'ai une bonne dizaine d'articles sur le Vasclear, acceptés ou déjà publiés dans les meilleurs périodiques professionnels.

La FDA [2] a des milliers de pages de documents concernant les recherches faites sur ce produit, ainsi que plusieurs dizaines d'artériogrammes fournis par nos services. Cela dit, Laj, si vous voulez encore discuter de ça, choisissons un autre endroit, voulez-vous ? Quant à votre question sur le traitement de monsieur, le protocole d'expérimentation du Vasclear exclut toute personne ayant subi un pontage. Par conséquent, M. Holbrook n'y a pas droit.

— Comme vous voudrez.

Randa se rapprocha de la table. Brian vit les yeux de son père s'ouvrir et se refermer. Il était éveillé et très conscient de ce qui se passait.

— Je suis le Dr Randa, dit le sikh à Jack, sans prendre la peine de lui serrer la main, ni de s'assurer qu'il ne dormait pas. Les artères de votre cœur sont obstruées par d'importantes plaques d'artériosclérose. Votre artériogramme le montre clairement. Vous avez intérêt à vous faire opérer le plus vite possible pour qu'on revoie votre pontage. Voyez avec le Dr Jessup pour les détails. Elle vous fixera une date. S'il y a un créneau dans mon emploi du temps, je préférerais que ce soit fait avant que vous ne rentriez chez vous. Sinon, vous devrez rester au lit en attendant qu'on trouve une solution. Quelqu'un de mon équipe passera vous voir dans la journée. Bonne journée, Carolyn.

— Merci d'être venu, dit-elle comme il passait la porte.

Brian se précipita au chevet de son père.

— Ça va ?

— Pas de chirurgie.

— On va essayer de s'en passer. Mais, écoute, Pop, je ne veux pas que tu nous quittes, les filles seraient anéanties et moi aussi. Je ferai de mon mieux pour t'épargner une opération mais si c'est la seule solution qui nous reste, il faut que tu me promettes de nous laisser faire. Jack ?

---

2. Food & Drug Administration : agence gouvernementale US, chargée du contrôle des produits alimentaires et des médicaments.

— Je n'aime pas ce type, dit-il après un long silence.

— Peu importe que vous l'aimiez ou pas, dit Jessup. Il se trouve que c'est un des meilleurs dans sa spécialité. Un des tout premiers au monde, Jack. On vous demande juste de nous croire là-dessus.

Pendant qu'on replaçait le patient sur son lit roulant, elle prit Brian à part.

— Randa est sec et méprisant, nous sommes d'accord, expliqua-t-elle. Mais croyez-moi, c'est un prodige en salle d'op. Il est encore plus pénible ces derniers temps, à cause de nos travaux sur le Vasclear. D'un point de vue corporatiste, il est évident qu'il se sent menacé par nos résultats.

— Je le comprends. Si ce qu'on dit est vrai, il risque de se retrouver dans la position du maréchal-ferrant regardant passer les premières Ford T. Docteur Jessup, au sujet de Jack et du Vasclear...

La cardiologue secouait la tête.

— Navré, Brian, en près de trois ans de recherche, nous n'avons pas enfreint le protocole une seule fois. Pas une seule. La seule chose que je puisse vous promettre, c'est que j'en parlerai au Dr Art Weber, chef du projet chez Newbury. Mais vous savez, même s'il accepte, ce qui est douteux, Jack serait incorporé au hasard dans un des groupes anonymes, ce qui ne lui laisserait que trente-trois pour cent de chances d'être traité à dose maxi, et autant de recevoir un placebo.

— Je comprends, mais, je vous en prie, faites ce que vous pouvez. En insistant beaucoup, on arrivera peut-être à le convaincre d'accepter une nouvelle opération. Je crois qu'il vous a à la bonne. Mais si on peut le soigner avec une chimio, il faut le faire. On lui doit bien ça.

— En améliorant son traitement actuel, on peut sans doute gagner du temps. J'ai quelques idées là-dessus, maintenant que j'ai vu sa pression sanguine. Et je vous promets que j'en parlerai à Weber. Mais dans l'état actuel des choses, personnellement, je recommanderais une intervention chirurgicale.

— D'accord, je ne discute pas. Mais il me faut du temps pour réfléchir et en discuter avec Jack. Je n'ai pas vu beaucoup de malades cardiaques souffrir comme il a souffert après un pontage. On a failli le perdre.

— Je sais.

— Bon, eh bien, merci. Inutile que vous restiez ici. Je vais lui tenir compagnie jusqu'à ce qu'on le remonte.

— En fait, il me reste quelque chose à faire, répondit Jessup avec un sourire énigmatique. Suivez-moi.

Brian lui emboîta le pas. Ils revinrent au chevet de Jack.

— Comment te sens-tu, Pop ?

— Pas à la fête. Qu'est-ce que c'était que ce type ? Un genre d'Arabe ?

— Non, un Indien. Il n'est pas très courtois avec les malades.

Carolyn l'interrompit pour s'adresser au reste de l'équipe.

— Je vais vous demander de vous retirer dans les vestiaires quelques instants car je souhaite parler seule avec ces messieurs. Merci.

Elle attendit que les portes se referment pour sortir de sa poche une enveloppe blanche qu'elle tendit à Jack.

— Le directeur de l'institut, M. Pickard, m'a fait remettre ceci juste avant que je descende ici. C'est arrivé à son bureau ce matin. Il regrette de ne pouvoir être là mais je suis heureuse de le remplacer. Allez-y, Jack, ouvrez.

Le vieil entraîneur s'exécuta, les mains un peu tremblantes, et sortit de l'enveloppe une carte de format moyen qu'il examina en écarquillant les yeux.

— Seigneur, dit-il finalement, en dévisageant la doctoresse. C'est pour de vrai ?

Elle confirma de la tête.

— Oh, doc... Ça va me faire plus de bien que toutes les pilules et toutes les opérations du... Tiens, fils, regarde.

Brian prit la carte et lut :

ÉTAT DU MASSACHUSETTS
DIRECTION DES AFFAIRES SANITAIRES
David Connolly, Gouverneur
DÉLIVRE L'AUTORISATION D'EXERCER
LA MÉDECINE AU DR :

Suivaient le nom de Brian et son adresse. Il y avait un addenda imprimé au bas du document, spécifiant que l'autorisation était provisoire, mais ça ne changeait rien. Brian détourna la tête. Il avait peur de fondre en larmes aux premiers mots qu'il dirait.

— Vous commencez ici comme assistant lundi prochain, annonça Jessup. Vous travaillerez avec moi, dans ce service. Si ça se passe bien, vous pourrez être autonome en quelques semaines. Promettez-moi juste une chose.

— Pas de problème, fit Brian, tout ce que vous voulez...

— Promettez-moi de ne plus humilier la Faculté avec vos diagnostics foudroyants !

Angus « Mac » MacLanahan se flattait d'être un type positif. Il avait toujours été optimiste dans la vie, que ce soit à Glasgow, quand il travaillait chez Jaguar à la chaîne d'assemblage, ou comme mécano, après avoir émigré aux States. Content de son sort mais essayant toujours de s'améliorer. Et voilà qu'il ne pouvait plus mettre un pied devant l'autre sans souffler comme un phoque. Le cœur serré, il continua à grimper doucement la petite rue séparant la clinique de son appartement vide. Il essaya de se consoler en se disant qu'il avait pris du bon temps, et que chef mécano au garage Jag de Back Bay, ce n'était pas si mal que ça, surtout par les temps qui courent. Il avait trois enfants formidables et une femme super. Enfin super avant que tout se détraque. Avant sa douleur à la poitrine, avant l'opération, les rendez-vous à répétition chez le toubib, la chimiothérapie qui empoisonne, la douleur osseuse, la perte de poids et l'ultime délivrance.

Six mois après la mort de sa femme, Mac avait connu à son tour un premier épisode de douleur pectorale. Il était en train de souder à l'arc quand il fut pris d'une douleur soudaine, une espèce de brûlure sous pression, d'abord au sternum, puis partout, dans les épaules, au cou, dans les mâchoires et jusqu'aux oreilles. Au fond de lui-même, il savait que c'était le palpitant. Mais son esprit refusait de l'accepter. Il avala juste un verre d'eau, s'assit sur une chaise, s'essuya le front et respira lentement jusqu'à ce que la douleur cesse d'elle-même.

Il n'en parla à personne, ni à ses fils, ni à ses collègues, ni à son docteur. Pendant un mois ou deux, il ne força pas, et chaque fois qu'il sentait venir la douleur, il s'arrêtait pour faire une pause. Mais finalement, quelques pintes au bar The Tartan eurent raison de sa discrétion et Mac commit l'erreur de mentionner l'incident en bavardant avec son pote Marty Anderson. Le surlendemain, Marty le traînait de force chez son médecin.

Ça se passait deux ans plus tôt et maintenant, il se demandait s'il n'aurait pas mieux fait d'accepter de se faire charcuter.

Il n'y avait que deux cents mètres à faire jusqu'à son appartement, pourtant il arrivait seulement à la supérette et s'était déjà arrêté trois fois. Le médecin de la clinique, une femme qui semblait à peine sortie du lycée, l'avait adressé à un diététicien pour modifier une fois de plus son régime sans sel, et sa dose de diurétique était passée à deux pilules deux fois par jour. Quand Mac lui avait rappelé qu'il se levait déjà trois ou quatre fois par nuit, elle s'était mise à rire en lui disant que ses chevilles désenfleraient et qu'il respirerait beaucoup mieux s'il mangeait moins de chips et buvait moins de bière.

— Pourquoi pas m'euthanasier direct ? avait répondu Mac, ne plaisantant qu'à moitié.

Il entra à petits pas dans la supérette et attrapa du lait, du ketchup, un paquet de cookies à la vanille et la moitié d'un petit paquet de Doritos. En arrivant à la caisse, il haletait.

— Ça va aller ? lui demanda l'employée.

— Oui... oui, bredouilla Mac. Un peu... essoufflé, c'est tout.

— Vous êtes sûr ?

— Ça ira mieux dans... une minute... Tenez.

Il paya, et resta quelques instants appuyé au comptoir avant de sortir du magasin.

— Vous êtes sûr que vous ne voulez pas que j'appelle quelqu'un ? lui cria la caissière par la porte.

Cent cinquante mètres, se dit Mac. Sûr qu'il ne tenait pas la forme, mais bon Dieu, deux pâtés de maisons, ça paraissait faisable... Tout de même, si ça ne s'arrangeait pas, une décision s'imposerait car il ne pouvait pas continuer à vivre seul. Hors de question d'aller en maison de retraite. Ou d'être à la charge de ses enfants. Finalement, la petite doctoresse a peut-être raison, pensa Mac. Il doit suffire d'augmenter la dose de diurétique.

Quand il arriva à son immeuble, ses pieds gonflés lui faisaient mal. Il ne pensait qu'à ôter ses chaussures, ses chaussettes, et à s'étendre. Dernier obstacle entre lui et sa chaise longue : un étage à monter. Il tourna sa clef dans la serrure du digicode et poussa la porte d'entrée. Une main sur la rampe, l'autre serrant son sac de provisions, il commença à grimper les marches une à une.

Quand il arriva sur le palier, il s'adossa au mur, suffocant, avant d'ouvrir sa porte. Comme d'habitude, l'appartement était plongé dans le noir total. A quoi bon brûler de l'électricité sans raison ? Il fit un pas sur le seuil et sentit tout de suite une forte odeur de gaz. Tiens ! la veilleuse du chauffe-eau a dû s'éteindre, pensa-t-il en refermant la porte. Je vais ouvrir les fenêtres et réparer ça vite fait. D'un geste machinal, il actionna l'interrupteur du salon, faisant jaillir une étincelle entre les contacts.

L'atmosphère, saturée de gaz, se transforma instantanément en une boule de feu. Les tympans de Mac implosèrent, ses yeux fondirent, ses vêtements s'embrasèrent. Quand il fut projeté contre le mur de l'entrée, ses poumons et sa peau étaient déjà carbonisés. Et il avait perdu conscience depuis plusieurs secondes quand le mur lui-même s'enflamma.

Brian quitta l'hôpital à cinq heures et marcha jusqu'à l'église méthodiste de South End, songeur. A son retour de post-cure, il s'était montré trop fier pour aller aux réunions des AA ou des NA là où il risquait de tomber sur ses anciens malades. Il préférait l'anonymat urbain de Boston.

A la troisième ou quatrième réunion au sous-sol de l'église, lors d'une pause café, il fut abordé par un Noir élancé, les cheveux grisonnants, qui portait des verres correcteurs à monture d'écaille. Ils firent connaissance. L'homme ressemblait assez à un prof, n'étaient la cicatrice en forme de F qui ornait son deltoïde droit et les tatouages qu'il s'était faits lui-même sur huit phalanges afin qu'on lise HARD LUCK quand il serrait les poings.

— Tu sais, lui dit Freeman Sharpe ce soir-là, de sa voix de basse éraillée, on n'est pas aux Acnés Anonymes, ici. Ce que nous combattons, c'est une maladie mortelle, particulièrement vicelarde. Elle sait attendre son heure. Si tu persistes à t'asseoir au dernier rang, les mains sur les fesses, et à ne parler à personne, tu vas replonger et probablement plus vite que tu ne crois.

Peu de temps après, Sharpe s'était porté volontaire pour être le sponsor de Brian, c'est-à-dire l'aider à rencontrer des gens, à reprendre pied socialement et moralement. Même maintenant, ils se parlaient encore au téléphone plusieurs fois par semaine. Quel que soit le problème de Brian, Freeman avait toujours une solution raisonnable. Freeman lui répondait et répondait de lui.

Ce soir, cependant, Brian était tellement perplexe qu'il se demandait si Sharpe trouverait quelque chose à lui dire.

Aphrodite : fini ; Speedy Rent-A-Car : idem ; Darryl : plus jamais ; bientôt assez d'argent pour voir venir et d'ici trois jours il serait de retour au chevet des malades. D'un seul coup tout remarchait comme avant. Alors pourquoi se sentait-il si mal à l'aise ?

L'inexplicable appréhension commença à se dissiper sitôt qu'il mit les pieds dans le sous-sol lépreux de l'église. Bien qu'il participât surtout aux meetings des Narcotiques Anonymes, il assistait aussi volontiers à ceux des Alcooliques Anonymes, pour au moins deux bonnes raisons. D'abord, une drogue, c'est toujours une drogue, comme on le lui avait dit et répété en post-cure ; ensuite la décision de se priver de tout psychotrope incluait naturellement aussi l'alcool.

A son arrivée, Freeman Sharpe lui fit signe du bout de la salle. Ils se serrèrent la main, se tapèrent sur l'épaule, et le Black le toisa avec ce regard fraternel et inquisiteur auquel Brian s'était vite habitué.

— C'est pas que je m'en plaigne, mon p'tit Holbrook, mais t'as pas l'air d'un gars à qui on vient d'ôter le licol, fit le sponsor.

— Ça se voit à ce point ?

— Ça se voit.

— Je crois que j'ai la trouille.

— De quoi ?

— Je ne sais pas.

— J'y crois pas. Tu sais bien que t'as tout à gagner.

— Oui, mais l'Institut de cardio de Boston, c'est... c'est trop. Vraiment le top.

— Et alors ?

— Avec mes antécédents, ils vont m'avoir à l'œil.

— Et alors ?

— J'ai pas envie de merder.

Freeman essuya ses verres d'un air pensif, puis il serra le poing droit et contempla les pigments indélébiles shootés sous sa peau.

— Mmm, je vois, lâcha-t-il finalement.

Les participants commençaient à prendre place pour la réunion du vendredi soir. Freeman préférait bavarder avec Brian au grand air. Il l'emmena dehors. Brian se dit qu'il devait avoir une importante leçon à lui faire pour s'absenter d'un meeting.

— OK, dit Freeman, en croisant les bras, appuyé contre le mur de l'édifice. Tu as peur de merder dans ton super centre de cardiologie. Mais dis-moi. (Son regard capta celui de Brian pour ne plus le lâcher.) C'est qui, exactement, celui qui t'a embauché ?

— Pickard. Ernest Pickard. Le directeur.

Brian voyait à peu près où Freeman voulait en venir, mais il se laissa questionner.

— Le directeur... Et il t'a embauché ?

— Exact.

— Il a vu tes papiers, tes antécédents, ton dossier médical, tout ça ?

— Oui.

— Il a vérifié tes références ?

— Oui.

— Et il a quand même décidé de t'embaucher ?

— Eh oui.

— C'est un type intelligent ?

— Très.

— Bon, alors les choses telles que je les vois, arrête-moi si je me trompe, se présentent comme ça. Tu n'es pas responsable de ta nomination. Un homme très intelligent, qui sait en quoi le boulot consiste et qui sait évaluer la compétence médicale, et qui, de plus, sait tout ce qui t'est arrivé, a décidé que tu faisais l'affaire.

— Il faut croire.

— Alors, est-ce que tu vois où je t'emmène ?

Sharpe le fixait d'un regard intense. L'homme était passé maître dans l'art de poser les questions et d'accoucher des réponses pile au bon moment.

— Faut que je fasse de mon mieux, quoi, répondit Brian après quelques instants d'hésitation.

Ça ressemblait à un enfant sage qui prend de bonnes résolutions, mais il n'y pouvait rien.

— Eh oui, mon pote ! s'exclama Freeman avec un large sourire. Et dis-toi bien que si le mieux que tu puisses faire à l'hosto c'est de merder, eh bien, c'est pas ton problème, c'est celui d'Ernest Pickard parce que c'est lui qui t'a choisi.

5

Le Dr Alexander Baird tourna la tête pour regarder les cameramen, et les reporters qui se pressaient derrière lui. Les témoins lumineux des caméscopes s'allumèrent aussitôt. Les membres de la commission sénatoriale pour les affaires gouvernementales observaient une pause de cinq minutes. Baird, le commissaire de la FDA, se félicitait d'avoir soulagé sa vessie avant l'ouverture des débats. L'idée de devoir traverser la foule pour aller aux chiottes n'avait rien d'exaltant.

Le mandat de la commission sénatoriale consistait à vérifier que la FDA accomplissait sa mission de manière correcte. *Politiquement* correcte, bien entendu. Depuis une semaine, des bruits couraient dans l'entourage de Baird. Quelque chose d'important devait se passer lors de cette séance. Mais personne ne semblait savoir quoi. Or, après trois quarts d'heure de questions-réponses sur divers sujets, Baird ne s'expliquait toujours pas pourquoi médias et observateurs étaient deux fois plus nombreux que d'habitude.

— Teri, je n'arrive pas à me débarrasser de l'impression qu'ils savent tous quelque chose que j'ignore, souffla-t-il en jetant un coup d'œil à la tribune où siégeaient les sénateurs.

Le Dr Teri Sennstrom, chargée de mission pour les médicaments cardio-vasculaires, remplit d'eau glacée un verre que son patron déclina.

— J'ai la même impression, dit-elle. Faut-il envoyer des éclaireurs, Général Custer ?

— Très drôle.

— Très sérieux. Je flaire l'embuscade, mais je n'arrive pas à savoir où ni quand.

Depuis dix mois qu'il travaillait avec elle, le patron de la FDA avait appris à se fier en toute chose à l'opinion de Teri. Elle avait trente-six ans, le même âge que sa fille. Mais contrairement à Margaret qui, après avoir rebondi de fac de lettres en école de commerce, ne savait toujours pas ce qu'elle voulait faire de sa vie, Teri, entrée à l'agence gouvernementale trois ans avant l'arrivée de Baird, était motivée, débrouillarde et par-dessus tout loyale. Il n'était pas fréquent qu'il y eût des postes de directeur délégué à pourvoir à la FDA, mais à la prochaine nomination, Teri Sennstrom serait la mieux placée sur la liste des candidats. Aujourd'hui, elle siégeait à droite de Brian en qualité d'expert médical. A sa gauche, se trouvait l'avocat de la FDA, vieux briscard des guerres politiques, nommé Barry Weisman.

La réunion de la commission, présidée par le puissant sénateur républicain du Massachusetts, Walter Louderman, était la deuxième à laquelle Baird participait depuis sa nomination à la tête de la FDA. La première, peu après sa prise de fonction, n'avait été qu'un faux affrontement, un tour de chauffe, durant lequel un Louderman tout sourire lui avait insidieusement fait savoir que bien qu'il fût l'homme du Président, libéral jusqu'au bout des ongles, le Congrès et toutes les commissions importantes restaient contrôlées par le Grand Old Party, c'est-à-dire les Républicains. Aujourd'hui, Louderman, Républicain modéré ne cachant pas ses aspirations nationales, n'avait pas encore pris la parole.

A l'origine médecin de famille dans une petite ville de l'intérieur, Baird était enseignant à l'école de médecine du Missouri quand il avait été appelé à redresser la FDA par le président des États-Unis. Mal gérée pendant la précédente législature, l'agence était alors sous le coup de plusieurs scandales, notamment une vilaine histoire de pots-de-vin destinés à couvrir l'étiquetage frauduleux d'aliments pour bébés. Sur certains sujets tels que tabagisme et contrôle des armes, Baird se montrait inflexible. Déjà critiqué pour son manque de réalisme politique, on disait aussi qu'il n'avait ni le charisme ni même l'endurance physique pour rester longtemps à son poste.

Il couvrit le micro de sa main et se pencha vers Teri.

— Qu'est-ce qu'il dirait, Harvey Wiley, s'il voyait ce cirque !

Wiley, chimiste et défenseur des droits du consommateur, grâce à qui fut votée la première loi consumériste sanitaire aux

USA, le Food and Drug Act de 1906, était généralement considéré comme le père de la FDA.

Un fin sourire se dessina sur le visage de Teri.

— Wiley était un animal politique, dit-elle. Il aimait en découdre et aurait été parfaitement à son aise dans cette assemblée. Mais permettez-moi une petite correction, docteur Baird. Les cirques ont pour ambition de nous émouvoir et de nous distraire. Ces débats en commission me font plutôt penser à une pièce de théâtre. Théâtre de l'absurde, bien sûr.

Elle montra les sénateurs qui reprenaient place et, d'un même geste, lissa ses cheveux blonds en redressant la tête.

— Acte deux, annonça-t-elle.

Barry Weisman coupa son micro et celui de Baird.

— Bon, c'est reparti, Alex, dit-il. Je suis là, juste derrière vous. N'hésitez pas à mettre la main sur le micro et à me glisser un mot à l'oreille, même si c'est juste pour casser le rythme. Ça passe très bien à la télé. Et surtout, n'oubliez pas : ne jamais baisser la garde, pas un seul instant, même s'ils vous gavent de compliments en souriant jusqu'aux oreilles.

— Comptez sur moi, répondit Baird.

— Autre chose. Si vous pouvez vous arranger pour que la caméra focalise le plus possible sur Teri, c'est tout bénéf pour l'image de l'agence.

— Un soupçon de discrimination positive, peut-être ? fit l'intéressée en haussant un sourcil ironique.

Weisman sourit. Teri et lui étaient bons amis depuis des années. Leur amitié datait du jour où Barry avait renoncé à la draguer.

— Juste un truisme biologique, dit-il.

— OK, docteur Baird, commença Louderman, revenons à nos affaires. Mon estimé collègue du Texas, le sénateur Harrington, aurait des questions à vous poser concernant quelques dossiers récemment examinés par votre agence.

— Vous connaissez le bonhomme, n'est-ce pas ? chuchota Teri en couvrant le micro.

Baird acquiesça de la tête. Le sénateur Bart Harrington était le faire-valoir de Louderman, et à l'occasion sa force de frappe. Quoi qu'il ait à dire, ce devait être sur ordre du président de la commission. Du reste, Baird se doutait de ce qui l'attendait. Une de ses premières mesures à l'agence avait été d'interdire, trois ans après sa mise sur le marché, le Kinethane, un médicament controversé contre l'obésité. Le produit, qui avait fait gagner des centaines de millions de dollars à une société texane, provoquait, semblait-il, une forme rare mais mortelle de pancréatite. Sur les millions d'utilisateurs, la proportion de malades concernés était faible, mais significative.

Cet anorexigène avait causé la mort de vingt-cinq personnes. Un procès était en cours. Pour sa défense, le fabricant avait fait faire une contre-expertise. Une équipe de statisticiens grassement payés s'était efforcée de prouver que, étant donné l'amélioration de la santé accompagnant une perte de poids même modeste, et compte tenu de l'existence *naturelle* de cette forme de pancréatite, les avantages du Kinethane l'emportaient largement sur ses inconvénients. Mais la FDA employait ses propres statisticiens. Et en fin de compte, Baird n'avait eu d'autre choix que d'interdire le médicament.

Baird savait qu'en général, les séances en commission les plus mouvementées tournaient autour de l'approbation par l'agence d'une substance ultérieurement jugée nocive. Il s'attendait qu'on lui demande pourquoi la FDA avait mis tant de temps à évaluer les dangers du Kinethane et à prendre des mesures. Teri Sennstrom et lui se tenaient donc prêts à répondre, bardés d'arguments et de documents. Anticipant l'attaque du sénateur, il sortit un épais dossier d'une pile placée à côté de lui.

— Docteur Baird, commença Harrington, je tiens d'abord à vous féliciter pour la façon dont vous menez à bien le redressement de la FDA.

Baird jeta un œil vers Barry Weisman qui se frotta le menton en haussant les épaules.

— Merci, Sénateur, répondit Baird. C'est notre ambition, en effet.

— Aujourd'hui, docteur Baird, j'aimerais que vous nous fassiez partager vos informations concernant certains médicaments actuellement en phase d'expérimentation clinique.

— Que désirez-vous savoir ?

— Eh bien, par exemple, combien de temps faut-il pour qu'un nouveau médicament soit accessible au public ?

— Depuis l'expérimentation animale ?

— Oui.

— Eh bien, cela dépend beaucoup du médicament, de l'ampleur du travail effectué par les laboratoires pharmaceutiques, et de divers autres facteurs. Mais la procédure complète, du début à la fin, peut s'étaler sur une période allant de cinq à dix ans, voire plus, et coûter jusqu'à cent vingt-cinq millions de dollars.

— En ce qui concerne l'expérimentation sur l'homme, il y a trois phases, n'est-ce pas ?

La question surprit Brian mais il répondit sans hésitation.

— Essentiellement, oui. Chacune de ces phases comporte plus de patients que la précédente, et le protocole de recherche est diversifié.

— Est-il arrivé qu'une substance prometteuse, susceptible de sauver des vies humaines, bénéficie d'une autorisation de mise sur le marché avant l'achèvement de la phase deux ?

— Oui, Sénateur Harrington. C'est arrivé.

Harrington, dont le nez couperosé à la W.C. Fields suggérait un sérieux problème de boisson, consulta ses notes avant de se gratter la gorge.

— Docteur Baird, pourriez-vous nous dire quelque chose sur le médicament appelé Lovastatin ?

— Oui, quoi ?

— Juste un résumé de l'histoire de ce produit du point de vue de la FDA.

Teri couvrit le micro.

— Vous voyez où il veut en venir ? souffla-t-elle.

— Non. Pas du tout.

— Alors tâtez le terrain avant de vous avancer.

— Le Lovastatin est un excellent médicament pour faire baisser le taux de cholestérol, produit par les laboratoires Merck and Company. Il a reçu l'approbation des services sanitaires gouvernementaux en août 1997.

— L'autorisation de mise sur le marché, dite AMM, est le dernier stade avant la commercialisation, n'est-ce pas ?

— C'est exact, Sénateur.

— Eh bien, docteur, pourriez-vous, s'il vous plaît, nous dire combien de temps s'est écoulé entre la demande de mise sur le marché et l'autorisation émise par vos services, dans le cas du Lovastatin ?

— Avant de vous répondre, dit Brian prudemment, il faut que je vous explique qu'un nouveau médicament n'est soumis à nos services que lorsque les phases un, deux et trois ont été...

— Oui, oui, je comprends, docteur. Pourriez-vous répondre à ma question, s'il vous plaît ?

L'interruption, et le ton de Harrington, mirent aussitôt Baird en alerte rouge.

Molo, molo ! gribouilla Weisman sur le calepin posé devant eux.

— Le Lovastatin a été agréé neuf mois après le dépôt du dossier d'AMM, dit Baird. Mais la recherche sur ce produit avait...

— Merci, docteur.

— Non, monsieur le sénateur, un instant, je vous prie. Je n'ai pas fini ma phrase. Les laboratoires Merck ont effectué des recherches cliniques méticuleuses sur leur produit et nous ont soumis un rapport exhaustif, extrêmement sérieux et documenté. Leur travail sur le Lovastatin a commencé à la fin des années 70.

— Dans ce cas, veuillez nous dire précisément combien de temps s'est écoulé, pour le Lovastatin, entre le commencement de la phase deux et l'AMM.

— Je n'ai pas cette information à portée de main. Mais je serais heureux de vous...

— Trois ans, docteur Baird. Le Lovastatin a été mis sur le marché trois ans après le début de la deuxième phase d'expérimentation sur l'homme.

Avec une moue de mépris tellement poussée qu'elle en devenait comique, Harrington se tourna vers Louderman pour lui signifier qu'il lui passait le relais. Walter Louderman, un costaud à poil ras diplômé de Harvard, tripota quelques papiers, puis il avala posément un grand verre d'eau et, s'étant rituellement raclé la gorge, fixa son regard bleu pâle sur le chef de la FDA.

— Docteur Baird, il y a un autre médicament dont j'aimerais que vous nous parliez. Il s'agit, pardonnez ma prononciation, d'un produit appelé Zidovudine.

— Votre prononciation est parfaite, Sénateur.

T'as bien dû répéter le mot cent fois avant de te risquer devant le micro, vieux renard.

— Le médicament auquel vous faites allusion est mieux connu sous le nom d'AZT, qui est celui de son principe actif.

Barry Weisman fit signe à Baird de lui laisser la parole et se rapprocha de son micro.

— Monsieur le sénateur, dit-il, qu'est-ce qui vous pousse à poser cette question, si ce n'est pas indiscret ?

— Si vous voulez bien prendre patience quelques instants, monsieur Weisman, je pense que votre curiosité sera satisfaite. Docteur Baird, pourriez-vous nous faire une histoire résumée de l'AZT, comme vous l'avez fait pour le Lovastatin ?

Baird flairait la question piège mais ne voyait toujours pas où l'autre voulait en venir.

— L'AZT est un agent antiviral mis au point par les laboratoires Burroughs-Wellcome & Co, aujourd'hui Glaxo Wellcome. Son efficacité dans le traitement du SIDA est prouvée.

— Et quand est-ce que les études cliniques sur ce produit ont commencé ?

— Je ne peux pas vous le dire précisément. Vers le milieu des années 80, je pense.

— Eh bien, sachez-le, docteur, la phase un des tests cliniques pour l'AZT a commencé précisément en juin 1985. La phase deux a commencé sept mois après. L'expérimentation sur les malades était achevée dès septembre 86. Il n'y a jamais eu de phase trois.

Baird eut brusquement envie de pisser et se maudit de ne pas avoir profité du temps de pause. Paradoxalement, signe de fatigue, ou d'anxiété, il avala coup sur coup trois gorgées de l'eau glacée servie par Teri, avant de faire signe à celle-ci de répondre.

— Nous ne sommes pas sûrs de bien vous suivre, monsieur le sénateur, dit-elle. La FDA est assurément fière de la rapidité avec laquelle le Lovastatin et l'AZT ont été mis à la disposition des malades.

— Vous l'êtes à juste raison, docteur Sennstrom. Car ces deux médicaments ont permis de sauver d'innombrables vies humaines.

Louderman marqua une pause, histoire de faire risette aux cadreurs télé, et se remit à fouiller dans ses papiers.

Weisman griffonna une bombe sphérique avec une mèche allumée, inscrivit le nom du sénateur dedans et compléta par un GAFFE !, avant de pousser le calepin vers son patron.

— Docteur Baird, docteur Sennstrom, êtes-vous au courant de l'existence d'un médicament nommé Vasclear, actuellement en phase deux d'expérimentation clinique ?

— Nous connaissons l'existence de ce produit, oui, répondit Baird.

— Pourriez-vous nous décrire son effet ?

— Avec les réserves d'usage concernant notre approbation, je peux vous dire qu'on prête à cette substance la propriété de dissoudre l'artériosclérose.

— Dissoudre l'artériosclérose. Vous voulez dire que ça peut soigner le durcissement des artères ?

C'est alors que Baird se souvint de Newbury Pharmaceuticals, la petite boîte fabriquant le Vasclear, située à Boston, fief du puissant sénateur. Il comprit soudain le pourquoi et le comment de toute la séance. Pour une embuscade, c'en était une belle. Il s'écarta du micro.

— Barry, chuchota-t-il. On sait à quoi s'en tenir, maintenant.

Si j'estime qu'il dépasse les bornes, j'aimerais que vous sortiez de la salle, et que vous appeliez le Président pour lui dire d'intervenir.

Il se retourna vers Louderman.

— D'après ce que je sais de ce produit, monsieur le sénateur, et je reconnais que ce n'est pas grand-chose à l'heure qu'il est, on peut effectivement parler d'une possibilité de traitement en ce qui concerne le durcissement des artères. Mais permettez-moi de vous dire, ainsi qu'à tous ceux qui nous écoutent, que les études sur le Vasclear n'en sont qu'au stade préliminaire.

— Un produit qui guérit l'artériosclérose, et vous n'en savez pas plus que ça ?

— Un produit qui *peut guérir* l'artériosclérose, Sénateur. Il y a littéralement des centaines de nouveaux médicaments soumis chaque année à nos services. Et je vous répète que les recherches sur le Vasclear sont loin d'être achevées.

— Je vous demande pardon, monsieur, rétorqua Louderman, mais les travaux sur ce médicament sont au contraire très avancés et j'estime que le peuple américain a le droit de savoir que les résultats sont ahurissants. Je sais de source certaine que les chercheurs de Newbury ont déjà soumis deux fois à votre agence un dossier d'AMM vous priant de leur accorder la même considération que pour l'AZT, et que votre administration a refusé à chaque fois.

Baird dessina un combiné avec le nom du président des Etats-Unis et une flèche. Barry Weisman sortit son portable de sa serviette, le glissa dans sa poche de veste et quitta la salle d'audience. Baird temporisa avec une nouvelle gorgée d'eau. A sa connaissance, le Vasclear était effectivement très prometteur. Mais par ailleurs, il savait que l'entourage de Louderman avait exercé des pressions sur l'équipe de l'agence chargée d'évaluer les demandes de Newbury.

Les bénéfices escomptés d'un produit réellement capable de soigner l'artériosclérose étaient astronomiques. Louderman allait probablement être candidat à l'investiture républicaine pour les présidentielles. Le fait de soutenir publiquement le produit dès maintenant pouvait s'avérer une juteuse opération de précampagne, d'autant qu'une part des profits espérés se retrouverait immanquablement dans les caisses de son parti.

D'après ce que lui avait dit son équipe, toutefois, et malgré les espoirs engendrés par les premiers résultats de la phase deux, l'expérimentation clinique sur les malades demandait à être poursuivie.

— Excusez-moi, docteur, insista Louderman, mais pourriez-vous répondre à ma question ?

— Je, heu... puis-je vous demander de la répéter, monsieur le sénateur ?

— Votre agence a accéléré la commercialisation du Lovastatin et de l'AZT parce que ces médicaments pouvaient sauver la vie de milliers de personnes. Est-ce que vous n'en diriez pas autant du Vasclear, un produit qui guérit une maladie mortelle, horriblement coûteuse pour le pays ?

— Pour le moment, Sénateur, je ne dirai du Vasclear qu'une seule chose : c'est un produit très prometteur.

— Eh bien, c'est faux ! assena Louderman en martelant du poing son bureau. Vous n'avez certainement pas lu personnellement le compte rendu des derniers travaux sur le Vasclear. Sinon, vous seriez beaucoup plus enthousiaste, j'en suis sûr.

Baird ne savait quoi répondre.

— Peut-être, dit-il.

— Cette commission se réunira à nouveau dans un mois, docteur Baird. J'espère qu'alors, vous serez en mesure d'annoncer à nos concitoyens...

Un des assistants du sénateur, arrivé par-derrière, venait de tendre un portable à son patron. Louderman écouta pendant une demi-minute, dit quelques mots et lui rendit l'appareil. Il regarda Baird avec un sourire glacial et celui-ci crut entrevoir un tic nerveux au coin de son œil.

— Bon, eh bien, il semble que vous bénéficiez d'une protection particulière de la part de l'actuel occupant de la Maison Blanche. On souhaite là-bas que vous ayez tout le temps nécessaire pour évaluer l'état des recherches sur le Vasclear, étant entendu que vous en ferez votre plus urgente priorité.

Baird et le sénateur échangèrent un regard prolongé.

— Je ferai de mon mieux, monsieur, dit le fonctionnaire fédéral.

— J'espère, fit Louderman avant de se dresser et de se tourner vers les caméras. Et, j'espère aussi, monsieur, que tous les malades cardiaques, alités et souffrants, seront aussi patients que le Président l'est avec vous.

Sur quoi, sans attendre une nouvelle réplique, il leva la séance d'un coup de maillet.

La tribune s'étant vidée, Baird se tourna vers Teri.

— Je ne voulais pas lui dire que vous étiez chef de projet pour cette évaluation.

— Ça ne m'aurait pas gênée. L'enquête que nous faisons est on ne peut plus sérieuse.

— Je sais bien. Qu'est-ce que vous pensez de ce qu'a dit Louderman ?

— Je n'aime pas le message subliminal insinuant que nous sommes prêts à tout faire pour soigner les malades du SIDA, mais que nous freinons la sortie d'un médicament miracle pour l'Amérique profonde. Ça ressemble trop à une course à la présidence de sa part.

— Au point où nous en sommes, plus personne ne doute qu'il sera candidat. Vous pensez qu'il faut accélérer le protocole du Vasclear ?

— Je ne peux pas encore juger. Mais le fait est que la molécule donne beaucoup d'espoirs. Et il est clair que nous sommes bien dans la catégorie des substances capables de sauver des vies.

Le regard de Baird s'attarda quelques secondes sur les traits intelligents de son assistante. Weisman avait raison. Elle donnait une image très positive de l'agence.

— Bon alors, ça roule, dit-il. Vous savez ce qu'il vous reste à faire. Je n'aime pas subir l'influence de qui que ce soit mais je savais que le poste était politique en l'acceptant. Je vais donc faire de ce produit une de mes priorités. Seulement il va falloir que vous m'aidiez à réduire l'ensemble du dossier à une taille raisonnable pour que je puisse l'exploiter.

— Comptez sur moi.

— Commencez à rassembler toute la doc et revoyons-nous... d'ici une semaine, mettons.

— Très bien.

— Et, Teri ?

— Oui ?

— Laissons Louderman rouler des mécaniques tant qu'il veut. Ce n'est que de la politique politicienne. Rappelons-nous plutôt quelles sont nos responsabilités. Je ne veux pas d'un nouveau Kinethane, ni d'une nouvelle affaire Thalidomide. Louderman ou pas, si ce médicament pose un problème, il ne faut pas que le public y ait accès.

6

Salle courrier, central téléphonique, local sécurité, bureau du personnel. Au fur et à mesure qu'il se repérait dans le labyrinthe de couloirs et de bâtiments de White Memorial, Brian cochait l'endroit d'un trait de crayon sur sa liste. Il y avait plus de dix ans qu'il ne s'était livré à cet exercice de découverte d'un hôpital, et il se sentait aussi concentré, aussi nerveux que le jour où il avait débuté comme cardiologue à Chicago.

A la lingerie, Brian essaya d'expliquer qu'il fonctionnerait essentiellement comme assistant, mais ça ne collait pas avec ses titres officiels. Après une longue réflexion, la dame au guichet des uniformes se décida pour deux vestes blanches et deux blouses.

— Pas de pantalon blanc, dit-elle avec un fort accent asiatique. Les pantalons, c'est pour les p'tits internes de l'année.

Dernier arrêt : le bureau du personnel. A la demande de

Pickard, Brian avait été ajouté à la liste de médecins, infirmières et autres employés subissant un contrôle des urines, pour diverses raisons allant de l'alcoolisme à toutes les formes de toxico-dépendance. Plutôt mal à l'aise, il se présenta à l'infirmière responsable du programme qui lui parut gentille et expérimentée.

Une fois par semaine, à un moment choisi au hasard par l'ordinateur, il devait recevoir un message sur son biper lui demandant d'appeler le Dr Jones. Il aurait alors deux heures pour aller pisser dans un vase au bureau du personnel. Seule excuse recevable, être en cours d'intervention, en salle d'op ou au service de cathétérisation.

Désagréable mais pas insurmontable, se dit-il. Et certainement pas immérité.

Après avoir signé les différents papiers administratifs et emporté son lot de règlements, consignes et imprimés divers, il alla retrouver Phil Gianatasio qui l'attendait dans la salle de conférences pour faire le tour de l'établissement. Phil était là, avec un gâteau en forme de cœur anatomiquement correct, et une très jolie brune élancée d'une trentaine d'années, Carrie Sherwood, secrétaire du service des recherches cliniques.

— Je l'ai amenée ici pour qu'elle t'ait à la bonne. Parce que quand elle a quelqu'un dans le nez, ça peut finir très mal. Le dernier à qui c'est arrivé, un jeune interne, s'est jeté du haut de la tour Cromwell.

— Philip, arrête un peu.

A sa façon de réagir aux taquineries de Phil, Brian vit qu'ils sortaient ensemble. Ils se partagèrent le gâteau et après quelques minutes de bavardage, Carrie repartit vers son service, s'attirant irrésistiblement les regards des deux hommes. Brian pencha la tête, touché.

— Jolie personne, dit-il.

— Tu ne sais pas le mieux ? fit l'autre. Elle se fiche de mon tour de taille. Et elle a beaucoup de copines, aussi. J'en connais une ou deux qui ne demanderaient qu'à se faire rancarder par un poor lonesome toubib.

— Ma foi...

— Sérieusement, il y a une femme dans ta vie ?

— Je suis sorti deux ou trois fois, fit Brian en secouant la tête. Mais je n'ai pas le cœur à ça.

— Fais-moi confiance, les copines de Carrie ont de quoi te distraire pour un moment.

— Chaque chose en son temps, OK ?

Brian n'en revenait pas de sa propre indifférence. Était-il à ce point désabusé ?

— Ce que je veux dire, ajouta-t-il, c'est que j'ai besoin d'un peu de temps pour me retourner. Reparlons de ça plus tard.

— D'accord. Bon. Eh bien, Pickard a suggéré que nous fassions le tour de l'unité de recherche, des labos et du service des malades sous Vasclear, un service où tu vas être souvent de garde. Du reste, il veut que tu voies la vidéo d'abord.

— La vidéo ?

— Entre nous, on l'appelle *Vasclear Über Alles*. C'est un documentaire qu'on montre aux officiels et à tous les visiteurs, même les patients. Pas mal du tout, mais un peu simpliste pour un médecin et nettement trop compliqué pour la plupart des malades.

— J'aimerais bien le voir, dit Brian, aussitôt intrigué.

— Tu vas le voir, mon vieux, et j'espère que tu m'excuseras de ne pas te tenir compagnie pendant la projection. Ça fait une bonne douzaine de fois que je me le tape et je connais le script par cœur. Ah, au fait, est-ce que tu as des nouvelles de Jessup à propos de ton père ?

— Pas vraiment. Je pensais lui parler demain en salle de KT, mais je ne veux pas non plus commencer par fayoter, à peine arrivé. Depuis que Jack a quitté l'hôpital, elle a appelé une fois pour prendre de ses nouvelles. C'est gentil de sa part, quoiqu'elle n'ait pas parlé du Vasclear. Elle m'a promis qu'elle demanderait au Dr Weber s'il pouvait être intégré au programme.

— Si j'étais toi, je ne me ferais pas trop d'illusions, répondit Phil. Weber est un type bien, sans contredit, bien que ce soit une enclume, question humour. Et sur le respect absolu du protocole expérimental, le bonhomme est absolument intraitable. Tu penses ! c'est l'immortalité à la clef, pour lui, sans parler des milliards de dollars. A sa place, je suppose que je serais assez obsessionnel aussi. Alors qu'est-ce qu'elle suggère, Jessup, pour ton père ?

— Elle recommande toujours la chirurgie.

— Ton père est prêt à l'accepter ?

— Franchement, Phil, après avoir vécu ensemble ce cauchemar de huit semaines, nous penchons tous les deux pour le Vasclear.

— A condition qu'il soit dans le groupe bêta.

Brian s'approcha de la fenêtre et se perdit dans la contemplation du paysage. Il se demandait s'il irait jusqu'à voler le produit, au cas où il s'avérerait impossible de l'administrer autrement à son père. Fallait-il en venir à cette extrémité ? La question était entêtante et empoisonnante. Il ne se rendit même pas compte qu'il serrait les mâchoires et les poings en la retournant dans sa tête.

— Rembobine la K7, dit-il en tirant les rideaux. Et salue bien Carrie de ma part.

Phil lui donna la télécommande et sortit. Brian s'installa dans un confortable fauteuil en cuir noir, se déchaussa et posa les pieds sur la table de conférence. Le *Globe* de la veille avait publié un court article expliquant que Louderman poussait la FDA à commercialiser le Vasclear. Si le sénateur arrivait à ses fins, le traitement de substitution proposé par Jessup pouvait peut-être permettre à Jack de tenir en attendant.

Angoissé et perplexe, Brian appuya sur *play*.

Dire qu'on n'avait pas lésiné sur les moyens pour réaliser cette vidéo rendait faiblement compte de la conception graphique, de la musique, du bruitage, des animations et du script, digne d'un évangéliste.

VASCLEAR
Fini la recherche
La réponse est là.

D'abord une séquence de peintures et de lithographies représentant Ponce de León, cherchant la fontaine de jouvence. Ensuite la jungle vue d'avion, avec fond sonore à la *Indiana Jones,* suivie d'une apologie de la pharmacopée tropicale. Là-dessus, un reportage fabriqué sur des Indiens centenaires d'Amérique du Sud, consommateurs, comme nous, de graisses animales, mais épargnés par l'artériosclérose grâce à leur savoir ancestral.

Venait ensuite un tour d'horizon passablement autosatisfait des laboratoires Newbury, rappel de leur modeste palmarès, vues sur leur usine toute neuve de la zone industrielle de Boston et plans intérieurs du labo de recherche. Enfin, le commentateur laissait la parole au directeur du projet qu'il présentait, Art Weber.

Bronzé, les cheveux cendrés et les yeux bleus, Weber avait un physique jeune et séduisant, idéal pour un producteur d'Hollywood. Il parlait avec un vague accent d'Europe de l'Est. Au moyen d'animations et de prises de vues en salle d'opération, Weber décrivait la genèse de l'artériosclérose, et les efforts de la médecine moderne pour combattre les ravages de ce qu'il appelait l'ennemi numéro un du monde civilisé. Tout y passait, régime, chimiothérapie, modifications du comportement et pour finir, chirurgie.

Le pontage cardiaque filmé était particulièrement sanglant, remarqua aussitôt Brian. Pas du Laj Randa, à l'évidence. Un patient exposé sciemment à une telle boucherie ne pouvait que se porter volontaire pour tout traitement supprimant le bistouri.

— On assiste à une désobstruction progressive des artères, poursuivait Weber. Voici une ancienne radio artérielle de l'un de nos malades, et voici des radios du même malade, un an après le début de son traitement au Vasclear. Regardez l'artère coronaire gauche. Complètement débouchée. Même observation pour la droite, à cet endroit. Comparez aussi l'artère circonflexe sur les deux clichés, ici, et là. Maintenant les symptômes du patient ont-ils disparu ? Le mieux est encore de le lui demander.

Fondu enchaîné avec orchestre à cordes et voix célestes sur une femme souriante.

— J'avais mal à l'épaule et au cou. Un jour, par chance, j'ai vu mon médecin et il m'a ordonné un examen du cœur. J'étais condamnée si on ne faisait rien. Ils m'ont donné le choix. Subir un pontage ou faire partie du programme Vasclear. Je ne sais toujours pas quelle dose a reçue mon groupe, mais je suppose que c'est la bonne parce que mes symptômes ont disparu presque tout de suite et n'ont pas reparu depuis.

Plan rapproché sur le visage. La grand-mère de vos rêves. Expansive, le sourire aux lèvres, les yeux pétillants.

— Au moment où je parle, reprenait Art Weber, nous ne pouvons pas prétendre que le Vasclear guérira tout le monde. Mais notre campagne d'expérimentation sur les malades cardiaques indique un taux de réussite avoisinant les soixante-quinze pour cent. Les chercheurs des laboratoires Newbury, en coopération avec les médecins de l'Institut de cardiologie de Boston, de renommée mondiale, poursuivent leurs efforts afin d'augmenter encore ce pourcentage.

La vidéo se concluait par une vision d'avenir dithyrambique de l'humanité sous Vasclear. Quand il appuya sur la touche arrêt de la télécommande, Brian était obsédé par le médicament.

La pluie battante obligeait Bill Elovitz et une douzaine d'autres clients à se tasser sur le seuil des magasins Filene. Bill s'en voulait d'être descendu en ville. Il aurait pu remettre ça à plus tard puisqu'il restait une semaine avant l'anniversaire de Devorah. Seulement les soldes, ça ne dure pas toute l'année et sa femme était catégorique : la robe, en rose, à moins quarante pour cent, ou rien.

De l'autre côté de la rue, une armée de banlieusards dégoulinants s'engouffrait dans la station de métro du centre-ville. Elovitz releva la capuche de son ciré, et noua les cordons autour de son cou. Le vêtement imperméable vert olive lui avait été offert par Devorah quelques années plus tôt, mais il ne l'avait mis que trois ou quatre fois.

L'entrée exiguë du magasin offrait peu de protection contre la pluie et les bourrasques. Elovitz était un retraité de soixante-quatorze ans. Aucun horaire ne le forçait à s'aventurer sous un pareil déluge. Deux adolescents firent irruption derrière lui et s'élancèrent sur le trottoir mouillé en s'esclaffant.

— C'est beau d'être jeune, dit une vieille dame à côté de lui.

— C'est beau d'être en vie, répondit Elovitz. Bon, je crois que la pluie ne s'arrêtera pas. Bonne journée.

Serrant son sac de courses d'une main ferme, il plongea vers la station de métro. Le temps qu'il atteigne l'escalier, il suffoquait déjà. Appuyé contre un pilier, il attendit près d'une minute d'avoir repris sa respiration avant de descendre vers les quais. L'atmosphère lourde et humide expliquait en partie ses difficultés, mais il y avait autre chose qui clochait. Depuis des semaines, il ne pouvait plus faire le moindre effort physique sans être à bout de souffle, et ça empirait. Tôt ou tard, il faudrait qu'il se fasse examiner. Pour l'heure, il fallait surtout qu'il rentre chez lui.

Il commença à descendre l'escalier. Une femme le précédant trébucha sur une marche glissante. Elle ne dut son salut qu'à un gros bonhomme devant elle qui l'empêcha de dégringoler. Elovitz était très paisible de caractère et pas du tout porté à l'affolement. Mais cette foule de gens pressés s'agglutinant dans la moiteur des souterrains le mettait à rude épreuve.

Charlestown, où Elovitz et sa femme avaient vécu et travaillé pendant vingt-cinq ans, se trouvait à une demi-douzaine d'arrêts du centre-ville, sur la ligne nord-sud. Lorsqu'il arriva sur le quai, Bill haletait, oppressé par le manque d'air et la claustrophobie.

Les quais étaient bondés dans les deux sens, direction banlieue et direction centre. En plus d'être désagréable, l'odeur de vêtements, de cheveux mouillés et de transpiration avait quelque chose d'inquiétant.

— Excusez-moi. Pardon... excusez-moi, répétait Elovitz, pantelant, en se faufilant parmi les voyageurs. Excusez. Pardon... Merci.

Un peu plus d'un mètre séparait la plate-forme des voies. Elovitz était sûr de respirer mieux s'il arrivait à l'extrémité du quai.

— Hé, faites attention ! s'exclama quelqu'un.

— Ta gueule ! fit un autre.

Elovitz n'en pouvait plus. Il fit passer le sac dans sa main droite et, apercevant un petit espace libre, repartit en jouant des coudes. Finalement, il s'intercala entre deux femmes, juste au bord du quai. Les voyageurs continuaient à affluer. Elovitz, ballotté et soutenu par la presse, roulait des yeux affolés en tâchant d'emplir ses poumons de l'air tiède et sucré qui s'échappait du souterrain. Sur sa droite, une rame s'annonçait avec un grondement sourd.

Soudain, il y eut un mouvement de foule derrière lui, juste au moment où jaillissaient les lumières du convoi. Il voulut se pousser de côté, mais perdit l'équilibre. Son pied droit glissa dans le vide, l'autre jambe flancha et il tomba lourdement sur le ballast où son poignet gauche se brisa avec un claquement sec, tandis qu'il heurtait violemment le rail de la tête. Sonné, il roula sur le côté, essaya de se mettre à quatre pattes. Le machiniste déclencha le frein de secours et un grincement assourdissant s'éleva des roues bloquées, semant la panique dans la station. Dix mètres, cinq mètres, trois... Un sursaut instinctif remit Elovitz sur pieds. Il fit quelques pas en arrière, juste assez pour éviter la loco qui s'arrêta pile sous son nez.

Sur le quai, tout le monde criait et gesticulait.

— Stop, ne bougez pas ! hurlaient les uns. Attention ! braillaient les autres. Le rail conducteur ! Éloignez-vous du troisième rail ! C'est de la haute tension, ne bougez pas !

Complètement paniqué, étourdi par le bruit et aveuglé par les lumières, Elovitz se tourna vers la foule en clignant des yeux.

— Ne bougez pas ! Haute tension ! Restez où vous êtes ! Non !

Un type sauta sur le ballast et courut vers lui, affolant encore plus Elovitz qui recula en grimaçant. Son pied se prit dans une traverse, il bascula irrésistiblement en arrière, et tandis qu'une clameur d'épouvante traversait la foule, il s'affaissa sur le rail électrifié.

Comme Phil n'était pas de retour, Brian prit le temps d'appeler son père. L'entraîneur pouvait être laissé seul une partie de la journée mais il fallait quelqu'un pour s'occuper de ses repas et lui tenir compagnie. Les amis de Jack et ses voisins s'étaient tout de suite solidarisés. Une femme avait pris les affaires en main et institué des tours de garde avec les autres. Jack ne protestait même pas contre ce défilé de bonnes volontés, ce qui en disait long sur la gravité de son état.

— Comment ça va, Pop ?

— Peut pas se plaindre.

Il manquait d'assurance dans la voix.

— Il faut te dégourdir les jambes. Tu as marché ?

— Un peu.

— Des douleurs quelque part ?

— Non, pas trop.

Vas-tu arrêter de te blinder ! pestait mentalement Brian. *Dis-moi ce qui se passe, bon Dieu !*

— L'infirmière passera te voir dans une demi-heure. Demande-lui de me faire un rapport. Tu as mon numéro de biper.

— Et toi, comment vas-tu ? Tu as sauvé quelqu'un depuis l'autre fois ?

— Non, mais je n'ai tué personne. Je n'en demande pas plus.

— Cinq dollars que tu sauves la vie de quelqu'un avant demain.

— Ça ne se passe pas comme ça, papa. Ou alors à la télé, quand ils veulent gonfler les statistiques.

— Cinq dollars.

— Tenu. Tu vas regarder les Sox, ce soir ? Jack ? Qu'est-ce que tu fais ? Jack ?

— Rien, dit-il au bout d'un moment. Je vais bien.

Brian était certain qu'il venait d'avaler un cachet de trinitrine. Douleur au repos, se dit-il. Mauvais signe.

— N'oublie pas de dire à l'infirmière de m'appeler.

Phil revint avec du café et des doughnuts.

— Un peu de ravitaillement pour deux affamés avant de finir notre visite, annonça-t-il.

— Phil, tu es cardiologue. Comment peux-tu manger des cochonneries pareilles ?

— Que dire ? La chair est faible. Carrie en sait quelque chose. Mais remarque bien qu'en me bourrant de beignets, je ne risque pas de me faire radier, moi.

— Juste. N'empêche que dès que je serai installé à mon poste, je compte bien t'obliger à faire un régime.

— T'as peut-être eu du mal à décrocher du Percocet, mais c'est rien à côté de ce qui t'attend si t'essayes de me faire faire de la gym...

Ils parcoururent le service, d'abord l'unité clinique de vingt-cinq lits, animé par une excellente équipe, ensuite l'unité de chirurgie, au premier étage, fief de Laj Randa.

— OK, dit Phil. Si nous visitions les laboratoires ? C'est fou ce qu'il y a comme chercheurs au mètre carré, ici. Moi-même, j'ai un petit labo où j'essaye de stresser des hamsters préalablement engraissés dans l'espoir qu'ils deviennent cardiaques.

— Et ça marche ?

— Quelle importance ? Les articles que j'ai publiés grâce à ces bébêtes vont me permettre d'être titularisé. C'est surtout là-dessus que portent les expériences. Médecine académique, mon pote. Hamster ou périr.

— Pigé. Écoute, si ça ne te fait rien, je préférerais remettre les labos à plus tard et voir le service des malades sous Vasclear. J'y suis de garde demain soir.

— Allons-y. Mais dans ce cas, je vais te laisser entre les mains de Lucy Kendall, l'infirmière surveillante. J'ai beaucoup de rendez-vous au cabinet et je risque d'être à la bourre cet après-midi.

— Ça me va. Dis-moi, Phil. Qu'est-ce que les gens savent sur moi, ici ?

— Qu'est-ce que tu veux dire ?

— Eh bien, cette Lucy Kendall, par exemple. Est-ce qu'elle sait que je viens juste de ravoir mon autorisation d'exercer, et pourquoi ?

Gianatasio haussa les épaules.

— Si ça ne porte pas sur elle, Lucy ne fait aucune attention aux commérages. Mais c'est comme dans n'importe quel hôpital, tu sais. Les gens passent leur temps à dire du mal des autres et les médecins sont la cible privilégiée. Voilà déjà un certain temps que je ne m'inquiète plus de savoir qui est, ou n'est pas au courant de ma relation avec Carrie. C'est beaucoup plus simple comme ça. Il se peut qu'on cancane sur ton compte, surtout après ce que tu as fait aux urgences, mais personnellement, je n'ai encore rien entendu. Je te tiendrai au courant.

— Oui, je veux bien, Phil. Merci d'avance.

Le service des patients sous Vasclear était évidemment une merveille. Il n'y avait pas moins de dix salles pour le suivi expérimental, la médication et l'administration, décorées avec soins, moquettées, avec des sièges inclinables électroniques dignes d'une station spatiale, et une sono individuelle pour chaque malade. Lucy Kendall, l'infirmière responsable de l'unité, guida Brian dans son domaine, et en profita pour lui confier une bonne part de sa vie. Elle était mariée à un généraliste de banlieue et venait de mettre au monde son deuxième enfant, un garçon.

D'une façon générale, quand une femme lui faisait des avances, Brian ne s'en rendait pas compte. Du temps de leur mariage, Phoebe devait constamment lui ouvrir les yeux, car il ne sentait pas la différence entre une femme polie et une qui veut se faire désirer. Néanmoins, Lucy Kendall en rajoutait tellement qu'elle en devenait transparente. Elle se montra excessivement familière dès le début et se répandit en commentaires satisfaits sur son retour de couches qui ne l'avait, disait-elle, pas fait grossir d'une livre. Et elle fut quasiment en transe lorsque Brian, coupant dans son gros stratagème, lui répondit par quelques flatteries.

En fait, Brian était plutôt soulagé de savoir qu'il travaillerait avec une femme trop narcissique pour s'intéresser à son passé à lui. Il la laissa habilement raconter sa vie tout en s'arrangeant pour glisser quelques questions essentielles sur le Vasclear, certain qu'elle n'y verrait rien d'anormal.

Il savait ce qu'il voulait en lui soutirant toujours plus d'informations, comment le stock de médicament était géré, où il était conservé, de quelle façon il était étiqueté, qui avait accès au cahier de prescriptions, etc. Il savait précisément ce qu'il voulait, mais il l'acceptait encore difficilement.

Brian était en train de préparer son coup, comme il l'avait fait à la pharmacie de l'hôpital Suburban. Il abusait de Lucy Kendall, de même qu'il avait abusé du jeune pharmacien là-bas, cherchant une faille dans le système qu'il pût exploiter. Sauf que cette fois, ce n'était pas lui qui était en manque. Il prenait ses dispositions pour le cas où Jessup et Weber refuseraient de placer Jack sous Vasclear. Et pour le cas où celui-ci se retrouverait dans un autre groupe que le groupe bêta.

Un frisson le parcourut. A peine de retour au travail, il commençait par manigancer un vol de médicament. Quelle différence y avait-il entre voler un remède expérimental pour sauver son père et voler des cachets pour apaiser sa souffrance ? Son programme de désaccoutumance reposait sur une base d'honnêteté béton. Est-ce qu'il était prêt à endurer le choc émotif s'il recommençait à tricher, quelle que soit la noblesse de sa cause ? Après tant de meetings, tant de thérapies et de remises en question, se pouvait-il qu'il n'ait pas changé à ce point ? Qu'il ait trompé ses médecins, son sponsor, qu'il se soit trompé lui-même, de surcroît ?

Toutes ces questions lui donnaient la nausée, mais elles n'arrêtèrent pas Brian.

7

THE WASHINGTON POST

Médicament cardiaque miraculeux :
La FDA accusée de traîner les pieds

Walter Louderman, sénateur du Massachusetts et président de la commission sénatoriale des affaires gouvernementales, accuse le directeur de la FDA, Alexander Baird, de traîner les pieds dans la procédure d'autorisation de mise sur le marché d'un médicament susceptible, selon lui, de sauver la vie de milliers d'Américains chaque année...

L'après-midi était déjà bien entamé lorsque Lucy Kendall quitta Brian à regret pour aller s'occuper de ses malades. Grâce à elle, il avait appris beaucoup de choses sur la gestion du programme Vasclear, malgré quelques lacunes, qui seraient comblées lorsqu'il prendrait son premier tour de garde dans le service.

Par les fenêtres du cinquième étage, il voyait les banlieusards, pare-chocs contre pare-chocs, s'agglutiner sous la pluie battante. Compter le double ou le triple des vingt-cinq minutes normales pour rentrer à Reading. Le rapport de l'infirmière sur Jack n'était pas alarmant, et Brian, prévoyant une longue journée d'orientation, avait demandé à la voisine de s'occuper de lui jusqu'à neuf heures. Rien ne le forçait à rentrer maintenant, tout, au contraire, l'incitait à se familiariser davantage avec White Memorial et l'ICB.

Il s'apprêtait à appeler Lexington pour dire bonsoir à ses filles et apprendre à Phoebe qu'il avait survécu à son premier jour, quand son biper se déclencha. C'était Phil, qu'il rappela aussitôt sur son portable.

— Brian, tu as fini ?

— Presque. Pourquoi ?

— Je pars voir quelqu'un aux urgences et je pensais que tu aurais pu m'y rejoindre. J'aimerais que tu me parles de ta visite.

— Laisse-moi d'abord appeler mes enfants, Phil. Je descendrai ensuite. Qu'est-ce que tu as comme client ?

— Oh, rien d'extraordinaire. Un charmant pépé de soixante-quatorze ans qui est tombé sur le rail conducteur du métro.

— Il vit encore ?

— Non seulement il vit encore, mais apparemment, il veut déjà rentrer chez lui.

— C'est mon type. Bon, commence, je te rejoins dans dix minutes.

Brian composa le numéro de Phoebe en se demandant s'il arriverait un jour à ne plus entendre une note de cynisme et de reproche dans sa voix.

Lorsqu'ils s'étaient rencontrés, Phoebe et lui, Brian était déjà accroché aux antalgiques, mais il ne s'en rendit compte que bien plus tard, à une époque où des années de mensonges, de protestations et de tromperies avaient déjà ravagé leur relation. Peu de choses, selon Freeman, étaient pires entre deux êtres que la perte de confiance. Phoebe s'était lassée d'essuyer les rebuffades de Brian chaque fois qu'elle manifestait son inquiétude. Quelques bêtes préjugés sur la toxicomanie joints à la peur de voir le père de ses filles se détruire devant elles l'avaient ancrée dans la conviction que rien ne pouvait changer. Seul le temps pouvait guérir cette blessure entre eux, à condition que Brian mette ce temps à profit pour faire une cure.

Caitlin répondit à la première sonnerie. Passionnée comme sa mère et aimant la lecture, elle avait neuf ans et ressemblait tellement à Phoebe qu'il arrivait à Brian de les confondre. Après deux ans de séparation, Caitlin acceptait toujours aussi mal la situation, qu'elle évoquait rarement. Elle se mit aussitôt à lui parler de son cours de français, de *Heidi,* qu'elle venait de finir de lire, et de ses leçons de piano. Elle réagit sans enthousiasme à la proposition de Brian de venir passer une journée avec lui et Jack. Apparemment, Phoebe ne lui avait pas encore expliqué que leur père ayant repris son ancien métier, les deux filles étaient libres de le suivre où il voulait. Le temps des visites surveillées appartenait au passé.

— Je t'aime, papa, dit Caitlin en français avant de passer l'appareil à sa jeune sœur Becky.

— Je t'aime aussi, chérie, répondit Brian, la gorge serrée par l'émotion.

— Toc, toc ? chantonna Becky en guise de bonjour.

Agée de sept ans, la fillette était rayonnante, débordante d'énergie, athlétique, et aussi terre à terre que sa sœur était rêveuse. Brian avait demandé une fois à ses deux filles s'il leur arrivait d'être d'accord sur quelque chose. L'une avait répondu oui, l'autre non, comme de juste.

— Qui est là ? fit Brian.

— Ivan.

— Ivan qui ?

— Ivan, le cheminot. Voilà, maman. Salut, p'pa.

— Becky ! s'écria Phoebe. Veux-tu revenir parler à ton père !... Partie !

— Ça ne fait rien. Elle m'a fait une farce, mais je lui en réserve une belle, moi aussi.

— Elle va très bien.

— Je sais. Elles m'ont l'air en pleine forme toutes les deux... Bon, eh bien, me voilà officiellement dans la place.

— Félicitations. Tu peux être fier de toi.

— Je serai payé la semaine prochaine. Je ne vais pas gagner beaucoup au début, mais le chèque que je vais t'envoyer augmentera de presque cinquante pour cent ta pension alimentaire.

— Tu peux dire *notre* pension, c'est bon pour nous trois, répliqua Phoebe, ne laissant rien passer, comme d'habitude. En tout cas, j'apprécie, et mon compte bancaire aussi. Je vais peut-être enfin pouvoir travailler un jour de moins.

— Bonne idée, répondit-il, se gardant bien de réagir à cette pesante allusion aux années de promesses non tenues.

Il y eut un silence, lourd d'appréhension des deux côtés.

— Tu sais, dit-elle finalement, je n'ai jamais douté que tu arriverais à t'en sortir.

Moi, il m'arrive d'en douter encore, aurait pu répondre Brian. Il se contenta de la remercier, touché par cette marque encourageante de sympathie.

S'il pleuvait dehors, c'était l'accalmie aux urgences. Brian traversa le hall des admissions taché de boue et retrouva Gianatasio dans le couloir, devant la salle quatre. Phil était penché sur un homme en chaise roulante qu'il auscultait, sous sa chemise déboutonnée. Le patient, qui faisait incontestablement ses soixante-dix-sept ans, avait le poignet gauche dans le plâtre et le bras en écharpe. Ses cheveux blancs frisottaient dans tous les sens, au-dessus d'une bouille large et creusée, avenante, mais pour lors marquée par l'anxiété. Un homme qui en a bavé et qui a tenu tête, pensa Brian.

Phil se dressa en repliant son stéthoscope.

— Monsieur Elovitz, je vous présente le Dr Holbrook.

— Bill. On m'appelle toujours Bill, répondit Elovitz avec un sourire irrésistible et un petit accent juif. (Il montra de sa main valide la dame qui poussait son fauteuil.) C'est ma voisine, Mme Levine. Elle est venue me ramener chez moi.

— Bill va passer aux nouvelles de dix heures, annonça Phil. Peut-être même sur CNN. Il a été pris dans un mouvement de foule sur les quais du métro, et il a chuté sur les rails au moment où un train arrivait. Le conducteur a pu s'arrêter juste à temps, mais Bill a paniqué en se relevant et il est tombé sur le rail électrifié. Son anorak en plastique l'a empêché d'être grillé comme un corn flake, il s'en tire avec juste un poignet cassé.

— Vous dites « juste un poignet cassé » parce que ce n'est pas le vôtre, remarqua sèchement Elovitz.

— Pourquoi est-ce que l'interne des urgences a demandé un cardiologue ? s'enquit Brian.

— Oh, en partie parce que toute personne exposée à un courant de cinq cent mille volts doit être examinée par nos soins, qu'elle conduise l'électricité ou pas, en partie aussi parce que c'est un patient sous Vasclear. Un de nos plus anciens, du reste.

Brian percuta tout de suite.

— Et vous allez bien, monsieur ?

— Je ne sais pas ce qu'aller bien veut dire pour vous, mais pour moi, oui, je me sens bien. Maintenant, s'il vous plaît, ma femme est souffrante et se fait beaucoup de mauvais sang. Il faut que je rentre chez moi.

Brian remarqua que l'homme s'interrompait entre ses phrases pour reprendre sa respiration.

— Dyspnée ? demanda-t-il à Phil.

— Il fait un début d'ICG, chuchota Gianatasio.

Insuffisance cardiaque globale, traduisit mentalement Brian. Accumulation de fluide dans les poumons due à un cœur affaibli.

— Écoutez, Bill, reprit Phil, je vous trouve un peu essoufflé. Le Dr Holbrook travaille dans le service des malades sous Vasclear. Moi, je n'y suis plus. Il voudrait vérifier que tout va bien. Pourriez-vous appeler le service demain et prendre rendez-vous avec lui ?

Elovitz leva les yeux sur Brian.

— Vous êtes un bon docteur ?

— Plutôt bon, oui, fit Brian, amusé.

— Dans ce cas, j'appellerai. Merci, monsieur Phil. Allons-y, ma chère.

Et d'un coup de chaise roulante, Mme Levine enleva Elovitz, avant que l'un ou l'autre médecin ait pu placer un mot.

— Il est sympa, commenta Brian. Comment est le palpitant ?

— Pas terrible. Je ne fais pas de très bons examens dans un couloir, sur un patient habillé qui veut à tout prix s'en aller. C'est pourquoi je lui ai demandé de voir ça avec toi. Tu ferais peut-être bien de vérifier dans deux jours s'il a appelé. Sinon, il faudra le relancer, à mon avis. Bon, allons prendre quelque chose à la cafétéria. J'ai hâte de savoir si Lucy t'a dragué.

Vingt minutes plus tard, Phil quittait l'hôpital et Brian reprenait son tour d'orientation. Gianatasio ne pouvait pas dire si

Wilhelm Elovitz était un cas d'insuccès du programme Vasclear, ou bien si ses symptômes provenaient d'autres facteurs que le durcissement des artères. Mais il avait souligné que même si l'efficacité du médicament ne faisait plus de doute chez une majorité de sujets, il restait inefficace pour vingt-cinq pour cent d'entre eux. Brian le savait déjà.

Il redescendit en ascenseur, passant sans s'arrêter devant le service de chirurgie du troisième et les labos du second. Il sortit au rez-de-chaussée, où se trouvaient le bureau des admissions et l'administration, ainsi que le service de cardiologie ordinaire, c'est-à-dire tout ce qui ne concernait pas la clinique Vasclear. Le sous-sol abritait le service de cathétérisation d'un côté, l'animalerie de l'autre. Entre les deux, un petit local abritant un distributeur automatique de sandwichs. Brian réalisa soudain qu'il n'avait rien avalé depuis son petit déjeuner, à part le gâteau de Phil.

Il chercha l'escalier le plus direct vers le sous-sol, repérant l'itinéraire qu'il devait emprunter le lendemain pour aller assister Jessup en salle de KT. Ce serait le premier acte médical auquel il participerait légalement depuis un an et demi. Le service en question était fermé, de même que la vidéothèque juste à côté. Au bout du couloir désert, brillaient les néons de l'animalerie, derrière une double paroi vitrée. Comme il approchait de la salle du distributeur, un homme en sortit avec une boîte en carton contenant deux cafés et des sandwichs. Il était aussi grand que Brian, ou même un peu plus, avec de larges épaules mais une taille étroite, comme les linebackers au football, ces défenseurs qui montent en ligne derrière le quarterback. Petits yeux ternes, les pommettes hautes et la peau dévorée d'acné. Il portait un jean, une blouse bleue, et fut tellement saisi de voir Brian qu'il faillit laisser tomber son repas.

L'espace d'une seconde, Brian croisa son regard. Il n'y vit que de l'hostilité, et pas la moindre lueur d'intelligence. L'homme marmonna un vague salut, s'essaya sans succès à sourire, et fit quelques pas à reculons avant de se retourner. Il hésita encore avant d'emprunter un escalier conduisant au deuxième sous-sol, situé dans le prolongement de celui qu'avait emprunté Brian. Celui-ci consulta son plan. Le deuxième sous-sol n'apparaissait pas dessus. Il essaya, à partir de la tenue de l'inconnu et de sa carrure impressionnante, de deviner où il travaillait. Service entretien ? Sécurité ? Blanchisserie ?

Brian goûta son espresso en gobelet pendant qu'il se faisait réchauffer un sandwich poulet au micro-ondes. Ni plus ni moins infect que tous les cafés de distributeur qu'il connaissait. Le visage grêlé de l'homme et son étrange expression, rappelant celle d'un élan surpris par des phares de voiture, refusaient de s'effacer de son esprit. Qu'est-ce qu'il manigançait ? Un braquage de distributeur ?

La sonnerie de son biper interrompit ses réflexions. Sur le petit écran, clignotait le numéro de l'appartement. Brian chercha des yeux un téléphone, son portable étant inutilisable dans les profondeurs de l'hôpital. N'en voyant pas, il se dirigea vers l'extrémité éclairée du couloir en emportant ce qui restait du sandwich et du café. Deux doubles portes vitrées isolaient l'animalerie des autres services. Ce n'est qu'après avoir franchi la première qu'il fut frappé par l'odeur et le bruit, imperceptibles de l'extérieur.

— J'peux vous aider ?

Le type avait les pieds posés sur un vieux bureau plein de stries et d'entailles. Visage émacié, mal rasé, cheveux mi-longs crasseux, il portait une longue blouse de laboratoire maculée de taches. Une plaque posée sur le bureau l'identifiait sous le seul nom de Earl.

— Je m'appelle Holbrook. Dr Brian Holbrook. C'est ma première journée à l'Institut de cardio, alors j'essaye de m'orienter un peu. J'aimerais aussi utiliser votre téléphone, si vous permettez.

— Allez-y, pas de problème, dit Earl avec un lourd accent des Appalaches. On m'a prévenu que vous viendriez aujourd'hui. Vous allez travailler au programme Vasclear, hein ?

Brian fut étonné qu'un employé subalterne relégué dans les

sous-sols ait déjà entendu parler de lui. *Il se peut qu'on cancane sur ton compte, mais personnellement, je n'ai encore rien entendu.* Phil s'était-il trompé ?

Le type avait les dents gâtées, jaunies par la nicotine. Son odeur corporelle contribuait de façon significative à empuantir les lieux. Mais il y avait autre chose que la crasse, un relent auquel Brian était devenu particulièrement sensible depuis dix-huit mois. L'alcool.

— Oui, en effet, répondit Brian. Je vais travailler à la clinique Vasclear. J'y serai de garde certains soirs. Vous avez participé aux essais sur les animaux ?

— Bien sûr.

Brian décrocha le combiné tout en balançant nonchalamment le reste de son sandwich dans la poubelle, l'appétit coupé par la puanteur du type. La ligne de Jack était occupée. En début de soirée, son infirmière l'avait trouvé stable, avec un assez bon moral. Quelqu'un, la voisine ou un ami, devait encore être avec lui. Rien de grave, probablement.

— Pas libre, dit-il. Vous permettez que je visite un peu les lieux avant de réessayer ?

— Faites comme chez vous. Je reste ici.

— Qu'est-ce qu'ils ont pris comme animaux pour faire les premiers tests sur le Vasclear ?

— Oh, un peu de tout, répondit Earl. C'est leur façon de faire habituelle. Rats et lapins pour commencer, ensuite beaucoup de cochons, quelques moutons, des chiens, et puis des singes. C'est surtout le cœur des cochons qui les intéressent. Y a je ne sais quoi qui fait qu'elles ont le cœur presque comme nous, ces bêtes-là. Pas étonnant. J'pourrais vous montrer des tas de gens qui *sont* des cochons !

Et, d'un rire gras, étranglé par la pituite, il salua son propre humour d'une pluie de postillons en direction de Brian. Celui-ci prit note mentalement de se faire faire une cuti-réaction à sa prochaine visite.

— Vous n'avez pas eu de problèmes pendant les tests ?

Earl lui décocha aussitôt un regard méfiant.

— Ben, non, pourquoi ? Pourquoi vous me posez cette question ?

D'un sourire, Brian se hâta de calmer le jeu.

— Juste pour me renseigner. Faut que j'connaisse le produit avec lequel je vais travailler, dit-il, s'essayant à l'accent grasseyant du type.

— Eh bien, pour information, y a eu aucun problème pendant les tests. Aucun.

— Super. Tant mieux. Bon, je reviens dans quelques minutes pour mon coup de fil.

Brian passa la deuxième porte vitrée, tourna sur sa droite et s'éloigna en longeant une rangée de cages.

Earl régnait sur un vaste territoire, d'une propreté inversement proportionnelle à la sienne. La taille des cages et des animaux augmentait au fur et à mesure qu'on s'enfonçait dans l'animalerie. Souris d'abord, puis hamsters, rats, lapins, même une race de petit chien. Brian n'avait jamais eu d'animal de compagnie dans son enfance et, sans doute pour cette raison, n'était pas formellement opposé à l'expérimentation animale, du moment qu'on s'occupait bien des bêtes. Mais en voyant celles-ci, il ne put rester indifférent.

Tout à fait au fond, et séparée du reste du local par une baie vitrée, se trouvait une série de cages plus importantes. Quelques-unes étaient vides ; deux contenaient des moutons ; deux autres, de gros chiens. Huit d'entre elles hébergeaient des primates, six gibbons squelettiques et deux chimpanzés.

Les cages des singes, assez hautes pour qu'un homme s'y tienne debout, faisaient un mètre vingt de large sur deux mètres quarante de profondeur. Brian fut favorablement impressionné par les portiques et les jouets d'enfants. Plusieurs des singes se montraient aussi curieux vis-à-vis de lui qu'il l'était vis-à-vis d'eux. Au bout d'un moment, le plus petit des deux chimpanzés retint son attention. Il avait la taille d'un enfant de six ans, environ, et restait tassé au fond de sa cage, apparemment endormi. Cependant, il respirait avec difficulté, son abdomen était très distendu et ses pattes terriblement enflées.

Aux yeux de Brian, l'animal somnolent paraissait souffrir d'une sévère rétention aqueuse. Il passa instinctivement en revue toutes les causes possibles du mal, troubles des poumons, des reins, du foie, pathologie cardiaque, sans oublier certains déséquilibres hormonaux qui avaient les mêmes conséquences.

Brian avisa un balai-brosse appuyé contre un mur non loin de là, alla le chercher et, le tenant à l'envers, introduisit le manche entre les barreaux pour titiller doucement le singe. Rien. Pas la moindre réaction. Il recommença, un peu plus énergiquement, en appuyant le bout du balai sur l'estomac. Le chimpanzé ouvrit un œil chassieux et regarda son ventre. Rien d'autre. Il était malade, presque moribond. Brian nota le numéro de la cage : 4386. Puis il fit demi-tour et retourna au bureau, où Earl lisait la bande dessinée du *Herald.*

Avant toute chose, rappeler Jack. Celui-ci décrocha à la première sonnerie.

— Brian ?

— Oui, Pop. Ça va ?

— Bien sûr. Je t'ai appelé juste pour savoir quand tu rentrais à la maison.

Brian grimaça. Jadis un des hommes les plus farouchement libres qu'il connaissait, son père devenait de plus en plus dépendant des autres au fur et à mesure que sa maladie progressait. Brian connaissait ce symptôme pour l'avoir remarqué chez beaucoup de ses patients. Mais à soixante-trois ans, c'était comme si Jack devenait sénile avant l'heure. A défaut de frère ou de sœur, Brian n'avait personne vers qui se retourner si, comme il le craignait, l'entraîneur prenait dans sa vie la place d'un troisième enfant.

— Je comptais attendre qu'il y ait un peu moins de circulation, répondit-il. Sept heures et demie, huit heures. Tu veux que je te rapporte quelque chose ?

— Une glace ?

— Tu ne peux pas manger de glace, Jack... Oh, et puis tant pis... Bon, écoute, mettons huit heures, avec un cône de chez Schiller.

— Super. Chocolat-noisette, s'il te plaît.

— Entendu, Pop. Je t'embrasse. A tout à l'heure.

Brian raccrocha en se demandant comment tout cela finirait.

— Merci, dit-il à Earl. Merci beaucoup. Dites, j'ai remarqué un de vos chimpanzés, numéro de cage 4386, qui m'a l'air sérieusement malade.

— Mais non. Le vieux Jake est juste un gros paresseux. Pas plus malade que vous et moi.

— A mon avis, il fait de la rétention aqueuse aiguë. Venez voir, je peux vous montrer.

— Pas question. Je reste ici. J'irai le voir avant de m'en aller.

Le type ne cachait plus son irritation.

— N'en faites pas une histoire, dit Brian, sentant qu'il commençait lui aussi à s'énerver. Il y en a pour une minute. (Il montra le *Herald.)* Votre journal ne va pas s'envoler.

La remarque lui avait échappé. Il la regretta aussitôt.

Earl se leva d'un bond et se pencha vers lui, le visage congestionné, écarlate. Il puait encore plus l'alcool que Brian ne pensait.

— J'irai voir Jake tout à l'heure, un point c'est tout, éructa le gardien. Vous êtes toxico, à ce qu'on dit. Tout le monde le sait, ici. Eh bien, un conseil : faites attention où vous mettez les pieds, et à qui vous donnez des ordres, surtout.

Scandalisé et furieux, Brian s'acharna, en bon quarterback qu'il était, n'écoutant pas la voix de sa conscience qui lui disait de laisser tomber.

— Earl, je suis peut-être nouveau, mais je suis docteur en médecine et il me semble que ce que je demande n'a rien d'anormal. Dites-moi au moins pour quel programme d'expérience on utilise ce singe. J'en parlerai au chercheur moi-même.

— Ce sont *mes* animaux. S'il y a un quelconque rapport à faire, c'est moi qui m'en chargerai.

— Hé ! je ne sais pas ce qui se passe avec vous, mais vous avez bu, et pas qu'un peu, je dirais. Je parlerai de tout ça au Dr Pickard.

Earl redressa le menton, l'air mauvais.

— Allez-y, gueula-t-il. Allez me balancer auprès de qui vous voulez, pour c'que j'en ai à battre... Moi, j'dis que vous pourriez vous r'trouver au chômage plus vite que vous n'croyez. Maintenant, foutez le camp d'ici.

Brian se retint de contre-attaquer, mais de justesse. Le jeu n'en valait pas la chandelle. Serrant les poings, il tourna les talons et s'en alla.

8

BOSTON HERALD

Remède miracle pour cardiaques :
Commercialisation imminente ?

Le porte-parole des laboratoires Newbury a déclaré récemment que la campagne de tests sur les malades du Vasclear, bien que le médicament soit encore en phase expérimentale, s'était avérée d'une remarquable efficacité dans le traitement de l'artériosclérose, pour plus de soixante-quinze pour cent des sujets. La direction de Newbury demande que le Vasclear bénéficie du label « médicament d'intérêt vital » qui permettrait au public d'y avoir accès dans les meilleurs délais.

A la veille de sa première vraie journée de travail, Brian ne dormit que deux heures dans la nuit. Ce n'était pas du tout comme ça qu'il voulait se préparer physiquement et moralement à une matinée en KT et un après-midi de garde, mais l'épilogue désastreux de son tour d'orientation le perturbait au plus haut point.

... Allez me balancer auprès de qui vous voulez, pour c'que j'en ai à battre... Moi, j'dis que vous pourriez vous r'trouver au chômage plus vite que vous croyez...

Seigneur ! Quoi qu'en pense Gianatasio, de vilaines rumeurs circulaient manifestement sur son compte. Et même si on lui confiait la responsabilité de certains malades en réa, KT, et au service Vasclear, sa cote restait à l'évidence assez basse parmi le personnel. Mais quoi que lui réservât l'hôpital, Brian était sorti régénéré de sa désintoxication et se sentait la force d'affronter les pires épreuves.

L'instant de vérité remontait à son deuxième jour au centre de post-cure Fairweather, en Caroline du Nord, dix-huit mois auparavant. Sa conseillère, Lois, ex-camée décrochée depuis longtemps, avait deux phrases encadrées sur le mur de son bureau.

LE TEMPS QUI PASSE EST LA FAÇON
QU'A LA NATURE D'EMPÊCHER
LES CHOSES D'ARRIVER TOUTES A LA FOIS.

QUAND NOUS PARLONS DE DEMAIN,
LES DIEUX SE MARRENT.

Brian contemplait les deux messages sans vraiment les comprendre, lorsque Lois donna brusquement un coup de règle sur son bureau.

— OK, docteur Holbrook. Il est temps de te poser la question à cinquante mille dollars. Qu'est-ce que tu es prêt à faire pour sortir de la merde où tu t'es mis ?

Brian était encore sous le coup de l'irruption des stups dans son bureau une semaine plus tôt. Les deux flics lui avaient collé sous le nez la copie informatique d'une douzaine d'ordonnances de Percocet au nom de divers membres de la famille Holbrook. Sonné, désorienté et déprimé, il ne trouva rien à dire sur le moment, sans se douter qu'il n'y avait qu'une réponse acceptable et qu'il était sur le point de la donner. Finalement, il regarda Lois, les yeux rougis et les joues pas rasées.

— Je suis prêt à faire n'importe quoi, dit-il. Explique-moi ce qu'il faut faire.

D'où lui étaient venus ces mots ? Brian l'ignorait encore. Et en les prononçant, il ne remarqua pas l'éclair de satisfaction qu'ils firent naître dans les yeux de sa conseillère. Pourtant, ils marquaient le début d'une existence radicalement nouvelle.

Le centre Fairweather ne recevait que des professionnels de la santé souffrant d'alcoolisme ou de toxicodépendance. Parmi celles et ceux qui y séjournaient en même temps que lui, il y avait beaucoup de médecins. Et presque tous, Brian compris, devaient surmonter leur propre orgueil, leurs certitudes, leurs habitudes intellectuelles, qu'elles s'appuient sur la discipline ou la logique, afin de se libérer de leur démon. Il leur fallait admettre par exemple que ce qui marchait d'ordinaire pour apprendre un cours de chimie organique, l'intellect et la pure volonté, ne suffirait pas pour réussir leur sevrage et risquait même, au début, d'être un handicap.

Pour Brian, la tutelle de Lois, la psychothérapie qu'il subissait, c'était comme une planche dérivant à côté d'un homme qui se noie. Il s'y accrochait de toutes ses forces sans savoir où le courant l'entraînerait. Pour d'autres résidents de Fairweather, les réunions, les entretiens, le fait de se soumettre à un pouvoir supérieur ne signifiaient rien. Et pendant qu'ils argumentaient et raisonnaient et résistaient, leur planche s'en allait au fil de l'eau. Quelques-uns de ces toubibs, des scientifiques de haute culture et de grande intelligence, étaient déjà morts.

Le jour de son départ du centre, Lois avait encore reçu Brian dans son bureau pour lui remettre la doc que tous les pensionnaires emportaient à leur sortie.

— Depuis trois mois, tu vis sous abri, ici à Fairweather. Mais crois-moi, la vraie vie t'attend au tournant, là-haut, dans le Massachusetts, et la vraie vie peut se montrer vachement cruelle, surtout pour un docteur en médecine avec le passé que tu as. Alors, souviens-toi : chaque chose en son temps, jour après jour, heure après heure, minute après minute. Tout ce que tu veux, au rythme que tu peux, à condition de ne plus jamais toucher aux médocs.

... Moi, j'dis que vous pourriez vous r'trouver au chômage plus vite que vous n'croyez...

... La vraie vie peut se montrer vachement cruelle...

Brian restait très perturbé par l'incident de la veille, et les sombres prévisions de Lois et d'Earl continuaient à s'entre-choquer dans sa tête, tandis qu'il pénétrait dans le grand hall de White Memorial. Quoi qu'il dût supporter, cependant, il l'acceptait d'avance. Il n'avait rêvé que d'une chose : pouvoir à nouveau exercer la médecine. Restait à faire ses preuves. Et si faire ses preuves signifiait tendre l'autre joue à des enfoirés comme le gardien de l'animalerie, il s'exécuterait sans broncher. Il y allait de son avenir et de celui de son père.

Le soir précédent, en rentrant chez Jack à huit heures et quart, Brian l'avait trouvé endormi dans son fauteuil. Sally Johansen, une des voisines mobilisées, l'accueillit l'index sur les lèvres, et montra le tube de trinitrine en levant trois doigts. Trois épisodes de douleur. Brian la remercia à voix basse, l'embrassa, et la libéra. Après quoi, il réveilla gentiment son père pour lui donner sa glace. Celui-ci resta éveillé le temps de l'engloutir, puis il se laissa mettre au lit par son fils, du jamais vu, à l'opposé de son caractère. Le vieil entraîneur perdait rapidement du terrain. Il devenait urgent de prendre une décision.

Brian avait déposé près de son lit différents textes et périodiques de cardio. Mais, incapable de se concentrer et obsédé par le souvenir de sa rencontre avec Earl, il partit courir au grand air dans la nuit, quelque chose qu'il ne faisait plus depuis des mois. Au bout de deux kilomètres environ, ses pensées dérivèrent vers la perspective encore floue de ce que serait sa vie lorsqu'il aurait à nouveau une clientèle privée et quelques années de revenus décents.

De retour à l'appartement, après s'être douché, il réussit à plancher sur ses textes pendant une heure ou deux. Il somnolait sur le canapé du salon lorsqu'il entendit Jack grogner, aller aux toilettes en traînant des pieds, et retourner dans sa chambre. Il finit de lire son chapitre et jeta un œil dans le couloir avant d'éteindre. Jack était assis dans son lit, le tube de trinitrine à la main.

— C'est la douleur, qui t'a réveillé ?

Jack sursauta.

— Ah, c'est toi ! Salut. Non... enfin... si, un peu. Je n'ai pas passé une très bonne journée.

— Moi non plus, répliqua Brian étourdiment.

— Comment ça ? Tu m'as dit au téléphone que tout allait super bien.

— Oui, oui, ça se passe bien... c'est toi qui m'inquiètes. Toi et ton cœur.

— Je vais te dire, fit Jack en glissant un comprimé de trinitrine sous sa langue. Quand tu seras sincère avec moi, moi je le serai avec toi. Donnant, donnant.

Sur quoi il avait fermé les yeux et s'était affalé sur l'oreiller, attendant que le médicament dilate ses artères et apporte un peu plus de sang à son muscle cardiaque assoiffé d'oxygène. Moins d'une minute après, un ronflement paisible s'élevait du lit.

Brian arriva en KT après avoir effectué ses visites aux dix-huit patients du service, en compagnie de Phil, d'un autre cardiologue, deux internes, deux étudiants, et des infirmières. Son vieil ami se montrait excellent pédagogue et médecin très attentionné, ce qui ne le surprenait pas. Deux des patients seulement faisaient partie du programme Vasclear. Mais bien qu'ils fussent tous deux très malades, un placebo leur tenait lieu de traitement, selon Phil du moins, puisqu'ils appartenaient au groupe gamma. Tout ce que voyait Brian, de l'examen clinique à l'absence confirmée d'effet indésirable, le confortait dans la certitude que Jack avait tout à gagner du médicament.

La patiente de Carolyn Jessup s'appelait Nellie Hennessey. C'était un cas de routine, exploration artérielle chez une femme de soixante-neuf ans, sous Vasclear depuis dix-huit mois. Brian était descendu à pied du cinquième étage pour venir assister Jessup. Malgré ses efforts, il continuait d'être obnubilé par le visage boutonneux de l'inconnu et par celui de l'animalier.

Avant de pénétrer en salles de KT, il jeta un œil au fond du couloir. *Numéro 4386.* Fallait-il parler à quiconque du pathétique chimpanzé, au risque de dénoncer Earl et son abominable comportement ? Vu la brièveté de son histoire à l'hôpital, la réponse était un *non* résolu. Tant qu'à faire des vagues, mieux valait se réserver pour l'essentiel : mettre Jack sous Vasclear, quoi qu'il en coûte.

Andrew, le technicien, était en train de se changer quand Brian arriva.

— Bonjour, docteur Holbrook ! cria-t-il du vestiaire. Bienvenue dans l'équipe.

Il y avait une vraie chaleur dans son intonation. Le Black vint lui donner une franche et solide poignée de main. Il lui avait plu dès qu'ils s'étaient rencontrés. Ne doutant pas, hélas, qu'Andrew ait eu vent de son passé, comme tout le monde à l'institut, Brian se sentait maintenant gêné en sa présence. *Il faudra que tu t'y habitues,* lui avait dit et répété Freeman. *Habitue-toi d'abord, et oublie ensuite.*

— Appelez-moi Brian, dit-il.

— Très bien, Brian. Comment va votre père ?

— Ma foi... Vous avez vu les images.

— Oui. J'espère que le comportement du Dr Randa ne vous empêchera pas, ni l'un ni l'autre, de suivre ses recommandations. Il est comme ça et personne n'y peut rien.

— Eh bien, en fait, ce qui a changé depuis son verdict, c'est que j'ai l'intention de faire des pieds et des mains pour que mon père soit incorporé au programme Vasclear.

— Bonne idée. Vous avez obtenu quelque chose ?

— Pas encore. Apparemment, son ancien pontage pose un problème.

— Vous m'en voyez désolé. Le Vasclear est un produit fabuleux, ça ne fait aucun doute. Cette Mme Hennessey, sur qui nous intervenons ce matin, était aussi mal en point que votre père avant son traitement. Attendez de la voir tout à l'heure, et vous verrez.

— Elle est arrivée ?

— Oui. Elle est dans la salle d'attente, avec l'infirmière du service, Jennifer. C'est Lauren qui tiendra la console vidéo, comme l'autre jour.

— D'accord. Eh bien, je suis prêt.

— Le Dr Jessup est là aussi. Je l'ai vue entrer dans le vestiaire, elle ne devrait pas tarder. Mme Hennessey est une femme adorable. Vraiment adorable.

Quelques instants plus tard, la patiente entrait avec l'infirmière, qui l'aida à s'installer sur la table fluorescente. Brian reconnut aussitôt son visage plaisant, un tantinet espiègle, et ses yeux bleus incisifs, mais il mit quelques secondes à la remettre. C'était la grand-mère idéale, qu'on montrait dans la vidéo sur le Vasclear.

— Nellie, regardez ces deux girafes, lui dit Jennifer. On dirait des joueurs de basket, vous ne trouvez pas ?

Nellie Hennessey montra du doigt Brian.

— Je connais Andrew, mon petit. Mais qui est ce monsieur ?

— Un nouveau médecin à l'institut. Il va assister le Dr Jessup pour votre KT.

La digne vieille dame fit signe à Jennifer de se pencher sur elle.

« Il est très mignon », l'entendit chuchoter Brian.

— Enchanté, madame Hennessey, dit-il en lui prenant la main. Je me réjouis de vous connaître, bien que je vous aie en quelque sorte déjà rencontrée dans la vidéo sur le Vasclear, que j'ai regardée hier.

— Ah, oui, mes quinze minutes de gloire. Depuis combien de temps êtes-vous médecin ?

— Depuis longtemps. Mais à l'ICB, je suis nouveau.

Elle resta quelques instants à réfléchir.

— Eh bien, Mme Jessup vous apprendra tout ce qu'il faut savoir, c'est elle la meilleure, ici.

— Ouah ! merci, Nellie, s'exclama la doctoresse en faisant irruption, déjà vêtue de pied en cap, dans la salle. Tout le monde se souvient du Dr Holbrook, n'est-ce pas ? Allez donc vous changer, Brian. On commence dès que vous êtes prêt.

Il y avait un petit cabinet de toilette entre les vestiaires et la salle d'examens. Brian mit un masque, une coiffe, et se récura les mains pendant cinq minutes au-dessus d'un lavabo en alu. Il avait déjà fait d'innombrables explorations artérielles, et du reste, ne jouerait aujourd'hui qu'un rôle d'assistant. Pourtant, son cœur battait la chamade, tandis qu'il se préparait. Il s'égoutta, revint en salle d'examens et tendit les mains à l'infirmière pour qu'elle lui enfile la blouse et les gants.

— OK, messieurs-dames, on y va. Vous êtes prête, Nellie ?

— Je commence à avoir mal au dos, alors faites vite.

— Ça vous chatouille ou ça vous grattouille... ?

Jessup résuma l'histoire de Hennessey tout en travaillant.

— Madame est directrice d'école à la retraite. Elle a soixante-neuf ans.

— Soixante-neuf et demi, précisa Nellie.

— Et demi, donc. Elle nous est arrivée il y a deux ans pour des douleurs à la poitrine...

— En fait, c'était plutôt à l'épaule et parfois dans le cou, expliqua Nellie, d'une voix qui commençait à devenir pâteuse. Pas vraiment à la poitrine.

Jessup posa deux doigts sur l'artère fémorale et introduisit une aiguille de gros calibre sous la peau anesthésiée, directement dans le vaisseau. Puis elle glissa le cathéter dans l'orifice et le fit avancer vers les cavités gauches du cœur.

— Avoir Nellie comme patiente, c'est comme retourner à l'école, dit-elle. Vous êtes noté pour tout ce que vous faites.

— Je vous donne quand même plus de quinze sur vingt, chère amie, remarqua Nellie, la bouche et la langue sèche comme du parchemin.

— Ce cathéter Ward-Dunlop est vraiment très ingénieux, observa Brian.

— Je compte sur vous pour l'utiliser quand vous serez à ma place.

— Je ne demande pas mieux.

— Oui alors, pour revenir à Nellie, on lui a fait passer un test d'effort sur tapis roulant, et il s'est avéré qu'elle avait une grosse insuffisance coronarienne, ce qui faisait d'elle une candidate parfaite pour le programme Vasclear. Pas vrai, Nellie ?

La patiente avait fermé les yeux. Elle respirait profondément, et régulièrement.

— Jennifer, peut-être faudrait-il baisser un peu la dose d'anesthésique. Si moi, je dois rester éveillée pour faire ce que je fais, il n'y a pas de raison que les autres roupillent pendant ce temps-là. (Elle leva un œil malicieux vers l'infirmière.) Non, sans blague, beau boulot. La malade parfaite... Donc, Brian, les symptômes de Nellie ont disparu presque tout de suite et on ne les a pas revus depuis. C'est la troisième et dernière fois qu'elle passe à l'exploration artérielle.

— Dans quel groupe est-elle ? demanda Brian, certain de la réponse.

— Bêta. OK, doc, à vous, on change de côté. Vous faites les cavités droites, je reprendrai ma place ensuite pour qu'on voie ses coronaires. Comme Nellie est endormie, vous ne serez pas jugé là-dessus. Soyez relax et amusez-vous.

— Merci.

Et Brian vint remplacer la doctoresse, surpris et ravi de se voir confier une part du vrai boulot.

— Le prototype Ward-Dunlop marche à peu de chose près comme celui auquel vous êtes habitué. La seule chose, c'est que les commandes réagissent au dixième de seconde et qu'on peut verrouiller les points de contact automatiquement.

— Impressionnant.

Après avoir injecté un peu de colorant, Brian entreprit de mesurer la pression sanguine. L'infirmière, Jennifer, s'était postée à côté de lui, et surveillait attentivement l'intraveineuse et la pression artérielle.

— Rien à signaler ? lui demanda Brian.

— Non, tous les niveaux sont bons.

La pression enregistrée, Brian injecta un peu de colorant pour examiner les valves tricuspide et pulmonaire. Ce moment auquel il ne croyait plus, il le vivait maintenant. Le cathéter à la main, il retrouvait peu à peu le contrôle de sa destinée.

— Vous semblez très à l'aise, confrère, dit Jessup en reprenant sa position initiale.

— Comme sur des roulettes. Son cœur est en rudement bon état, dites.

— Attendez de voir ses coronaires. Là, nous sommes dix-huit mois après. Les images d'avant sont visibles dans la salle vidéo, derrière le vestiaire femmes. La sécurité vous a donné un code, pour le passe ?

— Oui.

— Très bien. Dès que vous aurez le temps, passez voir les anciens films de Nellie. Nous avons deux projecteurs Vangard, là-bas.

Brian poussa un petit sifflement admiratif. Chaque bécane coûtait dans les vingt mille dollars.

— Vous comprendrez mieux quand vous verrez dans quel état étaient ses artères, dit Jessup. Maintenant, voyons le cœur gauche et les coronaires.

Le cathéter expérimental Ward-Dunlop était exceptionnellement facile à manier et ressortait très bien aux rayons X.

— Vue antérieure gauche oblique... Antérieure droite...

Chaque fois qu'elle commandait un cadrage, Jessup attendait qu'Andrew positionne l'objectif, puis elle injectait du colorant et mettait la caméra en marche avec la pédale. Au-dessus de la table, un écran montrait le produit blanchâtre révélé par les rayons X, tandis qu'il fusait dans les coronaires de Nellie ; un autre donnait le tracé des pulsations cardiaques, de l'oxygène et autre signes vitaux. De l'autre côté de la baie vitrée, Lauren suivait l'exploration sur d'autres écrans et surveillait l'enregistrement. La bande vidéo devait être ensuite revue par Jessup, qui dicterait son rapport. Y figureraient les diamètres des principales artères, calculés par l'ordinateur, et la description minutieuse de chaque blocage.

— ... Postérieure droite, oblique, dit Carolyn en effectuant la dernière des cinq prises de vue. Parfait. Eh bien, si personne n'y voit d'objection, je déclare rompus les liens sacrés unissant cette femme à son cathéter et procède ici et maintenant à leur séparation... Voilà.

Et Carolyn retira le cathéter avec la dextérité et l'assurance qui ne l'avaient pas quittée durant toute l'intervention.

Mais brusquement, une salve de pics arythmiques apparurent sur le moniteur cardiaque, bientôt suivie d'une autre.

Quelques instants plus tard, Nellie Hennessey poussa un gémissement plaintif.

Puis elle ouvrit les yeux.

Et elle commença à hurler.

9

— Oh, Seigneur ! Mes poumons, mes poumons ! Mon Dieu, je ne peux plus respirer !

Les mains crispées sur le thorax, Nellie Hennessey gémissait pitoyablement et se soulevait de la table lumineuse, le corps arqué par la douleur, au risque de heurter le cylindre de rayons X encore braqué sur elle. Sur le moniteur de droite, une succession rapide de contractions irrégulières témoignait d'un accès de fibrillation ventriculaire aiguë, signe avant-coureur d'un arrêt complet du cœur.

Aucun doute dans l'esprit de Brian : la patiente était victime de l'occlusion d'une artère coronaire, en d'autres termes, d'une crise cardiaque. Mais pourquoi ? Au vu des images réalisées quelques instants plus tôt, il n'y avait plus trace d'artériosclérose dans ses artères. Deux explications se présentaient.

— Donnez-lui de la morphine, ordonna Jessup d'une voix tendue. Trois, en IV. Non, disons quatre. Pression artérielle ?

— Systolique cent quatre-vingts, diastolique cent dix.

— Qu'est-ce que vous en pensez, Brian ?

— Soit c'est un spasme des coronaires, soit l'extrémité du cathéter s'est cassée quand vous l'avez retiré. C'est déjà arrivé ?

— Non, répondit précipitamment Carolyn. Enfin, pas ici, du moins. Et pas depuis longtemps... Nellie... Nellie ! Essayez de rester tranquille. Où en est-on avec la morphine, Jennifer ?

— Quatre milligrammes, c'est parti.

— Mettez une perfu de trinitrine, s'il vous plaît.

— Tout de suite.

— Oh, mon Dieu ! hurlait Nellie. Aidez-moi ! Je vous en supplie, aidez-moi !

La vie de Nellie étant en jeu, l'écart hiérarchique entre l'assistant et la spécialiste chevronnée s'effaçait devant la nécessité d'agir vite. Brian totalisait sept ans de pratique en cardio, dont deux comme chef de service en KT. Il était résolu à se manifester s'il voyait quelque chose que Jessup n'avait pas vu. Pour le moment, celle-ci gérait parfaitement l'urgence.

— Bon, mettons-lui soixante-quinze de xylocaïne pour la fibrillation. Nellie, Nellie, je vous en prie, ne bougez pas, si vous pouvez ! Andrew, s'il vous plaît, remettez-moi en vue oblique antérieure gauche, qu'on voie si quelque chose est resté bloqué.

Andrew s'exécuta et la caméra obéit. Nellie, réagissant sans doute à l'injection de morphine, se calmait un peu mais continuait à gémir. Jessup appuya sur la pédale et l'image apparut à l'écran.

— Là, tenez ! fit Brian.

Un minuscule fragment, que les autres mirent quelques secondes à discerner, apparaissait en effet à l'écran sous l'aspect d'un trait blanc fluorescent. Il devait faire moins d'un demi-centimètre, reposait sur la partie supérieure du muscle cardiaque, et on le voyait bouger à chaque contraction.

— Qu'est-ce que vous en pensez ? demanda Jessup. Tronc coronaire gauche ?

— Difficile à juger, mais, oui, je dirais comme vous.

Il fallait se rendre à l'évidence. L'extrémité du cathéter s'était logée dans la coronaire gauche, l'artère du condamné.

— Lauren, appelez le bloc, s'il vous plaît. Dites-leur de réunir une équipe de massage cardiaque et d'appeler le premier chirurgien disponible. On va s'occuper d'elle ici, mais je veux qu'ils soient prêts à nous relayer le plus tôt possible.

— Seigneur Jésus, je ne respire plus du tout ! criait Nellie. Faites quelque chose... Je vous en prie... oh, mon Dieu, faites quelque chose !

Bien que les cris de la pauvre femme ne fissent qu'aggraver la tension déjà palpable dans la salle, Brian constata avec soulagement que chacun s'affairait sans perdre son sang-froid. Son regard croisa celui d'Andrew. Le technicien restait impassible, mais il n'en menait pas large.

— Jennifer, dit Jessup, vérifiez la tension et donnez-lui encore deux de morphine.

— OK.

— Si on l'intubait, Brian ? Vous vous sentez de le faire ?

— J'ai passé toute ma première année d'exercice dans un service d'urgences. Si l'anesthésie ne descend pas, je crois que je peux le faire.

— Lauren, appelez l'anesthésie. Andrew, préparez un chariot d'intubation pour le Dr Holbrook. Attention au ballonnet sur le flexible. Tenez bon, Nellie. Vous m'entendez ? (Elle hocha imperceptiblement la tête.) Bon. Écoutez-moi, s'il vous plaît. Un petit bout du cathéter dont nous nous sommes servis est resté coincé dans une de vos artères. Ça empêche le sang de circuler. Nous allons l'extraire. Compris ? Bien. Vous allez vous sentir beaucoup mieux dès que nous l'aurons sorti. Qui est-ce qui vous a accompagnée, aujourd'hui ?

— Ma... ma fille.

— Nous allons lui expliquer ce qui s'est passé. Si vous avez encore mal, dites-le au Dr Holbrook, il vous donnera ce qu'il faut. Andrew, il me faudrait un piège vasculaire, vite, s'il vous plaît.

L'instrument consistait en un fil métallique formant une boucle, enfilé dans un cathéter et muni d'un déclic manuel. D'un maniement délicat dans les meilleures circonstances. Sur une femme incapable de rester tranquille plus de dix ou vingt secondes, avec une cible se décalant à chaque pulsation, la partie s'annonçait extrêmement serrée.

Brian était impressionné de voir Carolyn Jessup faire front sans hésiter. Mais après un premier passage raté, puis un deuxième, il sentit flancher son assurance. Geignant sous l'effort et la concentration, elle se releva, plissa les yeux, et se détendit les muscles des bras.

L'infarctus de Nellie évoluait rapidement. Une grande part du muscle cardiaque était privée de sang et d'oxygène. L'instabilité électrique qui en résultait déréglait complètement le rythme des battements. Il n'y avait pas encore de dommages irréversibles, mais Jessup et Brian jouaient avec la montre. Un arrêt du cœur pur et simple pouvait survenir avant qu'on ait transporté Nellie au bloc, si deux des pulsations erratiques se déclenchaient en même temps. Arrêt cardiaque en salle de KT ! songea Brian avec effroi. L'enfer médical absolu... Il fit de son mieux pour chasser l'hypothèse de ses pensées.

Jessup fit une troisième tentative... Puis une quatrième. Elle serrait les poings, d'impuissance et de frustration.

— Lauren, est-ce qu'ils sont prêts, en chirurgie ?

— Pas encore.

— La pression artérielle baisse un peu, dit Jennifer d'une voix blanche.

Jessup reprit son instrument pour faire un dernier essai. Elle se ravisa et leva sur Brian un regard vaincu. Rien à faire, semblait-elle dire. Il n'y a plus qu'à espérer que la chirurgie prenne le relais avant que son cœur ne lâche. Et une fois Nellie au bloc, une fois la circulation extracorporelle mise en place, il allait encore falloir livrer bataille pour sauver ce qui pouvait l'être du muscle cardiaque. A chaque seconde, Nellie voyait diminuer ses chances de s'en tirer sans lésion importante et même de s'en tirer tout court.

— Je vous en supplie... vite... faites quelque chose...

A présent, Nellie gémissait sans discontinuer.

Brian examina ses pupilles et constata un important resserrement, dû au narcotique. Lui donner davantage de morphine n'allait pas sans risque. Si sa pression chutait, on s'exposait à l'arrêt respiratoire.

— Une idée ? demanda Carolyn d'une voix éteinte.

— Oui, une seule, répondit Brian. On peut essayer de se servir d'une pince à biopsie.

— Quoi ?

— Andrew, est-ce qu'on a une pince à biopsie Bipal ?

— Je crois.

— J'ai utilisé ça une ou deux fois pour des biopsies endocardiaques. Il y a deux petites griffes qui permettent de prélever les cellules endothéliales. J'aimerais essayer de retirer ce bout de cathéter avec.

— Voilà, j'en ai une, cria Andrew.

— OK, allez-y, ordonna Jessup en se mettant de côté.

— Le bloc vient d'appeler, ils sont prêts, dit Lauren dans l'interphone dont elle disposait derrière sa vitre.

Jessup hésita. Du point de vue du temps qui restait à Nellie, l'échec de cette nouvelle tentative pouvait être fatal, mais le transfert en salle d'op était aventureux aussi. Pendant dix secondes régna un silence dramatique.

— Brian, ça fait tout de même un moment que vous n'avez pas pratiqué, dit-elle finalement. Est-ce que vous êtes sûr de vous ?

Brian baissa les yeux sur Nellie Hennessey qui restait les yeux fermés, geignant faiblement, les joues sillonnées de larmes. Si on ne libérait pas cette artère tout de suite, le mieux qu'elle pouvait espérer, c'était une vie de grande malade cardiaque, d'éclopée.

— Je peux essayer.

— Allez-y.

Brian respira un grand coup et se mit au travail. La minuscule pince remonta peu à peu l'aorte en direction du fragment. Les milliers d'heures de bibliothèque, d'amphithéâtre, d'assistance chirurgicale, de pratique en salle de KT, tout ce capital de savoir était maintenant à l'œuvre pour l'aider à visualiser le cœur de la malade en trois dimensions, à interpréter l'image plate qu'il voyait à l'écran, pour positionner l'instrument.

La commission exécutive du conseil de l'ordre a décidé de

suspendre votre autorisation d'exercer la médecine pour une période de...

Curieusement, les mots de la lettre du conseil lui revinrent en mémoire au moment où il refermait les dents de la pince à biopsie. Sur l'écran, le fragment de cathéter avait nettement bougé.

— Je crois que vous l'avez, dit Jessup à voix basse.

Lentement, très lentement, Brian retira l'instrument. A un moment, le fragment sembla s'être pris dans quelque chose. Mais d'une infime torsion, Brian rectifia l'angle de sa trajectoire. Il tenait toujours sa proie. Millimètre par millimètre, il fit sortir la pince de la coronaire gauche, passa la crosse de l'aorte et suivit l'aorte descendante. Les terribles pulsations arythmiques disparurent aussitôt de l'électrocardiographe. Et la tête du cathéter n'était pas complètement extraite de son corps, que Nellie avait cessé de se débattre et de se plaindre.

— Oh, Seigneur, dit-elle. Ça va mieux. J'ai moins mal.

L'équipe de KT poussa en chœur un immense soupir de soulagement. Brian était dans un état d'euphorie excédant tout ce qu'il avait connu sur les stades.

... *suspendre votre autorisation d'exercer la médecine...*

— Mon Dieu, merci... murmura Brian sous son masque.

— Lauren, fit Jessup, les yeux rayonnants, rappelez le bloc et dites-leur que nous n'aurons pas besoin d'eux.

10

Il était presque deux heures de l'après-midi, lorsque l'emploi du temps de Jessup lui permit enfin d'avoir avec Brian l'entretien qu'il réclamait. Vêtue d'un tailleur gris en coton et d'un chemisier blanc, la doctoresse semblait détendue et, comme toujours, parfaitement à son aise. Ses cheveux noirs étaient serrés en chignon derrière sa tête. Question opulence, son bureau rivalisait avec celui de Pickard. Bibliothèque du sol au plafond d'un côté, étalage de diplômes, certificats, photos de célébrité et lettres de remerciements, de l'autre. Brian ne distingua aucune photo de famille, ni de vacances ou de fête quelconque. Mais il fit taire sa curiosité, préoccupé par de plus graves questions. Il serait toujours temps d'ici quelques jours de lire la biographie de Jessup dans le *Who's who de la médecine américaine.*

Il vint s'asseoir en face d'elle, sur une chaise en cuir. Pris par leurs activités respectives, les deux toubibs ne s'étaient pas parlé depuis que Brian avait sauvé Nellie Hennessey. A présent, Jessup le regardait avec une mine épanouie, ne cachant pas sa satisfaction.

— Le moins qu'on puisse dire, c'est que vous ne perdez pas de temps pour vous distinguer, lança-t-elle.

— J'ai toujours eu du mal à passer inaperçu, dit Brian. A seize ans, je dépassais le mètre quatre-vingts.

— Vous avez toujours voulu être médecin ?

— Non. En fait, je voulais être footballeur professionnel. Mais j'ai dû arrêter à cause d'une fracture au genou. Comme j'aimais beaucoup les sciences, je suis rentré en fac de médecine, et voilà.

— Je vois. Eh bien, il y a deux patients de cet hôpital qui doivent s'en féliciter. Moi aussi, du reste.

— Merci. Et merci de m'avoir fait confiance en salle de KT.

Brian se retenait de parler d'entrée de Jack et du Vasclear, espérant qu'elle y viendrait d'elle-même.

— Pour être franche, je vous dirai qu'il ne s'agissait pas uniquement de vous faire confiance ou pas, car Nellie n'aurait pas survécu à son transfert au bloc, j'en suis convaincue. C'était ça ou l'arrêt cardiaque. Et pour être encore plus franche, je vous dirai que je ne pensais pas que vous y arriveriez. Mais je suppose, enfin, *j'espère* que vous n'avez pas demandé à me parler juste pour entendre mes félicitations.

— Non, bien qu'elles m'aillent droit au cœur. Je voulais vous parler de Jack.

— Bien sûr. Je ne demande qu'à discuter de son cas avec vous. Mais comme je n'ai pas eu le temps de vous en parler la dernière fois, je voudrais d'abord revenir sur un point important.

— Oui ?

— Il y a, en permanence, une douzaine de médicaments qui sont testés à l'ICB. Parfois nous travaillons en coopération avec d'autres centres, parfois nous sommes seuls responsables d'un programme. Il y a toujours de gros intérêts en jeu, des dizaines, voire des centaines de millions de dollars. Dans ce processus, tout le monde est impliqué, depuis le fabricant d'éprouvette jusqu'au professeur, en passant par vous-même.

— Oui, je comprends, dit Brian qui se demandait où Jessup voulait en venir.

— Bien. Maintenant, un des axes de la politique instituée par la direction de l'ICB, c'est que tout problème doit faire l'objet d'un rapport au Dr Pickard ou à moi-même. C'est nous qui décidons de la conduite à tenir en fonction de la situation.

Brian commençait à avoir l'estomac noué.

— Je vois, dit-il.

— L'équipe de KT, mais aussi celle de cardio et de la clinique Vasclear, tous ici savent que discuter d'un problème thérapeutique propre à l'institut avec quelqu'un de l'extérieur est un motif de licenciement immédiat. Ce système de rapport dont je vous ai parlé est en place pour une excellente raison. Il arrive très souvent qu'un fabricant ou un laboratoire trouve la solution au problème posé en quelques semaines. Mais si la bureaucratie de Washington ou la FDA s'en mêlent, ça peut durer des années. Cette politique est connue du personnel depuis longtemps, mais je ne suis pas sûre qu'on vous en ait parlé.

Brian tombait des nues.

— Non, en effet, personne ne m'avait prévenu.

— Et alors ?

— Ma foi, j'ai dit ce qui s'était passé à Phil Gianatasio. Nous nous connaissons depuis l'internat.

— Je sais. Ça ne pose aucun problème. Phil est un de nos médecins les plus dévoués et les plus loyaux. Il doit être titularisé.

— Je suis sûr qu'il y arrivera. Heu... autre chose. J'ai toujours eu pour règle de ne pas me mettre en retard dans mon travail, surtout avec la paperasse. Après la KT, j'ai dicté mon rapport avant même de m'être déshabillé. J'ai inclus dedans une note sur la récupération du morceau de cathéter, bien que je n'aie pas précisé que je me servais de la pince Bipal.

— Ça ne fait rien, répondit Jessup. Quand votre rapport sera tapé, envoyez-m'en une copie. Je changerai ce qui ne va pas, comme ça vous serez tranquille.

A l'idée de ce qu'il n'avait pas encore divulgué, Brian commençait à paniquer sérieusement. Il songea à ne rien dire, à mentir par omission, mais tôt ou tard, elle apprendrait ce qu'il avait fait par la bande et ce serait le renvoi immédiat.

— Heu... j'ai peur qu'il n'y ait encore quelque chose.

Jessup se rembrunit.

— Allez-y.

— Eh bien, après avoir dicté mon rapport, j'ai remarqué qu'il y avait sur le bureau une pile de déclarations à remplir et renvoyer à la FDA en cas d'incident. Formulaire MedWatch, ils appellent ça. Avant de classer le dossier, j'en ai rempli un et je l'ai envoyé.

Jessup serra les mâchoires et son visage devint dur.

— Cette déclaration est strictement volontaire, dit-elle.

— Je sais. Mais je l'ai faite comme je fais d'habitude, parce que les médecins sont trop occupés, ou trop paresseux, pour signaler les problèmes de médicament ou de matériel.

Eh bien, vous avez agi stupidement.

Brian se demanda si elle avait vraiment dit ça ou s'il rêvait.

— Qu'est-ce que vous avez fait avec l'enveloppe, au juste ?

— Pardon ?

— L'enveloppe, répéta-t-elle, impatientée, l'enveloppe avec le formulaire MedWatch, vous l'avez postée ?

— Je... oui. Oui, je l'ai mise à la boîte du hall central avant d'aller en cardio. Docteur Jessup, je suis vraiment désolé. Si j'avais su...

Jessup avait déjà décroché son téléphone et demandé le service courrier de l'hôpital. Elle attendit quelques minutes sans mot dire puis raccrocha.

— Le courrier est parti, dit-elle d'une voix lasse. Nous nous étions mis d'accord avec Ward-Dunlop pour que ce soit eux les premiers avertis en cas de défaut sur le cathéter. C'est comme ça que nous travaillons ensemble. Ce cathéter doit être homologué officiellement dans le courant de l'année. En janvier prochain, il y en aura dans les hôpitaux du monde entier.

Mais il est défectueux, pensait Brian. Et n'avait-elle pas vaguement évoqué un précédent dans un autre établissement ?

Comme si elle lisait dans ses pensées, Jessup parut se calmer un peu.

— Brian, je sais que vous étiez bien intentionné et j'approuve totalement votre souci de protéger les malades. Mais il y avait une façon de faire plus efficace et certainement moins coûteuse que de s'en remettre à ce qui est sans doute la bureaucratie la plus inepte et la plus labyrinthique de tout le gouvernement. Ce qui s'est passé en salle de KT n'est probablement qu'un défaut exceptionnel sur un produit isolé, pas un défaut de conception.

— Je comprends. Croyez-moi, ça ne se reproduira plus.

— J'espère. On verra bien comment les gens de Ward-Dunlop vont réagir.

Elle consulta son agenda et regarda sa montre.

— Est-ce qu'il y avait autre chose ? demanda-t-elle.

Pas de doute qu'elle était toujours en rogne.

— Mon père ?

— Ah, oui. Il a l'air de bien réagir au traitement que j'ai ordonné.

— Eh bien, en fait, je le trouve assez instable. On ne peut pas dire qu'il ait une vie très agréable. En voyant la KT de Nellie ce matin, je n'ai pas pu m'empêcher de penser au bénéfice qu'il tirerait du Vasclear.

— Il a besoin de se faire opérer, Brian.

— Docteur Jessup, mon père a la manie de parier sur tout et n'importe quoi. C'est son passe-temps. Donnez-lui les soixante-quinze pour cent de chances qu'a eus Nellie Hennessey quand elle a commencé son traitement et il jouera Vasclear sans hésiter, plutôt que la chirurgie.

— Brian, je vous en prie. Je suis son médecin, et je recommande un nouveau pontage. Est-ce que c'est clair ?

— Vous m'aviez dit que vous parleriez au Dr Weber.

— Désolée, je n'ai pas encore pu le faire. Mais il tient beaucoup à ce qu'on respecte le protocole. Je sais qu'il refusera de prendre un malade déjà opéré.

— Vous ne pouvez pas créer un sous-groupe ?

— Même si nous l'acceptions, il faudrait l'incorporer dans un des groupes au hasard, comme les autres sujets. Ça ne lui laisserait que trente-trois pour cent de chances d'obtenir le bénéfice dont vous parliez.

— Nellie Hennessey était dans le même cas et regardez comment elle s'en tire. Docteur Jessup, je veux que mon père guérisse et je ne veux pas qu'il souffre comme il a souffert après son pontage.

— Le Dr Randa, quelle que soit sa personnalité, est certainement une pointure au-dessus de Clarkin.

— Je suis sûr que Randa a eu des échecs aussi.

— Bon sang, mais vous êtes obstiné. Je vais vous dire. Le Dr Weber a dû s'absenter mais je crois qu'il est revenu, maintenant. Est-ce que vous êtes là cet après-midi ?

— Oui. Je suis de garde à la clinique Vasclear.

— Bien. Compte tenu de ce que vous avez fait pour Nellie, je vais faire de mon mieux pour arranger ça et je vous recontacterai à la clinique.

— Je ne peux rien demander de plus.

— Et plus de rapport à la FDA ?
— Plus jamais.
— Parfait. Eh bien, ce sera tout.

Brian pivota vers la porte mais se retourna au bout de quelques pas.

— Docteur Jessup, cette obstination dont vous parliez...
— Oui ?
— Je la tiens de mon père.

11

Il y a, à côté du cimetière national d'Arlington, un endroit qui domine le fleuve Potomac, où se trouve le mémorial Iwo Jima, du nom d'une île du Pacifique conquise par les forces US en 1945. Comme convenu, le Dr Alexander Baird monta dans la limousine qu'on lui avait envoyée. Il se laissa guider par le chauffeur, puis, arrivé sur place, marcha jusqu'à la magnifique statue qu'il contourna, avant de se diriger vers un certain banc où il attendit, dissimulé au regard des promeneurs par une haie de thuya.

Les journées de Baird commençaient en général par un jogging dans les rues de Georgetown, suivi d'un petit déjeuner avec son épouse. Ce matin-là, il avait dû se passer des deux, à son grand déplaisir, pour filer de bonne heure au siège de la FDA, à Rockville, où il s'était replongé dans la masse imposante de rapports sur le Vasclear qui encombrait son bureau.

Pour lors, il était un peu plus d'une heure de l'après-midi et il n'y avait personne dans le parc, hormis quelques sportifs. De l'autre côté du fleuve, le soleil matinal faisait miroiter le dôme du Capitole et les monuments à la mémoire de Lincoln et Jefferson. De loin, la ville de Washington semblait d'une perfection d'albâtre. Mais Baird savait que se laisser séduire par la majesté, la puissance et l'efficacité de la capitale fédérale, ressemblait assez à la fascination qu'on éprouve en regardant danser un serpent cobra.

Quatre jours s'étaient écoulés depuis la séance de la commission sénatoriale présidée par Walter Louderman. Fidèle à sa promesse, Baird avait étoffé l'équipe de Teri Sennstrom en détachant trois chercheurs auprès d'elle, à seule fin d'éplucher toutes les données sur le Vasclear et la cathétérisation cardiaque. Mais le sénateur Louderman, comme la plupart des hommes politiques à Washington, semblait ne faire confiance qu'à lui-même.

Des notes de services commençaient à circuler, insinuant que certains laboratoires pharmaceutiques plus importants que Newbury pressaient Baird de retarder la sortie du produit, afin de permettre à leurs chercheurs d'en développer un autre, aussi efficace que le Vasclear, mais d'une composition chimique différente. Et des articles commençaient aussi à proliférer dans la presse du monde entier, vantant les mérites du médicament, calculant en dollars et en vies humaines les pertes engendrées par chaque journée de retard supplémentaire. *La fontaine de jouvence réduite à un filet d'eau,* titrait un tabloïde new-yorkais.

Si le personnel de Louderman menait sa campagne présidentielle avec la même détermination, l'occupant actuel de la Maison Blanche avait beaucoup de soucis à se faire. Dans les grands journaux, les comparaisons avec l'AZT avaient eu pour effet de déclencher une série de lettres outragées tant aux rédactions concernées qu'aux membres du Congrès, exigeant qu'un médicament servant à soigner « le cœur de l'Amérique » bénéficie de la même priorité de la part de la FDA qu'un palliatif, à peine bon à lutter contre ce que les protestataires les plus virulents nommaient le virus de Dieu.

Le blitz médiatique n'aurait pu être plus efficace. Brusquement, des gens qui n'y connaissaient rien en médecine savaient que l'AZT avait été autorisé en 1987, moins de deux ans après le début des tests cliniques, et trois mois seulement après que la FDA eut été saisie du dossier. Et bien qu'à l'époque Alexander Baird enseignât la médecine dans le Missouri, on répétait qu'il avait précipité les choses, alors qu'il traînait les pieds avec le Vasclear. Finalement, comme il fallait s'y attendre, le chef de cabinet de la Maison Blanche, Stan Pomeroy, avait appelé Baird, et fixé ce rendez-vous.

Baird frotta ses yeux fatigués et regarda avec envie deux joggers qui s'éloignaient au petit trot sur sa gauche. On considérait généralement qu'il avait brillamment réussi à restaurer l'image de l'agence, tant auprès du public que des industriels. A présent, la FDA était prise en tenaille entre la force publique et les intérêts politiques. La prudence qui avait marqué les neuf premiers mois de son mandat semblait menacée de toutes parts, et Baird craignait de ne pas faire le poids avec les seules armes à sa portée, sa propre intuition et un respect inébranlable pour la méthode scientifique.

— On médite ?

Stan Pomeroy venait d'apparaître au détour de l'allée. Avant de s'asseoir sur le banc, il tendit à Baird une main que celui-ci serra chaleureusement. Pomeroy était le premier Noir chef de cabinet à la Maison Blanche. L'homme jouissait d'une estime quasi générale, dans une ville où l'estime véritable n'était pas monnaie courante. Quand Baird, qui hésitait, avait demandé des explications avant de sauter à pieds joints dans la fournaise de l'agence, c'est Pomeroy qui s'était déplacé en avion jusque dans le Missouri pour le convaincre d'accepter.

— Je ne sais pas si on peut appeler ça méditer. Il n'y a qu'une question, qui englobe toutes les autres, c'est le mystère de la vie, n'est-ce pas ?

— Je vois. Dans ce cas, prenez votre temps.

— C'est bon, merci. Je vais mettre la chose en délibéré jusqu'à ma douche de ce soir.

— Merci d'accepter de me rencontrer comme ça, Alex.

— Est-ce que j'avais le choix ?

Pomeroy haussa les épaules.

— Vous avez toujours eu le choix. Je vous l'ai dit au moment de votre nomination. Le Président savait dans quelle galère il vous proposait d'embarquer. Il était très conscient des difficultés du poste et il l'est toujours. C'est vous qui décidez.

Sauf qu'on parle du président des Etats-Unis, là, pensait Baird. *L'homme devant qui tout le monde s'efface, même un gorille de trois cent cinquante kilos.*

— Je sais, Stan, et j'apprécie. Merci.

Pomeroy ouvrit son attaché-case et sortit un dossier gonflé de coupures de presse. D'après ce que voyait Baird, il s'agissait de journaux du monde entier.

— Est-ce que vous avez lu ces papiers ?

— Par dizaines. J'en suis saturé.

— Eh bien ?

— Stan, tout ce que je peux dire, c'est qu'un survol, même hâtif, de la presse non spécialisée ferait apparaître des dizaines... que dis-je, des centaines d'articles enthousiastes sur les vertus présumées miraculeuses de tel ou tel produit contre le cancer, les maladies de cœur, la maladie d'Alzheimer ou le SIDA. En médecine, le public est toujours demandeur de bonnes nouvelles, mais évidemment, il en réclame surtout sur ces sujets-là. Donner des informations confidentielles aux journaux est la façon qu'ont les chercheurs d'extorquer toujours plus d'argent, et c'est comme ça aussi que les labos pharmaceutiques essaient d'influencer l'opinion. Si les chercheurs et les pharmaciens choisissent de s'adresser au grand public en court-circuitant la communauté scientifique, c'est parce que leurs travaux, la plupart du temps, ne passent pas le cap d'un examen scientifique rigoureux. Voilà le problème.

— Mais ce médicament, Alex, est-ce qu'il passe le cap de *votre* examen ?

Baird se trémoussa quelques instants sur son banc avant de répondre, les yeux tournés vers l'horizon.

— La vérité, soupira-t-il, est que les résultats, au jour d'aujourd'hui, sont bigrement impressionnants. Les sujets de la phase deux ont été répartis au hasard dans trois groupes d'environ deux cents personnes. On voit déjà qu'il y a un groupe qui réagit très bien, et un autre pas du tout.

— Alors quel est le problème ?

— Je ne sais pas, Stan. Il y a plusieurs choses qui me chiffonnent. D'abord, Newbury Pharmaceuticals. D'où sortent-ils ? Avant le Vasclear, ils n'ont jamais fabriqué que des vitamines et quelques copies de produits génériques. Rappelez-vous qu'à l'agence, nous n'avons ni le financement ni les moyens matériels pour entreprendre des recherches scientifiques ou cliniques. Tout ce que nous pouvons faire, c'est étudier les dossiers d'expertise qui nous sont soumis par les laboratoires pharmaceutiques. Plus nous sommes familiarisés avec un labo, plus nous lui faisons confiance pour ne rien nous cacher. Ensuite, il y a le médicament lui-même.

— Allez-y.

— Eh bien, ce produit est presque trop beau pour être vrai. C'est justement ça, son extraordinaire potentiel de guérison, qui me fait peur. A l'heure actuelle, nous sommes en présence de résultats spectaculaires dans le traitement d'une maladie dévastatrice, avec des effets indésirables réduits au minimum, voire inexistants. D'habitude, nos experts statisticiens harcèlent le fabricant sur des questions de proportion entre l'action thérapeutique et la tolérance par le sujet. Dans le cas du Vasclear, à condition, je le répète, qu'on ne nous cache rien, il n'y a pas de discussion possible, puisqu'il n'y a aucune intolérance. Le seul aspect négatif que nous ayons rencontré, c'est qu'apparemment, il ne marche pas pour tout le monde. Au sein du groupe bêta, dont on peut penser que les sujets sont traités avec une forte dose, puisqu'ils réagissent très bien en majorité, il y a quand même vingt-cinq pour cent de malades qui ne guérissent pas du tout. Seulement, soixante-quinze pour cent de réussite dans le traitement de l'artériosclérose, cela reste énorme et propulserait n'importe quel produit en tête du hit-parade.

— Alors, je vous repose la question, Alex. Où est le problème ?

Baird soupira en se massant les tempes.

— Peut-être qu'il n'y en a pas. Mais les données qu'on nous présente reflètent en tout et pour tout deux ans de traitement sur une population de six cents personnes. Je peux vous garantir que dans les jours qui suivront sa mise sur le marché, des dizaines de milliers de personnes seront sous Vasclear. Au bout de quelques mois, il y en aura des centaines de milliers, des millions, peut-être. Il ne s'agit pas d'une crème solaire, Stan. Il s'agit du produit que tout le monde attend, que tout le monde espère, un produit qui peut changer le monde civilisé, ajouter des années, des décennies à l'espérance de vie de beaucoup d'entre nous.

— C'est ce qui a frappé le Président, exactement.

— Mais seulement six cents malades, Stan.

— Vous ne faites pas un suivi des nouveaux médicaments ?

— Si, bien sûr. Mais les rapports qui nous parviennent sont pour le moins insuffisants car ils reposent en grande partie sur le volontariat, et d'autre part, une fois que ce médicament sera lancé, plus rien ne pourra l'arrêter. A partir du moment où les camions de livraison seront sur les routes, s'il y a un effet indésirable à long terme, on va au-devant de dégâts considérables.

— Mais jusqu'à présent, aucun dégât ?

— Aucun.

— Et l'examen du dossier s'effectue dans de bonnes conditions ?

— Nous faisons le maximum dans la mesure de nos moyens. J'ai demandé à un de nos meilleurs éléments de coordonner la vérification de tous les résultats de Newbury. Il s'agit de Teri Sennstrom. Vous la connaissez ?

— Je crois. La trentaine, blonde, assez jolie ?

— C'est bien elle. Remarquez qu'il y a certains hommes qui se seraient dispensés de l'adverbe *assez*. Elle est aussi extrêmement brillante et très consciencieuse.

— Est-ce qu'elle est allée à Boston pour suivre les études préliminaires et rencontrer les chercheurs ?

— Oui, une fois, mais il y a longtemps.

— Si elle y retournait ? Ou pourquoi ne pas y aller vous-même, si ça peut vous aider à prendre votre décision en toute sérénité ?

— Vous voulez dire ma décision d'accorder l'AMM ?

Pomeroy perçut immédiatement l'irritation de Baird. Il se tourna de côté pour le regarder en face. Le patron de la FDA, enflammé par son propos, avait les yeux ardents.

— Alex, si cette question n'était pas de première importance pour nous, je ne serais pas ici.

— Quand j'ai accepté le poste, vous m'avez promis que j'aurais les coudées franches pour diriger l'agence.

— C'est toujours le cas.

— Ah bon ? Pourquoi est-ce que j'ai l'impression qu'on me force la main, alors ? Pourquoi est-ce que j'ai l'impression qu'on essaie de me coller le sceau présidentiel sous le nez ?

Pomeroy esquissa un sourire avant de verrouiller son regard dans celui de Braid.

— Alex, s'il vous plaît, dites-moi la vérité. Si vous souffriez du cœur en ce moment, et si vous aviez le choix entre le Vasclear et la chirurgie, le Vasclear *tel que vous le connaissez aujourd'hui*, je précise, que feriez-vous ?

La question était hypothétique, déloyale, et du reste, on voyait à son expression que Pomeroy le savait. La vraie question était : Comment et à quel moment juger qu'on dispose d'informations et de données suffisantes, concernant tel ou tel produit ? Dans des mains exercées, les statistiques sont aussi malléables qu'un bâton de guimauve.

« Donnez-moi les chiffres, lui avait dit un jour un des meilleurs statisticiens de la FDA, et je me fais fort d'obtenir tous les résultats que vous voulez, sans tricher le moins du monde. Ça dépend de l'échantillonnage et de la méthode que vous décidez d'utiliser ou de ne pas utiliser. »

Baird avait le regard perdu dans le vague.

— Avec les données dont je dispose aujourd'hui et elles seules, dit-il finalement, conscient qu'il était sur le point de capituler, je choisirais le Vasclear.

Pomeroy exhala un soupir.

— Merci, Alex. Merci d'être honnête. Cela étant, vous et le Dr Sennstrom disposez de trois semaines. Le jour venu, quand vous signerez l'autorisation de mise sur le marché, le Président souhaite être à vos côtés pour annoncer au pays que des recherches financées en partie par son administration ont permis une avancée majeure dans le traitement des maladies cardio-vasculaires. Si, d'ici là, vous découvrez une raison tangible d'ajourner l'AMM, expliquez-nous de quoi il s'agit, et on vous redonnera tout le temps que vous voulez pour vous décider... Alex, je sais que vous songez à démissionner à cause de cette histoire. Je ne peux que vous supplier de n'en rien faire.

Baird tripotait distraitement son alliance.

— OK, Stan, trois semaines, dit-il soudain, et sa propre voix lui parut distante comme s'il l'entendait du bout d'un tunnel.

12

Après avoir fait ses visites aux dix-sept patients admis en cardio, Brian se dirigea vers la clinique Vasclear. Carolyn Jessup ne lui avait pas encore fait part du résultat de son entretien avec Art Weber. Jack avait passé une nuit à peu près convenable, mais sa vie ressemblait à celle d'un invalide et il le savait. Quand il eut couché son père, Brian s'assit sur le bord du lit pour revenir sur la question de la chirurgie ou du Vasclear.

— Je veux mourir, dit Jack. Regarde-moi. Qu'est-ce que tu veux que j'attende de la vie ? Bon Dieu, je ne peux plus aller au cinéma, je ne parle même pas d'assister à un match.

— Mais Pop, tu ne vois donc pas que tu es désespéré parce que tu es malade ? Tu n'as que soixante-trois ans, bon sang ! Tu oublies que tu as des petits-enfants, tu oublies que je suis en train de remonter la pente. Tu pourrais voyager, peut-être rencontrer quelqu'un, peut-être même entraîner une équipe de minimes. Tout ce que nous avons, tu y as droit aussi, pas plus, pas moins. Je t'assure, Jack, Vasclear ou chirurgie, quand ton corps ira mieux, ta tête ira mieux aussi, il faut t'accrocher.

— Je ne supporte pas l'idée de me refaire ouvrir la poitrine, Brian. Toutes ces sondes, tous ces tubes dans le nez, non, je ne peux pas...

Brian prit de la pommade à la lanoline vitaminée et massa les pieds de son père dont la peau était sèche et craquelée. La veste de pyjama ouverte laissait voir l'énorme cicatrice de la sternotomie et les innombrables « fossettes » des drains qu'on lui avait mis un peu partout.

— J'essaie de te faire mettre au Vasclear, Pop. Je t'assure que je fais tout ce que je peux. Mais si je n'arrive pas à t'incorporer au groupe bêta, il faudra que tu te laisses opérer par le Dr Randa. Ton premier pontage ne s'est pas bien passé, je sais. Mais beaucoup de gens subissent la même intervention et sortent de l'hôpital au bout de quatre ou cinq jours. Randa est antipathique, nous sommes d'accord, mais c'est un chirurgien de renommée mondiale.

— Non, Brian. Qu'on me donne ce médicament. Tant pis, si je tombe sur le mauvais groupe. Ça me plaît, comme risque.

Lucy Kendall avait été prise au dépourvu par la première visite de Brian à la clinique. Aujourd'hui, elle était prête. Au-dessus de son jean serré, elle portait un sweater moulant qui, à lui tout seul, constituait un test d'effort cardiaque pour les malades de sexe masculin. Pestant contre les vingt-deux degrés imposés dans les locaux, elle ôta sa blouse et la posa sur le dossier d'une chaise. Et tandis qu'elle montrait à Brian les sections du service qu'il ne connaissait pas encore, elle ne se fit pas faute d'appuyer sa poitrine contre son bras ou son épaule, le plus souvent possible.

— Bon alors combien de malades avons-nous ce soir ? demanda Brian.

Il était fermement décidé à apprendre tout ce qu'il avait besoin de savoir, et pas du tout d'humeur à batifoler.

— Cinq par heure pendant quatre heures. C'est la moyenne. Vous disiez que vous habitiez à Reading. Vous vivez seul ?

— Non. Avec mon père. Alors on leur apporte chacun leur dose tous les jours ?

— A qui ?

— Aux patients sous Vasclear.

— Ah... Non, non. Toutes les semaines. J'envoie la liste à Newbury chaque vendredi et ils nous livrent la quantité d'ampoules nécessaire. Est-ce que ça vous dirait de prendre un verre quelque part en sortant d'ici ?

— Merci, j'aimerais bien, mais il faut que je rentre m'occuper de mon pater. Insuffisance coronarienne, lui aussi. Vos enfants ne vous attendent pas chez vous ?

— J'ai une fille au pair qui s'occupe d'eux. J'ai choisi exprès une beauté suédoise pour que Jerry puisse fantasmer sur quelqu'un d'autre que moi.

— Et si quelqu'un ne se présente pas à la clinique ? Qu'est-ce que vous faites de sa dose ?

— Ça n'arrive pas souvent, mais il y a des gens qui ont des empêchements, c'est vrai. Je garde leur dose sous clef. Et puis de temps en temps, toutes les deux ou trois semaines, je note le surplus et je m'en débarrasse. Vous aimez danser ?

— Oui, bien sûr. Je manque de pratique, mais j'aime bien. Est-ce qu'il y a une clef pour ouvrir le frigo où se trouve le Vasclear ?

— Quatre-vingt-quatre, quatre-vingt-dix.

— Pardon ?

— C'est le code pour ouvrir le frigo. Huit, quatre, neuf, zéro. Ça me fait penser qu'il faudrait que je mette un code digital au mien. Peut-être que Jerry comprendrait enfin qu'avec cent dix de tour de taille, il n'aura jamais de copine. Vous faites du quatre-vingt-dix, n'est-ce pas ?

— Bien vu. Bon, résumons-nous. On administre le médicament cinq fois par semaine pendant deux semaines, puis trois fois par semaine pendant deux mois, puis une fois par semaine, c'est bien ça ?

— Exact. (Elle se recula et le toisa d'un regard expert.) Et cent cinq de tour de poitrine, pas vrai ?

— Juste. Je me demande qui a institué ce calendrier et dans quelle mesure il est respecté. C'est très impressionnant.

— Ils prennent en compte la possibilité qu'un malade saute une prise, c'est tout ce que je peux vous dire. La clinique est fermée les jours de congé, et je sais que si un malade rate une visite, personne ne s'en inquiète, chez Newbury. Si quelqu'un passe deux rendez-vous en une semaine, ou deux semaines de suite sur une période de deux mois quand ils sont en régime hebdomadaire, nous notons le fait sur un formulaire spécial. C'est tout. Vous savez que c'est très agréable de discuter avec vous ?

— Merci. Avec vous aussi.

— Vous êtes sûr que vous ne voulez pas, pour ce soir ?

— Une autre fois, sans problème. Vous ne croyez pas qu'on devrait s'y mettre ? Il y a déjà plusieurs personnes en salle d'attente.

Brian commença à examiner les malades un par un, avant qu'ils ne reçoivent leur dose de Vasclear. Cela demandait plus de travail qu'il n'avait imaginé. Beaucoup étaient très affaiblis par leur insuffisance cardiaque. Les plus atteints, remarqua-t-il, appartenaient aux groupes alpha ou gamma. Il fit de son mieux pour se concentrer sur sa tâche, malgré son impatience d'avoir des nouvelles de Jessup.

Mais ce qui l'empêchait surtout de travailler sereinement, c'est qu'il avait pris sa décision. Il comptait subtiliser le soir même une dose bêta de Vasclear pour Jack, et continuer à se fournir ainsi jusqu'à ce que le code de la procédure soit divulgué, la campagne de tests terminée, et le produit en vente.

C'était, sans aucun doute, le choix le plus effrayant, le plus déchirant qu'il eût fait depuis le début de sa désintoxication. Mais quelle autre option s'offrait à lui ?

Il lui restait cependant une autre décision à prendre. Pendant plus d'un an, Freeman Sharpe avait toujours été à sa disposition, d'abord comme guide sur le chemin mal balisé de la désaccoutumance, puis comme ami.

— Tout ce que je te demande, lui avait dit et répété le Black, c'est de m'appeler avant de récidiver.

Ce que Sharpe ne disait pas mais qui allait sans dire, c'était que Brian avait aussi intérêt à l'appeler avant toute décision capitale, du moins les premiers mois. Brian se demandait si Freeman essaierait de le dissuader de voler le médicament. N'était-ce pas abuser de son amitié que de l'impliquer dans un coup pareil ? Il restait tout de même trente-trois pour cent de chances qu'il n'ait pas besoin de se prononcer, si Jack se retrouvait dans le groupe bêta.

La première vague de patients était maintenant sous perfusion pour une demi-heure. Brian en profita pour récapituler son plan. Il y avait deux façons de se procurer le médicament. Le surplus en réserve, et les doses mises de côté pour les perfus. Pour autant qu'il pût en juger, le surplus n'était pas inventorié fréquemment. Si Lucy Kendall soupçonnait que des doses disparaissaient, les contrôles seraient sûrement renforcés. Il avait décidé que tous les trois jours, pendant les deux premières semaines en tout cas, il substituerait du sérum physiologique, c'est-à-dire une solution salée inoffensive, au Vasclear d'une des doses bêta. Il préférait cela au fait de prélever une ampoule dans le surplus. Lucy avait bien précisé que le programme intégrait la possibilité de sauter une séance. Une dose manquante ne pouvait faire de mal à personne. Pas de problème de ce point de vue.

Plus il y réfléchissait, plus son propre plan l'effrayait, et plus il regrettait qu'il ne soit pas fictif.

Il alla jeter un œil dans la salle de soins pour s'assurer que tout se passait bien, avant de se glisser dans le local où se trouvait le frigo, pour essayer le code d'ouverture et compter le nombre d'ampoules disponibles. Comme on accédait à l'endroit par une porte vitrée, il la laissa ouverte. Une fois dans la pièce, il ressortit et alla jeter un œil dans le couloir sous prétexte d'inspecter le chariot d'urgence. Cette façon d'agir furtivement lui répugnait.

Brian s'agenouilla devant le réfrigérateur et répéta les quatre chiffres à voix basse, au fur et à mesure qu'il tapait sur les touches. Le verrouillage céda instantanément. Il y avait deux boîtes en carton, deux sur l'étagère du milieu et une en bas, chacune portant une étiquette avec une lettre grecque. La boîte bêta contenait quatre ampoules, moins que Brian n'espérait. Mais ça devrait suffire pour les cinq premiers jours. Ensuite, il comptait se...

— Docteur Holbrook ?

Brian sursauta, se retourna et claqua la porte du frigo d'un même mouvement. Un coup à tomber d'un arrêt du cœur. Le Dr Art Weber se tenait sur le seuil, souriant. Il avait la quarantaine et ne correspondait pas du tout à l'image que Brian s'était faite de lui d'après la vidéo. Mais il était solidement bâti et portait beau, indéniablement, les traits fins et le regard bleu-gris pénétrant.

— Ah... oui... bonjour, bredouilla Brian en essayant de se ressaisir. Heu, appelez-moi Brian.

— Art. Art Weber.

Il prononçait le w presque comme un v.

— Je sais, répondit Brian. Je viens juste de vous voir dans la vidéo sur le Vasclear.

— Et qu'est-ce que vous en pensez ?

— Excellent. Formidable. Si le Vasclear agit comme vous l'indiquez, la médecine cardiaque telle que nous la connaissons est sur le point de changer du tout au tout.

— Il n'y a pas de « si ».

Brian sortit de la pièce et referma la porte vitrée.

— Il est certain que Mme Hennessey témoigne en faveur du produit, dit-il, essayant de gagner les faveurs de Weber. J'ai assisté à sa KT ce matin.

— Carolyn m'a dit ce que vous avez fait aujourd'hui.

— J'ai eu de la chance. Le fragment de cathéter était juste dans la bonne position pour que je l'attrape avec la pince Bipal.

— Non, je veux dire envoyer un rapport MedWatch à la FDA.

Brian poussa un grognement muet.

— Je comprends maintenant que j'ai agi en contradiction avec la politique de l'institut. J'ai dit au Dr Jessup que ça ne se reproduirait plus.

— Bien. Il en va de même du Vasclear. Nous n'avons pas rencontré de problème significatif, mais s'il arrivait quelque chose, je compte sur vous pour le signaler au Dr Jessup.

— Bien entendu.

— Je parle des patients, *et* des animaux destinés aux expériences.

Earl. Brian préféra ne pas relever. L'animalier ne bluffait pas en laissant entendre qu'il avait le bras long.

— Je comprends très bien, dit Brian.

Il sentait proche le moment qu'il attendait.

— Excellent, dit Weber. Excellent. D'ici très peu de temps, nos statisticiens nous autoriseront à lever le secret du code de notre étude à double insu. A partir de là, nous espérons que la FDA ne tardera plus à approuver la commercialisation du Vasclear.

— Ce serait merveilleux.

— Oui, comme vous dites. Et inutile de préciser que pour qu'une administration aussi tatillonne que la FDA accepte de raccourcir sa procédure d'évaluation, il faut des données et un rapport risque/bénéfice irréfutables.

— Et vous les avez.

— Nous les avons, reprit Weber. Et donc, à partir de maintenant, vous passez par nous pour tout rapport sur quelque problème que ce soit. Compris ?

— Compris, dit Brian en s'obligeant à ne pas quitter l'autre des yeux.

— Bon. Maintenant, vous avez exprimé le désir que votre père soit admis dans le programme Vasclear, me dit Caroline.

— Oui.

— Elle m'a fait part de ses antécédents. Sa recommandation, vous le savez, est qu'il subisse un nouveau pontage.

— La première intervention s'est très mal passée. Il est prêt à tout pour en éviter une autre.

— Eh bien, il va peut-être falloir qu'il reconsidère la question, Brian. Je suis désolé pour votre père. J'ai fait ce que j'ai pu. J'ai demandé au statisticien en charge de l'étude à double insu de l'incorporer, et voici le résultat.

Il sortit une petite feuille de papier de sa poche. Le nom de Jack, sa date de naissance, le nom de son cardiologue et un chiffre reflétant la gravité de son insuffisance coronarienne, en l'occurrence le sept, étaient inscrits dessus en caractères informatiques. Sous ces informations, en lettres capitales, un mot unique : ALPHA.

Alpha. Presque certainement le groupe placebo. Brian se sentit défaillir.

— Il n'y a pas moyen qu'il soit admis dans le groupe bêta ?

Weber secoua la tête.

— J'ai peur que non. Je sais que ça paraît absurde, mais tant qu'on ne sera pas autorisés à lever le secret des doses reçues par chacun des trois groupes, nous devons nous comporter comme si nous ne savions pas qui reçoit quoi. Au point où nous en sommes, avec des résultats aussi frappants, il est vrai que c'est un secret de polichinelle. Mais nous n'avons pas encore assez de sujets dans nos trois groupes pour conclure notre étude, à moins que la FDA ne donne son accord.

— D'ici combien de temps pensez-vous pouvoir lever les scellés ?

— Bientôt. Dans quelques semaines, peut-être. Un des membres de la FDA va venir en discuter avec moi et Caroline, ainsi qu'avec nos statisticiens.

— Est-ce que la participation de Jack à l'étude, même au sein du groupe Alpha, serait de nature à vous aider ? Je veux dire à compléter votre échantillonnage ?

— Probablement pas, malheureusement. Le temps qu'on puisse tirer profit de sa participation, l'étude serait déjà achevée. Je suggère que vous suiviez l'avis du Dr Jessup et que vous fassiez réopérer votre père. Je suis navré, vraiment navré, ajouta Weber en lisant la déception sur le visage de Brian.

— Merci, dit ce dernier.

Mais le directeur du programme Vasclear avait déjà tourné les talons. Brian reporta son regard sur le réfrigérateur, consulta sa montre et se précipita dans la cabine où les médecins dictaient leur courrier par téléphone. Il lui restait cinq minutes avant la prochaine vague de patients sous Vasclear et il voulait s'entretenir avec Freeman Sharpe.

Celui-ci ne répondit qu'au cinquième coup. Comme à l'accoutumée, son timbre de baryton tranquille eut un effet lénitif immédiat.

— Freeman, c'est Brian.

— Hé, Brian, mon pote ! Y a-t-il un docteur dans la place ?

— Oh, oui. Le docteur reçoit toute la journée. Tu as une minute ?

— Tu prends soin de toi ?

— Bien sûr.

— Alors, j'ai une minute.

— Ils ont accepté Jack dans le programme Vasclear, Freeman. Mais le sort a voulu qu'il soit intégré au mauvais groupe, celui qui a neuf chances sur dix de recevoir un placebo.

— Dommage. Tu crois qu'ils peuvent changer d'avis et lui donner le bon traitement ?

— Non, je ne crois pas, hélas. Ils veulent que Jack subisse un nouveau pontage.

— Et toi, tu penses qu'il doit être soigné avec ce médicament.

— Ce matin, j'ai assisté à une artérioscopie chez une femme qui a cinq ans de plus que Jack. Elle souffrait d'une insuffisance coronarienne au moins aussi sévère que la sienne, mais sans avoir eu d'infarctus, et on ne l'a pas opérée. Ils l'ont mise dans le groupe qui reçoit la dose maxi. Maintenant, elle n'a plus de symptômes et ses artères sont comme celles d'une femme de quarante ans.

Sharpe fit entendre un petit sifflement.

— A quoi pensons-nous, Brian ? A voler le produit ?

— Je ne peux pas faire autrement.

— Tu peux en obtenir suffisamment ?

— Je peux en avoir pour deux semaines. Trois à l'extrême limite. Mais il ne m'en faudra peut-être pas davantage parce que la FDA devrait l'approuver d'ici peu. Même si l'amélioration est lente, je pense que ça suffira pour sauver Jack.

— Et si ça ne marche pas ?

— Jusqu'à présent, les résultats obtenus montrent qu'il y a soixante-quinze chances de réussite sur cent. Jack est d'accord pour courir le risque. Ça lui plaît et moi aussi.

— Tu peux y arriver sans te faire prendre ?

— Sans doute.

— Et sans faire de mal à personne ?

— Je crois.

— En détournant des médocs dans un hosto, tu te repasses un vieux film, je suppose que tu le sais. Tu n'as pas peur de rechuter ?

— Si tu m'aides.

— Dis plutôt si Dieu t'aide, mon pote. C'est pas une mauvaise idée de me consulter, mais je crois qu'un sérieux examen de conscience ne te ferait pas de mal non plus.

— C'est sûr. Je vais le faire, Freeman, merci. A bientôt, vieux.

— Tu sais où tu vas ? demanda le Black.

— Oui, je sais.

Brian raccrocha et revint dans la salle où se trouvait le frigo. Il ne lui fallut que quelques minutes pour vider deux ampoules de Vasclear bêta avec deux seringues de 10 cc, faire une marque minuscule sur chaque ampoule, et les remplir de sérum physiologique. Il glissa ensuite les seringues dans sa poche de gabardine et partit s'occuper de ses patients. Une heure plus tard, ayant placé les seringues et une perfu dans son attaché-case, il appela chez lui.

— Jack, comment te sens-tu ?

— On fait aller.

— Eh bien, j'ai une bonne nouvelle. Tu commences ton traitement au Vasclear à haute dose dès ce soir.

— Ouah, super ! C'est grâce au Dr Jessup ?

— Non. Un autre médecin. D'ailleurs, il faut que tu me promettes de ne pas en parler à Jessup.

Jack resta un long moment silencieux.

— Tout ce que tu voudras, dit-il finalement.

— Parfait. Je rentre d'ici une heure ou deux. Et, Jack...

— Oui ?

— Je te dois dix dollars.

— Pourquoi ?

— J'ai bel et bien sauvé une personne, aujourd'hui. Et même deux.

13

Brian régla la perche de la perfu à la hauteur du fauteuil de son père, prit une seringue pleine de Vasclear et en injecta le contenu, mélangé à du glucose et de l'eau, dans la poche de deux cent cinquante centimètres cubes.

— Prêt pour une giclée d'élixir de longue vie ? demanda-t-il.

Jack poussa un ricanement moqueur.

— Tu parles d'un élixir ! Ça ne marche pas, hein ?

— Arrête un peu, Pop, on ne peut pas juger, c'est beaucoup trop tôt ! Ne te décourage pas. Tu n'as eu que six injections. D'après ce que j'ai vu chez d'autres malades, il faut nettement plus de temps pour que les symptômes commencent à régresser. Et il y a même des gens qui ont continué à en avoir pendant des mois, alors que leurs tests d'effort montraient des résultats quasi normaux.

— Huit contre cinq que je ne guérirai pas.

— Bon Dieu, Jack, arrête de parler comme ça ! Ton attitude compte beaucoup dans le fait que ça marche ou pas.

— J'en ai marre, Brian. J'en ai marre d'être malade.

— Encore une semaine. Je te parie que dans une semaine, tu vas te sentir mieux.

— Et sinon ?

— Sinon, nous irons revoir Randa.

Et comme Jack affichait une mine défaite, il ajouta :

— Mais je suis sûr qu'il y aura un progrès dès cette semaine.

Au cours de la semaine passée, Brian s'était servi sans difficulté dans le surplus de Vasclear conservé au frigo. De plus, il avait substitué du sérum phy au Vasclear de deux patients traités depuis presque deux ans. Il semblait impossible qu'ils eussent à en souffrir l'un comme l'autre. Mais tout son instinct se cabrait face à un pareil tour de passe-passe.

Il tenait le coup en se disant que bientôt, il n'aurait plus besoin de se cacher. Le lendemain à midi, se tiendrait une conférence trimestrielle réunissant tous les services de White Memorial, au cours de laquelle Weber et d'autres spécialistes feraient une présentation officielle du Vasclear, tandis qu'un représentant de la FDA donnerait sa réponse. Brian comptait obtenir l'information décisive sur le délai restant avant que Jack puisse être mis sous Vasclear. A condition, bien sûr, que le traitement s'avère prometteur.

Après ses deux jours d'initiation, Brian s'était coulé dans la routine du travail quotidien. Sa tâche lui plaisait, bien qu'elle ne fût pas de tout repos. En fait, chaque patient nouveau, chaque intervention d'urgence lui redonnait un peu plus confiance en lui. Phil Gianatasio était d'un précieux secours et survenait toujours au moment critique. Travailleur acharné, avec un merveilleux état d'esprit servi par un humour infaillible, Phil était cool comme personne, en plus, et capable d'un sang-froid à toute épreuve.

— Jack, est-ce que le point de perfusion te fait mal ?

— Non.

Brian prit la tension de son père, plutôt faible, et son pouls, satisfaisant. Il avait mis un cathéter dans une veine de l'avant-bras et le goutte-à-goutte s'écoulait tranquillement. Bien que Jack soutînt qu'il ne se sentait pas mieux, Brian avait remarqué qu'il prenait moins de trinitrine. Et il était sorti deux fois dans la cour, une fois avec ses petites-filles, une fois seul.

Cependant, ces signes encourageants devaient être relativisés. L'effet placebo, bien connu dans une thérapeutique expérimentale, était à prendre sérieusement en compte. Plus les malades, leurs proches et leurs médecins veulent qu'un traitement marche, plus les symptômes suggèrent la réussite, du moins jusqu'à un certain point.

Brian n'avait qu'une envie : discuter du cas de son père avec Caroline Jessup, afin de vérifier si la réponse de Jack correspondait à celles des autres patients. En même temps, lui avouer qu'il avait volé du Vasclear l'aurait mis hors jeu illico. De sorte qu'en termes d'expérimentation, il naviguait complètement à vue. Bientôt, se répétait-il. Bientôt guérison ou chirurgie, le secret ne serait plus de mise. Bientôt.

Un seul incident avait assombri sa semaine de service.

Ce jour-là, Brian venait de poser son plateau-repas sur le tapis roulant à la sortie de la cantine, lorsqu'il remarqua Laj Randa qui s'approchait, suivi de son omniprésent duo de courtisans. Le rouge de son turban semblait rehausser le côté guerrier de son visage.

— Alors, Holbrook, comment ça se passe avec votre père ? demanda-t-il.

— Il se repose à la maison.

— Je sais. On l'a incorporé au programme Vasclear ?

— Non, dit Brian, mais je compte sur une mise en circulation rapide du produit.

— Dites-moi, Holbrook, pourquoi croyez-vous que Weber et son labo font tellement de gesticulations et de lobbying pour accélérer la mise sur le marché de ce produit ?

— Je ne sais pas. Question d'argent ?

— Oui, comme vous dites, et pas d'un peu d'argent, mon cher, de beaucoup d'argent, de sommes colossales. Une seule dose de ce médicament va coûter un peu plus de cent dollars, ce qui nous fait mille dollars par patient pour les deux premières semaines, et donc cent millions de dollars pour cent mille patients. *En deux semaines !* Je vous laisse à penser le montant du profit au bout de quelques mois.

— Et alors ?

— Dans son impatience d'encaisser les bénéfices du produit, Newbury met le paquet pour enfreindre les règles habituelles de la recherche scientifique. Ils n'ont en tout et pour tout à faire valoir qu'une étude à double insu limitée, sans permutation à mi-parcours ni échantillonnage multi-institutionnel. Il y a toujours quelque chose qui cloche quand on arrondit les angles comme ça, Holbrook. Toujours. Vous avez fait des biostatistiques en fac. Vous savez bien qu'une étude statistique n'a pas de signification tant que le N de l'équation échantillonnage n'a pas atteint un minimum raisonnable.

— Les résultats sont extrêmement impressionnants.

— Leurs résultats sont nuls tant que les conditions mathématiques ne sont pas réunies.

Randa avait élevé la voix, et les gens commençaient à se retourner sur lui.

— Docteur Randa, répondit Brian, mon père a passé près de huit semaines à l'hôpital, dont deux en réa. Après son pontage. Il était plus mort que vif. Et en chirurgie cardiaque, vous connaissez les chiffres aussi bien que moi, la deuxième intervention est presque deux fois plus risquée que la première.

— Pas avec moi.

— Dites-moi, osa Brian, soudain impatienté, votre prévention contre Newbury Pharmaceuticals aurait-elle par hasard quelque chose à voir avec le fait qu'une bonne partie de la chirurgie cardio-vasculaire deviendra inutile avec le Vasclear ?

Le sikh lui lança un regard dédaigneux.

— Vous êtes un imbécile, Holbrook, dit-il. Votre père a besoin d'être opéré et il ne l'est pas à cause du battage fait autour de ce médicament. Tant que le Vasclear n'aura pas reçu l'approbation de la communauté scientifique, c'est comme si c'était une drogue de charlatan. Vous faites une erreur en escomptant une hypothétique commercialisation.

Et il s'éloigna à grands pas sans attendre la réponse.

Le Dôme d'Hippocrate était perché en haut d'un bâtiment de cinq étages, nommé pavillon Pinkham. C'était un amphithéâtre, construit à l'endroit où s'était déroulée une des premières opérations réalisées sous anesthésie générale. On l'avait rapidement baptisé l'Hippodôme. Il avait une capacité de quatre cents places, et ses vieux bancs en bois dont le vernis partait en lambeaux s'étageaient sous une étonnante coupole de vitraux illustrant plusieurs hauts faits de l'histoire médicale. On était en train de restaurer ce dôme édifié à la fin du siècle précédent. Des échafaudages se dressaient à l'intérieur, à l'extérieur, et une grue surplombait l'édifice, comme une gigantesque mante religieuse.

A midi moins vingt, lorsque Brian arriva sur la terrasse inondée de soleil devant le pavillon Pinkham, Phil l'attendait avec deux verres de café.

— Toujours noir avec un glaçon ?

— Absolument.

C'était de l'espresso pour interne, à avaler entre deux patients.

— Je, heu, j'ai pensé que tu ne voulais pas de beignet alors, je n'en ai pas pris pour toi.

— Bien vu, dit Brian. Du moment que tu n'en prends pas un *avant* de décider que je n'en veux pas.

— Tu veux me couper l'appétit ?

— Bon, alors, qu'est-ce que nous réserve cette foire, selon toi ?

— Je ne sais pas. Un représentant de la FDA sur scène, à côté d'Ernie Pickard et d'Art Weber, ça ne peut qu'être bon pour l'équipe Vasclear, me semble-t-il.

— Je l'espère sincèrement, surtout pour mon père.

— Comment va-t-il ?

Brian hésita. Cacher la vérité à un vieil ami le mettait mal à l'aise. Mais en fin de compte, ça ne valait pas le coup de compromettre Phil en lui avouant que Jack était secrètement sous Vasclear.

— Eh bien, pour parler franchement, Phil, il ne va pas très bien.

— Chirurgie ?

— La dernière fois que je lui en ai parlé, il n'a pas refusé en bloc, comme il le fait d'habitude. Je crois que ça va dépendre de ce que nous dira la FDA aujourd'hui, sur la date de mise en vente du Vasclear. Dis-moi quelque chose, Phil. Au bout de combien de temps, à ta connaissance, les patients sous Vasclear bêta commencent-ils à présenter des symptômes de guérison ?

— C'est variable. Il arrive que ça ne prenne que quelques jours, mais en général, il faut compter deux semaines. Parfois un mois ou deux. Mais rappelle-toi : un quart des sujets ne ressentent aucune amélioration. Quand le traitement ne marche pas, la plupart du temps, ils finissent au bloc. Et quelques-uns aussi à la morgue, malheureusement.

Brian enregistra d'un signe de tête. Il savait aussi bien que Phil qu'à part les prescriptions simples comme la pénicilline pour le mal de gorge, très peu de médicaments, surtout cardiaques, peuvent se prévaloir d'un pareil taux de réussite. Il regarda sa montre.

— Allons nous asseoir dans l'amphi, tu veux ? J'aimerais être bien placé pour le show.

Une foule compacte commençait à s'agglutiner devant les ascenseurs du bâtiment. Protestant à chaque marche ou presque, Phil suivit Brian dans l'escalier. La moitié des places de l'Hippodôme étaient déjà occupées et le reste se remplissait rapidement, ce qui ne surprit pas Brian. Le *Star* et le *National Enquirer* faisaient leurs gros titres sur le Vasclear, ainsi que plusieurs journaux télévisés du soir. Le produit était en passe de devenir une célébrité nationale.

Ils trouvèrent deux places dans une travée sur la droite, à six rangs de la tribune. La scène était un arc de cercle d'un peu plus de six mètres de diamètre sur trois de profondeur, surélevée d'un mètre par rapport au public. Un soleil voilé transparaissait à travers les vitraux, parsemant les lieux de taches de couleur. Derrière la tribune, se dressait un grand écran déroulé. Entre lui et le podium de l'orateur, Pickard, Art Weber et Carolyn Jessup étaient assis à une table au bout de laquelle siégeait une femme d'une trentaine d'années, en face de Brian et Phil.

— C'est la personne de la FDA ? s'enquit Phil, perplexe. Elle ressemble à Jodie Foster dans ses bons jours.

— Ça veut dire quoi, ce scepticisme dans ta voix, espèce de gros porc sexiste ?

— Hé, je suis comme je suis, Brian. Cette femme n'a pas seulement le look de Jodie ; à vue de nez, elle a aussi un doctorat de maths ou de médecine, et peut-être les deux. Ça m'impressionne autant que ça m'intimide.

— Jodie Foster est diplômée de Yale, Phil.

— Eh bien, elle m'intimide aussi. C'est génétique, que veux-tu... Il fut un temps où ma mère me terrorisait.

Brian n'était pas certain que cette femme ressemblât à Jodie Foster mais il eût été mensonger de dire que ses traits fins, ses bonnes couleurs et son élégance ne lui faisaient pas une excellente impression. Si Carolyn Jessup sentait son Manhattan, par contraste, la jeune femme évoquait plutôt San Francisco. Et elle semblait parfaitement à son aise, face au personnel soignant d'un des hôpitaux universitaires les plus cotés du pays.

A midi sonnant, Ernest Pickard monta la première marche du podium.

Phil se pencha vers Brian et chuchota :

— Ernie : la classe, Carolyn : l'élégance, Art : le patron, il ne manque plus que toi dans le rôle du gentil reporter pour que le casting soit complet.

— Mesdames et messieurs, commença Pickard, soyez les bienvenus. L'hôpital White Memorial et l'Institut de cardiologie de Boston s'apprêtent à vivre une des périodes les plus exaltantes de leur histoire. Comme vous le savez, nous travaillons depuis des années en étroite collaboration avec les laboratoires Newbury basés à Boston. Aujourd'hui nous voudrions vous faire part du résultat de nos travaux. Mais je voudrais d'abord vous présenter les autres participants à notre conférence. Le Dr Carolyn Jessup, professeur de cardiologie et codirectrice de l'institut ; le Dr Art Weber, directeur du projet Vasclear, responsable de la liaison entre les laboratoires Newbury et l'institut ; enfin notre invitée du jour, le Dr Teri Sennstrom, membre de la FDA et responsable de l'unité d'évaluation des médicaments cardio-vasculaires.

— Teri, souffla Phil. J'aime bien, comme nom. Toi aussi, on dirait. Tu n'arrêtes pas de la mater.

— Mets-la en veilleuse, Phil.

La première demi-heure de discours n'apprit rien à Brian. C'était le grand jour pour le Vasclear, dont la carrière prometteuse faisait l'objet d'un diaporama triomphaliste, présenté par Art Weber. Les différentes étapes de la mise au point du produit y étaient sommairement rappelées. Carolyn Jessup prit la relève de Weber avec un exposé plus scientifique sur les dosages, le calendrier de la campagne de tests et les résultats, le tout accompagné de quelques clichés d'artériogramme avant et après traitement. Elle évoluait du podium à l'écran et de celuici vers le public comme le chef d'un orchestre symphonique.

Pendant les deux interventions, et bien qu'il lui en coûtât d'admettre que Phil avait raison, Brian eut le plus grand mal à ne pas dévisager Teri Sennstrom. Le plus embarrassant était qu'elle-même semblait y prendre goût, allant jusqu'à le fixer droit dans les yeux à certains moments. Ces échanges étaient très brefs et rien d'autre ne les ponctuait, pas même un hochement de tête. Mais ils étaient réels, Brian en était sûr et certain.

Jessup conclut son laïus et répondit à quelques questions techniques avec une telle assurance que Brian se demanda si ce n'était pas prévu d'avance. Ensuite, elle présenta Teri Sennstrom.

— Tu as noté son numéro de téléphone ? ironisa Phil quand Teri s'approcha du podium. On dirait qu'elle te l'a transmis en morse, avec ses clins d'œil.

— Philip, essaie de te conduire en adulte.

— Amour, quand tu nous tiens... Oh, mais je ne vois pas d'alliance !

Brian était trop fier pour reconnaître qu'il l'avait remarqué aussi. Assez susceptible de tempérament, il avait du mal à prendre les taquineries à la légère.

— C'est de science qu'il est question, dit-il. Fais donc attention.

Teri Sennstrom portait un tailleur marron et un chemisier blanc cassé. Ses cheveux châtains étaient serrés en arrière avec une pince en écaille de tortue, révélant deux petites perles montées en boucles d'oreilles. Face à cet auditoire de quatre cents pros de la santé, elle semblait un peu plus intimidée qu'auparavant.

S'il te plaît, pensa Brian tandis qu'elle disposait ses notes devant elle, *s'il te plaît dis-moi ce que peut espérer mon père.*

— Eh bien, commença Teri après avoir remercié ses hôtes et assuré qu'Alexander Baird l'accompagnait de ses vœux, je me réjouis d'être avec vous en ce jour important. Nous sommes à la veille d'une percée miraculeuse, semble-t-il, dans le domaine de la pharmacologie cardio-vasculaire. Les données que je vais vous présenter constituent un abrégé de milliers de pages de rapports, et de nombreux artériogrammes, passés au crible depuis un an par nos services. Nous avons été impressionnés, docteur Weber, par le soin et la qualité de vos travaux. Quant au protocole clinique, je tiens à dire aux Dr Pickard et Jessup combien nous avons été frappés par sa rigueur scrupuleuse. Enfin et surtout, nous sommes impressionnés par les résultats obtenus jusqu'à présent.

« Le souhait du Dr Baird, ainsi que celui du Président, est que les malades ayant besoin de ce médicament soient soignés avec le plus tôt possible. Pour cela, il faut que nous fassions des concessions en fonction de l'importance du Vasclear, comme nous en avons déjà faites par le passé pour d'autres produits. Madame Jessup, messieurs Weber et Pickard, et nous-mêmes à la FDA estimons que la procédure d'évaluation est sur le point d'aboutir. Nous touchons au but. Le Dr Baird estime en outre que le Vasclear mérite le statut de médicament de première nécessité, et nous sommes heureux de vous annoncer que nous allons accorder incessamment l'autorisation de mise sur le marché. »

Une salve d'applaudissements secoua l'amphithéâtre pour saluer cette déclaration.

Oui, pensa Brian, *oui !*

— Notre objectif est de signer le décret d'autorisation avec Newbury dans quinze jours, ici même, en ce lieu historique.

Nouvelle salve d'applaudissements. Gianatasio agita le bras droit en serrant le poing.

— Tu crois que ton vieux tiendra le coup d'ici là ? demanda-t-il.

— On va tout faire pour, répondit Brian en se demandant soudain quels facteurs préexistants distinguaient les vingt-cinq pour cent de patients récalcitrants des autres. *Deux semaines,* pensait-il. *On peut bien tenir deux semaines.*

— Toutefois, poursuivit Teri, la FDA a une dernière requête à formuler auprès de vous. Comme vous le savez, notre rôle consiste à assurer la sécurité du public sans retarder inutilement la commercialisation d'un produit nécessaire. Je voudrais que chacun d'entre vous n'hésite pas à me contacter si vous avez la moindre question, la moindre information, positive ou négative, à me communiquer sur le Vasclear. Je vous le demande, au titre de l'amitié et de la confiance. M. Weber et Mme Jessup étaient au courant de mon intention de formuler cette demande, et l'ont approuvée sans réserve, ce qui est à mettre à leur crédit. Puis-je avoir la diapo, s'il vous plaît ?

Un cliché apparut sur l'écran, avec le nom de Teri, l'adresse de la FDA à Rockville, dans le Maryland, et un numéro de téléphone.

— Elle l'écrit avec un I, son prénom, remarqua Phil. J'aime bien les femmes dont le prénom finit par un I.

— Même quand elles ont un double doctorat ?

— Je ne sais pas, je ne suis jamais tombé sur cette combinaison.

— Donc, disait Teri Sennstrom, je souhaite que toute personne ayant travaillé sur ce projet ou soigné un sujet traité, se sente libre de m'appeler à mon bureau pour signaler tout symptôme indésirable ou inexpliqué. Il va de soi que votre communication sera traitée avec la plus stricte confidentialité. Inutile de dire qu'il est beaucoup plus facile d'empêcher ou d'ajourner la mise en vente d'un produit qu'il ne l'est de le retirer du marché, une fois autorisé. Au cours des deux prochaines semaines, je passerai plusieurs journées ici, à l'ICB et à White Memorial. Je serais heureuse de recevoir personnellement celles ou ceux qui le souhaiteraient, pour discuter de toute question relative au Vasclear. En attendant, je pense que vous pouvez être fiers de la tâche accomplie par votre hôpital et par l'institut.

Les applaudissements furent à nouveau très nourris et pendant un moment, Brian crut que le public allait faire une ovation debout à la représentante de la FDA.

— Eh bien, c'est une battante, constata Phil, alors que l'amphi commençait à se vider.

— Oui, j'ai l'impression, dit Brian en réfléchissant à la façon dont il allait s'y prendre pour détourner du Vasclear pendant deux semaines.

— Tu ne vas pas lui parler ?

— Une autre fois, peut-être.

— Pourquoi pas maintenant ?

Brian secoua la tête.

— Peux pas.

— Heu... tu es sûr ?

— Oui, pourquoi ?

— Parce qu'elle est à environ trois mètres derrière et qu'elle vient droit vers toi. Je vous laisse opérer, maître. Je regarderai de loin.

Et avant que son ami ait pu répondre, Phil dévalait les escaliers. Debout parmi quelques attardés, Brian se retourna et se trouva nez à nez avec Teri. Celle-ci serra plusieurs mains, et quand arriva le tour de Brian, garda sa main dans la sienne avant de l'entraîner à part.

— Veuillez m'appeler à l'hôtel Radisson de Boston, chambre 418, dit-elle doucement.

Sur quoi elle s'écarta pour aller à la rencontre d'un officiel qu'elle salua avec un large sourire.

14

Le Radisson n'était distant de White Memorial que de quelques rues. Brian se fit remplacer par Phil pendant une heure et demie, et se rendit à pied à l'hôtel, en passant par les hauts de Beacon Hill et l'hôtel de ville. Il entra dans le hall et, sans s'adresser à la réception, monta jusqu'au quatrième où se trouvait la chambre 418. Teri avait insisté au téléphone pour qu'il ne dise rien à personne de leur rendez-vous, y compris au confrère qui le remplaçait. Elle était restée inflexible devant ses protestations, et lui avait promis des explications complètes quant à ce mystérieux procédé. Brian raconta à Gianatasio que son psy avait dû décaler un rendez-vous.

Il arriva à deux heures un quart. Sa journée avait commencé à six heures du matin et il allait être de service jusqu'au lendemain après-midi, d'abord en soins ambulatoires à la clinique Vasclear de quatre à huit, puis la nuit, sa première nuit de garde depuis des années, dans le service des malades alités de l'unité de recherches. Il serait notamment responsable de tous les appels et de toutes les arrivées d'urgence à l'ICB et à White Memorial. Cette situation ne se reproduisant qu'une fois tous les dix jours, il l'attendait avec enthousiasme. Dans un centre hospitalier de cette taille, on pouvait compter sur de l'action.

Il frappa à la porte de la chambre 418 et Teri lui ouvrit aussitôt. Toujours vêtue comme à la conférence, elle avait seulement ôté sa veste de tailleur. Elle était svelte de corps et son chemisier soyeux soulignait les rondeurs de sa poitrine. Brian était quelque peu gêné de se retrouver seul avec cette femme dans une chambre d'hôtel. De son côté, si Teri se sentait mal à l'aise, elle le cachait parfaitement.

— Entrez, entrez, dit-elle en lui tendant une main dont les doigts fins disparurent complètement dans la sienne. J'ai pensé que vous n'aviez peut-être pas eu le temps de manger, alors j'ai fait monter un repas pour deux. Ça vous va ?

Ce disant, elle montrait les deux couverts disposés sur une table à côté du lit.

— Si seulement vous saviez ce que j'aurais mangé à l'hôpital, vous ne me poseriez pas cette question.

Teri Sennstrom ne se mettait pas de parfum, apparemment, mais il émanait d'elle une senteur fraîche et subtile dont Brian s'enivrait comme d'une pluie de printemps. Elle prit la chaise la plus proche de la table de chevet, et il s'assit devant elle, résolu à ne rien laisser voir de sa faim, bien qu'il n'eût avalé qu'un beignet de toute la journée.

Comme si elle lisait dans ses pensées, Teri détendit l'atmosphère en découvrant immédiatement les plats et en plongeant dans sa salade.

— Quand je fais ce genre de conférence, je ne mange rien pendant huit heures, quatre avant, quatre après, tellement ça me rend nerveuse.

— Pourtant vous aviez l'air très calme du haut du perchoir.

— Merci. J'ai fait beaucoup de théâtre à Princeton avant de passer mes examens. Je ne me doutais pas que mon jeu de scène compterait plus dans ma vie professionnelle que toutes les sciences que j'ingurgitais.

— Ça vous plaît de travailler pour la FDA ?

— J'ai toujours aimé les maths et les statistiques autant que la biologie. C'est donc le boulot rêvé pour moi, en un sens. Mais mon vrai baptême du feu remonte à ma troisième année de médecine, le jour où un alcoolique qui souffrait d'hémorragie gastro-intestinale a vomi un litre de sang sur moi. Oh, pardon, j'ai oublié que nous étions à table.

— Personnellement, je suis à peu près aussi sensible à ce genre de choses qu'une paillasse. Si un alcoolo vomissait un litre de sang sur moi, je me demande même si je m'en apercevrais. Autrefois, je n'avais qu'un but dans la vie, devenir joueur de foot professionnel.

— Oui, dit-elle. Je sais.

Brian posa sa fourchette et la dévisagea.

— Quarterback, lâcha-t-elle. Un excellent quarterback.

— J'ai peur de ne pas goûter la plaisanterie.

— A votre place, je n'aimerais pas ça non plus, je suppose. Désolée pour le suspens. Je vous donne des explications tout de suite, ou bien voulez-vous finir de manger avant ?

— On peut faire les deux en même temps, si vous n'y voyez pas d'inconvénient. Je n'ai pas beaucoup de temps et je ne suis pas très doué pour les devinettes.

Un sourire s'épanouit sur les lèvres sensuelles de Teri, illuminant ses yeux verts comme un fjord.

— Eh bien, vous avez sans doute deviné que le Vasclear est pour notre administration le dossier le plus chaud qu'elle ait eu à traiter depuis des années, sinon depuis sa création. Mon patron professe l'incrédulité de saint Thomas.

— Vous voulez dire qu'il ne croit à une vérité qu'après l'avoir touchée du doigt ?

— Exactement. Son mandat peut se résumer à deux concepts : prudence et strict respect des procédures. Or il subit actuellement d'énormes pressions, tant politiques que médicales, pour faire ce qui lui coûte le plus : une entorse à la démarche scientifique. Comme je l'ai dit à la conférence, le Dr Baird est d'accord pour signer l'autorisation d'ici deux semaines. Mais ça ne veut pas dire qu'il ne poursuit pas l'enquête sur le produit pendant ce temps-là. Des questions ?

— Aucune à part celle-ci : pourquoi suis-je ici ?

Un attaché-case tanné par les voyages reposait sur le lit, à gauche de la jeune femme. Elle l'ouvrit et sortit une feuille de papier qu'elle posa à côté de Brian. Il jeta un œil dessus et n'eut pas besoin de la prendre. C'était le rapport MedWatch qu'il avait rempli après la rupture du cathéter cardiaque.

— A la FDA, tout le monde est au courant des pressions subies par le Dr Baird. Vous avez peut-être vu à la télé que le sénateur Louderman lui avait tendu une embuscade au cours d'une séance en commission sénatoriale. Nous faisons tout pour l'aider. La direction du programme MedWatch a remarqué que vous exerciez à l'Institut de cardiologie. Elle a fait suivre au Dr Baird le formulaire que vous aviez envoyé, et celui-ci a insisté pour que je vous rencontre en venant ici.

— Mais auparavant, il a fait sa petite enquête.

Teri surprit Brian en saisissant la balle au bond. Elle redressa la tête et soutint son regard. Troublé, pris à son propre jeu, il se gratta la gorge, déglutit, et avala une gorgée de Coca avant de relever les yeux sur elle. La jeune experte ne ferait jamais la couverture d'un magazine glamour, mais tout l'excitait dans son attitude et sa personne.

— J'ai peur que les mots « petite enquête » ne rendent pas justice aux efforts que nous avons déployés, dit-elle. Je déteste ce genre de chose, Brian, mais quand on a passé un certain temps à parano-city, je veux dire Washington DC, on finit par s'y habituer.

Elle reprit son attaché-case et sortit une chemise cartonnée qu'elle ouvrit devant lui. Le premier document qu'il vit était une photo de classe de lui, au lycée.

— Seigneur, maugréa-t-il en commençant à fouiller dans les papiers.

Il y avait une biographie de lui sur trois pages sans alinéas, d'autres photos et des coupures de presse, surtout sportive. Il y avait aussi toutes les notes de sa scolarité et de ses études supérieures, un rapport détaillé sur sa situation bancaire, des photos d'identité de Phoebe et de ses filles, et le compte rendu des irrégularités qu'il avait commises, avec les attendus de sa radiation et les articles parus à cette occasion.

— Il y a une agence à Washington qui se charge de faire ça, dit-elle. J'étais aussi éberluée que vous de voir à quel point leur enquête est approfondie. C'est comme s'il leur suffisait d'appuyer sur un bouton. Quand ils décident de s'occuper de quelqu'un, il n'y a rien à faire, que vous soyez Rockefeller ou Brian Holbrook. Moi-même, je n'y échappe pas, et il y a probablement un dossier identique avec mon nom dessus quelque part. Vous êtes vraiment passé par des épreuves terribles. Je vous admire de vous en être sorti.

Brian la regarda avec colère.

— Ça m'étonne qu'ils n'aient pas le rapport de sortie de Fairweather.

— Si c'est le centre de post-cure où vous étiez l'année dernière, je crois qu'ils ont essayé de se le procurer.

— Et alors ?

— Un des articles relatait que vos problèmes avaient commencé après une blessure sur un terrain de football.

— C'est un sport dangereux pour les genoux.

— Le Dr Baird déteste fouiller dans la vie des gens, Brian. Je vous demande de me croire sur parole. Mais le pas que nous nous apprêtons à franchir avec le Vasclear le tourmente énormément. Rappelez-vous que lorsque la FDA évalue un nouveau médicament, il faut qu'elle fasse totalement confiance à l'entreprise qui va bénéficier de sa mise en circulation. C'est notre façon d'agir et nous n'avons pas les moyens de procéder autrement. La plupart du temps, les laboratoires pharmaceutiques obéissent à l'éthique. Mais nous n'avons aucune expérience avec Newbury et le fait est qu'il y a eu des cas où d'autres labos avaient opportunément omis de nous donner des informations, sans parler de chiffres arrondis pour qu'un résultat *probable* se transforme en résultat *certain*.

— Vous feriez peut-être mieux d'en venir au fait.

— Brian, tout le monde n'envoie pas de rapport sur un produit défectueux comme vous l'avez fait. Dans la majorité des centres hospitaliers, les recherches appliquées sur tel ou tel produit se font sur la base d'un accord de participation aux bénéfices avec les fabricants.

— Oui, c'est ce que je me suis laissé dire.

— Eh bien, il se trouve qu'une autre personne a rencontré le même problème que vous avec cet instrument, dans un hôpital universitaire du Wisconsin. La FDA poursuit ses recherches, mais déjà, nous pensons avoir trouvé un troisième cas. Ce n'est pas encore confirmé, mais le premier de ces patients a dû se faire opérer pour qu'on lui retire le morceau de cathéter et l'autre est mort. Nous sommes sur le point de délivrer une interdiction d'utiliser ce cathéter jusqu'à nouvel ordre. Ça ne pose pas de difficulté parce qu'il n'a pas encore reçu d'autorisation définitive. Vous avez peut-être contribué à sauver je ne sais combien de vies humaines.

— J'ai peut-être contribué à la perte de mon boulot.

— J'en doute, Brian. J'en doute sérieusement. La doctoresse du Wisconsin qui a signalé l'incident travaille toujours dans le même hôpital. Quoi qu'il en soit, vous m'avez demandé d'en venir au fait au sujet de cet entretien. Le Dr Baird est à la recherche de gens motivés et honnêtes qui puissent l'aider à tout savoir sur le Vasclear, sans restriction aucune. Ce rapport MedWatch vous place très haut sur sa liste.

Brian eut soudainement l'impression d'étouffer. Il desserra sa cravate et déboutonna son col de chemise.

— Résumons-nous, dit-il. La direction de la FDA souhaite que j'espionne les gens qui viennent de m'embaucher alors que personne ne voulait de moi, des gens qui ne savent même pas que mon formulaire MedWatch leur a peut-être coûté des millions de dollars. C'est bien ça ?

— Brian, nous sommes déterminés à faire ce qu'il faut avec le Vasclear. Je sais que vous avez l'impression d'être manipulé, mais comme je l'ai rappelé ce matin, c'est beaucoup plus facile d'empêcher un produit d'être mis sur le marché que de le retirer de la circulation une fois que les visiteurs médicaux ont commencé à démarcher les toubibs et que des ordonnances sont délivrées dans tout le pays.

Brian réfléchit quelques instants et dit :

— Teri, je ne vous promets rien. Absolument rien. Mais je vous dirai que je me suis particulièrement intéressé au Vasclear depuis que j'ai commencé à travailler à l'ICB. La patiente à propos de laquelle j'ai rempli ce rapport MedWatch est traitée au Vasclear, et j'en suis des dizaines d'autres à la clinique de soins ambulatoires. D'après ce que j'ai pu constater, le Vasclear est véritablement tel qu'on le décrit.

— Voilà exactement ce que nous espérons entendre. Tout ce que vous demande le Dr Baird, c'est d'être attentif et d'ouvrir les yeux et les oreilles. Parlez au personnel, parlez aux malades. Et si vous entendez quelque chose à propos de ce médicament, quoi que ce soit, signalez-le-moi (elle écrivit un numéro sur une carte de visite et la lui passa). C'est mon numéro personnel, là où j'habite, à Chevy Chase. Je vis seule et me couche très tard, par conséquent vous pouvez m'appeler à n'importe quelle heure sans craindre de me déranger. Si vous n'arrivez pas à me joindre, laissez un message sur mon répondeur, chez moi ou au bureau. Je relève régulièrement tous mes appels quand je suis en déplacement.

Brian glissa la carte dans son portefeuille. Fallait-il que son appel soit limité aux questions professionnelles ? Il hésitait à le demander et ne savait pas comment s'y prendre. En fait, il n'était pas assez rusé pour cela.

Ouais, Phil, ouais mon pote, je suis allé direct dans sa chambre d'hôtel. D'abord, elle m'a massé le corps avec un baume parfumé, puis nous avons fait l'amour pendant des heures. Ensuite, nous avons fait monter un repas et refait l'amour pendant quelques heures... Je sais, je sais. Alex Trebek et Joe Montana...

— Je ne vous garantis pas que j'appellerai, dit-il.

— Je comprends. Vous ferez au mieux, selon votre point de vue. Le Dr Baird dit qu'il vous consultera peut-être lui-même, c'est dire l'importance de ce dossier à ses yeux. Je vous en prie, ne soyez pas intimidé par lui. Il passe pour être réservé et même un peu bourru, mais en fait, c'est un homme formidable.

Elle se leva, défroissa sa jupe, et remit la chemise dans sa valisette. L'entretien était terminé. Brian aurait voulu dire quelque chose, n'importe quoi pour prolonger ce tête-à-tête, mais rien dans l'attitude de Teri ne l'y encourageait, et il fallait qu'il retourne à l'hôpital. Question confiance en soi, il se ressentait encore de son divorce et de l'interdiction d'exercer, bien qu'il eût du mal à l'admettre. En vérité, il n'était pas encore prêt pour une femme comme Teri Sennstrom, ni sans doute pour quelque femme que ce soit. Ce qu'on lui serinait lors des réunions des NA : « à chaque jour suffit sa peine », lui trottait encore dans la tête. Tout juste s'il n'entendait pas Freeman prononcer les mots. Il était trop tôt pour se préoccuper de sa vie sentimentale.

Teri le raccompagna jusqu'à sa porte. Il prit une dernière bouffée de son odeur pendant qu'elle l'ouvrait.

— Écoutez, Brian, dit-elle tandis qu'il sortait dans le couloir. Si vous vous retrouvez dans une situation difficile, je le regrette. J'ai essayé de dissuader le Dr Baird d'en arriver là, mais il n'a pas voulu m'écouter. Je vous assure que j'ai essayé, vraiment.

— Merci de me dire ça.

— Je... Je reviendrai à Boston d'ici trois jours. Si vous êtes d'accord, je vous passerai un coup de fil avant de venir. Nous pourrions peut-être dîner ensemble.

Brian sentit son pouls s'arrêter, hésiter, puis repartir.

— Bien sûr, dit-il d'un ton qui se voulait détaché. J'aimerais beaucoup ça.

Il lui sourit, se retourna, et percuta de plein fouet le chariot de linge sale de la femme de chambre.

15

Brian entama ses quatre heures de service à la clinique en subtilisant trois doses quotidiennes de Vasclear pour Jack, deux d'un nouveau surplus, et une destinée à une patiente du groupe bêta soignée depuis longtemps. Elle s'appelait Jessie Pullman et avait rendez-vous à six heures. Il gardait aussi une dose en réserve dans le frigo de Reading, au cas où il ne pourrait plus s'approvisionner à l'hôpital pour une raison ou pour une autre. Deux semaines... En supposant que le produit réussisse à Jack, d'ici deux semaines, il pourrait se procurer du Vasclear pour un mois à la pharmacie du coin.

Jack et sa guérison, le Vasclear, Freeman, la FDA et sa

longue nuit de garde se disputant le contrôle de ses pensées, Brian consulta le carnet de rendez-vous et sortit le dossier du premier malade. C'était Wilhelm Elovitz, l'homme de soixante-quatorze ans sorti indemne ou presque d'une chute sur les rails du métro. Elovitz avait commencé le Vasclear avant le début de l'étude à double insu, à l'époque de la phase un. Cela faisait maintenant deux ans qu'il était soigné avec le médicament.

— Monsieur Elovitz, ça fait plaisir de vous revoir, dit Brian. Je suis le Dr Holbrook.

— Bill, lui rappela le miraculé. Tout le monde m'appelle Bill.

Sa tignasse argentée était toujours aussi indisciplinée, son sourire, toujours aussi avenant. Brian observa le plâtre à son poignet gauche et remarqua une rangée de tatouages numérotés à l'encre bleue au creux du poignet droit. C'était un survivant de la Shoah.

A cause de cette découverte et de ses propres soucis, Brian était plus distrait que d'habitude dans sa prise de contact. Résultat, il ne s'aperçut de l'enflure aux chevilles d'Elovitz qu'une fois assis derrière son bureau. Il se souvint alors qu'aux urgences, Phil et lui avaient remarqué que l'homme respirait difficilement. La dyspnée était moins perceptible aujourd'hui, mais encore présente, sans aucun doute. Elovitz présentait tous les signes d'une insuffisance cardiaque en cours d'évolution.

— Je vais vous demander une minute, le temps de revoir votre dossier médical, Bill.

Il l'ouvrit et le parcourut en faisant rapidement le tri des informations. Elovitz, ancien boucher résidant à Charlestown, avait été adressé à Carolyn Jessup par son généraliste pour des douleurs à la poitrine d'origine typiquement cardiaque. Aussitôt mis sous Vasclear, il avait présenté pendant un certain temps des symptômes d'amélioration, avec nette diminution des douleurs et une bien meilleure tolérance à l'effort. Mais par la suite, semaine après semaine, mois après mois, son état cardiaque s'était de nouveau aggravé.

Huit mois plus tôt, il avait fait un séjour de deux jours à l'hôpital pour ce qui s'était avéré une petite insuffisance coronarienne. Depuis lors, il venait une fois par mois à la clinique Vasclear pour son traitement, mais les notes de son dossier, signées de divers praticiens, internes ou cardiologues, étaient assez succinctes. Pour autant que Brian pût en juger, on ne lui avait pas fait de radio du thorax ni de tests sanguins complets depuis six mois. Les médecins d'Elovitz le traitaient pour une insuffisance cardiaque œdémateuse, pathologie très commune due en général à l'artériosclérose, qui se traduit par une défaillance de la fonction de pompage du muscle cardiaque. Un spécialiste avait formulé ce diagnostic à un moment donné, semblait-il, et tout le monde avait suivi sans le remettre en question. Un peu léger pour un établissement comme l'ICB, pensa Brian. Mais probablement juste quand même.

— Alors ? dit Brian.

— Alors quoi ?

— Comment vous sentez-vous ?

— Ah, c'est ça que vous voulez dire... (Elovitz s'interrompit pour reprendre haleine.) Eh bien, en fait, pas très bien, docteur Holbrook.

— Expliquez-moi pourquoi.

Elovitz se tapota la poitrine.

— J'ai du mal à respirer normalement.

— Est-ce que vous dormez à plat, la nuit ?

— Oh, non. Si je fais ça, j'ai l'impression de suffoquer. Je mets trois oreillers. Ma femme n'en met aucun.

— Est-ce que vous pouvez monter un escalier ?

— Oui, je peux. Nous habitons au premier. Mais il m'arrive de faire une pause à mi-parcours.

Brian passa en revue la liste des médicaments qu'il prenait. Elle s'était allongée depuis six mois et comprenait de la digitaline, de la trinitrine à effet prolongé, un vasodilatateur, de l'aspirine pour fluidifier le sang et un diurétique assez puissant. Tous ces produits étaient dirigés contre l'artériosclérose et l'insuffisance cardiaque œdémateuse, ou ICO.

— Quand est-ce que vos chevilles ont commencé à enfler ? demanda-t-il.

Elovitz soupira.

— Quand est-ce que quelque chose commence vraiment ? dit-il d'une voix hachée par la dyspnée. Ça va, ça vient, on ne s'en rend pas tellement compte... Ça revient, ça dure un peu plus longtemps, et vous ne savez toujours pas quoi en penser... Et puis un jour, vous réalisez que ça ne s'en va plus. Voilà ce qui s'est passé pour mes poumons. Pareil pour mes chevilles. Vous savez, docteur, ajouta-t-il en montrant ses tatouages, j'ai connu tellement d'épreuves dans ma vie qu'en général, lorsque j'ai un problème de santé, à moins que ça me tourmente vraiment, j'attends que ça passe tout seul.

— Mais cette difficulté à respirer, votre souffle court, ça ne s'en va pas, si ?

— Non, répondit tristement Elovitz. Ça continue, hélas.

Brian jeta un œil dans le couloir à travers la porte vitrée. Il savait qu'il était en retard. Comptant sur un examen rapide avant de recevoir leur traitement, d'autres malades attendaient patiemment, prêts à libérer les lieux pour la vague suivante. Mais cet homme qui avait enduré un calvaire, et payé d'un prix inimaginable le droit d'être encore en vie, méritait mieux qu'une consultation à la va-vite. Il fallait évaluer méticuleusement son état et soigner son insuffisance cardiaque en s'attaquant aux causes sous-jacentes. Le diagnostic de tous les confrères de Brian était probablement correct, mais les soins pour le moins superficiels qu'il recevait ne l'étaient pas.

Quittant les locaux administratifs, il fit passer Elovitz dans une des deux salles disposant d'une table de soins. Puis il pria Lucy Kendall de bien vouloir s'occuper des deux malades de la première heure qui lui restaient.

— Je vous le revaudrai, dit-il en lui adressant un clin d'œil qui lui fit honte.

— Quand ? répondit-elle.

Brian s'intéressa d'abord à la circulation d'Elovitz. Il mesura la tension aux deux bras, en position debout et couchée. Il fit une ophtalmoscopie, c'est-à-dire l'observation des artères et des veines à la surface des deux rétines. Il prit soigneusement le pouls au cou en palpant la veine jugulaire, et répéta l'opération aux poignets, à l'aine, sous les genoux, aux chevilles et aux pieds. Enfin, après un examen complet des poumons et de l'abdomen, il porta son attention sur le cœur d'Elovitz.

La difficulté qu'il éprouvait à rester longtemps sur le dos mise à part, Bill Elovitz était le patient parfait. Pendant une, puis deux, puis cinq minutes, Brian écouta, le tournant successivement d'un côté puis de l'autre, l'asseyant, l'étendant et le refaisant s'asseoir. Au cours de ses études, Brian avait appris le nom et la signification des différents bruits du cœur, normaux ou pathologiques. Au début de son internat, il commençait à bien les distinguer, mais son oreille n'était devenue infaillible qu'après plusieurs années de pratique en cardiologie. A présent, tandis qu'il achevait l'examen d'Elovitz et refermait les branches de son stéthoscope, une conversation qu'il avait eue jadis avec son patron en cardio infantile lui revint en mémoire. C'était le tout premier jour de son stage dans le service en question.

— Excusez-moi, monsieur, avait demandé Brian, mais je ne vois pas comment vous pouvez entendre tout ce que vous venez de décrire alors que le cœur de ce bébé bat à cent quarante pulsations minute.

Pour comprendre la réponse du professeur, il faut savoir qu'on transcrit habituellement les deux battements du cœur au moyen de l'onomatopée toc-tac.

— Jeune homme, avait répondu patiemment le cardiologue, quand vous aurez fini votre stage dans ce service, votre oreille sera tellement exercée que non seulement vous percevrez parfaitement le toc mais que vous vous ennuierez en attendant le tac.

Au terme de ce premier examen, il apparaissait que le cœur de Bill Elovitz n'était pas du tout normal. L'audition au stéthoscope avait révélé des bruits que Brian n'aurait jamais remarqués autrefois, même comme interne. Augmentation de la composante pulmonaire de la diastole ; un quatrième bruit cardiaque au niveau du ventricule droit ; un léger souffle suggérant une anomalie de la circulation à hauteur des valvules tricuspide et sigmoïde. Tout cela sans sérosité apparente dans les poumons.

Certes, il était fort possible que les médecins de l'hôpital aient eu raison dès le début et que Bill présente un cas typique d'ICO, due au durcissement progressif de ses artères coronaires. Une maxime médicale bien connue disait qu'il ne fallait pas chercher de zèbres lorsqu'on entendait des bruits de sabots dans les plaines de l'Arizona. Mais d'après ce que venait de découvrir Brian, il était bel et bien possible qu'il y eût un zèbre, quelque chose d'autre qu'une ICO.

L'origine la plus vraisemblable du bruit de sabots demeurait une insuffisance cardiaque œdémateuse. Mais si ce n'était pas le cas, alors le problème de Bill était certainement à rechercher du côté des poumons, et l'anomalie cardiaque de même que l'enflure aux chevilles devenaient secondaires. Le zèbre qui continuait à galoper dans la tête de Brian s'appelait hypertension artérielle pulmonaire, ou HAP. Il s'agit d'un épaississement de la paroi des artères dans les poumons provoquant une gêne respiratoire ainsi qu'une résistance accrue à la circulation du sang, ce qui contraint le cœur à un effort énorme. Cette maladie est très peu commune, difficile à mettre en évidence au stade initial, et son pronostic est presque toujours fatal. Il y a de nombreuses causes possibles, un caillot de sang à hauteur des jambes et du pelvis qui remonte aux poumons, diverses infections, le SIDA, certaines lésions pulmonaires dégénératives, et différentes toxines parfois contenues dans des médicaments.

Il existe aussi une forme rarissime de l'HAP nommée hypertension artérielle pulmonaire primaire, ou HAPP, qui semble n'avoir aucune cause sous-jacente décelable.

Les symptômes de ce patient sous Vasclear pouvaient-ils s'expliquer par l'hypertension pulmonaire ? Ce serait extrêmement difficile à prouver. Et il allait être pratiquement impossible de déterminer si cela provenait d'une affection pulmonaire primaire, de la toxicité de quelque substance inconnue, ou bien si c'était un effet indésirable du Vasclear. Cependant, il fallait absolument trouver une explication, c'était, pour Brian, une question cruciale.

— Bill, qui est-ce qui est venu avec vous ? demanda-t-il.

— Ma femme. Elle est descendue prendre un café.

— Eh bien, peut-être faudrait-il que j'attende qu'elle remonte pour vous dire ce que je pense.

— Non, objecta Elovitz avec force. Inutile... Devorah a beaucoup de problèmes avec ses nerfs. Elle est sous traitement... Ça ne sert à rien de l'angoisser davantage... Dites-moi ce que vous avez à me dire.

— OK, dit Brian. Les médecins qui vous ont soigné ici par le passé pensent que vous souffrez de ce qu'on appelle une insuffisance cardiaque œdémateuse. Et il est fort possible qu'ils aient raison. Mais personnellement, je me demande si vous n'avez pas plutôt un problème aux poumons assez inhabituel, connu sous le nom d'hypertension artérielle pulmonaire, HAP dans notre jargon. Mais j'insiste sur le fait que ce n'est en aucun cas une certitude. Comme ce diagnostic est particulièrement difficile à établir et qu'il exige de nombreux examens préalables, j'aimerais, si vous êtes d'accord, vous hospitaliser pour quelques jours dans l'unité de recherches cliniques de l'ICB.

Aussitôt, les couleurs disparurent du visage taillé à la serpe de Bill Elovitz. Il secoua vigoureusement la tête.

— Il faudra que vous trouviez une autre façon de faire, docteur Holbrook.

— Mais pourquoi ?

Elovitz montra ses tatouages.

— A cause de *ça,* dit-il. Ça, plus les soucis que j'ai avec ma femme... Je veux bien me déplacer pour faire les tests ici, mais à Buchenwald, il y avait un hôpital... l'endroit le plus ignoble, le plus épouvantable que vous puissiez imaginer... On nous y a souvent traînés, mes amis, ma famille et moi-même. Depuis cinquante ans, je n'ai séjourné qu'une fois dans un hôpital, pendant quarante-huit heures, lorsque j'ai eu mon attaque cardiaque... Faites vos examens, docteur Holbrook. Faites ce que vous voulez... mais ne me faites pas dormir à l'hôpital... à moins que ma vie en dépende.

— Pour le moment, vous ne courez pas ce type de danger, dit Brian. Mais vous allez être obligé de venir plusieurs fois.

— Vous ne serez pas surpris d'apprendre que je n'ai que ça à faire... Donnez vos instructions, ça ira.

Brian rédigea une ordonnance comportant une série d'examens de laboratoire et de radioscopies. ECG, radio du thorax, échocardiographie, scintigraphie pulmonaire de ventilation et de perfusion, gazométrie sanguine, biochimie et numération complète du sang. Une fois connus les résultats de tous ces tests, Brian devait décider de pratiquer ou non une artériographie pulmonaire, exploration plus délicate et plus envahissante pour l'organisme.

— La secrétaire vous fixera des rendez-vous, dit-il. Les prélèvements sanguins peuvent être faits dès aujourd'hui. En attendant, je vais légèrement modifier votre médication.

— Et mon Vasclear ?

— Pardon ?

— Mon Vasclear, répéta Elovitz avec un sourire. C'est pour ça que je suis venu ce soir, après tout.

— Ah, oui. Eh bien voyez-vous, Bill, avec ce qui vous arrive et compte tenu du fait que vous êtes sous Vasclear depuis longtemps, je crois qu'il vaudrait mieux interrompre le traitement jusqu'à ce que nous ayons les résultats des examens. Venez, je vais vous aider à programmer tout ça avec le secrétariat.

Pendant qu'il accompagnait Elovitz vers le bureau d'accueil, Brian réfléchissait à plusieurs flambées d'HAP qui s'étaient produites récemment, d'abord en Espagne dans les années 80, à cause d'une huile de table frelatée, puis au Nouveau-Mexique, quelques années plus tard, après ingestion de tryptophane L contenu dans un somnifère en vente libre. Plus récemment encore, on avait noté une augmentation sensible des cas d'HAP associée à la prise d'anorexigène. Mais en dehors de ces circonstances exceptionnelles, la pathologie restait aussi rare que... des zèbres en Arizona. Et depuis son arrivée à l'institut, il n'avait jamais, absolument jamais entendu parler d'HAP comme effet secondaire du Vasclear.

Il était vraisemblablement en train de graviter autour de Saturne avec cette histoire. Et même si Elovitz faisait de l'hypertension pulmonaire, son cas devait être isolé. Aucun moyen de prouver, ni même d'inférer que le Vasclear avait une responsabilité là-dedans. Mais Elovitz était malade, et même de plus en plus malade. A part le dérangement, relativement minime, et un surcoût modéré pour sa mutuelle, il n'y avait pas de raison de ne pas procéder à ces examens. S'il faisait de l'HAP, à défaut de guérison définitive, la qualité de sa vie et dans une certaine mesure sa durée pouvaient sans doute être améliorées.

Comme ils sortaient du couloir menant à la zone d'accueil, Brian aperçut une demi-douzaine de ballons accrochés à un ruban au-dessus du secrétariat. En s'approchant, il vit qu'il y avait un gâteau décoré sur le bureau, assez gros pour nourrir un peloton de la police montée.

— Dépêchez-vous, cria Lucy Kendall, d'une voix excitée, nous mourons de faim.

A deux mètres de distance Brian put lire l'inscription en sucre candi : *Merci, docteur Holbrook.*

Un paysage était dessiné sur la chose, représentant la vue qu'on avait sur White Memorial en remontant l'allée centrale. Comme Brian s'approchait, Lucy et une infirmière se poussèrent sur le côté. Derrière elles se tenait Nellie Hennessey, rayonnante, en jean et T-shirt jaune. Brian contourna le bureau et vint l'embrasser, sous les applaudissements du personnel et de plusieurs patients.

— Ce gâteau est vraiment superbe, dit-il.

— Merci, répondit-elle simplement. Je suis pâtissière à mes moments perdus.

Puis elle présenta sa fille à Brian, une rousse pleine d'entrain qui avait les mêmes yeux et le même sourire radieux que sa mère.

— Si Megan n'était pas mariée à l'homme le plus adorable

qu'il y ait sur terre, dit-elle, j'insisterais pour qu'elle fasse un essai avec vous.

Éclats de rire et nouveaux applaudissements dans le hall de la clinique. Lucy Kendall croisa le regard de Brian et lui adressa son sourire le plus ensorcelant. Impatient de ne plus être l'objet de l'attention générale, Brian s'empressa de couper une part du gâteau.

— Mais dites-moi, ma chère, demanda une malade, qu'est-ce qu'il a donc fait pour vous sauver la vie, le beau Dr Holbrook ?

L'espace d'un instant, Brian vit la confusion se peindre sur le visage angélique de Nellie.

— Eh bien, j'ai commencé à avoir des problèmes avec une de mes artères et ce garçon me l'a débouchée, dit-elle sans plus d'explications...

Nouveaux applaudissements. Aucune allusion au cathéter défectueux, ni à la cause réelle de l'obstruction.

Quelqu'un avait-il parlé à Nellie ? se demanda Brian. Avait-on essayé d'acheter sa discrétion ? Ou bien faisait-elle seulement preuve d'une surprenante intuition ?

Il la prit par le bras et la présenta à Bill Elovitz. Ils échangèrent quelques bribes d'information sur leur histoire et Brian s'écarta pour les laisser ensemble. Nellie faisait partie des soixante-quinze pour cent d'heureux élus. Vous êtes souffrant ? Prenez du Vasclear et soyez guéri. Net et précis, comme une entaille au bistouri.

Mais Bill Elovitz, il était quoi, exactement ?

L'homme avait connu une phase de progrès sensible avant de régresser, ce qui, par rapport aux vingt-cinq pour cent de vrais récalcitrants, le plaçait à part. Et voilà qu'apparaissait maintenant la possibilité d'une affection pulmonaire, extrêmement rare. Cette pathologie était-elle sûre, ou bien le diagnostic n'était-il qu'un coup d'épée dans l'eau ? Et si elle était réelle, était-ce une coïncidence ou une complication ?

Et quelles étaient les conséquences de cette situation pour Jack, si tant est qu'il y en eût ?

Même si les examens de Bill confirmaient l'existence d'une

HAP, il n'y avait pas moyen de relier celle-ci au Vasclear de façon certaine. Et les soixante-quinze pour cent de réussite restaient incontestables. Quoi qu'on découvre dans le sang et les poumons de Bill, il n'y avait aucune raison d'interrompre le traitement de Jack.

— Dites-moi, Nellie, demanda Brian, combien de temps exactement après le début de votre traitement au Vasclear avez-vous commencé à ressentir un mieux ?

— Combien de temps ça a pris ? Oh, pas longtemps, cher ami, ça, je peux vous le dire.

— Je me souviens très bien, enchaîna Megan. Tu as reçu ta première dose le 10 août et tu n'avais plus mal du tout le jour de mon anniversaire. Rappelle-toi, tu as décoré mon gâteau avec des visages souriants et des cœurs.

— Ça fait combien de temps, alors ? s'enquit Brian.

— Mon anniversaire est le 24, précisa Megan. Ses douleurs ont disparu exactement deux semaines après la première prise. Deux semaines jour pour jour.

16

La soirée fut beaucoup moins mouvementée que Brian ne l'avait supposé. Aucun appel d'urgence et seulement une admission après la clinique Vasclear, un monsieur de trente-huit ans, traité avec un médicament expérimental pour une myocardite, c'est-à-dire une infection virale du muscle cardiaque. Le produit était encore en phase un, évaluation de la toxicité et de la posologie. Pour autant que Brian pût en juger, c'était une faillite totale, du moins sur ce patient. Son insuffisance cardiaque s'aggravait et la chimiothérapie était de plus en plus lourde, ce qui faisait de lui un candidat pour une greffe du cœur. Mais il y avait tellement de monde sur la liste d'attente qu'il risquait fort d'être emporté par sa maladie avant qu'on lui ait trouvé un donneur.

Brian l'interrogea, l'ausculta et remplit les différents formulaires d'admission. Puis il se rendit dans le bureau des internes pour revoir le dossier médical et taper ses observations sur l'ordinateur qui s'y trouvait. Dans un service surmené, taper les bilans d'examens prenait souvent trop de temps, et les internes étaient obligés de dicter. Mais en se servant de l'ordinateur, la synthèse de la consultation était plus sérieuse, plus complète, et la sortie imprimante immédiatement intégrée au dossier. D'autre part, on gagnait des heures de secrétariat, tout en éliminant la possibilité d'une erreur de transcription.

Brian posa le dossier et un gobelet de café à côté de l'ordinateur, s'installa sur le fauteuil et appuya sur la touche marche-arrêt. L'écran resta noir. Ses connaissances en informatique étant limitées, il ne put que renouveler la tentative, sans plus de résultat. Le dictaphone demeurait une possibilité, mais il voulait emporter une copie du dossier pour l'étudier à tête reposée. Il se contenta d'enregistrer un message signalant la panne et décida d'essayer l'ordinateur qui se trouvait dans la cabine de dictée à la clinique Vasclear.

Il dit aux infirmières où il allait et pénétra dans la clinique en se servant du digicode. L'endroit était désert, sombre et plongé dans un silence inquiétant. La petite cabine vitrée était à quelques mètres sur sa gauche. Au lieu d'allumer, il se servit de sa lampe de poche pour repérer la poignée de porte. Une fois à l'intérieur, il préféra la petite lampe halogène de bureau aux néons du plafond. Puis, ayant refermé la porte, il tira les rideaux pour s'isoler. Un cocon.

Il était dix heures et demie, mais il savait que son père ne dormait pas. La garde-malade qu'ils avaient engagée pour pallier les absences des voisins répondit à la première sonnerie.

— Alors, comment va-t-il, madame Rice ? demanda Brian.

— Pas de changement depuis que vous avez appelé à six heures. Il est assis et regarde les sports.

Elle avait l'air frustré et découragé.

— Il fut un temps où il était lui-même sur le terrain, vous savez. Et il jouait rudement bien. Des douleurs à la poitrine ?

— Un peu quand il s'est levé pour aller aux toilettes. Il a pris une de ses pilules à sucer sous la langue. Je voudrais lui masser le dos avant de m'en aller, mais il refuse de s'allonger.

— Pourriez-vous me le passer, s'il vous plaît ?

— Salut, Brian.

— Salut, p'pa. Pourquoi est-ce que tu embêtes Mme Rice ?

— Elle est crampon, ça m'énerve. En plus, je n'ai pas besoin qu'on me masse le dos. J'ai besoin de Vasclear.

— Tu n'y as pas droit cette nuit. Je te l'ai dit cent fois.

— Ah, c'est vrai, j'avais oublié. J'oublie tout en ce moment. En fait, je voulais du Vasclear parce que je crois que ça commence à marcher.

Brian se sentit soulevé par une bouffée d'espoir.

— Qu'est-ce que tu entends par là ? Explique-moi.

— Je ne peux pas l'expliquer, mais ce soir, je me sens un peu mieux.

— Super, Pop. Excellent. Pourtant, Mme Rice dit que tu as pris de la trinitrine tout à l'heure.

— Juste une fois. Non, je t'assure, Brian, ça commence à agir ton truc.

— Eh bien, c'est la meilleure nouvelle de la journée. Je vais en rapporter une dose à la maison pour demain.

— D'accord. Merci.

— On rediscutera de tout ça demain matin, Jack.

Brian raccrocha, se pencha en arrière et ferma les yeux quelques instants. Ça faisait du bien d'entendre son père s'exprimer autrement que pour se plaindre. Mais il lui fallait quand même un comprimé de trinitrine pour faire six mètres jusqu'à la salle de bains. La sensation de mieux qu'il éprouvait était-elle un sursis passager, ou un tournant significatif ?

Il ouvrit le dossier du malade et se disposait à revoir toute l'histoire de sa myocardite, lorsqu'il entendit la porte de la clinique s'ouvrir. Bientôt, des bruits de voix lui parvinrent et la lumière du plafonnier qu'on venait d'allumer perça par un petit jour entre les rideaux. Il posa son stylo et colla un œil contre l'ouverture. Au bout de quelques secondes, il vit passer Art Weber et Carolyn Jessup, tournant la tête du côté opposé à la cabine et encadrant un homme robuste au front dégarni, dont le costume de prix n'avait rien à envier à celui de Weber.

Les deux médecins escortèrent l'homme en salle un, le local administratif à côté de l'endroit où travaillait Brian. Bien qu'il ne pût voir son visage, le type lui disait quelque chose. Les lumières de la salle un s'allumèrent à leur tour. Intrigué, Brian poussa du pied la porte de la cabine, afin d'entendre la conversation, répercutée par le couloir.

— Je vais juste vous examiner brièvement, dit Jessup. Ensuite je vous passerai au moniteur cardiaque, avant de vous donner votre traitement.

— Vous vous sentez comment ? questionna Weber.

— En pleine forme. La douleur que j'avais quand j'ai consulté Carolyn a complètement disparu deux ou trois semaines après le début du traitement. Depuis, je n'ai plus rien.

Brian avait l'impression de connaître la voix.

— Voilà qui fait plaisir à entendre, dit Weber.

— Votre produit est vraiment génial, Art. Génial. J'ai encore des pincements au cœur de temps en temps, mais ça ne dure jamais longtemps.

— C'est parfaitement naturel, expliqua Jessup. Des pincements au cœur, tout individu âgé de plus de vingt ans en ressent à un moment ou un autre. La difficulté pour un médecin, c'est de distinguer la véritable douleur cardiaque, ce qu'on appelle l'*angor pectoris,* des spasmes musculaires entre les côtes, d'une décharge d'acide en provenance de l'estomac dans l'œsophage, d'une bulle de gaz piégée dans les intestins sous le diaphragme, ou encore d'une inflammation du poumon, ou même d'une tendinite à l'épaule. C'est beaucoup moins évident à discerner que ça n'en a l'air. Et encore, je ne vous ai pas dit toutes les causes possibles.

— C'est sûr, qu'il y a un paquet de choses qui peuvent se déglinguer dans cette partie du corps, dit l'homme.

Mais qui est-ce ? se demandait Brian. Il avait l'impression d'avoir le nom de l'inconnu sur le bout de la langue.

— La plupart du temps, ce sont des problèmes mineurs, sans conséquence, Walter, répondit Jessup. On peut même dire que presque toutes les douleurs pectorales sont la réponse naturelle de l'organisme au stress de la vie quotidienne. Et c'est le cas chez vous, heureusement, car votre artériosclérose a virtuellement disparu, grâce au Dr Weber et aux bons chercheurs de Newbury.

— C'est formidable, s'extasia l'homme.

Walter ? Brian déplaça son siège quelques centimètres plus près de la porte.

— Vous avez un cœur de vingt ans ! s'émerveilla Jessup en regardant l'écran du moniteur cardiaque. Votre réponse au médicament est excellente. Art, je crois que nous sommes prêts pour l'injection. Voudrais-tu aller chercher le Vasclear ? Pendant ce temps-là, je vais poser l'intraveineuse.

— Avec plaisir. Et un cocktail de Vasclear, un.

Weber sortit de la salle et se dirigea vers la pharmacie. Brian restait immobile, abasourdi, essayant de comprendre ce qu'il venait d'entendre. De toute évidence, l'homme qui se faisait appeler Walter était une personnalité, un malade de marque qui se faisait soigner au Vasclear. Avait-il été incorporé anonymement au groupe bêta ? Cela paraissait hautement improbable.

Weber ne tarda pas à revenir.

— Voilà, monsieur le sénateur, dit-il. Vous avez bien dit la dose maxi, n'est-ce pas ?

Walter Louderman ! Brian en avait le souffle coupé. Il votait rarement pour les Républicains, mais si l'ancien joueur de base-ball à menton volontaire obtenait l'investiture présidentielle de son parti, il se pouvait qu'il fasse une exception. Aucun doute n'était plus permis : Weber et Jessup avaient enfreint le protocole pour faire en sorte que le sénateur bénéficie du dosage bêta. Mais la découverte du fait que Louderman souffrait d'une maladie cardiaque, du moins avant le début de son traitement, n'était pas moins explosive. Rendu public, le diagnostic aurait probablement mis un terme à ses aspirations présidentielles.

Ils auraient dû me faire confiance, pensait Brian avec colère.

Il y allait de la vie de son père. Tout le monde savait que le groupe bêta recevait la dose maximum. Ils trichaient avec Louderman. Pourquoi pas avec Jack ? Ne pouvait-on renoncer à toutes ces simagrées autour de l'anonymat thérapeutique et le mettre aussi sous Vasclear ? Ils auraient pu le faire de façon que personne ne le sache, pas même Brian. Au lieu de cela, Jessup avait laissé l'ordinateur le placer au hasard dans le maudit groupe placebo. Ensuite de quoi, elle s'était obstinée à recommander un nouveau pontage.

Fallait-il se lancer dans une confrontation dès maintenant ? Qu'y avait-il à gagner ?

Brian tendit encore l'oreille pendant une demi-minute, puis tira la porte vitrée sans la fermer complètement et se remit à l'ordinateur. Il ouvrit le fichier général des patients et entra son mot de passe GODEEP. Ayant demandé le dossier de Walter Louderman, il ne fut pas surpris de constater que le fichier ignorait ce patronyme. Possible qu'il y eût un alias quelconque, mais c'était douteux vu l'envergure politique du personnage.

Il prit note mentalement de faire une recherche à la vidéothèque située près du labo de KT. Mais il y avait peu de chances que le dossier médical de Louderman, ses radios et ses artériogrammes se trouvent ailleurs que dans le coffre-fort du bureau de Jessup. Peut-être même les conservait-elle chez elle. Soudain, il prit conscience d'un bruit de respiration et d'un mouvement sur sa gauche. Art Weber se tenait devant la porte entrebâillée de la cabine, et le regardait fixement, le visage de marbre.

Brian reporta son regard sur l'écran. D'où il était, Weber ne pouvait pas voir qu'il était en train de chercher le dossier de Louderman.

— Tiens, bonsoir, fit Brian d'un ton faussement enjoué. Entrez donc.

Weber tira la porte du bout du pied, sans avancer.

— Vous êtes ici depuis que nous sommes arrivés ? demanda-t-il.

— Heu... je... oui. L'ordinateur de la salle de garde ne marche pas. Je suis venu travailler sur le dossier d'un patient admis aujourd'hui.

— Je vois. Et vous avez vu le, heu... le patient qui nous accompagnait ?

— Oui, je l'ai vu.

— Vous l'avez reconnu ?

Brian ne pouvait rien déchiffrer des intentions du directeur de projet à travers son masque impénétrable. Au terme d'un bref débat intérieur, il écarta l'idée de mentir à Weber et finalement, opina de la tête.

— Bon, écoutez, restez là et continuez à travailler. Il faut que j'aille parler au Dr Jessup.

Weber referma derrière lui la porte de la cabine et fit de même avec celle de la salle un. Une pointe d'inquiétude vint se mêler à la colère de Brian. Pouvaient-ils le virer ? Prendraient-ils le risque qu'il révèle ce qu'il avait vu ? En fait, il était totalement dépendant du bon vouloir de la direction. De toutes les catégories sociales, les toxicomanes, repentis ou pas, comptent en général parmi les gens à qui on fait le moins confiance.

Carolyn Jessup émergea de la salle, frappa légèrement à la porte vitrée, abaissa la poignée d'une pression du coude et pénétra dans la cabine. *Reste cool,* se dit Brian. Il s'écarta et s'assit sur le bord du bureau.

Elle planta son regard dans le sien et croisa les bras. Son maquillage était discret et appliqué avec soin. Elle avait les ongles manucurés et couverts d'un vernis écarlate. Si Phil Gianatasio était intimidé par Teri Sennstrom, alors cette femme devait littéralement le terrifier.

— Eh bien, Brian, commença-t-elle, pesant manifestement ses mots, nous voici à nouveau en train de discuter de ce qui doit ou ne doit pas être fait dans l'intérêt de l'Institut de cardiologie.

— On dirait, oui.

— Le Dr Weber me dit que vous êtes au courant de l'identité de notre mystérieux invité.

— Le sénateur Louderman passe difficilement inaperçu.

Jessup afficha un sourire diplomatique.

— Oui, je suis d'accord, dit-elle en décroisant les bras, mais sans détacher son regard du sien. Le sénateur m'a été adressé il y a quelque temps pour des douleurs à la poitrine d'origine imprécise. Je lui ai fait faire une épreuve d'effort sur tapis roulant en espérant que le résultat serait négatif, mais il ne l'était pas. Visiblement, il souffrait d'une affection cardio-vasculaire. Compte tenu de la nature... disons délicate de sa situation politique, et de ses projets, je l'ai cathétérisé en secret et j'ai constaté qu'il avait une occlusion à quatre-vingt-dix pour cent de l'artère antérieure gauche descendante, ainsi que des plaques d'athérome moins importantes sur la droite et sur l'artère circonflexe. Il a été mis sous Vasclear aussitôt et le résultat est tellement remarquable que je doute que son état de santé constitue un sujet d'inquiétude, privé ou public, s'il devient candidat à l'investiture suprême.

— A quatre-vingt-dix pour cent, dites-vous ? C'est fantastique, comme réussite. Ce doit être très important d'obtenir pareil succès avec le Vasclear sur un homme aussi puissant que le sénateur.

— Ça aide toujours d'avoir des amis haut placés, répondit calmement Jessup. C'est un peu comme les amis à l'ICB que vous avez en la personne d'Ernie Pickard et de moi-même.

La menace était à peine voilée et Brian réagit au quart de tour.

— Je vous l'ai déjà dit, docteur Jessup, je vous suis très reconnaissant, à vous et au Dr Pickard, de m'avoir donné une chance de retomber sur mes pattes. Mettre ma position ici en danger est la dernière chose que je souhaite. C'est trop important pour moi.

— Bien vu. Puisque c'est ainsi, Brian, pour votre carrière et pour plein d'autres raisons, il faut que vous me promettiez de ne parler à personne du sénateur Louderman. Je dis bien *per-*

sonne. Si son traitement ici était ébruité à l'extérieur, les conséquences pourraient être désastreuses, pour vous comme pour nous.

— Je comprends.

— Très bien.

Jessup regarda par-dessus son épaule.

— Tu vois quelque chose à ajouter, Art ?

Weber s'avança vers la porte vitrée.

— Je veux juste vous féliciter, Brian, et vous remercier d'appréhender cette situation avec tout le sérieux qu'elle mérite. S'il y a quoi que ce soit que nous puissions faire pour vous aider, n'hésitez pas à le demander.

Brian balança quelques instants, mais c'était plus fort que lui, il fallait que ça sorte.

— Eh bien, en fait, il y a quelque chose. Je... je suppose que le sénateur Louderman n'a pas été intégré par tirage au sort dans le groupe bêta.

Weber et Jessup échangèrent un regard.

— Brian, nous parlons d'un homme qui peut fort bien être notre futur Président, dit Jessup. Il était hors de question de l'admettre dans la procédure à double insu.

— Bien sûr, répondit Brian. Mais quelle que soit l'importance du sénateur Louderman, l'homme qui compte le plus au monde pour moi, c'est mon père.

— Évidemment. Et vous voudriez qu'il soit incorporé au groupe bêta.

— C'est mon souhait depuis le début. Mais que vous acceptiez ou pas, je tiens à vous assurer qu'en ce qui concerne le sénateur, je comprends parfaitement la nécessité du secret.

Dans le regard que lui renvoya Jessup, se lisaient le respect et même l'admiration. C'était surprenant, mais sans équivoque. *Bienvenue au club, docteur Holbrook*, semblait-elle penser. *Il semble que vous ayez toutes les qualités requises pour réussir dans notre établissement.*

— Eh bien, voilà une demande qui me paraît très raisonnable, dit-elle. Très raisonnable. Nous pourrions commencer le traitement de votre père demain après-midi, disons à cinq heures. Je préviendrai les infirmières qu'il a été admis dans le groupe bêta.

— J'ai peur que le déplacement en ville ne soit trop éprouvant pour lui en ce moment. Si vous n'y voyez pas d'objection, je préférerais lui administrer moi-même son traitement à la maison.

— Du moment que vous n'oubliez pas que je recommande formellement la chirurgie, et le plus vite possible.

— Je sais, docteur Jessup. Je n'ai pas regardé les images d'archives, mais d'après ce que vous dites, les artères de Nellie Hennessey étaient en aussi mauvais état que celles de mon père. Je l'ai vue aujourd'hui à la clinique. Elle a presque six ans de plus que lui et dans son physique comme dans ses actes, elle paraît dix ans plus jeune. Je voudrais donner au moins la même chance à mon père avec le Vasclear.

— Dans ce cas, allons-y pour le Vasclear bêta. Demain, Art vous donnera la quantité nécessaire pour une semaine.

— Je vous suis très reconnaissant.

Dans le regard de la cardiologue, l'estime avait fait place à une froide impassibilité.

— J'espère, Brian, dit-elle.

17

THE BOSTON GLOBE

Une manne de plusieurs milliards de dollars en prévision pour un laboratoire pharmaceutique de Boston.

Jusqu'à ces derniers mois, les meilleurs profits réalisés par les laboratoires Newbury, implantés à Boston, provenaient de l'exportation de produits vitaminés vers la Russie et autres pays de l'ex-bloc soviétique.

Or, selon les experts, il semble aujourd'hui que cette entreprise à capitaux privés soit sur le point d'encaisser une manne qui pourrait facilement atteindre dix milliards de dollars au cours des trois prochaines années. Pour que cette divine surprise devienne une réalité, c'est la FDA qui devrait donner l'impulsion décisive à la fin du mois, en délivrant l'autorisation de mise sur le marché du médicament nommé Vasclear.

Aux dires du fabricant, ce médicament a fait la preuve de son efficacité à soixante-quinze pour cent dans le traitement de l'artériosclérose.

« L'argent coulera à flots dès le moment où les camions de livraison seront sur les routes », déclare un spécialiste de l'industrie pharmaceutique. « Les bénéfices s'annoncent sans précédent, dans un secteur déjà connu pour ses gains exceptionnels. »

L'automne avait toujours été la saison préférée de Brian, jusqu'à un certain samedi de novembre, presque dix-huit ans plus tôt. Depuis lors, bien que l'odeur des feuilles mortes dans la terre humide, les magnifiques couleurs et l'air cristallin de la Nouvelle-Angleterre eussent toujours de l'attrait pour lui, l'automne lui apportait inévitablement un sentiment d'amertume. Depuis son tout jeune âge, il avait été élevé pour jouer au football, et il était rare qu'une expérience en dehors du terrain, même en médecine, lui procure une sensation aussi vive que celle qu'il éprouvait en adressant sa première passe au commencement d'un match.

Ce jour-là, pourtant, quelque chose de très excitant, d'exceptionnel, venait pimenter le plaisir qu'il ressentait à humer les senteurs d'arrière-saison. Teri Sennstrom l'avait appelé et dans moins d'une heure, il dînerait avec elle. Le moment était venu de mettre certaines choses en veilleuse, de faire une pause, ne fût-ce que pour quelques heures.

Jack avait passé une assez bonne journée le lendemain de sa mise officielle sous Vasclear, mais Brian doutait sérieusement que son état se soit amélioré. Dix jours s'étaient maintenant écoulés depuis le vrai début du traitement à doses bêta. Brian avait commencé à faire soigneusement le décompte de ses comprimés de trinitrine, et ouvert un livre de bord pour que les voisins et la garde-malade y notent quotidiennement le degré d'activité du malade. Dès qu'il y avait un mieux, si infime soit-il, on se prenait à espérer, mais bientôt, une rechute sapait le moral de tout le monde, et cette alternance de hauts et de bas totalement subjectifs était très éprouvante. Encore trois jours, avait décidé Brian. Dans trois jours, le cap fatidique des quinze jours signalé par Nellie Hennessey serait franchi. Passé ce délai, l'intention de Brian était de commencer à pousser son père pour qu'il consulte Laj Randa.

Teri voulait qu'ils se rencontrent discrètement, à l'abri des regards du personnel de l'ICB. Brian avait choisi un restaurant avec une salle de danse fréquenté par des amateurs de blues. Situé à Burlington, commune de banlieue près de Reading, l'établissement venait d'ouvrir. Il était presque six heures lorsque Brian quitta le service. Avant de partir, il téléphona à son père pour prendre de ses nouvelles.

— Comment ça va, Pop ?

— Pas terrible, ce soir.

Toujours le même tracé en dents de scie, descendant, cette fois.

— Des douleurs au thorax ?

— Pas vraiment. Je ne sais pas ce que j'ai. C'est... j'ai la trouille, je crois.

Jack Holbrook, le petit arrière qui avait jadis tenu un quart d'heure sur le terrain avec une fracture de la jambe... Non seulement il avait peur de ce qui lui arrivait, mais il l'avouait sans honte. La chute libre.

— Tu veux que je rentre ?

— Je croyais que tu allais dîner avec quelqu'un ?

— C'est vrai, mais si tu ne vas pas bien, je peux annuler.

— Pas question. Ça va aller. J'en ai marre et j'angoisse un peu, c'est tout. Les finales commencent dans une heure à la télé. Amuse-toi bien.

— Tu es sûr ?

— Mais oui. La voisine Sally est ici et quelqu'un a apporté des lasagnes. Du moment que j'ai mon Vasclear ce soir...

— Dès que je serai rentré. Dix heures et demie, onze heures au plus tard. Tu es sûr que tu ne veux pas que je vienne ?

— Certain.

— J'ai mon biper.

— Parfait. Ne t'inquiète pas, je n'appellerai pas.

— OK. Tu me raconteras les matchs. Et papa ?... Je t'aime.

Il y eut un court silence.

— Passe une bonne soirée, dit Jack.

Brian resta une demi-minute l'oreille collée au combiné, avant de raccrocher. *Je t'aime.* Exprimer librement ses sentiments faisait partie de son programme de réinsertion mais c'était la première fois depuis... depuis toujours, qu'il disait cela à son père.

Je t'aime.

Pourquoi l'avoir dit maintenant ?

Excité à la pensée de revoir Teri, mais en même temps ébranlé par cette brève conversation avec Jack, Brian enfila un jean, une chemise écossaise, et descendit au garage de l'hôpital.

Teri l'attendait, assise à une table dans le restaurant. Le Blues Barn, une vieille ferme rénovée, était spacieux et rustique. Le soir, une estrade en bois au fond de la salle accueillait quelques musiciens. La jeune femme, parfaitement à l'aise en T-shirt et veste de toile, accueillit Brian d'un baiser sur la joue.

— Vous n'avez pas eu de mal à trouver ? demanda-t-il.

— Non. J'ai suivi vos indications. C'est exactement le genre d'endroit où j'avais envie d'être, dit-elle en montrant de la main la salle déjà remplie.

— Il y a un groupe qui joue à partir de huit heures, dit Brian. Mais je ne l'ai jamais entendu et je ne sais pas ce qu'il vaut.

— Ça m'est égal. J'ai travaillé d'arrache-pied sur vous-savez-quoi. Ce soir, c'est comme des vacances de quinze jours, pour moi.

Une serveuse s'approcha. Brian commanda son Coca de régime habituel, avec une rondelle de citron. Teri l'imita.

— J'espère que vous ne vous privez pas d'alcool à cause de moi.

— Même si c'est le cas, c'est sans importance. Je peux boire ou ne pas boire, indifféremment.

— Voilà quelque chose que je ne peux vraiment pas dire. Je ne me souviens pas d'avoir bu un verre sans que ce soit le premier pas vers une cuite ou vers l'oubli. Et ça date d'avant mes problèmes d'antalgiques.

— Vous allez aux meetings de réinsertion et vous vous faites aider... C'est ça qui compte.

— Ah, oui, le fameux dossier, j'oubliais. Vous connaissez déjà ma vie.

— Ça m'embarrasse beaucoup, vous savez.

De la main, elle releva une mèche de ses cheveux qui retomba aussitôt, et Brian dut se faire violence pour ne pas refaire le geste à sa place.

— Le fait est que moi je ne sais rien de vous. Vous ne voulez pas me raconter ?

— S'il y a un dossier sur moi qui traîne à Washington, je suis sûre qu'il est moins intéressant que le vôtre. Je suis la cadette d'un ménage de l'Indiana. Nous sommes deux sœurs. Personne avant moi dans la famille n'était allé jusqu'à la fin du secondaire, encore moins en fac de médecine. Mon père se crève la santé dans une fonderie. Travaille trop, picole trop, crie et tape à l'occasion. Maman cuisine, fait le ménage, sourit sans joie, prend tout sur elle et ne dit jamais un mot plus haut que l'autre.

— Martyre et gueule de bois. Pas l'idéal, hein ?

— Ah, oui. Ma sœur aînée, Diane. Enceinte à dix-sept ans, mariée à dix-huit. L'échappatoire habituelle.

— Un type bien, au moins ?

— Qu'est-ce que vous croyez ? Donnez-lui trente ans de plus et changez la marque de bière, c'est le portrait de mon père.

— Et vous ?

— J'ai attendu d'avoir dix-neuf ans pour partir et me marier. Il était carabin. C'est avec lui que j'ai commencé à m'intéresser à la médecine.

— Qu'est-ce qui s'est passé ?

— Il s'est passé qu'il était coureur comme pas un. En fait, profondément angoissé et peu sûr de lui. Il fallait sans cesse qu'il se rassure et je ne faisais pas le poids face à la demande, pas plus que les nanas qu'il draguait, du reste. Je le prenais en flagrant délit, il mentait, je le reprenais, il s'énervait et me faisait des scènes. J'avais été admise à Princeton à la sortie du lycée, mais je me suis désistée pour suivre Peter. J'ai travaillé dans une grande surface, tout en continuant à prendre des cours du soir. Les gens de Princeton ont eu la gentillesse de me reprendre ensuite quand je les ai contactés. Ils m'ont même proposé une bourse. Lorsque Peter s'en est aperçu, il a décidé qu'il avait besoin d'une femme plus disponible pour plier son linge.

Une serveuse vint prendre la commande.

— Vous avez l'air de péter la santé, dit Brian, mais je vous recommande quand même la côte à l'os.

Elle sortit de son sac un paquet de biscuits au chocolat qu'elle lui montra.

— Pour les urgences, dit-elle. Au cas où je serais prise dans l'effondrement d'une mine. Je prendrai une côte de bœuf, avec des frites.

En attendant la commande, ils bavardèrent en regardant l'orchestre s'installer. La conversation porta sur Boston et Washington, ensuite ils parlèrent musique, littérature, cinéma, et échangèrent quelques anecdotes au sujet de leurs emplois respectifs. Puis ils mangèrent sans rien dire pendant un moment, détendus et contents d'être ensemble.

— Et vous ? demanda finalement Teri.

— Qu'est-ce que vous voulez savoir ? Ma biographie n'est-elle pas exhaustive ?

— Vous avez été blessé comment ?

— En jouant au football. C'est dans le dossier, non ?

— Oui, mais je veux dire, qu'est-ce qui s'est passé ? Il faut quand même que vous sachiez que je ne rate pas un match des Redskins. J'ai une copine avec qui nous louons une place au premier rang pour toute la saison. J'adore ça.

— Dites-moi que je rêve. C'est le nirvana !

— Alors, cette blessure. Ça s'est passé comment ?

— Sachez d'abord que c'est mon père qui m'entraînait. Chez les minimes, les cadets, et pendant toute ma scolarité. Je suis entré à l'université du Massachusetts parce qu'ils l'ont embauché comme entraîneur. Black Jack Holbrook. Black Jack à cause du jeu du même nom. Peut pas s'empêcher de parier sur tout et n'importe quoi, l'animal.

— A la fois père et entraîneur. J'imagine qu'il a pu y avoir du flou dans la définition des rôles.

— C'est peu dire. Je ne sais toujours pas comment l'appeler aujourd'hui. Nous sommes assez entêtés l'un comme l'autre. Il m'est arrivé de manquer volontairement une passe, surtout quand j'étais jeune, parce qu'il m'avait dit quelque chose qui me déplaisait. La plupart du temps, ma qualité de vie était fonction de ce qu'il pensait de moi et de ma façon de jouer. J'ai été blessé lors d'un match de clôture en fin d'année scolaire. Je devais passer senior l'année suivante. Certains magazines m'avaient décerné une mention en présélection nationale. Mon club n'était pas une usine à football comme certains, mais je m'étais fait remarquer parce que j'avais eu de très bons résultats toute l'année. Et je faisais un excellent match ce jour-là, malgré nos cinq points de retard et bien qu'il ne restât que six secondes à jouer...

Tout en parlant, son esprit dérivait malgré lui et reconstituait ce parfait après-midi d'automne. Jusqu'à présent, il a réalisé un sans faute : trois essais et pas d'interception. Mais il reste un peu plus de quatre mètres à franchir pour marquer et gagner, et il n'y a plus qu'une remise en jeu. Six secondes... cinq...

— Arrêt de jeu ! crie Brian.

Il se dirige vers la ligne de touche, grimaçant chaque fois que son poids porte sur le genou droit. Il a beau essayer, impossible de dissimuler qu'il boite. Dès l'instant où il a pris le coup au deuxième quart-temps, il a compris qu'il s'était déchiré, froissé ou cassé quelque chose à cet endroit. Mais il a tenu le coup en se répétant que l'entraîneur Black Jack avait joué un quart-temps entier avec une jambe cassée. Celui-ci le prend à part.

— Je n'aime pas ta façon de marcher. Tu es sûr que tu peux encore jouer ?

— Pourquoi tu me poses cette question ?

— Parce que je suis ton père, voilà pourquoi. Bon, si tu comptes rester sur le terrain, je veux que tu lâches la balle au bout de trois pas et que tu t'en débarrasses le plus vite possible en faisant une passe rapide à Tucker.

— Mais coach, Tucker a déjà botté deux pénalités. Si je feintais la passe, plutôt ? Je peux essayer de foncer vers la ligne de but. C'est le boulot du quarterback, après tout.

— Je ne veux pas que tu prennes de risques avec cette jambe. Tu passes à Tucker, c'est clair ?

— OK.

Brian va conférer avec son équipe.

— Une boucle à gauche, leur dit-il, dégagement en zigzag, feinte de passe et vous faites tampon pour que j'aille à l'essai. Sur la ligne des deux mètres.

Son genou tremble légèrement tandis qu'il regagne le centre. Il a la cuisse transpercée comme par une lance jusque dans la moelle. Mais la jambe tient. Brian jette un œil en direction de son père et croise son regard. L'entraîneur claque des mains et lève le pouce. Il est temps. Comme d'habitude en pareil cas, tout commence à bouger au ralenti autour de lui. La rumeur des tribunes décroît puis disparaît entièrement. Tout est catalogué dans son esprit, la position de chacun de ses adversaires, leurs yeux, le moindre de leurs mouvements. Ils ont manifestement mordu à l'hameçon, l'équipe de Brian s'est déployée dans une position trompeuse qui fait croire qu'une passe est sur le point d'avoir lieu. En fait, les adversaires sont complètement démarqués par rapport à la course à l'essai que Brian s'apprête à faire. La passe que Jack veut qu'il fasse peut réussir, comme elle peut échouer à la réception. Brian veut aller à l'essai. Pour lui, c'est dans la poche.

Le ballon touche terre... rebondit... une fois, deux fois...

Ses mains se referment dessus. Brian le tient de façon que l'adversaire croie qu'il va le lancer, et recule de deux pas. A présent, une trouée menant droit à la ligne de but s'est ouverte devant lui, si large qu'il en sourit presque de plaisir. Il hésite encore une fraction de seconde, puis s'élance. A peine son pied droit a-t-il touché le sol, deux ligaments de l'articulation entre le tibia et le péroné se déchirent et cèdent. Le bas de la jambe est tordu et forme un angle anormal par rapport au reste du membre. Une souffrance atroce, plus vive que tout ce qu'il a jamais ressenti, irradie dans son genou droit.

Brian se met à hurler avant même de tomber. Il a le souffle coupé par la douleur qui lui arrache des larmes. Entre deux cris d'agonie, il creuse la terre à pleines mains, en écrase une motte sur sa bouche et mord dedans de toutes ses forces. Mais même comme ça, il continue à gueuler comme un supplicié. Il entend la voix de son père à travers un brouillard nauséeux.

— Brian... Brian...

L'ancien quarterback reprit contact avec le présent en reconnaissant la voix de Teri. Elle avait posé une main sur la sienne et la serrait fort.

— Ouah, dit-il en s'ébrouant et léchant ses lèvres brillantes de sueur. Ça fait longtemps que je n'avais pas dérivé comme ça. Mais on n'est plus dans le Kansas. C'était compréhensible ?

— Parfaitement compréhensible, Brian. Si vous aviez fait la passe que réclamait votre père, vous croyez que vous auriez fini professionnel ?

— Et non accroché aux antalgiques ? Mon père le croit et c'est la seule chose qui compte, malheureusement. Il ne s'en est jamais remis.

Son esprit recommença à vagabonder.

Cependant, l'orchestre, de qualité plus que moyenne, s'était mis à jouer et raclait un blues mélancolique et lent.

— Tu aimes danser ? lui demanda Teri, adoptant le tutoiement sans préambule.

Distrait dans sa rêverie, Brian sursauta.

— Figure-toi que c'est la deuxième fois en une semaine qu'on me pose cette question, répondit-il, ravi de cette marque d'intimité. Tu as une assurance piéton ?

Ils se joignirent à trois couples qui évoluaient à côté de l'orchestre. Teri, très naturelle, lui passa les bras autour du cou et posa sa joue contre sa poitrine. Instantanément, Brian enfouit son visage dans ses cheveux, et s'oublia dans la sensation de son corps pressé contre le sien, de ses mains qui emplissaient le creux de ses reins. Pour la première fois peut-être, il réalisa à quel point sa vie avait été tendue, constamment en alerte rouge depuis l'incident du Towne Deli avec Jack. Il ferma les yeux. Les mêmes choses, les mêmes êtres l'attendaient à la sortie : le boulot, les patients, les moniteurs cardiaques, le Vasclear, son père. Mais peu à peu, il se laissait envahir par cette femme et par la musique.

Ils restèrent encore serrés l'un contre l'autre après la fin du morceau, puis Brian raccompagna Teri à la table, tandis que l'orchestre se lançait dans un morceau de bravoure prestissimo, destiné à mettre en vedette le joueur d'harmonica.

— Je ne crois pas que je puisse danser sur un tempo pareil, dit-il. D'ailleurs, à ce rythme-là, je crois que personne ne tiendrait le coup.

— Qu'est-ce que tu racontes ? Tu es un athlète. Les athlètes ont une élégance naturelle qui transparaît dans leurs moindres gestes.

— Erreur. Je suis cardiologue. Un cardiologue d'un mètre quatre-vingt-dix qui chausse du quarante-quatre. Comment veux-tu qu'un type comme moi soit gracieux en dansant ?

— Bon, face à une modestie aussi déplacée, je ferai preuve de patience, mais je t'avertis, avec ou sans toi, moi je danse.

— Avertissement noté.

— Et puisque tu as mis la cardiologie sur le tapis, ajouta-t-elle, je ne voulais pas que nous parlions travail ce soir, mais je ne veux pas non plus me retrouver au chômage, ou pire, apprendre par les journaux qu'un médicament que j'ai contribué à mettre prématurément sur le marché a décimé une population équivalente à celle de l'Iowa. As-tu pensé à ce que je t'ai demandé ?

Brian soupira.

— Je n'ai pas arrêté d'y penser, dit-il. Si seulement Pickard ou Jessup pouvait s'en occuper !

— Ce serait déraisonnable, Brian. Ce n'est pas la première fois que notre agence a affaire à un médicament ou un produit susceptible de rendre quelques personnes richissimes. Et si des chercheurs respectés nous cachaient quelque chose, ce ne serait pas la première fois non plus. S'agissant du Vasclear, nous n'avons pas de raison de soupçonner qui que ce soit d'occulter des informations, et Pickard et Jessup bénéficient d'une réputation sans tache. Mais ce qui est en jeu est d'une importance capitale, tu le sais aussi bien que moi.

Brian repensa aussitôt à l'avertissement lancé par Jessup après l'envoi du rapport MedWatch. Il réalisa qu'en fait, elle et Weber lui avaient menti en prétendant que le protocole n'avait jamais été enfreint une seule fois en trois ans.

— Tu m'as bien dit que Jessup et Pickard étaient d'accord avec l'idée qu'on fasse des rapports confidentiels à ton agence ?

— Absolument.

— Bon, eh bien, d'accord. Je garderai les yeux ouverts.

Il hésita, puis ajouta :

— Et je pense qu'il faut que je te dise qu'il y a un cas potentiellement intéressant que j'étudie en ce moment. Il s'agit d'un des premiers patients mis sous Vasclear.

— Continue, s'il te plaît.

— Il n'y a pas grand-chose à dire pour l'instant. Et je ne divulguerai jamais son nom, même devant toi, à moins d'être dispensé du secret professionnel.

— Je comprends.

— C'est un vieux monsieur que j'ai juste vu à la clinique Vasclear.

— Il a commencé son traitement au moment de la phase un ?

— Je crois, oui. Il semble qu'il ait bien réagi au début, puis il a régressé. Maintenant, il est sérieusement malade au bout de deux ans de traitement. Je n'ai pas encore les résultats de ses analyses, mais il est possible qu'il souffre d'hypertension artérielle pulmonaire.

Les yeux de Teri se mirent à pétiller d'intérêt.

— Hypertension pulmonaire ? Est-ce qu'il a suivi un régime amaigrissant ou absorbé de l'huile de table en Espagne récemment ?

Brian esquissa un sourire.

— Tu m'as l'air de rudement bien connaître l'histoire des catastrophes médicales. Pas de cause déterminante à ma connaissance. Mais je commence juste à m'y intéresser et le diagnostic d'HAP reste très hypothétique.

— Quand est-ce que tu en sauras plus ?

— D'ici quelques jours.

— Tu me tiendras au courant ?

— A condition que je puisse le faire en personne.

— Promis.

— Mais Teri, il y a encore une chose que je voudrais te dire. Mon père souffre d'une grave insuffisance coronarienne. Il a eu une attaque il y a dix ans et le pontage qu'on lui a fait il y a six ans ne suffit plus. Je l'ai fait admettre dans le programme Vasclear. C'est te dire la confiance que j'ai en ce médicament.

— J'espère qu'il a été incorporé dans le groupe bêta.

— Il l'a été, Dieu merci. Mais au fait, ça te dirait de faire sa connaissance ? Nous habitons tout près d'ici. Moralement, ça lui ferait beaucoup de bien de te rencontrer, je te le garantis. Tu pourrais même me regarder lui administrer son Vasclear. Je le traite à la maison.

— Si tu crois qu'il aimera ça.

— Il adorera, crois-m...

— Qu'est-ce qu'il y a ?

— Mon biper ! Je viens juste de m'apercevoir que je ne l'ai pas sur moi. Pourtant, je ne sors jamais sans. Ah, je me souviens. J'ai changé de pantalon à l'hôpital. Le biper est au fond de mon sac dans la voiture. Je vais l'appeler et lui dire que nous arrivons.

— Je fais un tour aux toilettes et je te rejoins au parking.

Brian trouva un téléphone à carte dans l'entrée de l'établissement. A la quatrième sonnerie, il entendit sa propre voix sur le répondeur.

— Bonjour, vous êtes bien chez Jack et Brian Holbrook...

Il raccrocha, le cœur battant, et attendit vingt secondes interminables que la machine se réinitialise avant de rappeler. Même résultat.

Il sprinta jusqu'à sa voiture et fouilla précipitamment dans la malle. Le biper était encore accroché à la ceinture de son pantalon et sur l'écran, un message indiquait qu'il y avait eu un appel de l'appartement.

— Seigneur, marmonna-t-il en revenant au triple galop vers le téléphone. Allez, réponds, bon Dieu... Réponds donc !

Trois sonneries, suivies à nouveau du répondeur.

— Pop, je rentre dare-dare, lâcha-t-il après le bip sonore. J'arrive tout de suite !

18

Brian rentra dans le restaurant comme un boulet de canon, juste au moment où Teri regagnait leur table.

— Il se passe quelque chose, dit-il. Ça ne répond pas à la maison. Jack ne serait jamais sorti seul et nous avions quelqu'un pour s'occuper de lui ce soir. Il a essayé de m'appeler. Bon Dieu, je n'y crois pas. Pour une fois que je n'ai pas mon biper...

Il jeta deux billets de vingt dollars sur la table, prit Teri par la main et l'entraîna dehors au pas de course.

— Veux-tu que je te suive jusque chez toi ? demanda-t-elle.

— Non ! Enfin, si. Ça vaut peut-être mieux. Volontiers.

Brian démarra en trombe et conduisit à toute allure, son attention partagée entre la chaussée et le rétroviseur. Il fit crisser ses pneus en tournant au coin de sa rue, s'attendant à voir une ambulance garée devant l'immeuble. Mais à part la lumière du salon restée allumée, l'appartement semblait désert. Sans attendre Teri, il se précipita à l'intérieur. Il y avait un mot de la voisine scotché sur la lampe, à côté du fauteuil de Jack.

> Brian,
>
> 21 h 00. Nous avons essayé de vous appeler, mais votre biper doit être hors service. Votre père a une forte douleur à la poitrine et il a refusé d'appeler une ambulance parce qu'il veut aller à l'Institut de cardio et pense qu'on le transporterait à Suburban. Il voulait appeler un taxi, mais Harold et moi avons préféré le conduire. Il a dit de vous dire qu'il avait pris une aspirine supplémentaire, comme vous le lui aviez demandé.
>
> Sally Johansen.

Brian tendit le mot à Teri et appela les urgences de White Memorial. Plusieurs minutes angoissantes s'écoulèrent avant que l'interne de garde lui réponde.

— Docteur Holbrook, ici Stu Meltzer, interne stagiaire. Votre père est chez nous, mais son état est très préoccupant. Il a une forte insuffisance mitrale antérieure, et nous avons du mal à maintenir sa pression artérielle.

Forte IM antérieure... Autrement dit, un infarctus sévère affectant le muscle du ventricule gauche, la cavité qui propulse le sang dans l'aorte. Après la rupture de la paroi cardiaque externe, c'était sans doute la pire de toutes les catastrophes cardio-vasculaires.

— Bon Dieu, fit Brian. Il est conscient ?

— Par intermittence.

— Qui est-ce qui s'occupe de lui ?

— Pour l'instant, c'est l'équipe de garde, mais on m'a dit que le Dr Jessup allait venir, et le Dr Randa vient juste d'arriver.

— Merci, Stu. Voulez-vous dire à mon père que j'arrive le plus vite possible, s'il vous plaît ?

— D'accord.

— Et Stu ?

— Oui ?

— Faites le nécessaire quoi qu'il en coûte.

— Entendu.

Brian regarda Teri.

— C'est grave.

— J'ai entendu. Dépêche-toi d'y aller. Je trouverai le chemin pour rentrer à l'hôtel. Appelle-moi dès que tu sauras quelque chose.

— Je n'arrive pas à y croire ! Je n'y arrive pas... Mon Dieu, pauvre Pop.

Comme il se retournait pour partir, elle l'appela par son nom, le tira vers elle et l'embrassa légèrement sur la bouche.

— Est-ce que ça t'aiderait si je te conduisais ?

— Non, non, ça ira, merci. Si c'est possible, je t'appellerai à l'hôtel dès que je saurai comment il va.

— Appelle-moi ce soir ou de bonne heure demain matin.

— D'accord. Allons-y. Tu n'as qu'à me suivre jusqu'à la route nationale, ensuite, tu te débrouilleras. Et merci pour cette soirée, Teri.

— Merci à toi.

Elle le regarda courir vers sa voiture.

— Sois prudent en conduisant.

Elle lui fit un dernier appel de phare avant de le quitter au carrefour de la route 1-93, puis Brian fila sur Boston. Importante lésion au cœur, pression artérielle insuffisante, Laj Randa au chevet du malade... Brian avait l'impression d'avoir joué la santé de son père, à trois contre un... Et de toute évidence, la partie était perdue. Restait à évaluer l'ampleur des dégâts.

Comme d'habitude, les urgences de White Memorial débordaient d'activité. Brian savait exactement où aller et fonça directement en salle quatre, au fond du service. Rien de ce qu'il avait vu ou pratiqué en médecine ne le préparait à ce choc : voir son père en arrêt cardiaque, au centre du drame médical le plus intense qui soit.

— Allez-y ! ordonna Jessup.

Brian entendit le grésillement des électrodes, tandis que le corps de Jack était secoué par une décharge électrique. A travers la foule de techniciens, d'infirmières et de médecins, près de quinze personnes en tout, il vit un bras se dresser mollement et retomber. Le tracé du moniteur cardiaque resta totalement plat durant plusieurs secondes, puis un complexe de lignes assez bien organisé s'ébaucha à l'écran, d'abord très lentement, puis de façon plus soutenue.

— On dirait qu'il y a un début de rythme auriculo-ventriculaire.

— J'ai le pouls, j'ai le pouls !

— Rythme sinusal, maintenant. Sinusal régulier.

— Pression soixante-dix.

— Envoyez le Lévophed, ordonna Jessup. Préparez la perfu. Laissez tomber la KT. On l'emmène direct au bloc de l'ICB dès que possible.

Deux assistants de Laj Randa firent irruption dans la salle avant même que Brian ait pu s'approcher du lit, et commencèrent à distribuer des ordres sèchement.

— Le Dr Randa veut qu'on lui mette un ballonnet intra-aortique tout de suite. Dès que la technicienne sera prête, on installe la circulation extracorporelle. Soyez au bloc dans un quart d'heure.

Brian se fraya un chemin autour du lit, sans déranger celles et ceux qui s'activaient. Carolyn Jessup l'aperçut et secoua la tête. Dans son expression, il ne put s'empêcher de lire un sévère reproche.

Vous auriez dû m'écouter, Brian. Je vous avais dit de consulter Randa.

— Apparemment, votre père était conscient à son arrivée, lui dit-elle, tandis que l'équipe chirurgicale procédait à l'introduction du ballonnet non gonflé dans l'artère fémorale droite de Jack. Mais il n'avait plus que 90 de tension et l'électrocardiogramme montrait une forte insuffisance mitrale antérieure en cours d'aggravation. Peu après son alitement, la tension a commencé à chuter. Le rythme est irrégulier, maintenant. C'est le premier choc que nous lui faisons.

— On va l'opérer ?

— S'il est transportable. Je voulais l'emmener en KT pour qu'on voie s'il n'y avait pas moyen de désobstruer l'artère avec un anticoagulant ou une sonde. Mais au stétho, j'ai constaté que la valvule mitrale avait été endommagée par l'infarctus. Il y a des bruits qui confirment un dysfonctionnement du pilier. S'il s'en sort, il faudra non seulement refaire le pontage mais lui mettre une valve artificielle.

S'il s'en sort.

Hébété, Brian contempla la couche étroite sur laquelle son père reposait, les yeux clos, le visage déjà bouffi malgré ses traits anguleux. Il avait une sonde nasale qui lui descendait dans l'estomac et une autre plus importante dans la bouche, qui débouchait dans la trachée entre les cordes vocales, pour l'aider à respirer. Son teint était d'un gris terreux effrayant.

Coach.

Les assistants de Randa étaient rapides et très qualifiés. Enveloppé autour d'un fin cathéter, le ballonnet, maintenu en place dans l'aorte, fut suturé en quelques minutes. Une synchronisation électrique permettait à la chose de se gonfler entre chaque battement du cœur, propulsant de force le sang dans le ventricule gauche, la cavité qui assure la fonction de pompe. La petite augmentation du volume de remplissage élargissait les artères coronaires et faisait souvent la différence en termes de vie ou de mort.

Allez, Jack. Tiens bon. Accroche-toi.

— Il faut qu'on y aille, dit un des assistants. Le Dr Randa nous attend.

Les perches, le moniteur et la pompe du ballonnet furent disposés pour le transport. Avant que Brian ait eu le temps de réagir, Jack avait disparu. Il ne restait plus qu'à attendre.

Les infirmières commencèrent immédiatement à ramasser les

emballages et débris divers qui jonchaient le sol. La salle quatre devait être nettoyée et préparée le plus vite possible en prévision de la prochaine urgence. Jessup escorta Brian dans le hall. Visiblement, elle avait foncé de chez elle à l'hôpital sans prendre le temps de se maquiller. Sa queue-de-cheval faite à la va-vite tenait avec un élastique et des mèches ivoire lui tombaient sur les yeux. Pour la première fois depuis qu'il la connaissait, elle faisait son âge.

— On a fait tout ce qu'on a pu, dit-elle.

Brian regarda à ses pieds.

— Je sais. Merci. Et merci de m'épargner les critiques.

— Je n'ai jamais cru à la solution Vasclear. Votre père n'avait pas assez de temps devant lui.

— Je me sens très coupable de ne pas vous avoir écoutée. Mais vous vous souvenez qu'il ne voulait pas entendre parler de chirurgie, et tout me portait à croire que ce médicament agirait sur lui si on le lui donnait.

— Je comprends. Sachez bien qu'il était trop tard, même si nous l'avions mis sous Vasclear une semaine plus tôt, comme vous le souhaitiez.

Brian hocha la tête. Pas la peine de lui dire la vérité maintenant.

— Merci encore pour tout ce que vous avez fait, dit-il.

— Je regrette de n'avoir pu faire mieux. Je monterai voir comment ça se passe en salle d'op dans quelques minutes. Ensuite, il faudra que je rentre. Mais je ne m'en irai pas avant d'être sûre que Randa a la situation en main. Je prendrai des nouvelles de Jack à mon réveil demain matin.

Dès qu'elle fut partie, Brian se sentit incroyablement seul. Il partit dans les couloirs en direction de l'Institut de cardio et s'arrêta en chemin pour passer deux coups de fil ; le premier à Phoebe, qui lui fit promettre de rappeler quelle que soit l'heure, sitôt qu'on aurait le résultat de l'opération ; le second à Freeman Sharpe.

— Allô, Freeman ? c'est Brian. Jack a fait un gros infarctus avec arrêt du cœur. On vient de le transporter d'urgence en salle d'op à l'Institut de cardio.

— J'arrive, répondit simplement Sharpe.

Il était presque minuit. Trop tard pour appeler Teri. Brian laissa un message à son hôtel, disant que Jack passait sur le billard et qu'il rappellerait au matin. Puis il se précipita au troisième étage d'où l'on pouvait voir tout ce qui se passait en salle d'opération à travers un plafond transparent.

Cette galerie réservée aux personnes qui souhaitaient suivre le travail des chirurgiens était, comme le reste du matériel, ultramoderne. On pouvait observer directement à travers la paroi vitrée ou par l'intermédiaire d'écrans télé disposés sur un mur. Un système optique permettait en outre de voir les moindres détails anatomiques mis à nu par une incision.

Brian arriva au moment où Randa, juché sur une espèce de plate-forme hydraulique, achevait de scier le sternum du malade pour exposer le cœur. Les assistants avaient déjà placé les sondes artérielles et veineuses qui devaient être reliées à la pompe pour la circulation extracorporelle. Ils charcutaient la cuisse épargnée lors de la première intervention, à la recherche de veines pour les greffons. La technicienne responsable de la pompe était prête à prendre le contrôle de la circulation et de l'oxygénation. Cela fait, du potassium glacé serait injecté dans les coronaires pour paralyser le cœur.

A partir de ce moment-là, l'équipe chirurgicale ne devait plus s'arrêter avant la fin de l'opération. Tout dépendrait de la rapidité et de l'habileté de Randa. Plus longtemps Jack resterait branché sur la circulation extracorporelle, plus il serait difficile de le débrancher. Encore fallait-il que le myocarde ait conservé assez de puissance musculaire pour que ce soit possible. L'opération consistait non seulement à suturer plusieurs greffons à la surface du cœur, mais à remplacer la valvule mitrale qui fait communiquer l'oreillette et le ventricule gauches. Quatre heures de travail au bas mot.

Brian avait assisté ou participé à des dizaines d'opérations à cœur ouvert. De là où il se trouvait, le visage de son père lui était caché par un drap. Privé de ce lien, il éprouvait un étrange détachement par rapport à ce qu'il voyait. Il songea à se rendre dans la salle d'attente. Mais il ne pouvait s'arracher au spectacle de l'intervention qui l'empêchait de craquer en mobilisant toute son attention. A un moment, Randa leva les yeux et le reconnut, avant de se repencher sur son binoculaire.

— Je n'ai pas pour habitude de laisser les familles observer mes patients quand j'opère, lui dit-il dans le micro, sans ralentir ses gestes.

— Si vous n'y voyez pas d'inconvénient, je préfère rester ici, docteur Randa. J'aime mieux ça que faire les cent pas dans la salle d'attente.

— Comme vous voudrez. Mais je ne suis pas optimiste, j'aime autant vous le dire tout de suite. Je n'ai aucun moyen de savoir dans quelle mesure le muscle cardiaque a été lésé avant son arrivée au bloc.

— Je comprends.

— Le muscle papillaire qui soutient la valvule mitrale est très atteint. Il va falloir mettre une prothèse.

— Je sais.

Randa le préparait au pire en noircissant le tableau. Brian lui-même avait eu cette attitude avec beaucoup de ses patients. Promettre hardiment de bons résultats dans un cas difficile, c'était s'exposer à pas mal d'ennuis. Même un chirurgien démesurément orgueilleux comme Laj Randa le savait.

Brian sentait que Randa allait enfoncer le clou, mais il dut encore attendre plusieurs minutes. Entre-temps, Freeman Sharpe était arrivé sur la galerie, escorté d'un agent de sécurité.

— Alors, lâcha froidement Randa, il y a combien de temps que j'ai recommandé la chirurgie pour votre père ? Trois semaines ?

— Oui, presque.

— Et qu'avez-vous fait pour lui pendant tout ce temps ?

Brian déglutit péniblement avant de répondre.

— Suivi médical classique, dit-il. Plus le Vasclear.

— Eh bien, votre produit miracle n'a rien donné sur lui, je peux en témoigner sans équivoque. Les artères de votre père sont en piteux état. L'aorte est complètement encrassée, avec des plaques d'athérome et de calcaire partout.

— C'est ce que je craignais.

— Vous avez pris une très mauvaise option dès le début. C'est votre faute.

L'insensibilité du chirurgien fit grimacer Freeman. Incapable de répondre, Brian secoua désespérément la tête et détourna les yeux.

— J'ai fait ce choix en mon âme et conscience, compte tenu des désirs de mon père et de ce que je savais sur le Vasclear, parvint-il à dire.

— Le docteur qui se soigne lui-même ou qui soigne sa famille a pour médecin un fou, et pour patient un bouffon.

— Comment est-ce qu'on coupe ce micro ? chuchota Freeman à l'oreille de Brian.

Brian montra un commutateur que Sharpe se hâta de mettre en position fermée.

— Où est-ce que tu l'as déniché, celui-là ?

— Il n'y a pas besoin de tact pour se faire un nom en chirurgie, Freeman. En plus, il a raison. J'ai agi stupidement.

— J'ai entendu ton père parler de sa dernière opération. Je ne trouve pas que tu sois stupide. Pas le moins du monde. Comment va-t-il ?

— Ils l'ont placé sous assistance circulatoire. On ne peut rien dire tant que l'opération ne sera pas finie. Il faut attendre plusieurs heures.

— Tu as pris quelque chose ?

Brian décocha un regard incrédule à son sponsor.

— Freeman, comment peux-tu me poser une pareille question ?

— Eh bien, figure-toi qu'il est arrivé à des toxicomanes de prendre des toxiques dans certaines situations, stressantes ou pas. Par ailleurs, ça fait partie de mon boulot de poser ce genre de question.

— Non. La réponse est non. Tu as vu ce qui se passe ? Je n'arrive pas à y croire, Freeman.

— Je sais, mon vieux. Ce que vient de te dire l'autre imbécile, là, comme quoi tu aurais pris la mauvaise décision, tu le crois ?

— Je ne sais plus quoi penser. En médecine, quand la vie de quelqu'un est en jeu, j'aime mille fois mieux faire le bon choix pour une mauvaise raison que l'inverse.

— Et tu m'as dit toi-même que pour les patients réopérés, le pronostic était beaucoup moins favorable que la première fois.

— Exactement. Et là, j'avais les chiffres, les statistiques sur le Vasclear et sur le nouveau pontage, sans parler du passé médical de Jack et de son aversion marquée pour la chirurgie. Le choix que j'ai fait me paraissait évident... Merci d'être venu, Freeman. Je me sens tellement seul.

Sharpe lui mit un bras autour du cou.

— Eh bien, tu ne l'es pas, vieux. Et tu ne le seras jamais, tant que tu auras la foi, tes deux filles qui sont merveilleuses, et moi pour t'aider à marcher droit.

— Les cinq pontages sont terminés, annonça Randa. Nous attaquons le remplacement de la valve.

Brian regarda l'heure. Moins d'une heure et demie. Normalement, sur un patient déjà ponté, *trois heures* n'auraient pas été de trop pour cette partie de l'intervention. *Vas-y, Randa, ne te gêne pas pour être odieux, du moment que tu continues comme ça.*

L'équipe du chirurgien fonctionnait comme une brigade d'intervention parfaitement rodée. Groupés comme ils l'étaient autour de Jack, il n'y avait pas grand-chose à voir, à moins de se servir de l'optique ou de regarder sur les écrans. Freeman s'y refusait.

— J'ai vu assez de poitrines ouvertes au Viêt-nam, dit-il.

Une autre heure s'écoula tandis que Randa plaçait la valvule artificielle. Pendant un moment, Freeman essaya de distraire Brian en bavardant de choses et d'autres, puis il s'installa sur une chaise et le laissa conduire à son gré leur conversation laconique.

Le détachement qui avait aidé Brian à ne pas craquer au début de la crise faisait place à un accablement mêlé de souvenirs déchirants. Une image revenait avec insistance, celle du visage de son père lorsque Brian disputait ses premiers matchs dans l'équipe des poussins. L'entraîneur n'aurait pas été plus excité lors d'une finale senior. Brian ne s'aperçut qu'il pleurait que lorsque Sharpe lui mit une main sur l'épaule et lui tendit un mouchoir.

— OK tout le monde, le myocarde est refermé, préparons-nous à débrancher la pompe. Docteur Holbrook, vous êtes toujours là ?

Brian ralluma le micro et regarda l'heure. Moins de trois heures. Quintuple pontage répété et remplacement de valvule mitrale en 175 minutes. Le petit sikh était un magicien.

— Je suis là, répondit Brian.

— Vous êtes bien silencieux.

— Je suis très inquiet.

— Vous avez toutes raisons de l'être. L'opération s'est bien déroulée du point de vue technique, mais je ne peux rien promettre quant à ce qui se passera lorsque nous essaierons de ranimer le cœur de votre père.

— Je comprends.

— Et vous voulez rester quand même ?

Brian consulta Freeman du regard.

— Je préfère rester plutôt que me morfondre ailleurs.

— Nous avons mis une sonde à ultrasons dans l'œsophage pour surveiller en continu la contractilité du muscle cardiaque.

Brian se pencha sur les binoculaires mis à la disposition des observateurs et focalisa sur l'écran retransmettant les ultrasons.

— Merci de me permettre de rester, dit-il d'une voix cassée en agrippant le bord de son tabouret.

— Commencez à ralentir la pompe. Pacemaker, s'il vous plaît, dit Randa.

— Pompe au mini.

— Pacemaker soixante-quinze. Pas encore d'impulsion.

— Fibrillation. J'ai de la fibrillation.

— Mauvais signe. Remettez la pompe. Électrodes, s'il vous plaît. Vingt joules. Envoyez !

— Rien à l'écran. Si, attendez ! j'ai un début de fréquence. Rythme à soixante-quinze.

— Contractions minimes. Pas de circulation effective.

Brian examina le tracé des ultrasons sur l'appareil et sentit ses espoirs s'envoler.

— Plus fort, la pompe, dit Randa.

Le chirurgien releva les yeux vers Brian et secoua la tête. Fin du premier round. Résultat nul. La réanimation de Jack se présentait mal. Au vu des ultrasons, il n'y avait pas assez de puissance musculaire pour assurer le minimum de pression sanguine. Quinze secondes d'un silence mortel s'écoulèrent avant que Randa ordonne une autre tentative sans la pompe. Nouvelle fibrillation. Nouveau choc électrique, suivi encore de faibles contractions, insuffisantes pour propulser le sang. Randa ordonna qu'on rebranche la circulation extracorporelle. Deuxième round perdu.

Vingt minutes passèrent. Brian sentait dans ses tripes que cette tentative serait la dernière. Les ultrasons traduisaient toujours une grande faiblesse de la fonction pompe du myocarde. Mais ce n'est qu'un test, se dit-il. Tous les patients sont différents et Jack Holbrook avait jadis joué un quart-temps avec le péroné cassé.

Vas-y, Pop. Vas-y, tu peux le faire.

On entendait dans le haut-parleur les échos de la discussion entre le patron et les assistants.

— Mettez le pacemaker à quatre-vingt-dix, ordonna-t-il. Baissez doucement la pompe.

— Pacemaker quatre-vingt-dix.

— Activité électrique minime, annonça le premier assistant.

— Pas de contractions, observa un autre.

— La puissance est bonne ? demanda Randa.

— Oui.

— Sûr ?

— Certain. Tout fonctionne correctement.

— Tout, sauf le cœur.

— Toujours rien, lâcha l'assistant.

Laj Randa baissa les épaules et se détourna de l'écran du moniteur. Il regarda Brian de ses yeux noirs à travers le plafond vitré et, levant ses mains gantées pleines de sang, baissa son masque.

— Je suis désolé, dit-il. Vraiment désolé.

DEUXIÈME PARTIE

19

JOURNAL DU SOIR DE NBC

Médecine

La Maison Blanche a confirmé que le Président se joindrait à M. Alexander Baird, directeur de la FDA, lors d'une cérémonie qui aura lieu la semaine prochaine à l'occasion de l'autorisation de mise sur le marché du Vasclear, un médicament miracle pour le cœur.

Selon les spécialistes, ce produit, mis au point et fabriqué par les laboratoires Newbury basés à Boston, dissout les plaques d'artériosclérose qui obstruent les artères coronaires et qui provoquent les crises cardiaques.

Aux dires du fabricant, le médicament guérit soixante-quinze pour cent des sujets traités.

M. Stan Pommeroy, chef de cabinet de la Maison Blanche, a annoncé que cette cérémonie se tiendrait à l'hôpital White Memorial de Boston où se déroulent la plupart des tests de pharmacologie clinique.

Le sénateur Walter Louderman, qui avait pris position en faveur d'une commercialisation rapide du médicament, a exprimé sa surprise et s'est félicité du « soudain revirement de l'administration concernant un traitement réclamé et attendu désespérément par tant d'Américains ».

Brian était affalé sur le divan du salon et mâchonnait une part de pizza livrée la veille en regardant d'un œil distrait la télé. Tout l'appartement était rempli de fleurs plus ou moins fanées, en gerbes, en paniers, en couronnes, et les murs couverts de souvenirs émouvants des bons et des mauvais jours.

Teri avait envoyé un bouquet avec un assortiment de fromages et de biscuits salés. Elle avait appelé plusieurs fois pour regretter que son patron n'ait pas jugé opportun de la laisser aller à l'enterrement, dans le propre intérêt de Brian, disait-il. Teri en était malade de tristesse et Brian avait répondu à chacun de ses appels pour lui dire combien il était touché de sa gentillesse. Il la sentait présente par la pensée, ce qui comptait infiniment plus que n'importe quelle cérémonie.

Une semaine avait passé depuis la mort de Jack, quatre jours depuis les obsèques. Les journées de Brian, à part celle de l'enterrement, s'étaient déroulées dans une sorte d'indifférence hébétée. A l'exception de Freeman Sharpe, personne ne pouvait comprendre le mélange de culpabilité et de désespoir dans lequel il se débattait.

Phoebe s'était montrée d'une solidarité sans faille, ce qui apportait une note aigre-douce à son malheur. Elle venait avec du ravitaillement, rangeait l'appartement et faisait en sorte que Becky et Caitlin se rendent disponibles, pour autant que Brian pût le supporter. Elle s'occupait aussi des visiteurs qui arrivaient de loin, quand Brian était trop abattu.

— Elle assure, avait observé Freeman.

— C'est moi qui assure le naufrage de mon passé, tu veux dire.

Ils n'avaient jamais passé autant de temps ensemble depuis deux ans qu'ils étaient séparés. Et pendant la semaine, il y eut des moments où la nostalgie de sa vie avec elle et leurs enfants le faisait presque autant souffrir que la mort de Jack.

Freeman émergea de la salle de bains, sa trousse de rasage à la main, et fourra celle-ci dans son sac. Depuis l'inhumation, les NA avaient fait le nécessaire pour que Brian ne passe pas une seule nuit dans l'appartement sans qu'il y ait quelqu'un avec lui. A présent, au bout d'un jour et demi de vigilance, le Black le sentait prêt à se ressaisir.

— Ils n'ont pas dit quelque chose à la télé à propos du médicament ? demanda Freeman.

— Le produit miracle guérit tout le monde sur la côte Est, sauf une personne.

— Tu vas arrêter de remâcher ça ?

— Pardon.

— Ça ne sert à rien.

— Je sais, je sais.

— Il faut que tu cesses de t'en vouloir, Brian. T'as fait un choix, un choix en connaissance de cause, et ça n'a pas marché comme tu l'espérais. Tu n'as pas tué ton père par négligence, c'est pas comme si tu t'étais amusé à brandir un flingue chargé devant lui.

— Je sais. J'ai du mal à encaisser, que veux-tu...

— Ça va aller si je te laisse ?

— Oui, ne t'inquiète pas. Je suis de garde demain et j'appréhende un peu ma journée, mais je ne peux pas m'absenter de l'hôpital plus longtemps. Ça la foutrait mal.

— De toute façon, tu es mieux au travail qu'à te lamenter entre quatre murs, c'est une certitude. Il faut que tu voies les choses comme ça : chaque réunion à laquelle tu as assisté depuis un an et demi, chaque minute de méditation, de discussion avec moi, chaque instant passé à te reconstruire, à te convaincre de ta valeur, c'est comme si tu avais mis de l'argent en banque. Et maintenant, tu vas vivre pendant quelque temps sur tes intérêts et tes retraits.

— Et si je n'ai pas assez ?

— Tu as assez, mon pote. Ça fait pas mal de temps que je t'observe et j'm'y connais, fais-moi confiance. Tu as ce qu'il faut, je te le dis. A condition que t'arrêtes de te mortifier, voilà. C'est le prix. Et par pitié, quoi qu'il t'arrive comme vacheries ou comme emmerdes, souviens-toi que ce sera pire avec l'alcool ou les pilules.

Brian resta songeur quelques instants, puis il alla tirer un gros volume de la bibliothèque et mit la main derrière.

— Tiens, dit-il en tendant un tube en plastique à Freeman. C'est l'ancien cardiologue de Jack qui le lui avait prescrit. C'est un calmant. Je l'avais caché là après l'enterrement au cas où...

Sharpe regarda l'étiquette, puis il partit aux toilettes, tira la chasse et revint avec le tube vide qu'il jeta dans la corbeille à papier.

— T'as bien fait de me le donner, dit-il. Surtout avant d'en avoir pris. Crois-le ou pas, il n'y a que comme ça que ça marche. Tu vas reprendre le dessus, mon pote, j'en suis sûr. Et tu m'appelles si tu sens que tu vas flancher, hein ? N'importe quelle heure.

— Promis. Et merci, Freeman. Merci pour ta présence.

Le Black lui serra la main et lui donna une tape dans le dos.

— J'aurais bien aimé que tu connaisses l'enfant de salaud qui s'occupait de moi quand j'ai décroché, dit-il.

Pendant quelque temps, Brian fit les cent pas dans l'appartement, accablé par le silence. Il se passait et se repassait depuis le début le film de la maladie de son père. Bien avant la décision d'opter pour le Vasclear, il y avait eu tant d'étapes où les choses auraient pu être faites différemment. L'issue fatale aurait-elle été évitée pour autant ?

Tu as fait un choix, un choix en connaissance de cause... Arrête de te mortifier...

Le téléphone sonnait déjà depuis un moment lorsque Brian en prit conscience. Il décida de laisser faire le répondeur, autant par lassitude que par pitié pour lui-même.

— Brian, c'est Teri. Si tu es là, veux-tu décrocher s'il te plaît ?

Brian plongea vers l'appareil derrière le fauteuil de Jack, culbutant une lampe au passage. Teri avait appelé le lendemain de l'enterrement, mais ils ne s'étaient pas parlé depuis.

— Allô ? C'est moi, je suis là, je suis là...

— Eh bien, bonjour. Tu vas bien, Je-suis-là ?

— Heu... j'ai connu mieux, en fait. Beaucoup mieux. J'hésitais entre faire un jogging, prendre un bain, émigrer ou me jeter en voiture contre une pile de pont. L'un dans l'autre, pas terrible, comme soirée.

— Tu as de la compagnie ?

— Plus depuis une demi-heure. Mon ami Freeman vient de partir.

— Tu veux que je vienne ?

— Tu parles ! J'adorerais ça. Tu ne pouvais pas mieux tomber.

— Je viens de regarder un plan de la banlieue. Les gens d'ici me disent que je peux être chez toi en vingt minutes.

— Tu veux que je t'explique ?

— Inutile, le plan que j'ai acheté est très bien. Ta rue est dessus. Tu fais vraiment du jogging avec ton genou ?

— Je trottine. Et c'est mon genou lui-même qui décide de m'accompagner ou pas.

— Eh bien, j'ai apporté ma tenue. Ça te dirait de faire quelques kilomètres avec moi ?

— Ça dépend de ce que tu entends par *quelques* kilomètres.

Quarante minutes plus tard, ils couraient côte à côte dans les rues sombres et désertes de la ville.

— En course de fond, je suis très flexible, lui avait-il expliqué pendant qu'ils s'échauffaient. J'ai mon deux miles, mon deux et demi, deux trois quarts, et mon trois miles, avec ou sans arrêt. Tu cours combien, toi, d'habitude ?

— Peu importe. Allons-y pour le deux et demi.

— Je vois bien que tu aimerais faire plus. Mettons trois. Ça me fera du bien de faire un trois miles sans arrêt. Mais dis-moi, quelle distance fais-tu en général ?

— Je ne cours pas tout le temps, tu sais. A l'agence, nous avons un genre de club de jogging, organisé assez librement. Nous...

— N'en dis pas plus, je connais ce genre de club. Douze miles pendant l'heure du déjeuner, un œuf cru et une saucisse avalés au lance-pierres, éventuellement une douche, et retour au boulot. Trois miles, ça me dit.

Teri courait avec souplesse, d'une foulée bien coordonnée, en habituée du jogging. Brian s'efforçait de suivre, mais il savait qu'elle se retenait d'aller plus vite. C'était une magnifique nuit d'automne, calme, sans lune, avec juste ce qu'il fallait de fraîcheur. Dès qu'ils furent partis, Brian sut que c'était ça qu'il lui fallait.

— Tu peux me distancer, si tu veux, lui dit-il, légèrement essoufflé, aux alentours du premier mile. Ne te gêne pas pour piquer un sprint.

— Ça va. Arrête-moi si je parle trop. Quand je cours avec le club, on se met par groupes de deux ou trois, et on bavarde tout du long.

— Du moment qu'on ne parle pas de l'hôpital. J'y retourne demain matin, c'est bien assez tôt.

— D'accord.

— Tu sais, dit-il, quand ma mère est décédée, j'étais tellement inquiet pour Jack que je n'ai pas eu le temps de la pleurer. Maintenant, c'est comme si leur mort à tous les deux me frappait en même temps.

— Oui, mais Jack n'était pas seulement ton père. Tu as pris soin de lui. C'est comme si tu avais perdu un parent et un enfant. Deux parents et un enfant, d'après ce que tu dis.

— Ça me fait vraiment plaisir d'être avec toi ce soir. Et je suis content de courir. Mais ce qui me tracasse, c'est que tes chaussures ne font quasiment pas de bruit en touchant terre, alors que les miennes, c'est comme deux castors donnant des coups de queue sur l'eau à l'approche du loup.

— Dix, répondit-elle.

— Dix quoi ?

— Dix miles. C'est la distance qu'on parcourt à l'heure du déjeuner. Pas douze. Si tu courais autant que moi, on ne t'entendrait pas.

Pendant ce parcours, Brian sentit l'intimité grandir entre eux. Au milieu du dernier mile, il réalisa que cette course nocturne à deux était, à dessein ou pas, un prélude érotique. A deux cents mètres de chez lui, il accéléra et la dépassa.

— Hé, qu'est-ce qui te prend ? cria-t-elle.

— Devine !

Teri le battit de dix mètres à l'arrivée et dut le soutenir par la taille et l'aider à marcher jusqu'au salon, tandis qu'il reprenait sa respiration.

— Tu es rudement bonne, dit-il en haletant.

— Ça, tu ne sais pas encore, dit-elle en le forçant à se courber pour ôter son T-shirt trempé.

— Je pue la transpiration à dix pas.

— Pas de problème, je suis médecin, répondit-elle en levant les bras au-dessus de sa tête pour qu'il puisse faire la même chose pour elle.

Elle retira son soutien-gorge puis s'agenouilla et lui délaça ses chaussures, avant de lui descendre le short, avec toute la lenteur qu'il fallait pour le rendre instantanément rigide.

— Au cas où ça ne se verrait pas, je te signale que je manque de pratique et que je suis facilement excité.

Elle parcourut son corps avec ses lèvres et remonta jusqu'à sa bouche. De son côté, il glissa les pouces dans l'élastique de son short qu'il baissa à son tour.

— Je n'ai pas tellement l'habitude non plus, dit-elle en attirant son visage contre ses cheveux trempés. Ça fait si longtemps que ça ne m'est pas arrivé que je ne sais pas si je dois être fière ou avoir honte.

Debout dans le salon, leurs vêtements autour des chevilles, ils s'embrassèrent longtemps, s'explorant mutuellement du bout des doigts. Enfin, ils se débarrassèrent de leurs chaussures et de ce qui leur restait sur la peau.

— J'ai eu envie de ça dès que je t'ai vue à l'hôpital, dit-il.

— Moi aussi, figure-toi. Tu ne peux pas savoir ce que je regrette qu'on n'ait pas pu être ensemble cette semaine.

— Tu as déjà rattrapé le temps perdu. Mais si tu préfères te sentir coupable, ne te gêne pas pour moi.

Il la conduisit dans la salle de bains que Jack avait réaménagée quelques années plus tôt. Il y avait de la moquette au sol et une grande baignoire à pattes griffues, ainsi qu'une douche à côté, avec du carrelage bleu clair. Ils choisirent la douche.

— Froide, tiède ou chaude ? demanda-t-il, incapable d'ôter ses mains de ses hanches.

Elle flatta son érection d'une main experte tandis qu'ils s'embrassaient encore.

— N'importe quelle température, du moment que tu restes comme ça, souffla-t-elle.

Ils se savonnèrent devant et derrière et se mirent du shampooing sur les cheveux. Il la serra contre lui et, tandis que l'eau cascadait sur leurs épaules, affermit ses mains sous ses cuisses et la souleva. Teri lui entoura la taille de ses jambes en se tenant à son cou.

— Tu peux y arriver comme ça ? susurra-t-elle.

— Je ne sais pas, mais je peux essayer. Du moment qu'il n'y a pas de juge haltérophile pour nous donner des points.

Il la fit redescendre sur lui en souplesse.

— Dans le mille, dit-elle d'une voix mourante. Et regarde, il y a un petit bonhomme debout derrière toi qui brandit un carton avec un dix dessus.

20

Brian arriva à l'hôpital avant sept heures, bien qu'il eût passé la plus grande partie de la nuit éveillé, à bavarder avec Teri ou à lui faire l'amour. Il en savait toujours beaucoup moins sur elle qu'elle n'en savait sur lui, mais il avait quand même appris qu'une longue relation avec un pilote de l'armée de l'air s'était étiolée environ un an plus tôt, et que depuis, elle passait plus de temps à fuir les hommes qu'à les fréquenter.

— Je cherche la qualité. Pas la quantité, affirmait-elle.

Elle manquait déjà à Brian.

Il alla directement dans son service et commença par revoir les dossiers des dix-sept patients alités. Le personnel lui témoigna son soutien et sa sympathie. Chacun connaissait les circonstances de la mort de son père, semblait-il. Lorsque Brian eut fini de relire les dossiers, les visites aux malades n'étaient pas encore commencées. Il alla chercher l'abondante correspondance qui l'attendait au local courrier et regagna le service pour la lire dans la salle des internes. Entre la mort de Jack et son amour naissant pour Teri, il avait du mal à se concentrer. Dépouiller une douzaine de lettres et de rapports l'aiderait peut-être à atterrir.

Était-ce son père qui le lui avait conseillé ? En tout cas, il se souvenait qu'il devait s'atteler à des tâches simples. Quand tout va mal, divise ta journée en besognes simples et fais-les une à une.

La pile de courrier comprenait des rapports dictés, à relire et à signer, des bulletins de l'hôpital, deux mots de remerciements de malades et une douzaine de revues, magazines et autres périodiques gratuits, financés d'une façon ou d'une autre par les laboratoires pharmaceutiques. Il y avait aussi plusieurs résultats d'analyses sous forme de copies informatiques, et diverses radios. Brian éplucha très soigneusement les analyses, ayant, au cours de son internat, appris à ses dépens les dangers d'une faute d'inattention, même mineure, quand on examine des données de laboratoire.

Il ne trouva rien de marquant jusqu'à ce qu'il arrive à l'enveloppe de Bill Elovitz. A cause des événements, il n'avait pas pensé une seule fois depuis une semaine au vieil homme de Charlestown. Rien dans les tests sanguins ne confirmait particulièrement le diagnostic d'hypertension artérielle pulmonaire, mais le moindre chiffre pouvait s'avérer significatif en raison de la grande variété de causes potentielles. Il passa en revue la biochimie. Les taux de cholestérol et les triglycérides, c'est-à-dire les lipides qui contribuent à provoquer l'artériosclérose, étaient naturellement élevés. Il y avait aussi quelques anomalies fonctionnelles du foie, sans gravité. Bien qu'il y eût toutes sortes de causes possibles, ce dysfonctionnement provenait sans doute de la congestion du foie due à la pression du sang empêché d'irriguer le cœur, les poumons, ou les deux. Brian prit soin de noter ces résultats sur un bristol à l'intention de Teri.

Une des infirmières de l'étage frappa à la porte et passa la tête à l'intérieur.

— Tout le monde est là, dit-elle. Phil dit que nous commençons les visites dans cinq minutes.

— J'arrive.

Brian mit à profit ces quelques minutes pour examiner la deuxième page de résultats d'Elovitz, l'hématologie ou numération des éléments du sang. Un taux retint immédiatement son attention, celui des éosinophiles, qui était très élevé. Les granulocytes éosinophiles, ou éos, sont des globules blancs qui présentent une affinité pour les colorants à base d'éosine employés pour différencier les composants du sang. Ils augmentent de façon anormale dans de nombreuses pathologies, notamment des maladies parasitaires comme l'ankylostomiase et la trichinose, des réactions allergiques comme l'asthme, l'eczéma, et le rhume des foins. Mais parmi les causes les plus répandues de l'éosinophilie, figure aussi la réaction à certains médicaments.

Brian entoura d'un trait le résultat et le nota dans le dossier médical d'Elovitz. Observations cliniques compatibles avec de l'HAP, conjuguées à un fort taux d'éos, chez un patient prenant un médicament expérimental. Peut-être rien. Peut-être quelque chose. En tout cas, Brian n'avait pas l'impression que son diagnostic d'HAP était particulièrement tiré par les cheveux.

Il fourra les rapports et quelques magazines dans sa serviette et rejoignit Gianatasio. Celui-ci tenait le rôle de patron pendant un mois lors des visites du service. Pour lors, il rassemblait étudiants, internes, assistants et infirmières autour du premier patient. Phil s'était rendu à l'enterrement et comporté en ami compatissant, appelant pour prendre des nouvelles, passant deux fois à l'appartement et réussissant même à convaincre Brian d'aller déjeuner en ville avec lui.

Brian s'intégra au groupe, mais il n'entendit que des bribes de ce qui se disait. Bien sûr, il se pouvait que le souffle court d'Elovitz et ses chevilles enflées ne soient que des symptômes d'insuffisance cardiaque œdémateuse due au durcissement des artères coronaires. Sauf que désormais, il y avait un autre facteur à expliquer : le taux d'éos anormal.

Brian commença à énumérer mentalement toutes les causes possibles. Pour autant qu'il s'en souvînt, les cas d'HAP répertoriés, qu'ils résultent de l'intoxication à l'huile espagnole, de l'absorption de tryptophane L ou de celle d'anorexigène, avaient tous des taux d'éos excessifs. Antibiotiques, produits iodés, même l'aspirine, la liste de substances produisant des réactions associées à une hausse d'éos plus ou moins importante était presque aussi longue que le codex.

Freeman avait raison. Il valait beaucoup mieux qu'il soit à l'hôpital, plutôt que chez lui à broyer du noir.

— Qu'est-ce que tu penses de cette possibilité, Brian ?

Debout de l'autre côté du lit, Phil attendait sa réponse. Brian lui sourit d'un air penaud.

— Perdue dans l'espace, dit-il. Je vais tâcher d'être moins distrait. Excuse-moi.

— Du moment que tu réponds présent au prochain cas d'hyperthyroïdie...

Le reste de la visite se déroula sans incident. Brian fit ce qu'il fallait pour se concentrer sur les patients mais par moments, il ne pouvait empêcher son esprit de s'évader en direction de Jack, de Teri ou d'Elovitz. Finalement, le dernier cas dûment examiné et discuté, Phil congédia toute l'équipe et chacun s'en retourna vers ses occupations.

— Tu travailles dans le service, aujourd'hui ? demanda-t-il à Brian.

— Oui.

— Tu vas y arriver ?

— Oui, ça va, ne t'inquiète pas. Excuse-moi d'avoir été inattentif, je suis très préoccupé en ce moment. Mais je peux assurer dans le service.

— Je te fais confiance. Il y a quelque chose dont tu veux me parler ?

— Si tu as le temps, je veux bien, oui. Je crois qu'il reste du café chaud en salle de garde.

— Allons-y.

Ils allèrent dans le petit local et s'assirent l'un en face de l'autre.

— Vas-y, crache.

— Il s'agit de Bill Elovitz, le vieux monsieur qu'on a examiné aux urgences.

— Le miraculé ?

— Exactement. Je l'ai vu à la clinique Vasclear juste avant la mort de Jack. C'est un boucher à la retraite et il a des tatouages des camps de concentration sur le bras. C'est aussi un des premiers qu'on ait traités au Vasclear.

— Phase un, n'est-ce pas ?

— Oui, je pense.

— Continue.

— Il nous a été adressé il y a un peu plus de deux ans pour des troubles cardiaques classiques. On l'a mis au Vasclear, il est allé beaucoup mieux pendant un certain temps, et puis il a recommencé à faire de l'artério. Finalement, il a eu une petite attaque il y a huit ou neuf mois, insuffisance mitrale, et on l'a admis en cardio pendant deux jours. Il n'a pas voulu rester parce que les hôpitaux le révulsent depuis les camps.

— Je comprends. Quoi d'autre ?

— Eh bien, il vient prendre son Vasclear à la clinique une fois par mois, or depuis quatre ou cinq mois, il enfle des chevilles et respire mal. On le traite classiquement comme pour une ICO, mais ça va de mal en pis. Il reste assez mobile, sauf qu'il est obligé de s'arrêter pour monter l'escalier.

— OK, dit Phil. Je suis prêt. Tu n'es pas venu me présenter un cas d'école d'ICO, je suppose. De quoi s'agit-il ?

Brian prit une gorgée de café avant de poursuivre.

— Mes oreilles ont peut-être perdu un peu de leur acuité depuis un an et demi que je n'exerce plus, mais d'un autre côté, elles sont bien reposées. J'ai entendu un quatrième bruit au niveau du ventricule droit, une augmentation de la composante pulmonaire de la diastole et un souffle à hauteur des valves tricuspide et sigmoïde.

— Problème pulmonaire ?

— Phil, il avait exactement les mêmes signes que le seul patient chez qui j'ai diagnostiqué de l'hypertension artérielle pulmonaire.

L'expression de Gianatasio sembla se durcir, quoique de façon presque imperceptible. Il se tourna et en reposant la tasse sur la table, renversa un peu de café sur sa manche qu'il essuya avec l'autre main. Quand il se retourna vers Brian, il était redevenu lui-même.

— L'HAP, tu sais, il faut un sacré paquet d'examens avant de pouvoir la diagnostiquer, dit-il. Et même avec, ça reste difficile. Mais bon, je ne discute pas. Après tout, notre thyroïdienne aiguë, tu l'as diagnostiquée au sthéto, et en pleine bataille aux urgences, qui plus est.

— Il y a autre chose, dit Brian en s'interrogeant sur l'étrange réaction de Phil dont il n'était même pas sûr qu'elle ait vraiment eu lieu. Je viens de trouver son hémogramme dans mon courrier. Les prélèvements ont été faits il y a dix jours. Ses granulocytes éos sont à quatorze pour cent. Le nombre total de globules blancs est normal : neuf mille cinq cents.

— Quatorze pour cent de neuf mille cinq cents, si tu prends en compte la masse globale de leucocytes, ce n'est pas tellement élevé comme augmentation.

— Phil, le pourcentage normal est entre zéro et trois pour cent.

— Je sais. Ça ne m'impressionne toujours pas. A ta place, je vérifierais une autre fois. Et je te parie une pizza royale que le taux sera redescendu à cinq. Les taux d'éos évoluent sans arrêt. La première chose à faire avec une anomalie inattendue dans un test de labo, c'est de refaire le test.

— Je vais le faire. Mais on dirait que tu prends tout ça à la légère.

— C'est trop tôt pour se faire une idée, Brian. Je suppose que tu as prescrit des tests tous azimuts.

— J'ai demandé une série complète d'examens, oui.

Brian commençait à être légèrement irrité par la désinvolture de son ami. Soudain, celui-ci se leva.

— Bon, dit-il, il faut que j'aille gagner ma croûte. Écoute, Brian, il y a plus de deux cents cas traités au Vasclear bêta depuis le début de l'étude à double insu, sans parler des deux cents sujets du groupe gamma traités à dose faible. On n'a jamais pu démontrer l'existence du moindre effet indésirable, pas même de l'urticaire. Je crois que tu cours après des zèbres dans l'Arizona, avec ton HAP. Tiens-moi au courant, d'accord ?

— Tu peux compter sur moi.

Brian resta seul dans le local pendant plusieurs minutes. La discussion lui laissait un curieux sentiment de frustration. Il prit son attaché-case et alla s'installer devant l'ordinateur. Le téléphone d'Elovitz figurait sur la première page de son dossier, ce qui lui épargna des recherches au secrétariat. Une femme âgée répondit au quatrième coup.

— Bonjour, je suis bien chez M. Elovitz ?

— Heu... oui.

— Je suis le Dr Holbrook et j'appelle de l'hôpital White Memorial. Pourrais-je parler à Bill Elovitz, s'il vous plaît ?

Silence prolongé, suivi de la voix étouffée de la dame :

— Devorah, c'est un docteur de White Memorial. Il veut parler à Bill.

Une voix lointaine de femme répondit, mais Brian ne put comprendre ce qu'elle disait.

— Docteur... c'est comment votre nom, déjà ?

— Holbrook. Dr Brian Holbrook. Écoutez, si vous voulez me rappeler à l'hôpital pour vérifier, je vous donne le numéro, c'est le...

— Inutile, docteur. Je suis Mme Levine, la voisine d'à côté. Je... je crois que je vous ai rencontré quand Bill a eu son accident. (Elle commença à sangloter.) Bill Elovitz est mort, docteur. Il a été tué par balle il y a cinq jours, au cours d'un hold-up au marché du coin de la rue.

21

Brian se sentait lessivé et la matinée traînait en longueur. A plusieurs reprises, il était allé s'allonger en salle de garde après avoir confié le service aux soins des infirmières. Garder assez d'énergie pour affronter sa charge de travail ne lui avait jamais posé de problème. Mais la blessure encore à vif de son deuil, la nuit passée avec Teri et la mort de Bill Elovitz avaient eu raison de ses dernières forces.

Possible que Freeman ait eu tort, après tout. Il était peut-être revenu travailler trop tôt.

Puisqu'il s'agissait d'un crime, le corps d'Elovitz avait certainement été autopsié. Brian prit note de demander les résultats au bureau du médecin légiste. Ensuite, il appela le secrétariat et apprit qu'aucun des examens importants qu'il avait prescrits à Bill avant sa mort n'avait été effectué.

Finalement, il s'endormit et flotta entre plusieurs rêves discontinus et inquiétants où se mêlaient le football, les camps de la mort, le Blues Barn, et son professeur de géométrie au lycée. Il fut réveillé, non par son biper, mais par des coups légèrement frappés à la porte.

— Vas-y, entre, cria-t-il, espérant contre toute logique que c'était Teri.

La porte s'entrouvrit et Phil passa la tête à l'intérieur. Il paraissait préoccupé. Brian l'avait appelé sitôt connue la mort d'Elovitz. Pour le coup, Phil n'avait pas du tout pris la nouvelle à la légère, juste un petit sifflement, suivi d'un long silence, et quelques mots témoignant d'une sincère consternation.

— Tu as le temps de parler ? demanda-t-il.

— Qu'est-ce qui m'arrive, encore ?

— Pourquoi demandes-tu ça ?

— Je ne sais pas. Un peu de parano, sans doute. La dernière fois que quelqu'un a frappé à ma porte pour me demander si j'avais le temps de parler, c'étaient les stups.

— Eh bien, que je sache, il ne t'arrive rien. Mais j'ai besoin que nous parlions. Chris Glidden me remplace pour une heure.

— Tu m'as l'air bien sérieux. Donne-moi une minute, que j'émerge.

— Veux-tu me retrouver dans mon bureau, dans dix minutes, disons ?

Brian n'eut pas le temps de répondre car son ami était déjà parti. Il se passa le visage sous l'eau et appela Teri au Marriott, mais elle n'y était plus, comme prévu, du reste. Elle devait se trouver quelque part dans l'hôpital à piocher des dossiers, ou chez Newbury. La venue du Président pour la cérémonie de signature du Vasclear s'était répandue dans les journaux et à la télé. L'étau se resserrait pour Teri dans sa recherche d'un motif d'ajournement.

Le bureau de Phil au septième étage ressemblait assez à la piaule d'un jeune interne. Peu d'espace, des étagères métalliques pour les livres, et la vue, non pas sur le fleuve Charles, mais sur le centre de l'hôpital, c'est-à-dire un bâtiment en construction et plus loin, les échafaudages du dôme d'Hippocrate. Brian s'était arrêté en chemin à la cantine pour acheter deux pâtisseries indéfinissables nappées de sucre et enveloppées de Cellophane. Il en jeta une sur le bureau de Phil.

— Tiens, dit-il. Un pot-de-vin au cas où tu aurais menti en disant qu'il ne m'arrivait rien.

Phil repoussa la pâtisserie. Mauvais signe.

— Je ne t'ai pas menti là-dessus, mais je t'ai menti à propos d'autre chose. Assieds-toi, s'il te plaît.

Brian s'assit sur une chaise en bois après avoir ôté quelques papiers qui traînaient dessus. Phil, d'habitude tiré à quatre épingles et toujours maître de lui, semblait hagard, tendu, sa cravate était desserrée et il y avait une petite tache de café sur son col de chemise.

— Du calme, Phil, dit Brian. A part supprimer quelqu'un, tout ce que tu as pu faire, je l'ai déjà fait en pire. Quoi que tu veuilles me dire, j'ai renoncé à juger mes semblables.

Gianatasio prit une grande bouffée d'air pour se dominer.

— Pardonne-moi d'avoir eu l'air si détaché quand tu m'as parlé de ce malheureux qui faisait de l'hypertension pulmonaire. La vérité c'est que je ne savais pas quoi faire de cette information. Figure-toi qu'il y a quelques années, du temps où le médicament était encore en phase préliminaire, je suis tombé sur un autre patient sous Vasclear qui présentait aussi des symptômes d'HAP. J'ai fait des recherches et retrouvé son nom. Il s'appelait Ford, Kenneth Ford. Je ne l'ai vu qu'une seule fois à la clinique mais je garde une fiche sur les cas intéressants comme lui. Ses symptômes physiques étaient quasi identiques à ceux de ton bonhomme, œdème malléolaire, souffle court, insuffisance au niveau de la tricuspide et de la pulmonaire, enfin tout.

— Qu'est-ce qui s'est passé ?

— Je... J'ai fait ce qu'on est censé faire en pareil cas. J'en ai parlé à Art Weber. Il m'a dit qu'il y avait eu plusieurs poussées éruptives allergiques avec le médicament, et que d'après lui et ses chimistes, elles étaient dues à un ingrédient utilisé lors de la stabilisation chimique de la synthèse. Après ce constat, le procédé de fabrication a été revu, l'agent contaminant supprimé, et aucun problème n'a été signalé, jusqu'à ce type appelé Ford. Weber et moi avons étudié soigneusement son dossier, et comme c'était prévisible, on a constaté qu'il avait commencé son traitement avant que la synthèse soit modifiée.

— Alors, qu'est-ce qui s'est passé avec ce malade ? Il a évolué comment ?

— Brian, écoute. Depuis que je suis arrivé ici, j'attends ma titularisation. Maintenant, elle est imminente. Titulaire à l'Institut de cardio, c'est le top, le rêve de tout cardiologue et je suis sur le point de le réaliser. Tu sais aussi bien que moi qu'au plan académique, je suis loin d'être le plus brillant sur le tableau d'avancement, par conséquent ma seule chance, c'est de travailler plus dur que les autres, de me tenir à carreau, et surtout de respecter les règles. Or à l'ICB, une des règles les plus importantes, c'est de ne pas s'aventurer en terrain découvert quand il s'agit des résultats d'une recherche, d'un médicament ou de tout autre produit issu de l'institut. Il faut vraiment que je fasse très attention.

— Je comprends, Phil. Je comprends parfaitement. Mais dis-moi, ton bonhomme, là, M. Ford, est-ce qu'ils ont fini par lui trouver de l'hypertension pulmonaire ?

Phil leva les yeux au plafond.

— Je... Je ne sais pas, dit-il. Weber m'avait promis d'en parler à Carolyn qui devait s'occuper de Ford et décider d'un éventuel rapport sur son cas. J'ai cessé de m'intéresser à lui et ensuite, je l'ai oublié, je l'avais oublié... jusqu'à ce matin, Brian. Je me sens vraiment merdeux, tu sais. Vraiment.

— J'imagine. Tu as bien fait de soulager ta conscience, Phil. Et la vérité, c'est que nous ne savons toujours pas si l'un ou l'autre de ces malades faisait ou pas de l'hypertension pulmonaire.

— C'est vrai, ma foi. Et peut-être qu'on ferait bien de ne pas réveiller le chat qui dort. Je crois que tu le sais, Brian, mais je tiens quand même à te mettre en garde. Ce médicament est leur chouchou. Les sommes en jeu sont tellement énormes que je ne veux même pas y penser. Dans les trente secondes qui suivront l'AMM, il rapportera probablement plus d'argent que notre paye à tous les deux pendant un an.

— Je sais.

Brian n'en dit pas plus, sentant son ami trop anxieux pour apprécier une remarque spirituelle sur leurs payes respectives.

— Pickard, Jessup, Weber, ils ont tous l'air de t'apprécier beaucoup, poursuivit Phil. Et depuis que tu es ici, tu t'es illustré par quelques jolis coups d'éclat. Mais quand ils se sentent coincés par un argument en matière thérapeutique, ou quand on essaie de leur créer des ennuis ou qu'on risque de leur coûter de l'argent, ils sont impitoyables. J'en ai vu de nombreux exemples depuis que je suis ici. Évidemment, tu ne peux pas t'en douter, mais Pickard et Jessup m'ont convoqué après l'envoi de ton rapport MedWatch sur le cathéter Ward-Dunlop. Ils étaient prêts à te virer, Brian. Tout de suite et sans te donner une seconde chance. Et sans la moindre considération pour des démêlés avec le conseil de l'ordre, ni pour tes enfants, rien. Toi qui avais sauvé ma thyroïdienne et la patiente de Jessup, ils voulaient t'expédier au purgatoire, uniquement parce que tu avais pris une décision sans en référer à l'équipe dirigeante.

— Qu'est-ce qui m'a sauvé ?

— Un peu de tout, probablement. J'ai dit ce que j'avais à dire pour ta défense. Et tu as fait une très forte impression sur Pickard. Je crois que c'est lui qui a fini par persuader Jessup de t'accorder une seconde chance. Mais pendant un moment, c'était ric-rac.

— Si je comprends bien, nous avons tous les deux d'excellentes raisons pour réfléchir un maximum avant d'agir.

— Ça dépend.

— De quoi ?

Un peu plus détendu, Phil ne put résister davantage à la pâtisserie, dont il déchira l'emballage et avala une grosse bouchée avant de répondre.

— Du plaisir que tu prends à louer des voitures et de celui que je prendrais si je devais partager le même sort.

Brian songea à Teri et son patron, en quête de la moindre information susceptible de retarder la mise en vente du Vasclear. Il songea à ce qu'elle avait dit et répété, qu'il était infiniment plus difficile de retirer un médicament du marché que d'en empêcher la commercialisation. Et finalement, il songea aux centaines de vies qui pouvaient être sauvées chaque jour grâce au Vasclear.

— Phil, on ne peut pas laisser tomber comme ça, dit-il.

— Pourquoi pas ? Nous avons deux cents cas traités à dose thérapeutique sans le moindre problème, dont cent cinquante rescapés d'une maladie létale. Tu as vu les malades. Tu as vu les résultats. Et tu as entendu Teri Sennstrom, docteur en médecine, dire du haut de la tribune de l'Hippodôme combien il importait à la FDA d'obtenir des informations sur le Vasclear, n'importe lesquelles, avant de l'approuver.

— Je ne sais pas, Phil.

— Brian, je te jure. Si on signale ces cas à qui que ce soit en dehors de Jessup, Pickard et Weber, et si on se fait prendre, ou même si on commence à enquêter et qu'ils l'apprennent, on est foutus. Ils nous virent sur-le-champ. Fini.

Brian avait toujours autant de mal à accepter l'idée que la découverte des effets indésirables d'un médicament passe à l'as. Mais tout ce que lui disait Gianatasio, absolument tout, était frappé au coin du bon sens. Tous les médicaments disponibles sur le marché avaient des effets toxiques secondaires, dont beaucoup pouvaient s'avérer fatals. Le rapport risque-bénéfice est la clef de voûte de la pharmacologie clinique.

Anémie aplasique mortelle signalée dans moins d'un pour cent des malades traités avec le médicament A... Danger de complication hépatique lors de la thérapie sous produit B; épreuves fonctionnelles hépatiques impératives pendant toute la durée du traitement... Des cas de déficit irréversible de l'ouïe ont été signalés... Somnolence... Fièvre... Oligo-anurie... Cécité... Convulsions... Encéphalite... Paralysie... Mort subite. La liste de mises en garde concernant des médicaments approuvés par la FDA pour cause d'effets indésirables occupait des centaines, sinon la plupart des pages du livre de référence officiel sur ces questions, le *Physicians' Desk Reference*.

Un faible pourcentage de patients traités au Vasclear s'exposait à de sérieuses complications ? Et alors ?

Rapport risque-bénéfice. Rien à dire.

En fait, on se trouvait dans le cas d'un médicament miraculeux, face à deux vieux messieurs présentant des symptômes banals, dont l'origine pouvait être ou ne pas être exceptionnelle. Et dans son raisonnement, Brian tenait compte du fait que Ford et Elovitz avaient été traités avant que la synthèse chimique du produit soit modifiée. Depuis deux ans, il n'y avait plus de problème avec le Vasclear. Plus aucun problème.

Pourtant, il voulait en savoir plus. Il avait choisi le Vasclear comme pierre angulaire de la thérapie de Jack, et maintenant celui-ci était mort. Tout savoir sur le médicament était pour lui une question primordiale. Comment y arriver et à quel prix ?

— Écoute, Phil. Mettons qu'on se mette à fureter le plus

discrètement possible pour voir ce qu'on peut dénicher sur Ford et Elovitz. Si on ne trouve rien de plus significatif, on la met en veilleuse et Inch Allah.

— Je n'aime pas ça.

— D'accord, d'accord. Et si tu consultais juste le dossier de ton bonhomme pour vérifier son taux d'éos ? Il n'y a aucun risque, là ?

Pratiquement tous les dossiers de White Memorial étaient numérisés et consultables sur place avec un ordinateur. Phil haussa les épaules, se tourna vers sa console et entra dans la base de données. Brian contourna son bureau et resta debout derrière le fauteuil. Il fallut moins d'une minute au système pour retrouver le dossier.

Deux ans et demi plus tôt, lors de sa première consultation à l'Institut de cardio, Kenneth Ford avait soixante-neuf ans. Noir, divorcé, employé par les services municipaux de Dorchester, il se plaignait de douleurs pectorales, et l'un des cardiologues de l'équipe, après avoir diagnostiqué une insuffisance coronarienne modérée, l'avait mis sous Vasclear. L'étude clinique du produit en était alors à la phase initiale. Sa réaction au traitement fut d'abord excellente, puis il recommença à avoir des douleurs à la poitrine, de plus en plus vives, avec problèmes respiratoires et enflure aux chevilles.

Ils passèrent en revue les consultations auprès des divers médecins, et les soins ambulatoires à la clinique Vasclear.

— Ici, dit Phil en posant le doigt sur l'écran. Voilà ce que j'ai dicté.

Brian parcourut les deux pages, copie quasi conforme des notes qu'il avait prises sur Bill Elovitz.

— Voilà ce que tu as prescrit, dit-il. Radio du thorax, ECG, ultrasons, biochimie, numération sanguine. Super. Trouve-moi la numération.

Phil fit défiler à l'écran le reste du dossier. Il y avait de nombreux résultats d'analyses, y compris un hémogramme complet, mais aucun à la date où il avait vu Kenneth Ford, ou ultérieur à cette date.

— Curieux, dit-il.

Il consulta de nouveau les notes cliniques. Ford avait été revu une fois par un interne. Celui-ci n'avait pas relu le dossier, semblait-il, ni pris la peine de rédiger un résumé de son examen. Aucune mention des antécédents détaillés par Phil, pas davantage des analyses récentes. Insuffisance cardiaque œdémateuse, concluait l'interne, au terme d'un diagnostic pour le moins hâtif. Cause : affection cardio-vasculaire due à l'artériosclérose.

Phil passa au crible le reste du dossier médical et s'arrêta sur une lettre écrite quatre mois après sa rencontre avec Ford à la clinique Vasclear. Destinée au cardiologue à qui le malade avait été adressé en premier, elle était signée d'un généraliste de Dorchester et informait à regrets le spécialiste de la mort de M. Kenneth Ford, au centre hospitalier universitaire de Boston. Le décès avait pour origine un œdème pulmonaire, insuffisance cardiaque œdémateuse aiguë, l'artériosclérose n'étant qu'une cause secondaire.

— Bon sang, je donnerais cher pour savoir s'il avait un taux d'éosinophiles élevé, dit Brian.

— Quelle différence ? Ce test n'a rien de spécifique.

— Allons, Phil. Tu sais aussi bien que moi qu'il y a un taux anormal en cas d'allergie, et normal dans la plupart des affections cardiaques. Ce n'est certainement pas un résultat qu'on s'attend à trouver dans une insuffisance cardiaque œdémateuse classique.

— Laisse tomber, Brian, je t'assure.

Brian attrapa le téléphone et essaya d'appeler le service d'archivage du CHU de Boston. Comme il le craignait, personne ne voulait lui parler de Kenneth Ford sans l'accord d'un représentant légal.

— Bon Dieu, marmonna-t-il en raccrochant. Phil, tu n'as pas une idée de la raison pour laquelle l'hémogramme de Ford n'est pas dans son dossier ?

— Aucune.

— Heu... est-ce que tu crois que tu pourrais appeler le labo et le leur demander ?

— Brian, tu compromets notre avenir, avec tes conneries. Pourquoi fais-tu ça ?

— Je ne sais pas, Phil. Je ne sais pas pourquoi. Pourquoi est-ce que ce résultat manque au dossier ?

Phil appela le labo d'hémato. Pas de numération sanguine du nommé Kenneth Ford postérieure au dernier rendez-vous avec Phil à la clinique.

— Merde, grogna-t-il. Brian, je ne sais pas pourquoi ce test est introuvable, mais je crois que tu t'en fais une montagne. L'ICO est associée classiquement aux maladies cardiaques. Il arrive qu'il manque des résultats de labo dans un dossier. Des patients avec un taux d'éos excessifs, on en voit tous les jours. La plupart du temps, ce n'est qu'un virus. Ça ne tient pas debout, ton affaire.

— Excuse-moi, dit Brian en se décidant à entamer sa pâtisserie.

— Franchement, mon vieux, je ne vois pas pourquoi tu fais une fixation là-dessus. Je crois que tu as une revanche à prendre sur le Vasclear parce qu'il n'a pas marché sur ton père. Tu y penses trop et tu analyses trop.

— Peut-être.

— Putain... Merci quand même pour ce « peut-être ». Mon pouls commence à redescendre.

— Alors, qu'est-ce qu'on fait ?

— Mais rien du tout, Brian. C'est ça que je veux te dire. On n'a rien, on ne fait rien.

— Peut-être.

— Et re-merci. Allez, vieux, restons-en là. Ma conscience est en paix, la tienne aussi, et nous sommes toujours en poste.

— Combien veux-tu parier que Kenneth Ford avait un taux d'éos de plus de dix pour cent ?

— Assez, Brian, je t'en prie. Tu veux t'affronter à des gens que tu ne connais pas. Je te jure qu'ils ne plaisantent pas. En plus, tu n'as rien à y gagner.

— Et si je vais au CHU de Boston et que j'essaie de mettre la main sur l'hémogramme de Ford, comment veux-tu qu'ils le sachent ?

— Je ne sais pas. Qui a vu l'homme qui a vu l'homme qui a su que tu avais failli te battre avec ce crétin d'alcoolo qui s'occupe de l'animalerie ?

Brian le dévisagea.

— Quoi ? Qu'est-ce que j'ai dit ?

— Phil, je me suis engueulé avec cet abruti à cause d'un singe, un chimpanzé qui faisait de la rétention aqueuse aiguë et un œdème pulmonaire. Je voulais savoir pour quel programme on l'utilisait, et ce type a failli m'arracher la tête.

— Arrête donc. N'ajoute pas un putain de singe à la théorie de la conspiration.

Brian sortit un papier de son portefeuille.

— 4836, dit-il. C'est le numéro du chimpanzé. Tu veux te faire du fric ? Je te joue ça en trois canassons. S'il y en a un qui perd, ils perdent tous.

— Attends, je ne pige pas.

— On va s'apercevoir, primo que Kenneth Ford avait un taux d'éos excessif ; secundo, que le singe numéro 4836 a servi pour les premiers tests du Vasclear ; et tertio qu'il faisait de l'hypertension pulmonaire, version singe.

— Si tu décides de t'engager là-dedans, Brian, fais-moi une faveur.

— Oui ?

— Mets de côté le prix de deux allers simples pour Antofagasta. On pourrait en avoir besoin.

22

Hôpital White Memorial – Note de service.

Émetteur : Thomas Dubanowski, directeur de la sécurité.

Destinataire : Tout personnel, soignant, administratif et extérieur.

14 octobre

Nous avons été informés par l'administration de l'hôpital que le président des Etats-Unis viendrait à l'hôpital White Memorial le vendredi 18 octobre ou le samedi 19 pour présider une cérémonie qui aura lieu sous le dôme d'Hippocrate. M. Alexander Baird, de la FDA, et le sénateur Walter Louderman seront également présents ce jour-là.

En raison du nombre limité de places assises, l'admission à la salle du dôme se fera sur carte d'invitation, uniquement.

La sécurité autour du bâtiment Pinkham sera renforcée. Ne seront admis dans l'enceinte du bâtiment que les membres du personnel soignant sollicités par des soins indispensables. Une rencontre informelle entre le Président et le personnel sans carte d'invitation est prévue à la cafétéria.

Les détails concernant le déplacement à Boston du Président ainsi que la date et l'heure exactes de la cérémonie n'ont pas encore été rendus publics. Merci d'avance de votre compréhension pour les éventuels dérangements occasionnés par les mesures de sécurité et le filtrage du public.

Vous pouvez envoyer vos questions à la direction de la sécurité.

Sous prétexte d'épuisement et de maux de tête on ne peut plus réels, Brian quitta son service à quatre heures de l'après-midi, et galéra dans les embouteillages pendant une heure avant d'arriver à l'aéroport Logan où l'attendait Teri.

Un peu moins de douze heures s'étaient écoulées depuis qu'ils avaient fait l'amour. Mais quand il l'aperçut au bar du terminal B, assise dans un coin avec son tailleur pied-de-poule, en train de lire un rapport, les lunettes sur le nez, elle lui parut à des années-lumière de l'autre femme, celle du jogging et de la nuit blanche.

Il s'arrêta pile et savoura quelques instants de présence-absence, en la regardant. Comme s'il avait la certitude qu'elle était à lui sans la connaître. Ils avaient passé la nuit à s'envoyer en l'air et Brian ne savait même pas à quoi ressemblait son appartement. Était-ce le début d'une longue histoire ? Allaient-ils connaître un de ces amours qui durent toute la vie ?

Tant d'événements en si peu de temps... Le chemin qui se présentait à lui était tellement tortueux qu'il n'aurait osé s'y aventurer sans le secours de sa maxime favorite : Chaque chose en son temps.

Le Vasclear restait au centre de ses préoccupations, mais Phil, lui, s'était mis sur la touche, sans la moindre ambiguïté. Ils s'étaient parlé au téléphone quelques heures après leur dernière discussion. C'est Brian qui avait appelé.

— Allô, Phil ? Écoute, je voulais juste te dire que je n'allais pas crier sur tous les toits que le Vasclear était un poison mortel. Ne t'inquiète pas. Et je tiens aussi à te dire combien j'ai apprécié ta confiance. C'est vraiment sympa d'être venu te livrer à moi comme tu l'as fait.

— Eh bien, merci de m'appeler pour me dire ça. Le fait est que cette conversation m'a rendu nerveux. Je n'arrête pas de me reprocher de t'avoir parlé de Ford. Si je n'avais rien dit, tu ne te serais pas mis martel en tête avec cette histoire. Je ne veux pas que tu te fasses virer. Ça me fait vraiment plaisir de t'avoir ici comme collègue et ami, vieux.

— Merci. Crois-moi, je ne suis pas d'humeur à retourner bosser derrière le comptoir de Speedy Rent-A-Car. Mais Phil, il ne faut pas que tu te sentes responsable de moi, quoi qu'il arrive. Il est vrai que je suis curieux d'en savoir plus sur ces petits défauts dans la cuirasse du Vasclear, mais pas au point de me détruire, je t'assure. Arrête de te faire du souci pour moi.

— OK. Puisque tu le dis, je te crois. Je ne m'inquiète pas pour toi.

— Je suis sérieux. Je veux dire, qu'est-ce qu'on sait, n'importe comment ? A ton avis, combien y avait-il de sujets traités au Vasclear pendant la phase un ?

— Je ne suis pas sûr, mais il me semble avoir entendu parler de dix-huit personnes, plus l'habituelle fournée de sujets à quatre pattes.

— D'accord, dix-huit. Sur ces dix-huit, deux ont fait ou n'ont pas fait de l'HAP. Et l'un de ces deux-là avait un taux élevé d'éosinophiles. Point final. On n'en sait pas plus.

— Exactement, renchérit Phil. Et en plus, les gens de l'équipe Weber ont éliminé les facteurs d'allergie. Si c'est à cause de ça qu'il y avait un risque d'HAP, la question est réglée.

— Tout à fait.

— Alors, tu laisses tomber ?

— Probablement, dit Brian, après un instant d'hésitation.

— On ne marche pas avec des *probablement*, à l'Institut de cardio, Brian. Il me faut un *absolument*. Parce que je te le dis, on n'a rien à y gagner, et moi je ne veux pas prendre de risque avec ma carrière. Pas question.

— Mais Phil, je comprends très bien. C'est pour ça que je t'appelle maintenant. Tu as raison. C'est beaucoup trop risqué.

— Merci. A défaut de toujours bien écouter les autres, j'espère au moins que tu t'écoutes quand tu parles.

— Oui, Phil. Allez, à plus tard.

— Attends, juste une chose, encore. Tu sais, le singe dont tu m'as parlé, le chimpanzé de l'animalerie ?

— Ah oui, le 4836. Eh bien ?

— Il n'existe pas.

— Quoi ?

— Et sache que l'animalier, Earl, n'est plus là non plus.

— Raconte-moi.

— Il n'y a rien à raconter. Je suis descendu m'occuper de mes hamsters et je suis tombé sur un nouveau type. Il s'appelle Andrei, je crois, et doit être russe d'origine, à en juger par son accent. Je lui ai demandé ce qu'était devenu Earl, il n'a pas été fichu de me dire quoi que ce soit. J'ai été faire un tour du côté des primates, il y a bien un chimpanzé mais pas le 4836 et il m'a l'air en pleine forme. Il faisait du trapèze sur un pneu et n'a pas arrêté de me grimacer au nez.

— Tu as demandé au type ce qu'était devenu l'autre singe ?

— Bien sûr que non ! Je te jure, Brian, les murs ont des oreilles. Motus !

— Motus, répéta Brian.

Teri leva les yeux et aperçut Brian qui venait vers elle. Son sourire illumina le petit coin où elle attendait. Ils s'étaient joints à midi au téléphone et Teri lui avait promis de vérifier auprès de la FDA si Ford et Elovitz avaient fait l'objet d'un rapport quelconque au moment de la phase initiale.

— Eh bien, salut, dit-elle. Je commençais à me demander si tu arriverais avant l'avion.

Elle se leva et l'embrassa sur la bouche, avant de le rassurer de quelques mots à voix basse sur le patron du bar.

— Je l'ai observé, il n'y a aucun risque.

— Alors tu peux m'embrasser encore. Bon Dieu, tu sens rudement bon.

— Je sens les laboratoires Newbury. J'y ai passé presque toute la journée. Dis donc, j'ai commandé deux assiettes de ce que tu aimes et du Chardonnay pour moi.

— Alors, comment ça se présente ?

— Eh bien, c'est une affaire qui marche. J'ai amassé le plus d'informations que je pouvais.

— Et alors ?

— Je crois qu'on va introniser le Vasclear samedi prochain. Que la fête commence !

— Et mes deux cas ?

— J'ai fait vérifier au bureau. Les sujets des phases un et deux sont identifiés seulement par des initiales. Le patient K.F., présumé Kenneth Ford, est mort d'insuffisance cardiaque œdémateuse, *dixit* le rapport. Mais il y avait aussi une note de l'équipe de l'institut mentionnant une possibilité d'hypertension pulmonaire au moment du décès. Chez nous, ils n'ont pas trouvé ce cas significatif. Surtout qu'il n'y en avait pas d'autre.

— Jusqu'à maintenant.

— J'ai parlé à Baird du deuxième patient, le pauvre bonhomme tué dans un hold-up. Sans divulguer ton nom, bien entendu. Baird considère que ce que tu as trouvé milite autant en faveur de l'ICO que de l'HAP. Rappelle-toi qu'il était prof de médecine avant d'être nommé à la FDA. Mais même si c'était de l'hypertension pulmonaire, il n'y a pas de lien évident avec le Vasclear. En plus, ces malades ont été traités au cours de la phase un et le procédé de synthèse chimique a été modifié avant la phase deux. Depuis, plus rien. Baird estime qu'il n'y a pas de raison de s'alarmer. Je dois dire que je suis du même avis.

Brian haussa les épaules et lui prit la main.

— Moi, ça ne me gêne pas, dit-il. J'ai juste ouvert les yeux et les oreilles, comme je te l'avais promis, et je fais mon rapport.

— Et je t'en remercie, Brian, sache-le. Je te suis très reconnaissante. Finalement, je trouve la sortie du Vasclear très excitante. Tu vois, j'ai travaillé dur à ce dossier et maintenant, je crois que le médicament va marcher. Je crois qu'il va sauver des vies... Énormément de vies humaines.

— Eh bien, dans ce cas, ça m'excite aussi, dit-il, quoique le souvenir de son père tempérât ce bel enthousiasme. Et je suis bien content que ton rôle soit sur le point de finir, aussi.

— Oui, ce sera une page de tournée. Sauf que nous avons un gros programme de surveillance après la mise en vente. En cas de problème, on sera les premiers informés. Mais tu as raison, je vais avoir plus de temps libre à te consacrer. A nous consacrer. En fait, il y a quinze jours de vacances qui m'attendent. Si nous allions quelque part ?

— Malheureusement, je suis nouvel arrivant à l'ICB. Pas de vacances avant six mois. Et en vertu d'un accord avec Pickard, il ne faut jamais que je m'absente plus de trois jours à cause des tests qu'ils me font pour voir si je ne prends rien. Ça veut dire aussi que je ne peux pas m'éloigner de Boston.

— Eh bien, c'est moi qui viendrai. J'aimerais beaucoup rencontrer tes filles.

— D'accord. Ça, c'est parler.

— Dans une quinzaine de jours, je devrais pouvoir m'absenter du bureau. Mais d'ici là tu pourrais peut-être descendre en avion pour un week-end ?

— Peut-être.

Teri regarda l'heure.

— En attendant, je vais avoir beaucoup de boulot avec la

cérémonie. Je reviens dans cinq jours. Appelons-nous une fois par jour, tu veux ? Si je rate un appel, je laisserai un message sur ton biper. Tu peux me joindre chez moi ou au bureau.

Brian la prit dans ses bras.

— J'ai passé une nuit fantastique, tu sais. J'espère que ce n'est qu'un début.

— Moi aussi, chuchota-t-elle en lui caressant l'oreille de ses lèvres. Crois-moi, Brian. Maintenant, je sais pourquoi j'ai ignoré le téléphone pendant des mois. Pour me préserver. C'est toi que j'attendais.

Brian récupéra sa voiture au garage de l'aéroport et reprit la route de Reading. Il ne pensait qu'à Teri Sennstrom, à sa voix, à ses attitudes, à l'odeur de ses cheveux, à la chaleur de son corps contre le sien. Ils s'étaient quittés à la sortie du bar, ne voulant pas prendre le risque de se montrer ensemble devant le point d'embarquement. Le plaisir de sortir ensemble, ce serait pour après la sortie du Vasclear. Pour l'instant, mieux valait rester discrets.

Teri a raison, pensait-il en filant plein nord sur la quatre-voies. Les jeux sont faits. Inutile de chicaner avec Ford et Elovitz, le Vasclear a fait les preuves de son efficacité radicale dans une épreuve anonyme à double insu, parfaitement contrôlée. On ne peut rien conclure de l'échec du traitement sur Jack. Sitôt signée l'autorisation de mise sur le marché, sur les millions de futurs patients traités au Vasclear, vingt-cinq pour cent connaîtront le même sort. Et en l'état des connaissances, seul le destin, le doigt capricieux du destin décide du succès ou de l'échec chez un individu donné. Une combinaison létale de facteurs inconnus en plus de l'éternel facteur malchance, voilà ce qui a coûté la vie au vieux Jack Holbrook.

Il fallait en prendre son parti. Phil avait parfaitement résumé la situation. Pourquoi exaspérer la hiérarchie de l'institut, si jalouse de ses pouvoirs ? Rien à gagner et tout à perdre.

Rien à gagner et tout à perdre, se répétait Brian en arrivant à l'échangeur d'où partait la route de Reading. Au lieu de la prendre, cependant, et sans même réaliser ce qu'il faisait, Brian fit le tour du rond-point et repartit plein sud sur la quatre-voies, direction Boston centre, et plus particulièrement le centre hospitalier universitaire.

Pour se déplacer librement dans un hôpital, le secret consiste à se comporter comme si on était parfaitement familier des lieux, quel que soit l'endroit où l'on se trouve. Dans un vaste établissement comme le CHU de Boston, avec ses nombreux bâtiments, ses étudiants du monde entier, ses centaines de lits et son personnel surmené, la tâche était facile.

L'aspect professionnel de Brian, sa gabardine de médecin, son stéthoscope et son badge eurent tôt fait de l'introduire dans la salle des archives, où le responsable du fichier l'aida à retrouver le dossier du malheureux Kenneth Ford. Il lui fallut beaucoup plus de temps pour se faire conduire par un vigile jusqu'au local où les dossiers dits inactifs étaient conservés.

Les cartons soigneusement numérotés et les dossiers qu'ils contenaient se présentaient sans ordre apparent, ce qui ne l'étonna pas. Au bout de dix minutes, le gardien s'en alla, lassé de poireauter debout, après avoir demandé à Brian de refermer la porte en partant.

Nous respectons la confidentialité des patients. Des déclarations comme ça, Brian en avait vues placardées partout dans les ascenseurs de tous les hôpitaux qu'il avait fréquentés. Et voilà qu'avec pour toutes armes son allure, le badge d'un autre hôpital et quelques détails vestimentaires, il se retrouvait seul parmi des milliers de dossiers médicaux.

Il lui fallut près de quarante-cinq minutes de fouilles dans une demi-douzaine de cartons avant de dénicher le dossier de Kenneth Ford. Il n'osait plus y croire et craignait qu'il ne fasse partie des pièces manquantes, comme les examens de White Memorial et le chimpanzé 4836.

Kenneth Ford avait été admis au CHU de Boston deux ans auparavant, le 3 août, et il était décédé le 6. Diagnostic d'admission : Insuffisance cardiaque œdémateuse sévère. Diagnostic de sortie : idem. Son ECG montrait un problème d'origine aussi bien cardiaque que pulmonaire et sur ses radios du thorax, on voyait trop de fluide dans les poumons pour qu'il soit possible de diagnostiquer de l'HAP avec certitude.

Une tension étrangement mêlée de plaisir s'empara de Brian quand il arriva à l'hémogramme conservé parmi les résultats d'analyse.

Globules blancs	**13 300/mm^3 (élevé)**
Formule leucocytaire :	
Granulocytes	**45 %**
Neutrophiles	**3 %**
Lymphocytes	**33 %**
Monocytes	**5 %**
Éosinophiles	**14 % (élevé)**
Basophiles	**0 %.**

Brian déchira la page, la plia et la mit dans sa poche. Il décida aussitôt de laisser Phil en dehors du coup. Inutile et injuste de le compromettre là-dedans. Avant tout, agir prudemment, avec la plus extrême discrétion. Jack était mort et directement ou indirectement, le choix fait par Brian de le traiter au Vasclear avait contribué à le tuer. Plus question de laisser en suspens les questions qui le démangeaient. Il trouverait les réponses, quoi qu'il en coûte.

23

Le Show d'Oprah Winfrey

Oprah : Croyez-vous aux miracles ? Ce soir, notre émission est consacrée à ces gens qui ont eu la vie sauve grâce à ce qu'on désigne volontiers sous l'appellation de médicament miracle. Mais avant de commencer avec les miraculés très spéciaux que nous avons invités, je voudrais vous présenter M. Al Morgenfeld, un homme qui a connu deux infarctus, qui souffre d'une sévère maladie des artères coronaires et vit ce qu'on appelle une vie d'infirme cardiaque. M. Morgenfeld est accompagné de sa femme Julia et de sa cardiologue, le Dr Susan Norman, laquelle a promis à M. Morgenfeld qu'il serait mis au Vasclear, dernière merveille de la pharmacie moderne, le jour même de l'approbation du médicament par les autorités... c'est-à-dire pas plus tard que la semaine prochaine.

Brian était debout au fond de la salle d'attente de la clinique Vasclear, où une petite foule s'était rassemblée devant la télé pour suivre la première partie de l'émission que tout le monde attendait à l'hôpital. Les patients et le personnel poussèrent des acclamations et applaudirent à l'évocation du médicament qui les avait réunis. Lucie Kendall, resplendissante dans un cachemire rose, s'était placée juste derrière Brian qu'elle continuait de harceler en lui appuyant les seins sur le bras et dans le dos.

— N'est-ce pas que c'est merveilleux ? dit-elle.

— Oui, tout à fait.

— La seule chose, c'est que je me demande combien de temps la clinique va pouvoir rester ouverte, dit Lucy.

— Je n'avais jamais pensé à ça.

Une fois le Vasclear sur le marché, il était logique et prévisible que chaque patient soit repris en charge par son médecin. Celui-ci n'aurait qu'à se fournir à la pharmacie la plus proche.

Time, Newsweek, CNN, et maintenant *Channel 5.* Sur les centaines de millions de gens touchés par la nouvelle, combien l'attendaient désespérément depuis des années ? La ruée vers l'or médicale allait commencer.

Brian se remémora ce que lui avait dit Laj Randa sur le prix du traitement. Cent dollars la dose, environ cinquante doses par malade. Les assurances, véritables gestionnaires de la santé publique dans le pays, ne demandaient qu'à payer. Le coût d'un quintuple pontage ne pouvait se comparer avec celui d'une cure au Vasclear. Ça ne marchait pas chez certains patients ? Eh bien, songeait Brian avec amertume, tant mieux pour eux s'ils ont la chance de mourir avant d'entrer en salle d'op.

— Mais vous savez, remarqua Brian, le produit devra toujours être administré en intraveineuse. Vous allez voir qu'il va y avoir des centres de soins ambulatoires qui ouvriront un peu partout, rien que pour le Vasclear. Et même, si ce n'était pas le cas, vous êtes une excellente infirmière et je suis certain que vous n'aurez aucun mal à vous recaser ailleurs.

— Merci de me dire ça. Vous allez bien, Brian ?

— Comment ça ?

— Non, c'est juste que je vous trouve distrait. Et triste, aussi.

— Il y a pas mal de choses qui me pèsent.

— Votre père ?

— Oui. Et j'ai d'autres soucis.

— Qu'est-ce que je peux faire pour vous ?

La question était ponctuée d'une pression mammaire rien moins que subtile. Brian songea un instant à lui demander si elle connaissait les noms des dix-huit patients traités pendant la phase initiale, avant de se raviser. Il était sur un siège éjectable qu'un mot d'elle à Weber suffisait à déclencher.

— Rien, merci, Lucy. Ce sont des problèmes personnels. Il faut que je m'en occupe moi-même.

Sur l'écran, un coiffeur de Moline, Illinois, nommé Al Morgenfeld, expliquait à des millions de téléspectateurs quel enfer c'était de vivre avec de l'angine de poitrine en sachant que le moindre élancement au thorax, à l'épaule ou à la mâchoire pouvait être le signal du fatal infarctus, qu'il appelait le Big One.

> — Docteur Norman, demanda l'animatrice, dans le cas de M. Morgenfeld, pourquoi n'avez-vous pas recommandé un pontage chirurgical, comme pour des milliers d'autres malades cardiaques ?
>
> — Eh bien, c'est parce qu'il avait déjà été opéré il y a sept ans et qu'une deuxième opération est toujours plus risquée. Il y a un peu plus d'un an, j'ai entendu parler du Vasclear et je me suis mise aussitôt en rapport avec les labo-

ratoires Newbury. Nous avons décidé de nous passer de chirurgie dans l'attente de la sortie du médicament.
— Vous voulez dire dans l'attente d'un miracle.
— Exactement. Et je crois que ce produit en est un.

Brian en avait assez vu et partit en direction de la salle de garde.

— Hé, j'ai failli oublier, cria Lucy derrière lui. Votre petite amie est dans la salle deux.

— Ma petite amie ?

— Nellie, la femme qui voulait vous donner sa fille en mariage... (Elle le rattrapa et lui dit le reste à l'oreille.) Pour qu'elle soit votre esclave sexuelle.

— Ah ? fit Brian sans réussir à cacher sa déception. Eh bien, merci.

Il alla droit au bureau des internes, évitant intentionnellement la salle deux. Ce n'était pas la présence de Nellie qui le contrariait, elle était adorable, mais ce qu'elle représentait : une cure au Vasclear réussie.

Pourquoi pas Jack ? se demanda-t-il pour la n-ième fois. Pourquoi pas mon père ?

Finalement, après avoir remué des papiers pendant quelques minutes, il alla la voir. Elle était peut-être encore plus pétulante de vie que la dernière fois. Mais elle semblait aussi bouleversée.

— Docteur Holbrook, l'infirmière vient de m'apprendre la mort de votre père. Je vous présente mes condoléances.

— Merci.

— C'est son cœur qui a lâché ?

— Oui, malheureusement.

— Ça a dû être très frustrant pour vous en tant que cardiologue. Vous m'en voyez désolée.

A nouveau frappé par son intuition, Brian la remercia et l'examina rapidement. Son cœur était normal et ses artères en excellent état.

— Vos parents sont morts à quel âge ? demanda-t-il.

— Ma mère a quatre-vingt-treize ans et se porte comme un charme, merci pour elle, dit Nellie avec un sourire triomphant. Mon père est mort à quatre-vingt-neuf ans. Vous n'allez pas me croire, mais il est tombé d'une échelle et s'est fracturé la hanche. C'est l'opération qui l'a tué. Caillot dans les poumons, d'après ce qu'ils ont dit.

Embolie pulmonaire, traduisit Brian. Une complication qu'on aurait pu éviter en mobilisant le malade plus tôt et plus souvent, et en fluidifiant son sang. Le père de Nellie n'étant même pas mort de cause naturelle, on pouvait considérer ses parents comme nonagénaires ! D'habitude, le facteur de prédisposition à l'artériosclérose le plus important est l'hérédité. Que s'était-il passé pour leur fille ?

— Eh bien, Nellie, l'infirmière va venir vous faire votre perfu, dit-il. Vous verrez la date de votre prochain rendez-vous avec la secrétaire de l'accueil.

— Oh, attendez, j'oubliais, dit-elle en fouillant dans son sac.

Elle lui tendit une enveloppe non scellée, à son nom.

C'était une lettre soigneusement tapée annonçant une marche de charité de vingt miles et demandant un sponsoring pour chaque mile parcouru. Un feuille jointe donnait la liste d'événements semblables auxquels Nellie avait déjà participé.

— Mais c'est formidable, ça, dit Brian en se demandant quelle aurait été la vie de son père avec des artères en bon état. Je serais ravi d'être votre sponsor.

Il remplit l'engagement de parrainage, déchira le bulletin et le lui donna, avant de fourrer le reste du document dans son attaché-case. Depuis dix ans, la vieille valisette lui servait à la fois de trousse médicale, de bibliothèque, de sous-main et de vide-poches. Il ne retrouverait les papiers de Nellie qu'en rangeant le contenu de la chose, ce qu'il était forcé de faire toutes les semaines ou tous les quinze jours.

— Est-ce que je vous reverrai avant de partir ? demanda Nellie.

— Seulement si la secrétaire a un problème pour vous fixer

le rendez-vous. Sinon, c'est elle qui tient l'agenda. Il vous suffit de choisir une date.

Elle qui tient l'agenda ? Bon Dieu, mais évidemment ! Brian fonça à l'accueil, où Mary Leander, la réceptionniste était en train de remplir une fiche de rendez-vous pour un patient.

— Je peux vous aider, docteur Holbrook ? demanda-t-elle.

— Ah, je... Oui. Oui, s'il vous plaît...

Brian réalisa qu'il aurait dû prendre quelques minutes pour préparer sa question.

— J'ai demandé à Mme Hennessey quand est-ce qu'elle était passée du traitement bihebdomadaire au traitement mensuel, mais elle ne se souvient plus. Je pensais que la réponse pouvait se trouver dans l'agenda de la clinique, mais je ne sais pas jusqu'à quand il remonte.

Brian espérait que la secrétaire avait trouvé son baratin sensé, car il ne l'était nullement pour lui.

— Ma foi, je ne sais pas, dit-elle. Je crois que nous changeons d'agenda chaque année. Je n'ai pas la moindre idée de l'endroit où sont conservés les vieux, si on les garde. C'est peut-être là-dedans.

Elle montrait du doigt les étagères chargées de formulaires, de livres de comptes, de manuels de procédure et autres documents, qui montaient du sol au plafond derrière elle. Pour l'heure, Brian n'avait absolument pas le temps de passer tout cela au crible. Mais si l'agenda de la première année d'existence de la clinique se trouvait là, il y avait une chance qu'il y découvre les noms des seize autres patients de la phase un.

— Merci, madame Leander. Je vérifierai une autre fois quand j'aurai le temps.

Ce même soir, commençait la première nuit de garde pour Brian depuis la mort de son père. Par chance, elle s'annonçait particulièrement calme. Il avait décidé d'attendre onze heures avant de se mettre en quête du vieil agenda. A moins cinq exactement, il passa voir les deux malades du service qui réclamaient le plus de soins. Leur état était satisfaisant. Il avertit ensuite la surveillante qu'on pouvait le joindre sur son biper, quitta le service et, poussant la porte empruntée par Jessup et Weber pour introduire clandestinement Louderman, se glissa dans la clinique.

Comme la fois précédente, l'endroit était plongé dans l'obscurité. Brian préféra ne pas allumer tout de suite. Il sortit sa lampe de poche et enfila le long couloir menant au bureau vitré de la réceptionniste, qu'il craignait de trouver fermé à clef.

Bien qu'il fût seul, il se déplaçait prudemment. S'il trouvait la porte close, la partie était perdue. Il réintégrerait alors son service. Mais il vit aussitôt qu'elle était restée entrouverte. Il se faufila à l'intérieur, hésita, puis alluma le plafonnier. Dans le noir presque total, la soudaine fluorescence l'aveugla. Il attendit que sa vision s'accommode, puis explora les tiroirs du bureau métallique derrière le comptoir de la réceptionniste. Rien. Il se tourna ensuite vers les étagères.

En quelques minutes, il eut trouvé ce qu'il cherchait, deux minces volumes reliés cuir, visiblement achetés chez le même fournisseur, identiques à celui de l'accueil. Chacun portait une année inscrite en caractères dorés sur le dos. Brian prit le premier et s'installa sur le fauteuil de la réceptionniste. Les rendez-vous étaient très espacés au début, puis l'agenda se remplissait de plus en plus. Après réflexion, Brian se dit qu'il avait sous les yeux la période de transition entre les patients de la phase un, dont certains avaient déjà été examinés par leur cardiologue privé, et ceux de la phase deux, beaucoup plus nombreux puisqu'ils dépassaient les six cents cas. La clinique elle-même semblait avoir ouvert deux ans et demi plus tôt, à mi-chemin de la phase un.

Il trouva les premiers rendez-vous de Bill Elovitz et Kenneth Ford et, grâce à eux, repéra d'autres noms qu'il suivit à travers tout le calendrier. Au bout de vingt minutes, il eut établi une liste de dix noms, Elovitz et Ford compris, qu'on pouvait raisonnablement considérer comme des patients de la phase un. C'est alors qu'il entendit le petit bruit caractéristique d'un digicode sur lequel on pianote, suivi de l'ouverture d'une porte quelques instants plus tard. Un rai de lumière perça les ténèbres au fond du couloir.

Soudain en état d'alerte maximale, Brian éteignit, fourra la liste de noms dans sa poche et, tâtonnant dans l'ombre, s'enfuit à quatre pattes vers la salle d'attente. Les lumières du couloir s'allumèrent. Brian était presque arrivé à l'entrée des patients, mais il dut se cacher derrière un sofa, sentant l'intrus approcher de la zone d'accueil.

Brian s'en voulut aussitôt d'avoir réagi exagérément en se précipitant à couvert, tel un cambrioleur pris sur le fait. En fait, il était de garde cette nuit-là à l'Institut de cardio, possédait le code d'accès à la clinique et avait une raison parfaitement légitime de s'y trouver, une raison expliquée ce même jour à la secrétaire de l'accueil, Mme Leander. Maintenant, c'était trop tard.

Le meuble en bois semé de coussins derrière lequel il s'était aplati offrait certes une couverture, mais insuffisante. Brian s'allongea dessous en se demandant si son mètre quatre-vingt-dix était complètement dissimulé. Au prix de quelques contorsions, il baissa au maximum le son de son biper, sans couper la ligne d'urgence. S'il y avait un arrêt cardiaque quelque part dans l'hôpital, néanmoins, son propre cœur risquait de lâcher aussi.

La porte de la salle d'attente était à moins de deux mètres. Mais pas question de tenter une percée jusque-là, le bruit de la poignée le trahirait, et de plus, elle risquait d'être fermée à clef. Il appuya sa joue contre la moquette et attendit, osant à peine respirer.

Soudain, les rampes fluorescentes de la salle d'attente clignotèrent. De là où il était, Brian discerna deux jambes de pantalon et les baskets d'un homme debout au milieu de la pièce. Des baskets ? Il se demanda si la sécurité de l'hôpital autorisait le port de telles chaussures. Elles pivotèrent dans un sens, puis dans l'autre, tandis que l'inconnu parcourait la salle du regard. Enfin, au bout de deux ou trois minutes interminables, le plafonnier s'éteignit.

Brian sentit, davantage qu'il n'entendit, l'homme rebrousser chemin. Les lumières du couloir s'éteignirent à leur tour et la clinique se retrouva plongée dans les ténèbres. Une porte s'ouvrit, se referma, le lourd silence retomba.

Brian attendit. Cinq minutes... Dix...

Finalement, il arriva jusqu'à la porte de la salle d'attente et essaya doucement la poignée. Pas de problème. Il allait l'ouvrir lorsqu'il se rappela l'agenda laissé ouvert sur le bureau de la réceptionniste. Il n'avait pas le courage de poursuivre sa recherche de noms, mais il fallait le ranger sinon sa réapparition provoquerait des questions. Tous les sens à l'affût du moindre signe de faux départ de l'intrus, il s'avança jusqu'à la porte du bureau d'accueil et s'arrêta devant. Rien ne troublait le silence ni l'obscurité.

Pendant plusieurs minutes encore, il resta l'oreille aux aguets. Enfin, il ouvrit la porte et la lumière.

L'agenda avait disparu.

Il se précipita vers les étagères, mais seul s'y trouvait le cahier de la deuxième année. Il regarda par terre, dans les tiroirs, rien. Le cœur battant, il inspecta tous les recoins du bureau. Pourquoi l'agent de sécurité, si c'en était un, avait-il emporté le cahier ? La situation était insensée, mais néanmoins terrifiante.

Il ne savait absolument pas quoi faire, à part retourner dans le service et se ronger les sangs. Au moment où il allait refermer la lumière, il leva les yeux vers un coin du bureau et poussa un grognement rageur. Un cylindre noir dépassait du mur, au-dessus des rayonnages, l'objectif d'une caméra de surveillance, directement braqué sur le comptoir de la réceptionniste. La chose n'était pas vraiment dissimulée, mais pas évidente à voir non plus.

Brian la contempla durant quelques secondes en se demandant qui l'observait, et de quel endroit. Puis, accablé par un sentiment d'impuissance totale, il remonta le volume de son biper, ferma les lumières et quitta la clinique.

Si on l'interrogeait sur cette incursion nocturne, il lui restait une excuse, assez faible au demeurant, que Mme Leander pourrait confirmer. Mais il avait beau se rassurer par tous les moyens, il ne pouvait se défaire de l'idée qu'il avait une fusée au cul et qu'on venait d'allumer la mèche.

24

Trois heures trente du matin. Brian était vidé, physiquement et moralement. Vers minuit, le service avait connu une brusque flambée d'urgence. La tension d'une patiente était en chute libre et une autre se débattait avec des problèmes de tachycardie. Aucune ne faisait partie du programme Vasclear. Il fallut deux heures pour stabiliser les deux femmes et Brian fut obligé de poser un pacemaker provisoire sur l'une d'elles. Le calme était maintenant revenu mais Brian avait les jambes endolories et les muscles du cou raidis comme un cordage.

Ce travail d'urgence avait pour effet bénéfique immédiat de le distraire du fiasco de la clinique Vasclear. Il aurait difficilement pu accumuler davantage de maladresses, le pire étant sans doute d'avoir perdu l'agenda de la clinique. Mais se faire fliquer en vidéo par Dieu sait qui ne venait pas loin non plus sur la liste.

Que faire ? La question l'obsédait de plus en plus, tandis qu'il bouclait son dernier tour dans le service pour s'assurer que tout allait bien.

Il se passa de l'eau sur le visage, mit son biper en veille et quitta le service pour descendre au département de sécurité, situé au sous-sol du bâtiment Pinkham. Le gardien était un malabar à cheveux ras, que son badge identifiait sous le nom de Jim Underhill. Il portait l'uniforme bleu de tous les vigiles et lisait un Stephen King en poche, assis derrière un comptoir.

Huit écrans de télésurveillance dont l'image changeait toutes les dix secondes étaient encastrés dans un mur sur sa droite.

Brian essaya de repérer l'accueil de la clinique Vasclear, avant de se souvenir qu'il avait laissé l'endroit dans le noir complet.

Il exhiba son badge nominatif avec sa photo, tout en essayant de jeter un œil aux chaussures du gardien.

— Oui, docteur Holbrook, dit Underhill. J'ai entendu parler de vous. Que puis-je faire pour vous aider ?

On m'a prévenu que vous viendriez. N'était-ce pas ce que lui avait dit d'entrée l'animalier ?

Cette fois, Brian savait ce qu'il allait lui dire, à la différence de Mary Leander.

— Désolé de ne pas avoir pu descendre plus tôt, commença-t-il, mais j'avais deux malades à traiter d'urgence à l'institut. J'ai été l'un des derniers à quitter la clinique Vasclear ce soir, vers huit heures un quart. Avant de partir, je suis passé au bureau d'accueil pour vérifier un rendez-vous. Mais j'ai eu un appel urgent et j'ai dû foncer en cardio m'occuper d'un patient en difficulté. Une heure après, je me suis aperçu que j'avais laissé ma sacoche médicale noire sur le bureau. Je suis retourné là-bas, mais elle n'y était plus.

— Quelqu'un ne l'aurait pas trouvée et mise de côté pour vous ?

— Peut-être. Mais il me semble que j'étais le dernier dans le service, avec Lucy Kendall, l'infirmière. Je lui ai téléphoné, elle n'a rien trouvé.

Le vigile se pencha et prit un formulaire dans une pile sous son bureau. Brian en profita pour examiner ses chaussures. Cuir noir reluisant. Peu de chances que l'intrus de la clinique soit un membre de l'équipe de sécurité.

— OK, doc, dit Underhill en soupirant, remplissez un rapport d'incident.

— Je ne me fie pas beaucoup aux formulaires, Jim. Mais pendant que je cherchais ma sacoche dans le bureau d'accueil, j'ai remarqué une caméra de surveillance en haut des étagères. Vous croyez que vous auriez pu voir la personne qui a pris ma sacoche sur vos écrans ?

Underhill fronça les sourcils en explorant sa mémoire. Il y

renonça et détacha une feuille accrochée à un panneau sur le mur vidéo.

— C'est bien ce que je pensais, dit-il après avoir lu et relu son papier. Il n'y a pas de vidéo à la clinique Vasclear.

Brian ressentit un frisson d'inquiétude.

— Alors, à quoi sert-elle, cette caméra, d'après vous ?

Le vigile haussa les épaules.

— Pas la moindre idée. Elle n'est peut-être pas branchée.

— Peut-être, fit Brian, dubitatif. Il y a d'autres points de surveillance à l'hôpital en dehors de ceux que vous suivez ici ?

— Aucune idée. Mais je ne vois pas pourquoi il y en aurait. Il faudrait en parler au chef du département, Tom Dubanowski. Il arrive vers sept heures, vous n'aurez qu'à lui demander.

— Merci, dit Brian.

Il quitta le bureau de la sécurité avec une sensation de désastre imminent. Quelqu'un l'avait observé avec une caméra de surveillance. Ce quelqu'un avait envoyé le type aux baskets sur place. Celui ou celle qui, maintenant, détenait l'agenda devait se demander ce que Brian y cherchait. Il épuisa son stock d'énergie mentale à essayer d'imaginer de qui il s'agissait. Possible que Newbury ait installé la caméra, mais le laboratoire se trouvait à plusieurs kilomètres de l'hôpital. Comment avaient-ils pu envoyer quelqu'un si vite ? A moins que Jim Underhill n'ait menti. Le vigile gardait-il des baskets sous son bureau pour faire des tournées d'inspection éclair ? Ce ne serait pas la première fois qu'on me cacherait quelque chose dans cet hôpital, se dit Brian.

L'heure tardive, quatre heures du matin, ne l'aidait pas à y voir plus clair. Les visites commençaient dans moins de trois heures. Mieux valait qu'il aille dormir deux heures en salle de garde, plutôt qu'il boive du mauvais café en luttant contre le sommeil. Il serait un peu plus d'attaque au réveil, pour la longue journée de travail qui l'attendait encore.

Pile, je vais au lit, face, au distributeur de sandwichs, décida-t-il en cherchant une pièce dans sa poche. Sa main sortit une liste de dix noms sur un papier plié en quatre.

Mû par une impulsion à peine contrôlée, Brian fonça au sous-sol et se retrouva en un rien de temps devant la porte des archives de l'hôpital. On y gardait une copie papier de tous les dossiers enregistrés sur les consoles informatiques des services. Selon toute vraisemblance, le type en baskets ou ceux à qui il rendait des comptes allaient avoir l'œil sur les dossiers consultés par Brian. Tôt ou tard, il serait obligé de faire une recherche par ordinateur, ce qui l'exposait à une autre forme de surveillance. Mais auparavant, il pouvait peut-être avoir accès à un ou deux dossiers sous leur forme originale.

La porte était fermée mais il y avait un téléphone sur le mur, avec des instructions. Une dame avec un accent hispanique lui répondit. Il se présenta et lui expliqua qu'il souhaitait consulter un dossier introuvable sur son ordinateur. Quelques instants plus tard, la porte s'entrouvrait, maintenue par une chaîne, et un visage de jeune femme apparaissait. Brian montra son badge et lui proposa d'appeler un agent de sécurité pour l'accompagner, si elle le voulait.

— Inutile, dit-elle. Il y en a un ici.

Elle referma la porte pour libérer la chaîne, avant de la rouvrir en grand. La jeune femme, une brune élancée qui ne devait pas avoir plus de vingt-cinq ans, était ravissante. Ses cheveux ébouriffés, son rouge à lèvres barbouillé firent pester mentalement Brian. Un homme et une femme derrière une porte verrouillée dans un hôpital à quatre heures du matin... Et pour ne rien arranger, l'homme était encore un vigile. Lui et Jim Underhill ne tarderaient pas à comparer leur visiteur nocturne. Brian restait sur le seuil, hésitant. Il faillit marmonner des excuses et se retirer, mais la jeune femme avait déjà lu son nom sur son badge. Au point où il en était, ne pas rentrer aurait peut-être éveillé davantage la suspicion du gardien.

Au bout d'une minute, la jeune beauté revint avec le dossier médical correspondant au premier nom de la liste. Il s'agissait d'une femme de soixante-quatorze ans nommée Sylvia Vitorelli. Brian alla s'isoler dans une cabine de dictée et commença à feuilleter le dossier le plus vite possible, sous le regard pesant des deux employés. Vitorelli ayant un lourd passé médical, avec hystérectomie, ablation de la vésicule, fracture à la cheville opérée, et problèmes cardiaques, son dossier était particulièrement touffu. Il réussit quand même à se repérer dans son histoire.

Domiciliée dans la banlieue Nord-Est, non loin de l'hôpital, mariée, mère de quatre enfants et grand-mère, Vitorelli avait jadis fumé plus d'un paquet de cigarettes par jour. Carolyn Jessup l'avait soignée de façon classique pendant un an pour des douleurs à la poitrine, avant de l'incorporer à la phase initiale du programme Vasclear, près de trois ans auparavant. Brian regarda ses épreuves d'effort, ainsi que ses différents électrocardiogrammes. Son problème cardio-vasculaire était sérieux mais un peu moins grave que celui de Jack.

Les notes de Jessup témoignaient d'une très nette amélioration dans les premiers temps. Et puis subitement, plus rien au dossier. Ni commentaire, ni résultat d'examen. Brian le reprit au début et tourna les pages une à une pour voir s'il n'y avait pas de feuilles volantes mal rangées.

— Vous allez rester encore longtemps, docteur ? lui cria le vigile. Elana voudrait faire une pause et nous n'avons pas le droit de vous laisser seul ici.

— Une minute, dit Brian.

Il avait beau chercher, plus aucun rapport de laboratoire n'était versé au dossier après les trois premiers mois de traitement au Vasclear.

Il fit une photocopie de la première page, remercia l'impatiente Elana et retourna dans son service. Sauf erreur grossière de sa part, les dernières pages du dossier de Vitorelli avaient connu le même sort que celles du dossier Ford. Cette femme représentait-elle un troisième cas d'échec du Vasclear associé à de l'hypertension pulmonaire ? Est-ce que ça valait le coup de suivre cette piste ?

S'il ne se trompait pas à propos de Sylvia Vitorelli, la phase de tests initiale avait connu un nombre significatif de problèmes, alors que la phase deux était presque irréprochable. La modification dans la synthèse à elle seule avait-elle fait la différence ?

Les questions semblaient varier à l'infini.

Mais dans l'immédiat, il y avait une autre question qui se posait. Combien de temps restait-il à Brian Holbrook à l'Institut de cardio de Boston ?

25

THE BOSTON GLOBE

Newbury submergé par les commandes de Vasclear

Les laboratoires pharmaceutiques Newbury, dont le siège est à Boston, annoncent une pluie de commandes du médicament Vasclear, en instance d'approbation par la FDA, provenant non seulement des États-Unis, mais du monde entier. Le médicament, qui se présente en ampoules de 10 cc et doit être administré en dilution par voie intraveineuse, est censé éliminer dans soixante-quinze pour cent des cas les plaques d'artériosclérose responsables des infarctus.

Le Dr Weber, directeur du projet Vasclear chez Newbury, a déclaré que le raz-de-marée de commandes entraînerait un épuisement provisoire des stocks qui risquait de faire monter le prix du médicament.

A sept heures un quart, lorsque Phil rassembla son équipe pour les visites, Brian sortait de la douche en salle de garde. Il avait fait de son mieux pour rester éveillé jusqu'à l'arrivée de l'équipe du matin, mais sans urgence pour le mobiliser, c'était perdu d'avance. Lorsque l'infirmière le réveilla à six heures et demie, il dormait à plat sur le dos comme un mort depuis deux heures. Il se rendormit en quelques secondes. Elle rappela un quart d'heure plus tard et, d'un commun accord, ne le laissa pas raccrocher avant de lui avoir fait réciter le nom de toutes les cavités, valves et artères du cœur.

Brian se sécha et s'habilla, furieux d'avoir mis en danger son travail, son avenir et la sécurité immédiate de ses filles. Qu'avait-il fait, au demeurant ? Un vieux survivant de la Shoah était venu le voir avec un sérieux problème médical. En cherchant l'origine du problème, il était tombé sur un cas similaire et avait ensuite essayé d'approfondir la question, ce que tout médecin digne de ce nom aurait fait.

Il sortit en courant et rejoignit l'équipe regroupée autour du patient de la chambre 514.

— Je suis en retard, Phil. Excuse-moi.

— Pas de problème. On dirait que ta nuit a été chargée.

Tu n'as pas idée.

— Assez chargée pour ma vieille carcasse. Je n'ai pas prescrit de pacemaker permanent pour Mme Cameron, mais il va lui en falloir un.

— Je m'en occupe.

Les visites devaient durer jusqu'à neuf heures et demie, dix heures au plus tard. En tant que médecin et formateur responsable de ces visites, Phil dispensait son enseignement aux infirmières, aux étudiants, aux internes et aux assistants. C'était lui, de surcroît, qui avait la responsabilité de prolonger ou d'interrompre le séjour de chaque malade. Brian regarda son ami jouer son rôle avec juste ce qu'il fallait de questions, de cajoleries, d'humour et de savoir médical. Il trouvait que Phil se sous-estimait. C'était un excellent toubib. Mais Brian savait que ce qui aurait été respecté, et même révéré chez un médecin dans de nombreux hôpitaux était la norme à l'Institut de cardio.

Au milieu des visites, comme le groupe s'approchait d'une série de malades sur lesquels il n'avait rien à dire ni à apprendre, Brian s'éloigna, trouva un téléphone isolé devant le bureau des infirmières et composa le numéro de Vitorelli. Une femme répondit.

— Allô ?

— Allô, madame Vitorelli ?

— Qui ça ?

— Je souhaiterais parler à Mme Sylvia Vitorelli, s'il vous plaît.

— Il n'y a personne de ce nom ici. Vous devez faire une erreur.

— Attendez, ne raccrochez pas, s'il vous plaît.

Brian relut à haute voix le numéro qu'il avait fait.

— Désolée, répondit la femme, c'est bien mon numéro, mais il n'y a personne ici de ce nom-là.

— S'il vous plaît, dit Brian, je suis médecin, j'appelle de l'hôpital White Memorial et j'essaie de joindre cette personne. Le numéro que j'ai composé figure dans son dossier médical. Ça fait longtemps que vous avez cette ligne ?

— Un peu plus de six mois.

— Merci, murmura Brian en raccrochant.

Il revint assister aux visites pendant vingt minutes, avant de s'échapper encore, pour passer un autre coup de fil, cette fois à Richard Vitorelli, domicilié à Fulbrook, État de New York, mentionné au dossier comme le plus proche parent de Sylvia. Échaudé par le quasi-désastre de la clinique Vasclear, Brian eut recours à l'opérateur longue distance et à sa carte de crédit, plutôt qu'au standard de l'hôpital. Une voix de femme lui répondit.

— Vous pouvez me répéter votre nom ? demanda-t-elle.

— Docteur Holbrook, de l'hôpital White Memorial, à Boston.

— Vous avez soigné ma belle-mère ?

— Je... Non... Pas vraiment.

— Il vaudrait mieux que vous vous adressiez à mon mari. Il va rentrer tard cette nuit. Rappelez demain matin.

— Mais, heu... Pourriez-vous juste me dire comment va Mme Vitorelli ?

Silence prolongé à l'autre bout du fil.

— Elle est décédée, monsieur. Elle a eu un collapsus ici, et elle est morte à l'hôpital il y a deux ans.

Le pouls de Brian s'emballa. Le dossier de Sylvia s'arrêtait quelques mois avant.

— Ah, j'en suis désolé, croyez-le. Vous n'auriez pas des détails à me donner sur son décès, s'il vous plaît ?

— Je... je crois que vous feriez mieux de rappeler quand mon mari sera là.

— D'accord, mais pourriez-vous me dire juste la cause de sa mort ?

— C'était son cœur. Veuillez rappeler demain, merci.

La belle-fille de Sylvia raccrocha avant qu'il ait pu l'interroger davantage. Mais lui-même se posait plein de questions. Sylvia avait-elle été hospitalisée avant sa mort et où ? Avait-elle subi des examens cardiaques ? Un test de numération sanguine ? Une autopsie ? Enfin deux questions essentielles : Était-ce trop tard et serait-il assez raisonnable pour tout laisser tomber ?

— Eh bien, encore une visite transcendante, hein ?

Brian n'avait même pas vu Phil s'approcher.

— Excuse-moi, je n'ai pas arrêté de m'absenter. J'avais des coups de fil à passer.

— Pas de problème, vieux. Du moment que tu continues à poser des pacemakers et à sauver des vies, je me charge du boulot théorique.

— Tu es vraiment un excellent prof, Phil.

— Arrête.

— Sérieusement. Et ça se voit que tu aimes enseigner. On ne peut pas en dire autant de tout le monde, tu sais.

— Oui, eh bien, le fait est que j'adore ça. J'aime tout ce que je fais, ici. Ça compense les règles non écrites et autres emmerdements. C'est lié au statut de l'hosto. C'est à cause de ça aussi que je ne peux plus t'aider avec cette histoire de Vasclear, et que je te supplie de faire attention.

— Tu sais quelque chose que j'ignore ?

— A quel sujet ?

— Rien, rien, un peu de parano, excuse... Je suis vanné.

— C'est compréhensible. Pardonne-moi si j'ai l'air de te faire un sermon, mais tu ne peux pas nier que dès l'instant où il y a plus d'une personne qui travaille dans une boîte, tu t'exposes à des problèmes de hiérarchie et d'ego. Quand il s'agit de médecins, les personnalités sont un peu plus affirmées, c'est tout. Une fois que tu as compris qui avait un ego fragile dans l'hosto et ce qu'il fallait faire pour ne pas le froisser, ça devient un lieu de travail très agréable.

— A qui le dis-tu... Je te rappelle qu'on m'a mis au rebut et que j'y étais encore il n'y a pas si longtemps.

— Oui, eh bien, je te remercie de ne pas insister, en tout cas.

— Pas de problème.

Phil était mal à l'aise, ça se voyait. Sa décision de rester en dehors du coup lui laissait des scrupules.

— Bon, dit-il, gêné, à plus tard.

Il recula de quelques pas avant de se retourner, et s'éloigna à grandes enjambées.

Brian ouvrit son attaché-case et sortit une enveloppe sur laquelle il avait écrit le nom de Phil. Dedans se trouvait une copie de la liste des dix patients de la phase un. Brian, qui avait caressé l'espoir que Phil accepte de faire des recherches sur eux, déchira la feuille et jeta les morceaux à la corbeille. Phil était définitivement out. Il aurait bien aimé partager la même assurance quant à son propre rôle.

— Docteur Holbrook, appela l'infirmière de l'étage. Vous avez une seconde ?

— Bien sûr.

Brian referma son attaché-case et la suivit.

— Docteur, je viens de m'apercevoir que cette enveloppe qui était sur le coin de mon bureau porte votre nom. Je ne sais pas du tout qui l'a mise là, ni quand. Désolée. Tenez.

— Il n'y a pas de mal. Merci. Ça n'a pas l'air important, n'importe comment. J'ai dû la faire tomber en transportant ma pile de courrier.

Il ne croyait pas à cette explication, bien sûr, et l'avait inventée sur le moment pour se donner une contenance. Il partit, aussi nonchalamment qu'il le pouvait, lire la chose en salle de garde.

L'enveloppe était blanche, scellée, et son nom imprimé dessus en capitales. Brian la déchira, et avant même d'avoir déplié l'unique feuille, il sentit que c'était mauvais pour lui.

HÔPITAL WHITE MEMORIAL – LABORATOIRE MÉDICAL

Patient : 1744 ÉCHANTILLON DATANT DU : 15/10.

Nom du test	Résultat
Ethanol (urine)	NÉGATIF

Substances prohibées (urine)

Tétrahydrocannabinol (THC)	NÉGATIF
Amphétamines	NÉGATIF
Barbituriques	NÉGATIF
Benzodiazépines	NÉGATIF
Cocaïne	NÉGATIF
Méthadone	NÉGATIF
Opiacés	POSITIF
Phencyclidine	NÉGATIF
Propoxyphène	NÉGATIF

Commentaires
Échantillon prélevé sous contrôle.
Résultat opiacés positif confirmé par chromatographie gazeuse.
Les résultats quantitatifs seront fournis ultérieurement.

Patient 1744. Le numéro de Brian. La date était celle du jour. Il n'avait même pas subi de test aujourd'hui ni, bien sûr, absorbé la moindre quantité d'opiacé, la classe de narco-analgésiques qui lui avait coûté son autorisation d'exercer. Il restait assis dans le petit local, les yeux fixés sur un chromo représentant Hippocrate versant le contenu d'un bol en terre cuite dans le gosier d'un malade. Il avait l'impression qu'on venait de poser un haltère sur sa poitrine. En vertu d'une convention avec Ernest Pickard, un seul test positif confirmé par chromatographie suffisait. Pas d'excuses, pas d'alibis ni de protestations d'innocence, aucune possibilité de s'abriter derrière une erreur de labo, pas la moindre seconde chance. Fini. Exclusion de l'institut. Rapport immédiat au conseil de l'ordre. Humiliation, commission de discipline. Plus question d'exercer la médecine. Plus question de voir librement ses enfants. Fini.

La clinique où l'on testait son urine tenait un registre des prélèvements, pour le cas où quelqu'un se plaigne d'un échantillon manquant ou d'une faute de procédure. L'auteur de ce coup monté avait-il aussi falsifié le registre ? Brian se demanda pourquoi on avait choisi un jour où il n'était pas testé, au lieu d'attendre une véritable analyse d'urine et de modifier uniquement le résultat. Si ses ennemis pouvaient fabriquer un faux rapport officiel de laboratoire, ils pouvaient virtuellement tout faire.

Soudain, il s'aperçut que son portable sonnait. APPEL EXTÉRIEUR, lut-il sur le petit écran. Il fourra le faux rapport dans sa poche et prit l'appel. Son correspondant parlait lentement, d'une voix profonde, presque gutturale, et avec un accent indéfinissable.

— Vous avez eu l'enveloppe, docteur Holbrook ?

— Qui êtes-vous ?

— Aujourd'hui, ce n'est qu'un avertissement, pour vous montrer ce dont nous sommes capables. Si vous continuez à semer le trouble à la FDA ou ailleurs, soyez sûr que nous le saurons. Et alors le rapport d'analyse sera fait sur un véritable échantillon déposé par vous. Votre nom sera sur le registre. Le test sera positif et vous serez exclu. Me suis-je bien fait comprendre ?

— Qui êtes-vous ? bredouilla à nouveau Brian.

L'inconnu raccrocha.

Brian contempla son téléphone. Pourquoi me laissent-ils encore une chance ? se disait-il. Avec un test d'urine positif, il était clair que tout ce qu'il pourrait dire serait sujet à caution. Pour qu'on cherche à lui nuire à ce point, cependant, il fallait qu'il soit tombé sur quelque chose d'important et de potentiellement nuisible à l'image irréprochable du Vasclear. Teri le lui avait dit et redit : Alexander Baird cherchait quelque chose, n'importe quoi, susceptible de compenser le battage publicitaire fait autour du produit et de retarder sa mise à la disposition d'un public trop crédule. L'interlocuteur anonyme et ceux pour qui il agissait voulaient que Brian se taise et n'hésitaient pas à monnayer sa carrière contre le silence absolu. Brian déchira le rapport du labo en petits morceaux qu'il éparpilla dans la corbeille à papier. On lui donnait une dernière chance. Soit. Mais qui tirait les ficelles ?

Hébété, perplexe et distrait, il sortit du local et faillit entrer en collision avec Ernest Pickard. Depuis plusieurs semaines qu'il travaillait à l'institut, Brian n'avait pas revu une seule fois le directeur. Et voilà qu'il tombait sur lui. Coïncidence ?

Pickard était vêtu d'un costume bleu immaculé à revers croisés. Un stéthoscope, dont Brian doutait qu'il se servît beaucoup, dépassait d'une de ses poches.

— Eh bien, lui dit-il, avec son habituel ton enjoue, comment se porte notre quarterback ?

Le directeur l'entraîna à l'écart du bureau pour qu'ils puissent discuter. Brian l'observa attentivement, essayant, à travers son intonation, de deviner s'il était venu s'assurer que le message anonyme était bien passé.

— Je ne m'en tire pas trop mal jusqu'à présent.

— Les rapports qui me sont parvenus sont beaucoup plus flatteurs que cela. Enfin, je suis passé voir comment vous teniez le coup, après la tragédie.

— La tragédie ?

— Oui. Votre père.

— Ah, oui. Oui. C'est très gentil de votre part, docteur Pickard. En fait, je suis encore sous le choc. Je travaille, mais j'ai l'esprit ailleurs.

Pickard lui mit une main sur l'épaule.

— C'est une réaction parfaitement normale. Je me doute que vous devez avoir du mal à rester concentré. Ne vous laissez pas abattre quand même.

— J'essaie.

— Et pour l'amour du ciel, n'allez pas faire une rechute. Vous assistez toujours à vos réunions ?

— Absolument.

— Excellent. Parce que vous semblez vous adapter très bien ici, et je serais désolé que vous nous quittiez.

Sans attendre la réponse, Pickard tapota à nouveau sur l'épaule de Brian, adressa un sourire aux infirmières et à la secrétaire qui le reluquaient derrière le comptoir de l'accueil, et s'en alla.

Brian revint en flânant vers le local des internes. Impossible de dire si Pickard savait ce qui lui arrivait. Une chose était claire, cependant. Il ne restait que quatre jours avant la cérémonie de signature du Vasclear, et on l'avait à l'œil. Il s'enferma en salle de garde après avoir vérifié que personne ne se trouvait dans les parages, et appela la seule personne à qui il faisait une totale confiance. Dieu merci, Freeman était chez lui.

— Salut, Freeman. Dis donc, il n'y aurait pas une réunion cet après-midi, vers trois heures, où je pourrais te retrouver ?

— Attends que je regarde dans le programme des meetings. Je ne vois rien aux NA avant ce soir, mais il y a une réunion des AA, 18, Stiles Street, à Brookline de quatre à cinq. Discussion.

— Tu peux me retrouver là-bas ?

— Pas de problème, mon vieux. Si tu as besoin de moi, je suis là. Surtout à une réunion. Élémentaire, pour un sponsor.

— Merci. En fait, j'ai besoin de toi, et du meeting. Autre chose. As-tu une idée de la façon de trouver à qui appartient une société, et qui fait partie du directoire ?

— Non, mais je peux te dire qu'entre les AA et les NA, il y a toujours quelqu'un qui peut répondre à toutes les questions, qu'il s'agisse de business, de rap, de bricolage ou de neurochirurgie. Il faut juste mettre la main sur le bon type.

— Tu pourrais t'en charger ?

— Bien sûr. A condition que tu m'expliques ton histoire.

— Je vais tout t'expliquer, Freeman. Promis.

— OK. C'est quelle société ?

— Newbury Pharmaceuticals. Je veux savoir qui dirige Newbury Pharmaceuticals.

26

Freeman Sharpe arriva à l'église de Brookline un quart d'heure après le début de la réunion. Brian était déjà là et lui avait réservé une place. Ils s'assirent l'un à côté de l'autre et pendant un moment, écoutèrent un avocat raconter toutes les erreurs professionnelles qu'il avait commises des années durant à cause de la boisson. L'homme décrivit ensuite les changements intervenus dans sa vie, depuis huit ans qu'il était sobre. En plus de tenir bénévolement la permanence téléphonique des AA une fois par semaine, il avait démissionné du puissant cabinet où il exerçait, changé sa BMW contre une Volkswagen, bazardé son sirop Maalox, et commencé à faire de l'assistance juridique pour les déshérités de la ville.

L'inspiration émanant de son visage émacié rayonnait dans toute la salle.

— Il a l'air de s'en tirer rudement bien, chuchota Freeman en se penchant vers Brian.

Celui-ci leva les yeux vers les vitraux de la salle paroissiale.

— Ouais, dit-il platement.

Sharpe soupira.

— Docteur Brian, je pense que nous devrions sortir et discuter tous les deux.

— Sortir ? Sharpe, depuis que je te connais, tu ne t'es jamais absenté d'une réunion.

— Peut-être, mais mon cinquième sens me dit que tu es dans le pétrin.

Ils s'arrêtèrent dans le vestibule pour se remplir chacun une tasse de café, qu'ils emportèrent avec eux. Il faisait, en cette fin d'après-midi, un temps nuageux mais chaud, et Brian se félicitait d'avoir enfilé un jean et un T-shirt avant de quitter l'hôpital. Ils longèrent un pâté de maisons en silence, puis traversèrent un terrain de sport désert avant de s'asseoir sur un banc en ciment. Freeman se mit à bourrer sa pipe.

— J'ai des ennuis, commença Brian.

— On dirait que tu n'as pas arrêté d'en avoir depuis que tu travailles dans cet hosto.

— C'est nettement plus facile de louer des voitures, je te l'accorde. Freeman, Jack est mort en partie parce que j'ai choisi de ne pas le pousser à se faire opérer. Et si j'ai fait ce choix, c'est surtout... pardon, c'est uniquement parce qu'il était sous Vasclear. Or, j'ai découvert certaines choses concernant les premiers sujets de la campagne de tests, des choses que le fabricant n'a jamais sues, ou bien qu'il n'a pas révélées à la FDA.

— Quelque chose qui cloche avec ce médicament ?

— Je ne peux pas l'affirmer. Du moins pas encore. Il y a deux ans et demi, ils ont fait des tests préliminaires sur dix-huit patients. Je n'en ai identifié que trois, mais ils sont tous morts. Deux d'entre eux avaient une formule sanguine bizarre et des symptômes qui peuvent être dus à un effet indésirable du produit. Je viens de retrouver la trace du troisième. Il s'agit d'une femme décédée chez son fils dans l'État de New York. Je n'ai aucun détail, mais son dossier médical et celui d'un des trois autres m'ont l'air d'avoir été trafiqués. Il manque des pages.

— Mais maintenant, le médicament est efficace, n'est-ce pas ?

— Oui. Il ne marche toujours pas chez certains individus, mais en même temps, il ne fait aucun mal.

Freeman alluma sa pipe. Le parfum du tabac se mêlait agréablement aux senteurs de l'automne.

— Eh bien ? dit-il.

— Cette nuit, je me suis fait surprendre par une caméra de surveillance. Elle m'a filmé en train de chercher les noms des premiers patients à la clinique Vasclear.

— Tu faisais ça pourquoi ?

— Je ne sais pas. Je... je n'arrive pas à me défaire de l'idée que j'ai manqué de fermeté avec Jack. Mais j'avais tellement besoin de croire que le Vasclear était la solution...

— Une croisade. J'adore les croisades. Tous ces chevaux, ces capes blanches, avec la croix rouge...

Brian étouffa un rire.

— C'en est peut-être une, dit-il. Mais contre qui est-ce que je me bats ? Voilà la vraie question. Plus je m'enfonce là-dedans, plus j'ai l'impression de me battre avec moi-même, avec mon orgueil, ce qui a déjà failli détruire ma vie à deux reprises ; la première quand je me suis esquinté le genou, la deuxième, quand j'ai refusé de me faire aider pour un problème d'accoutumance qui me minait corps et âme. Mais après ma thérapie et tout le travail que j'avais fait aux NA, j'ai cru que j'avais vaincu cette part de moi-même, que je la contrôlais. Et puis, tout d'un coup, je décide que je sais mieux que personne ce qui convient à mon père, et je passe outre les recommandations de son médecin et d'un des meilleurs chirurgiens cardiaques au monde.

— Et c'est pour ça que tu ne veux pas laisser tomber ?

— Peut-être. Oui, oui, je crois que c'est en grande partie pour ça. Je n'arrive pas à affronter ce que mon ego m'a fait faire, alors je m'en prends au médicament et à ceux qui le fabriquent. N'empêche, Freeman, je pense qu'il y avait vraiment une anomalie avec ce produit. Laquelle, je n'en sais rien, mais à mon avis, ce problème avec les sujets de la phase initiale a été passé sous silence. Les médecins impliqués dans la recherche sur le Vasclear sont des scientifiques respectés, mais ils m'ont déjà menti une fois à propos d'un aspect crucial du programme.

— Et ces chercheurs respectés commencent à montrer les dents ?

— Peut-être eux, peut-être quelqu'un d'autre. Ce matin, quelqu'un m'a fait parvenir un rapport d'analyse d'urine avec mon numéro. Il a l'air authentique mais il ne l'est pas. Le résultat est positif pour les opiacés. Je n'ai même pas donné d'échantillon d'urine aujourd'hui. Quelques minutes plus tard, un type m'a appelé pour me dire que si je continuais à semer le trouble, le prochain rapport aboutirait sur le bureau de mon patron.

— Bon, mais quel genre de conseil est-ce que tu attends de moi ?

— J'attends que tu me dises que je viens juste de me

remettre en selle après dix-huit mois de suspension, que toute cette histoire de Vasclear n'est que le produit de mon imagination exubérante, que je n'ai aucune preuve concrète de ce que j'avance, que la FDA n'est absolument pas intéressée par ce que j'ai trouvé jusqu'à maintenant, et que je ferais mieux de m'occuper de mes affaires.

Sharpe produisit un rond de fumée qui s'éleva en dansant vers le ciel.

— Pourquoi est-ce qu'ils t'ont menacé avec ce faux prélèvement d'urine, d'après toi ?

— Je ne sais pas trop. Soit ils ont peur que je tombe sur un squelette dans leur placard, soit ils sont sur leurs gardes, à quelques jours de l'approbation officielle du Vasclear. S'il s'avère qu'ils étaient au courant d'une anomalie au cours des premiers essais et qu'ils ne l'ont pas signalée à la FDA, même s'ils ont résolu le problème ensuite, ça suffira sans doute à retarder indéfiniment la sortie du médicament.

— Même s'il marche parfaitement maintenant ?

— Je crois, oui. Il y a des sommes colossales en jeu.

— Donc, ce que tu peux espérer de mieux, c'est qu'ils reportent la mise en vente d'un médicament qui semble agir parfaitement et qui pourrait sauver des milliers de vies humaines. Et en essayant d'accomplir cette prouesse douteuse, tu mets en péril ta carrière de médecin.

Nouveau rond de fumée.

— Dis comme ça, ça a l'air insensé, concéda Brian.

— Ça a l'air d'un type furieux et frustré qui tenait beaucoup à son père et qui culpabilise affreusement sur sa mort. Rien d'insensé là-dedans.

— Alors tu penses que je devrais tout laisser tomber.

— Pas vraiment, non.

Brian dévisagea son ami.

— Qu'est-ce que tu veux dire ?

— Tu m'as demandé de me renseigner sur les laboratoires Newbury, n'est-ce pas ?

— C'était ce matin. Tu as déjà trouvé quelque chose ?

— Peut-être. D'abord, c'est une boîte à capitaux privés, irréprochable de l'extérieur (il sortit une feuille de papier de son coupe-vent). Les renseignements exigés d'une société privée par l'administration sont assez succincts, et voilà ce qu'ils ont sur Newbury Pharmaceuticals (il tendit à Brian une liste de quatre noms). Un directeur général, un trésorier, un commis aux écritures, et un membre du conseil d'administration. Ils ne demandent rien d'autre, à part une déclaration d'intention. Aucun de ces noms ne me dit quelque chose, et je suppose qu'ils ne te disent rien à toi non plus.

— Effectivement.

— Rappelle-toi ce que je t'ai dit. Quoi que tu veuilles savoir ou entreprendre, il y a toujours quelqu'un pour t'aider aux AA. Eh bien, je me suis dit que s'il y avait un bémol avec tes laboratoires, un type comme Cedric L. devait être au courant. Tu le connais ? Probablement le seul Chinois au monde prénommé Cedric. Il est dans le groupe du vendredi soir qui se réunit au centre-ville. Il fait aussi partie d'un club social de Chinatown qui se trouve être le repaire favori d'un des gangs les plus durs de la ville.

— Toi qui t'inquiétais parce que je barbotais quelques ampoules de médicament...

— Cedric a vingt ans d'abstinence derrière lui, répondit Freeman. Peut-être plus. Quand tu en es là, tu peux te permettre de faire des choix en connaissance de cause. N'importe comment, j'ai appelé le vieux Cedric, et il se trouve qu'il sait pas mal de choses sur Newbury Pharmaceuticals.

— Du genre ?

— Du genre blanchiment d'argent sale. Ça fait dix ans que ça dure. Ils utilisent le labo comme couverture.

— L'argent de la drogue ?

— Qu'est-ce que tu veux que ce soit d'autre ?

— La Mafia ?

— Pas celle à laquelle tu penses. D'après Cedric, ce sont les Russes qui possèdent l'entreprise. Elle était déjà entre leurs mains avant la chute du mur de Berlin.

Brian baissa les yeux sur la liste de quatre noms.

— Mais qui sont ces gens, alors ?

— Aucune idée. Des gens qui ont changé de nom. Des gens payés pour mettre leur nom sur des documents d'entreprise. Quelque chose comme ça. La boîte produit des vitamines.

— Je sais.

— Ce que dit Cedric, c'est qu'ils achètent les matières premières de leurs vitamines quelque part en Russie, et vendent ensuite le produit fini chez nous. L'argent est recyclé au cours de cette transaction et aboutit dans des banques américaines sous forme de virements électroniques.

— Et maintenant, ils veulent produire du Vasclear ?

— Apparemment. Et si ce truc est aussi génial que les journaux le prétendent, ça m'étonnerait qu'ils continuent longtemps à colporter de la vitamine ou de la came.

Brian laissa échapper un petit sifflement.

— Freeman, le type qui m'a appelé ce matin et qui m'a menacé avait un accent russe. J'en suis certain.

— Dans ce cas, mon pote, je dirais que tu t'es mis dans une sacrée merde. Quand tu contraries ces types-là, ils ne se contentent pas de te taper sur les doigts avec une règle, en général. Ça m'étonne qu'ils se soient contentés de te menacer d'une analyse d'urine positive.

Brian restait assis, abasourdi, regardant distraitement deux garçons qui venaient d'arriver sur le terrain et se lançaient un ballon de football dans le crépuscule naissant.

— Ce Cedric, demanda-t-il, c'est quelqu'un à qui tu fais confiance ?

— C'est un gangster. Comment veux-tu que je sache ? Mais, oui, ce qu'il dit, je le crois. Quelles raisons aurait-il de me mentir ?

— J'ai joué la vie de mon père avec un remède miracle contrôlé par la Mafia russe ?

— On dirait, oui. Mais ça ne change rien au fait que le médicament est efficace.

— C'est vrai. Dans soixante-quinze pour cent des cas sur un total de deux cents cas. Qu'est-ce que je dois faire, Freeman ?

— Ne pas boire, ne pas prendre de toxique, aller à tes réunions et te faire aider quand il faut.

— C'est très général, comme conseil.

— Oui, mais c'est le meilleur qui soit dans ton cas, et en toute situation. Brian, ça fait plus d'un an que je me suis investi pour t'aider. Peut-être que les gens de Newbury traficotent en sous-main, peut-être pas. Pour l'instant, je m'en tape. Je veux juste qu'il ne t'arrive rien.

— Donc, ce que tu dis, c'est que je devrais m'écraser et faire ce qu'ils me disent.

— Éventuellement.

— Mais n'importe comment, Freeman, je n'ai rien fait, et certainement rien qui mérite une telle réaction de leur part. Ils se servent du fait que je sors de désintox pour me menacer, ils mettent ma carrière de médecin en jeu alors que je n'ai strictement rien fait, à part vérifier deux ou trois dossiers.

— Je ne trouve pas du tout qu'ils aient l'air de vouloir tuer une fourmi avec un fusil d'assaut.

— Mais pourquoi moi ?

Brian secoua la tête, se leva et fixa le terrain d'un regard lointain. Sharpe l'imita et évacua les cendres de sa pipe en la tapotant sur son talon.

— Pourquoi ? répéta Brian.

Ils s'approchèrent de l'endroit où les deux jeunes se lançaient le ballon. Brian tapa des mains pour qu'ils la lui envoient et l'un d'eux obéit.

— Recule, cria Brian en lui faisant signe de prendre du champ. Plus loin. Encore, encore !

— Allez, monsieur, lui répondit le garçon d'un ton suppliant.

— OK, comme tu veux.

Brian mit toute sa peur et toute sa colère dans son lancer. Bien que le jeune joueur fût éloigné d'au moins quarante mètres, la trajectoire en spirale parfaite était encore ascendante lorsque le ballon lui passa au-dessus de la tête. Il atterrit à plus de soixante mètres de Brian, rebondit une fois et disparut à ras de terre dans un fouillis de buissons.

— Je ne peux pas abandonner comme ça, Freeman, dit-il. Je ne peux pas.

27

Fulbrook, État de New York, est une jolie bourgade endormie au pied des monts Catskill, dans un paysage de carte postale. Il faut trois heures et demie pour y arriver par la route depuis Boston. Brian fit le trajet avec la capote relevée, à travers les couleurs et les odeurs enivrantes de l'automne, généralement de nature à remonter le moral des plus déprimés. Aujourd'hui, cependant, il n'avait pas l'intention de se laisser distraire un seul instant de son objectif : trouver les réponses aux questions qui le hantaient.

Richard Vitorelli s'était montré aussi méfiant et réticent que sa femme au téléphone. Finalement, il avait accepté de rencontrer Brian, à condition que son identité soit vérifiable et que l'entretien ait lieu au cabinet de son médecin de famille, lequel se trouvait être aussi l'expert médico-légal du comté. Après trente-six heures de garde ininterrompue, Brian avait toute une journée de libre. Il accepta avec joie.

Quand il se fut mis d'accord avec Vitorelli et que celui-ci lui eut indiqué le chemin pour arriver chez le Dr Samuel Purefoy, il appela Teri. Dès qu'il entendit sa voix, tout le reste lui parut moins important.

— J'allais justement t'appeler, dit-elle.

— A quel sujet ?

— Je ne sais pas. Pour faire l'amour au téléphone, peut-être ? Tu me manques vraiment, doc.

— Toi aussi, doc. Tu viendras avant samedi ?

— Je ne vois vraiment pas comment je pourrais. Il nous reste énormément de choses à mettre au point ici. Baird et moi arriverons samedi matin à bord d'un jet du gouvernement.

Ne disposant d'aucune preuve formelle, Brian avait déjà décidé de ne pas partager avec Teri les informations obtenues par Freeman auprès de Cedric L. Selon toute vraisemblance, les cadres et les principaux chercheurs de Newbury étaient bien connus de la FDA, qui devait avoir procédé à toutes les vérifications nécessaires. Lancer des accusations sans preuve n'aurait fait que diminuer sa propre crédibilité.

— Tu n'es pas tombée sur d'autres informations troublantes au sujet du Vasclear, par hasard ? demanda-t-il à Teri.

— Non. Rien de neuf, à part ce que tu m'as appris sur tes deux cas d'insuffisance cardiaque peut-être dus à de l'HAP.

— Mais Baird ne les prend pas au sérieux, n'est-ce pas ?

— Pas vraiment. Souviens-toi que les sujets de la phase un étaient tous très malades avant de commencer leur traitement. Que quelques-uns soient morts d'une crise cardiaque semble naturel. Il fallait s'y attendre.

— Et l'hypertension pulmonaire, qu'est-ce que tu en fais ?

— Mais Brian, encore faudrait-il pouvoir la prouver. On n'en a aucune confirmation chez ces patients. Et il n'y en a qu'un qui soit mort d'un arrêt du cœur. Tu m'as dit que l'autre monsieur s'était fait tuer au cours d'une fusillade.

— C'est vrai. Je voulais passer au bureau du légiste pour voir si l'autopsie n'avait pas révélé des traces d'HAP au niveau des poumons, mais je n'ai pas eu le temps. Et il y a un autre sujet de la phase un sur lequel je voudrais me renseigner, une femme nommée Vitorelli. Elle est décédée, comme les deux autres. Je crois que c'est à la suite d'un problème cardiaque, mais je voudrais savoir si elle ne faisait pas de l'HAP aussi. Comme ma journée de demain est libre et que je n'ai rien de prévu, je pensais baisser la capote de ma Lancia et filer chez son fils, dans l'État de New York, pour l'interroger.

— Je ne voudrais pas te décourager, Brian, mais maintenant, on est persuadés que le médicament est efficace et inoffensif.

— Mais tu m'as dit que vous enquêteriez sur le Vasclear jusqu'à la dernière minute.

— Absolument, et je maintiens ce que je disais. Quoi que tu trouves, Baird se penchera dessus si c'est du concret. Il a la parole du Président que la cérémonie de signature peut être ajournée jusqu'à la dernière minute.

— Dans ce cas, je pars pour Fulbrook. Tu es sûre que tu ne veux pas prendre un avion pour Boston ce soir, et venir avec moi demain matin ? Il y en a pour quatre heures environ, et j'ai un fantasme, en voiture...

— Ah, non, pas ça ! Vous, les hommes, vous fantasmez tous sur la même chose...

— Ah oui ? Eh bien, sache que les ingrédients du mien consistent en un pot de confiture d'orange, un jeu de oui-ja et ma sacoche médicale. Je te dis ça pour que tu saches ce que tu rates.

— Là, tu m'intrigues, effectivement. Mais Brian, on est convaincus d'avoir fait tout ce qu'on a pu, tu sais. Tu n'as pas besoin de t'impliquer davantage.

— Tu aurais dû y penser avant de m'inviter dans ta chambre d'hôtel. Maintenant, ça m'obsède.

— Dans ce cas, est-ce que j'aurai droit une autre fois à la confiture et au oui-ja ?

— Absolument. Je t'appellerai quand je serai revenu.

Brian entendit soudain un déclic sur la ligne.

— Est-ce que tu as un service de mise en attente sur ta ligne, en cas de deuxième appel ? demanda-t-il.

— Non, pourquoi ?

— Je viens juste d'entendre un bruit. Une espèce de déclic.

— J'entends souvent des trucs étranges sur ma ligne, mais pas cette fois. Brian ? Ça va ?

— Hein ? Heu... Oui, oui. Je suis fatigué, et un peu stressé à cause du boulot, c'est tout. Et papa me manque.

— Ça finira par s'atténuer, à défaut de s'en aller complètement.

— Oui... Bon, sur ce, il faut que j'aille acheter de la confiture.

— Tu me manques, Brian.

Le Dr Samuel Purefoy, légiste du comté de Greene, était un bonhomme jovial avec une bouille ronde comme une boule de bowling. Il avait installé son cabinet, un petit bungalow bleu ciel, au pied d'une colline boisée. Sur la pelouse, un vieux buggy fraîchement repeint témoignait d'une simplicité révolue : la médecine rurale d'autrefois.

Brian arriva un quart d'heure en avance. Purefoy en profita pour faire du thé et lui glisser gentiment deux ou trois questions sur White Memorial et l'institut, histoire de le tester.

— J'ai rarement vu une scène comme ce jour-là chez Ricky, dit le vieux généraliste quand il fut rassuré. Ses poumons étaient littéralement gorgés de fluide mêlé au sang. Dieu sait ce qu'elle a dû souffrir avant la fin, la pauvre. Elle s'est purement et simplement noyée. On a fait ce qu'on a pu, mais elle n'avait aucune chance.

— Elle vivait encore quand vous êtes arrivé ?

— Oui, mais à peine. C'était un dimanche et j'étais de garde. J'habite à moins de deux kilomètres de chez les Vitorelli. J'allais partir à l'église quand j'ai reçu l'appel, et je suis arrivé en même temps que l'équipe des secours. On a réussi à l'intuber, et à la transporter à l'hôpital local. Il est petit, mais c'est un très bon établissement.

— J'en suis sûr.

— Malheureusement, on n'a pas pu la ranimer aux urgences. Impossible de l'oxygéner avec tout ce qu'elle avait dans les poumons.

— Est-ce que vous avez pensé à une autopsie ?

— Non, je ne me voyais pas imposer ça à la famille. N'importe comment je savais qu'elle était prise en charge par White Memorial. Qu'est-ce qui peut bien vous avoir fait venir de Boston, deux ans après les faits ?

— Mme Vitorelli était une des premières patientes traitées au Vasclear.

— Ah, le produit miracle. J'ai déjà une demi-douzaine de

candidats au traitement. Il paraît qu'il sera disponible la semaine prochaine. C'est vrai ?

— Je pense, docteur Purefoy.

— Sam, s'il vous plaît.

— Sam, je suis tombé par hasard sur plusieurs malades soignés au Vasclear pendant la phase préliminaire, qui présentent tous des symptômes concordants d'hypertension pulmonaire. Est-ce que vous croyez à cette possibilité dans le cas de Mme Vitorelli ?

— De l'hypertension pulmonaire ? Ma foi, je ne suis pas sûr d'en avoir jamais vu. Et si j'en ai vu, ce n'est pas moi qui avais fait le diagnostic. Ses chevilles étaient terriblement enflées. C'est un des symptômes, n'est-ce pas ?

— Absolument, mais ce n'est pas spécifique à l'HAP.

A ce moment, Richard Vitorelli arriva. Large d'épaules, vêtu simplement, le visage franc et sympathique, l'homme fleurait bon les champs et le grand air. Il échangea une poignée de main hésitante avec Brian, puis se tourna vers Purefoy.

— Le monsieur est médecin ? s'enquit-il d'un air méfiant.

— Oui, oui, ne craignez rien, il vient bien de White Memorial. Le Dr Holbrook enquête sur le médicament que prenait votre mère.

— Ah, bon, pourquoi ?

— Eh bien, dit Brian, d'ici quelques jours, les gens vont commencer à en prendre dans le monde entier.

— Y compris quelques-uns à Fulbrook, intervint Purefoy.

— Je me renseigne sur les gens qui ont pris du Vasclear et qui sont décédés. Votre mère est sur ma liste.

Vitorelli interrogea Purefoy du regard, et celui-ci lui fit signe de dire ce qu'il voulait.

— Mon père est mort d'une attaque il y a six ans et jusque-là, ma mère n'avait jamais été malade, commença-t-il. Quelques mois après l'enterrement, elle a commencé à avoir des douleurs à la poitrine.

— C'est à ce moment-là qu'on l'a mise au Vasclear, dit Brian.

— Oui. Elle en a pris pendant presque un an. Au début, on a

cru que ça allait vraiment bien marcher. Elle n'avait pratiquement plus mal et allait de mieux en mieux. Et puis elle a recommencé à se plaindre. Elle devait venir passer une quinzaine ici. Quand elle est arrivée et que j'ai vu ses jambes, j'ai eu peur. J'ai pensé appeler le docteur Purefoy, mais on était dimanche et... j'ai cru que ça pouvait attendre lundi.

Il essuya une larme d'un revers de main.

— Ce n'est pas de votre faute, Ricky, dit Brian, compatissant secrètement. Si votre mère avait le problème pulmonaire que je suppose, personne n'aurait pu la sauver, ni moi, ni Sam, personne, je vous assure.

— Je n'espère qu'une chose, c'est qu'elle n'a pas trop souffert, dit Ricky. Il y a d'autres choses que vous vouliez savoir ? Parce que sinon, je vais retourner à mon tracteur.

Richard Vitorelli n'avait posé aucune question sur le lien éventuel entre le Vasclear et la mort de sa mère. La perspective d'un procès ne l'intéressait nullement. Sans doute ne lui était-elle même pas venue à l'esprit. Brian se promit de revenir le voir s'il s'avérait que sa mère avait payé de sa vie une erreur de Newbury.

Ricky lui serra la main, cette fois avec un peu plus de conviction. Brian se levait pour partir quand il se souvint de quelque chose.

— Un dernier point, Sam. Est-ce qu'on avait fait faire un test de numération sanguine à Mme Vitorelli ?

— Ça, je ne peux pas vous dire. Je suppose qu'on a dû lui faire un prélèvement, mais évidemment, comme elle est décédée ensuite...

— Vous ne pourriez pas vous renseigner là-dessus ? Ce qui m'intéresse, c'est le nombre de globules blancs et le pourcentage d'éosinophiles.

— S'ils ont gardé l'hémogramme à l'hôpital, on doit pouvoir le retrouver. Ricky, je sais que c'était il y a deux ans, mais est-ce que vous vous souviendriez du jour exact de sa mort, par hasard ?

— Ça a fait deux ans tout juste ce mois-ci. Le cinq octobre.

Sam Purefoy appela l'hôpital. Il parla quelques instants avec le responsable du labo, puis raccrocha. Ils attendirent à peine deux minutes avant d'avoir le résultat sur le fax du cabinet.

— Ma foi, dit-il en examinant la feuille, les éos sont élevés, mais pas énormément. Sept pour cent, sur un total de vingt mille globules blancs.

Il passa la feuille à Brian. Celui-ci se pencha dessus, les yeux brillants d'excitation. Le stress et peut-être aussi la déshydratation avait artificiellement augmenté le total des globules blancs. S'il s'était élevé à cinq mille ou dix mille, comme c'est la norme, le taux d'éos aurait été de quinze à vingt pour cent, c'est-à-dire très excessif. Brian se garda de partager ses réflexions avec le généraliste.

— Je peux conserver ceci ? lui demanda-t-il.

— Bien sûr.

Trois patients en phase un, deux morts d'insuffisance cardiaque, le troisième avec un problème cardiaque avéré, et tous avec un fort taux d'éosinophiles. Nul doute que ça ressemblait beaucoup à une réaction d'intolérance au médicament.

Brian avait quitté Fulbrook depuis un quart d'heure et roulait sur une route à deux voies sinueuse et à peu près déserte, dans l'embrasement rouge et or du couchant. Distrait par le puzzle du Vasclear et par sa discussion avec Purefoy et Vitorelli, il n'avait pas remarqué la voiture beige banalisée qui lui collait au train depuis un moment. Soudain, ses occupants sortirent un gyrophare et le collèrent sur le toit où la chose se mit à tournoyer en lançant des éclairs bleus.

Brian baissa aussitôt les yeux sur son compteur. Un peu plus de quatre-vingts à l'heure. Peut-être un minuscule panneau de ralentissement lui avait-il échappé à l'entrée d'une localité.

Il se rangea sur le bas-côté, mécontent de lui et agacé. La voiture qui le suivait vint stopper derrière et le gyro s'éteignit. Il y avait deux hommes à l'avant, tous deux avec des lunettes noires. L'occupant du siège passager sortit. Il était de taille moyenne, mais se déplaçait avec la décontraction d'un athlète.

Cheveux coupés à ras, pantalon noir et chemise blanche à col ouvert. Un holster pendait sous son aisselle.

Il s'arrêta devant la portière de Brian et exhiba sous son nez une carte de flic qu'il n'eut même pas le temps de voir.

— Permis et papiers du véhicule, s'il vous plaît, dit-il d'un ton blasé, presque dégoûté.

— Mais quel est le problème ? demanda Brian en lui tendant les documents après avoir farfouillé dans la boîte à gants.

— Excès de vitesse, marmonna le policier.

Il se retourna et revint à pas lent vers la voiture où son collègue attendait. Une minute plus tard, il revint vers la Lancia.

— Pourriez-vous descendre de voiture, s'il vous plaît, docteur ?

Docteur ? Comment pouvait-il... Brian se souvint brusquement qu'en renouvelant son permis après avoir été reçu à l'externat, il avait insisté pour faire ajouter les lettres MD, docteur en médecine, après son nom. Un geste de fierté qui allait sans doute lui coûter quelques dollars supplémentaires d'amende. La prochaine fois...

— Je ne pense pas que j'allais trop vite, vraiment, dit-il en ouvrant sa portière.

Le flic adressa un regard à son collègue qui avait conservé les papiers de Brian, et hocha la tête. L'autre descendit de voiture. Contrairement au premier policier, il était très imposant physiquement, au moins un mètre quatre-vingt-dix, avec des épaules massives et la taille étroite.

Il ne fallut que quelques instants à Brian pour le replacer. Son visage à pommettes saillantes et à la peau dévorée d'acné n'était pas de ceux qu'on oublie facilement.

28

Toute la carrière de Brian, aussi bien sur les terrains de football qu'en salle de KT, reposait sur un double mot d'ordre : évaluer et réagir. Sur cette route de campagne à cent quatre-vingts kilomètres de Boston, son évaluation dura moins d'une seconde. En voyant l'homme croisé dans les sous-sols de White Memorial sortir de la fausse voiture de police, il comprit instantanément qu'il risquait de mourir, ou bien d'être salement passé à tabac.

Depuis trois ou quatre minutes, pas une voiture n'était passée. Et même s'il en venait une, les chances que le conducteur s'arrête ou remarque quelque chose d'anormal étaient minces. D'ici quelques secondes, Brian se retrouverait ficelé sur le siège arrière ou dans le coffre de l'autre véhicule, et transporté dans un endroit où il pourrait être patiemment et méthodiquement cuisiné sur le Vasclear, ce qu'il en savait et à qui il en avait parlé. Pas folichon, comme perspective. Si les deux types faisaient partie du gang russe qui, selon Cedric, contrôlait Newbury, c'étaient certainement des tueurs professionnels.

Le plus baraqué des deux ne semblait pas se rendre compte qu'il avait été reconnu, ni même se souvenir de cette brève rencontre à la sortie de la cantine. Il avait claqué la portière de sa voiture et marchait en direction de la Lancia. Brian savait qu'il serait tiré comme un lapin s'il essayait de s'enfuir à la course. Mais ne rien faire et rester à la merci des deux malfrats était la pire des options. Le premier se tenait à un mètre de lui, et Brian le dépassait d'une bonne tête. Maintenant ou jamais, se dit-il.

Rassemblant ses forces, Brian lui balança un formidable coup de pied du gauche dans l'entrejambe. Il fut tenté de cogner à nouveau quand il le vit tomber à genoux, mais préféra faire volte-face et détala sur la route, sans demander son reste. Il entendit une détonation, puis une autre, suivie du bruit étouffé d'un projectile s'écrasant sur le bitume juste devant lui.

Brian zigzaguait du mieux qu'il pouvait, se maudissant de ne pas avoir mis ses baskets avant de reprendre la route en sortant de chez Purefoy. Nouveau coup de feu, accompagné cette fois, d'une douleur cuisante à l'arrondi de l'épaule. Voilà, pensa-t-il, c'est ça qu'on ressent quand on se fait descendre, et il força l'allure.

Il ne courait que depuis quinze ou vingt secondes, mais déjà, le souffle lui manquait. Avec son quintal et sa taille de basketteur, il allait faire une cible de choix. Rester sur cette route était suicidaire. Il y avait une petite trouée dans la végétation sur sa droite. Il fit un crochet à gauche en guise de feinte, puis fila dans l'autre sens à travers les arbres en jetant un regard derrière lui. Le costaud, revolver au poing, le talonnait à vingt mètres. L'autre, trottinant comme un canard, essayait de le rattraper derrière. Ni l'un ni l'autre ne portait de baskets.

Brian courait les bras en avant, écartant les branchages, fonçant tête la première dans les fourrés, essayant désespérément de creuser l'écart entre lui et ses poursuivants. L'un d'eux cria quelque chose dans une langue étrangère. Du russe ? Un autre coup de feu retentit, sans bruit d'impact, cette fois. Brian, luttant maintenant contre un sévère point de côté, trébucha et culbuta sur la pente d'un fossé rempli de broussailles. Couvert d'égratignures, les mains en sang, il se releva et risqua un coup d'œil derrière lui. Il entendait les deux hommes sans les voir. Soudain, le bruit cessa. Ils l'avaient perdu de vue et tendaient l'oreille pour le repérer.

Brian s'accroupit, pantelant, osant à peine respirer. Il était cinq heures. Bientôt, le crépuscule allait être son allié et leur ennemi. Si seulement il pouvait trouver un endroit pour se cacher...

Il se mit à quatre pattes et, lentement, sans faire de bruit, commença à avancer le long du talus qui bordait le fossé. Soudain, un des tueurs cria quelque chose derrière lui. C'était le plus petit, cramponné à un arbre en haut du talus à environ trente mètres, et il tenait Brian en plein dans sa ligne de mire en appelant l'autre par son prénom : Boris. Brian bondit, franchit l'autre talus, et reprit sa course à travers la forêt, vrai steeplechase cette fois, qui l'obligeait à sauter par-dessus les fondrières et les troncs couchés. Deux coups de feu claquèrent l'un après l'autre. Brian savait que les arbres les empêchaient d'ajuster leurs tirs. Cependant, son genou, qui lui avait paru solide en sprintant sur la route, commençait à le préoccuper à cause du terrain, particulièrement instable et inégal. Un faux pas sur une pierre ou une branche morte, et c'était la catastrophe.

Tout en fuyant, malgré lui, il se demandait comment les deux hommes avaient su qu'il se trouverait à Fulbrook. Possible qu'ils l'aient suivi depuis Reading. En quittant Boston, perdu dans ses pensées, il n'avait pas fait très attention à ce qui se passait derrière lui, mais il ne se souvenait pas d'avoir vu leur voiture, même sur les petites routes de montagne. C'est alors qu'il se rappela l'étrange déclic entendu et signalé à Teri pendant qu'il lui parlait au téléphone. Il avait mentionné qu'il comptait se rendre à Fulbrook. Sa ligne était sur écoute, forcément. Les Russes ne l'avaient pas suivi jusqu'au cabinet de Purefoy, ils étaient déjà là-bas et l'attendaient.

Il sentit qu'il creusait la distance entre lui et les deux malfrats. A mesure qu'il s'enfonçait dans la forêt, il rencontrait de plus en plus d'affleurements rocheux et surtout d'énormes blocs de granit qui lui offraient davantage de protection. Il s'arrêta, hors d'haleine, s'appuya contre un rocher qui faisait au moins trois mètres de haut, et écouta. L'un des tueurs arrivait derrière, dans le même axe, et l'autre sur sa droite, tous deux plus proches qu'il ne croyait. S'il bougeait, ils l'entendraient, presque à coup sûr. S'il restait sur place en essayant de se dissimuler au pied d'un bloc, il avait une chance de leur échapper, mais pas garantie. Rester passif et ne rien faire n'était pas dans son caractère. Il décida de repartir.

Il prit encore quelques instants pour évaluer leur position, puis s'élança à flanc de colline sur sa gauche, pour s'écarter au moins d'un des deux types. Soudain, comme il posait le pied droit à terre, il sentit son genou flancher. Une douleur comme un choc électrique lui remonta jusqu'à la hanche, mais presque aussitôt, elle disparut. Il fit encore quelques pas hésitants. L'endroit était sensible, mais la jambe supportait son poids sans problème. Sans doute une légère entorse, qui le ralentirait sans l'immobiliser. *Quoi, maintenant ?*

Le bruissement de son poursuivant immédiat se rapprochait. Brian s'en voulait de ne pas avoir écouté Phil et tout laissé tomber. Il allait se faire torturer et probablement tuer pour rien. Il n'avait même pas trouvé d'éléments suffisants pour intéresser Teri et son patron. Apparemment, ça ne changeait rien pour ses ennemis.

Une branche craqua non loin derrière lui. C'est fini, se dit Brian. Deux tueurs professionnels armés contre un docteur désarmé avec une patte folle. Il pensa à Caitlin et Becky. A l'idée de ne jamais les revoir, de leur peine s'il disparaissait, il retrouva de l'énergie. Plus question de courir. Il y avait une grosse pierre à ses pieds. S'il pouvait la déterrer et l'emporter en haut d'un rocher...

Sans trop réfléchir, il fit jouer la pierre dans la terre, la souleva et reboucha hâtivement le trou avec des feuilles. La pierre faisait dix ou douze kilos. Brian la cala sous son bras droit et, en se servant de l'autre bras comme balancier, fit le tour du plus proche rocher, cherchant une prise. Il se hissa dessus en grimaçant sous l'effort, serrant la pierre contre lui comme un ballon de football préhistorique. Il dut la reposer pour reprendre son équilibre quand il fut sur le rocher. Celui-ci offrait une pente suffisamment douce pour monter jusqu'en haut.

Juste au moment où il allait reprendre son ascension, le Russe le plus proche appela de nouveau Boris. Il ne devait pas être à plus de douze mètres. Le grand boutonneux répondit d'un grognement mécontent sur la gauche, enjoignant probablement l'autre de se taire. Tous deux se rapprochaient. Brian sentait l'étau se refermer sur lui et regretta d'avoir perdu du temps. Pris à son propre piège, cependant, il n'avait d'autre choix que de poursuivre son effort.

Des élancements lui transperçaient le genou tandis qu'il montait, s'accrochant d'une main aux anfractuosités, jusqu'au sommet de l'énorme roc. Une fois en haut, il s'aplatit sur la surface froide et tendit l'oreille. Si l'homme passait derrière le rocher, il était cuit. S'il passait de l'autre côté, suivant le chemin naturel emprunté par Brian, il restait une petite chance. Une branche craqua. Sur sa droite, Brian vit bouger des feuilles. Il tira la pierre au bord du vide. De cette hauteur, elle pouvait facilement fracasser un crâne. Tuer quelqu'un, même quelqu'un prêt à lui tirer dessus, lui répugnait plus que tout. Mais puisqu'il le fallait...

Nouveau mouvement dans les branchages. La joue appuyée sur la roche, Brian distingua la tête du plus petit des deux hommes. Il était à cinq mètres et avançait, inquiet, dans le silence pesant. A moins de contourner le rocher, il allait passer juste sous Brian. Il apparut entre les arbres, l'arme au poing. Encore cinq pas... trois... Il fallait que Brian se mette à genoux pour soulever la pierre et bien viser. Quitte ou double, pas de seconde chance... Deux pas, un...

Brian respira à fond, se dressa sur les genoux en serrant les dents et lança la pierre de toutes ses forces, quasi à la verticale. L'homme commençait à se retourner au moment de l'impact. Frappé entre l'œil et l'oreille gauche, il s'écroula comme une masse en poussant un cri étouffé, et la pierre roula bruyamment plus loin. L'autre flingueur fut immédiatement alerté.

Quelque part devant lui, Brian entendit des craquements dans un buisson. Il se laissa glisser en bas du rocher et s'enfuit dans la direction opposée en tirant la jambe. Moitié courant, moitié clopinant, il s'enfonça dans la forêt pendant presque cinq minutes sans savoir s'il était encore poursuivi. Finalement, tenaillé par un nouveau point de côté et par son genou douloureux, il se tassa contre les racines d'un arbre qui poussait dans le lit d'un ruisseau asséché, se couvrit de feuilles mortes et attendit que la nuit tombe.

Freeman Sharpe habitait un rez-de-chaussée propret dans une cité de Roxbury dont il était le gardien. Il regardait les infos de onze heures avec celle qui partageait sa vie depuis trois ans quand le téléphone sonna. En tant que responsable de cinquante logements et conseiller de post-cure pour une demi-douzaine d'ex-camés, il avait l'habitude qu'on l'appelle tard le soir.

— Freeman, Dieu merci, tu es chez toi.

— Doc, qu'est-ce qui se passe ?

— Trop. Je ne peux pas te raconter. Freeman, tu pourrais venir me chercher ?

— Bien sûr.

— Je suis dans une cabine téléphonique à côté d'une pompe à essence.

— Une pompe où ça ?

— A quatre-vingts bornes de New York.

29

Il était sept heures du matin passées de quelques minutes quand Freeman gara sa fourgonnette Chevrolet dans le petit garage sans fenêtre qui lui servait aussi d'atelier. Brian émergea d'un lourd sommeil et posa sa main égratignée sur les phalanges tatouées de son ami.

— Merci, dit-il d'une voix cassée. A part ma famille, je ne connais personne qui aurait fait ce que tu as fait là.

— Heureusement que tu as pu dormir un peu. Comment te sens-tu ?

— Comme si j'avais disputé un match avec des gorilles. Et je sais que demain ce sera pire.

— Une bonne douche et une omelette de Marguerite, ça va te requinquer. Il va falloir que tu te changes, aussi. J'ai un survêtement laissé par un de mes gars ici. Il devrait t'aller.

Brian sortit du véhicule, quelque peu courbaturé, et se tâta le genou. Moins douloureux qu'il ne craignait.

— Je me demande quand est-ce qu'ils ont mis mon téléphone sur écoute et s'il y a une chance qu'ils te connaissent. Mes ennuis ont commencé à partir du moment où j'ai reçu les résultats anormaux de Bill Elovitz. Je ne vois pas comment ils auraient pu se méfier de moi auparavant. Ça m'étonnerait que ta maison soit surveillée.

Freeman lui renvoya un sourire grimaçant.

— Ils n'ont pas intérêt, dit-il.

Brian se souvint de ce que Marguerite lui avait dit sur les décorations gagnées par Freeman au Viêt-nam. Il n'en parlait jamais.

— Je ne veux pas t'impliquer davantage là-dedans, dit-il.

— Depuis vingt ans que j'ai décroché, je suis capable de prendre ce genre de décision tout seul. T'inquiète pas, Doc, je n'ai aucune envie de me faire buter. Mais je n'aime pas non plus voir mes amis se faire marcher dessus. Allez, rentrons. Il faut que tu te laves et que tu manges. Ensuite, on verra ce qu'on peut faire.

Brian était resté caché presque une heure au pied de son arbre, jusqu'à ce qu'il fasse nuit noire et qu'il soit sûr que ses poursuivants avaient renoncé à le trouver. N'ayant pas un sens de l'orientation exceptionnel, il erra dans la forêt sans trop savoir où il allait, et au bout de trois quarts d'heure, le bruit d'un moteur de voiture le ramena sur la route où les Russes l'avaient arrêté. Un cultivateur au volant d'un pick-up l'emmena au poste de police de la première agglomération après Fulbrook.

Ces messieurs ne savaient rien d'une voiture banalisée beige avec un gyrophare, ni d'une Lancia rouge décapotable, immobilisée sur la 213. Une patrouille avait emprunté cette route une heure plus tôt, lui dit-on, sans voir le moindre véhicule sur le bas-côté. Pour Brian, le fait que les deux voitures aient disparu signifiait sans doute que le destinataire de son jet de pierre avait survécu. Quant à sa Lancia, elle devait se trouver sous dix mètres d'eau au fond d'une ballastière, ce qui lui crevait le cœur.

D'après les flics, les deux malfrats n'étaient ni plus ni moins que des voleurs de voitures professionnels, peut-être venus de New York pour faire quelques coups faciles dans les petits bleds de campagne. En voyant Brian s'enfuir, ils l'avaient poursuivi pour rire, sans intention de le blesser sérieusement. Brian n'avait pas du tout l'intention de réfuter cette hypothèse avec sa propre théorie qui, bien que plus vraisemblable, aurait eu l'air particulièrement tirée par les cheveux. Il remplit les déclarations qu'on lui présenta le plus vite possible et sortit dans la rue appeler Freeman d'une cabine.

Marguerite Sharpe était une petite Haïtienne énergique et fine comme l'ambre, que Freeman appelait un cadeau de post-cure immérité. Ayant passé de longs moments chez eux en revenant de Fairweather, Brian n'était pas loin de la considérer comme un cadeau pour lui aussi. Elle travaillait comme animatrice dans un foyer de femmes seules et faisait la cuisine comme personne.

L'odeur de saucisses et d'oignons grillés parvenait jusqu'aux narines de Brian à travers la vapeur de la douche. Il se savonna avec précaution, ôtant la terre et le sang séché des multiples écorchures qui lui couvraient les mains, le visage et les bras. Il avait, Dieu sait comment, déchiré son pantalon, et s'était arraché la peau des genoux, sur lesquels une croûte brune commençait à se former. De plus, une longue entaille, sans doute causée par une balle, lui balafrait le haut du bras droit.

Une balle... Brian se rappela à quel point il jubilait quand Ernest Pickard lui avait appris son embauche à l'ICB. A présent, il venait de se faire tirer dessus et de perdre sa voiture, seule chose à laquelle il tenait. Quant à sa vie, elle était sauve, mais il n'osait penser à ce qu'elle deviendrait dès que le conseil de l'ordre aurait vent de la présence d'opiacés dans ses urines.

Comment en sortir ? Même s'il s'avouait que toute cette histoire de Vasclear le dépassait, et jetait l'éponge, par quel moyen le faire savoir à ceux qui s'acharnaient contre lui ? A qui parler pour désamorcer cette bombe ? A Weber ? A Pickard ? A Jessup ?

Il se sécha et enfila le survêtement gris que Freeman lui prêtait. Un peu juste. Le jeune dont s'occupait Freeman devait être taillé comme un juge de ligne. Brian s'installa en face de Freeman et savoura une bienfaisante tasse de café. Avant de se joindre à eux, Marguerite posa sur la table une carafe de jus d'orange, ainsi qu'une poêlée d'œufs avec des pommes de terre sautées et des saucisses. Durant quelques minutes, personne ne parla.

— Heureusement que tu ne t'es pas fait amocher sérieusement, dit-elle avec son bel accent des îles. Freeman m'a un peu raconté ce qui se passait. T'as dû avoir une trouille pas possible.

— Surtout que je n'y comprenais rien. Même maintenant, je ne sais toujours pas ce qui se passe.

— Freeman dit que la mafia russe est impliquée. Pas bon, ça. Pas bon du tout.

— Oui, mais ça n'explique rien. Ce médicament peut sauver des centaines de milliers de vies humaines, c'est prouvé. Depuis le temps que je me creuse la cervelle pour essayer d'imaginer ce qu'ils trafiquent, le mieux que j'ai trouvé c'est qu'ils comptent rançonner le monde entier avec le Vasclear, comme les méchants dans les films de James Bond.

— Ah, n'en rajoute pas, putain ! explosa Freeman. Je ne vois pas ce que l'espionnage vient foutre là-dedans... J'ai lu quelque part que le Vasclear pouvait rapporter près d'un milliard en une année. C'est du business. Newbury n'a qu'à envoyer ses camions et encaisser les chèques, point final. Qu'est-ce que tu veux qu'ils trafiquent d'autre ?

— Je ne sais pas, marmonna Brian en frottant les écorchures de sa main gauche.

— Tu es censé travailler aujourd'hui ? demanda Marguerite

Brian regarda la pendule de la cuisine.

— Bon Dieu, il est huit heures et demie ! J'ai complètement oublié l'hôpital.

Il décrocha le téléphone, appela son service et tomba sur Jen, une des infirmières.

— Ah, docteur Holbrook, tout le monde vous cherche. Le Dr Gianatasio n'est pas là non plus.

— Ah, bon ? Pourquoi ?

— Il n'est pas venu faire ses visites. C'est le Dr Cohen qui le remplace.

— Mais vous avez de ses nouvelles ?

— Non. Personne n'a de nouvelles.

Brian sentit son cœur s'emballer.

— Heu, bon, bafouilla-t-il, je suis resté couché parce que je suis malade. La grippe, je pense. J'espère pouvoir venir cet après-midi. Je suis le deuxième médecin de garde, vous pouvez me joindre sur mon biper s'il y a une urgence grave. Je devais enchaîner avec la nuit prochaine. Je pense que je serai revenu avant.

— OK.

— Et, Jen, pourriez-vous me rendre un service ? Il faudrait demander à Phil de m'appeler dès qu'il arrivera. D'accord ? C'est très important.

— Entendu, docteur Holbrook. Il n'y a pas de problème, j'espère ?

— Non, je suis sûr qu'il a oublié de prévenir qu'il serait en retard.

— Ah, bon, il ne devrait pas tarder, alors. Tant mieux. Nous étions tous inquiets.

Brian raccrocha.

— Ça n'a pas l'air d'aller, dit Marguerite.

— La seule personne à l'hôpital à qui j'aie fait part de mes soupçons est absente du service. C'est un vieil ami, qui m'a aidé à obtenir mon poste.

— Il enquêtait sur des cas, comme toi ?

— Non, non. Du moins, je ne crois pas. Il est en instance de titularisation à l'institut et on a décidé qu'il valait mieux qu'il reste en dehors du coup. Je ne comprends pas qu'il soit absent. C'est très inquiétant.

— Mange encore, dit Marguerite. J'ai l'impression qu'il va te falloir de l'énergie.

Brian se força à avaler quelques bouchées, avant de reprendre le téléphone.

— Tu appelles qui, maintenant ? s'enquit Freeman.

— Mon répondeur. Dites, vous deux, s'il faut que vous alliez au boulot, ne vous occupez pas de moi. Je me débrouille.

— Marguerite commence à neuf heures et demie, et moi, quand je veux.

— OK, je n'en ai pas pour longtemps, n'importe comment.

Brian, sûr qu'il était sur écoute, composa son numéro d'un doigt nerveux.

— *Salut Brian, c'est moi, Phoebe. Tu devais venir prendre les filles dimanche prochain, mais j'ai oublié que Becky avait un spectacle de danse à deux heures. Est-ce que tu peux l'emmener là-bas ? J'espère que tu n'avais pas prévu autre chose. Porte-toi bien, bye.*

Un sifflement, puis un autre message, de Teri, cette fois.

— *Salut doc. Encore deux jours. Tu me manques. N'oublie pas nos vacances.*

Troisième appel, et non des moindres : Phil.

— *Salut Brian, je pensais que tu étais chez toi, vu que tu es trop vertueux pour sortir le soir. Écoute, j'ai des nouvelles, figure-toi. Je suis retombé sur un autre cas. C'est un de nos internes qui l'a vu à la clinique il y a quelques semaines et qui m'en a reparlé cet après-midi pour me demander mon avis. Phase un, grosse insuffisance respiratoire, œdème malléolaire. J'ai été fouiller dans son dossier, malgré ce que je t'avais dit. Pas pu m'empêcher, ça me turlupinait. Il n'y avait pas de numération sanguine au dossier, alors, j'ai pensé à toi, je me suis dit : qu'est-ce qu'il ferait ? Ça fait que j'ai appelé le labo et qu'ils ont retrouvé les résultats de la prise de sang du mois d'avant. Quinze pour cent d'éos, mon pote. Le type s'appelle MacLanahan. Angus MacLanahan. On en reparle demain matin. A plus.*

Le dernier appel était celui de la secrétaire du service, qui se demandait où il était.

— Tu en fais une gueule, dit Freeman quand il raccrocha. Mauvaises nouvelles ?

— Peut-être. Cet ami de l'hôpital dont je viens de te parler m'a laissé un message hier soir pour me dire qu'il avait trouvé un autre cas. Contrairement à ce que je croyais, il est allé fouiller dans son dossier.

— Et il n'est pas venu travailler ?

— Non. Freeman, j'ai l'impression que mon téléphone est sur écoute. Sinon, je ne vois pas comment ces types m'auraient trouvé. Et dans ce cas-là, ils ont entendu le message de Phil. J'espère qu'il a pris ses précautions en allant consulter le dossier de ce patient. Newbury espionne tout ce qui se passe à l'hôpital.

— Je reconnais qu'il y a de quoi s'inquiéter. Qu'est-ce que tu comptes faire ?

— Je vais tâcher de joindre une copine de Phil.

Il rappela l'hôpital mais raccrocha après un échange de quelques mots.

— Elle est en vacances pour la semaine, annonça-t-il.

Après le départ au travail de Marguerite, les deux hommes se rassirent en silence. Sharpe soupira.

— Le fait est que tu t'es mis dans un sacré merdier. Mais c'est peut-être pour un mieux, voilà ce qu'il faut que tu te dises.

— Pour le moment, j'ai l'impression d'être dans un étau qui se resserre. Je n'ai pas la moindre solution en vue.

— Pas d'affolement. Avance pas à pas. Tu as quand même quelques options.

— J'ai pensé à la police, mais j'ai renoncé. Comment voudrais-tu qu'ils me croient ? Du côté de la FDA, mon contact me dit qu'ils ne pourront rien faire avant d'avoir une preuve irréfutable. Si je m'adresse à la presse, ils me diront la même chose. Je ne sais pas à qui me fier à l'hôpital, ou plus exactement, je me méfie de tout le monde. Tu parles de quelles options, exactement ?

— Voyons voir. Il faut que tu te procures des fringues. Il faut que tu loues une voiture. Il faut que tu fasses ta déclaration à ton assureur. Je suppose qu'il va falloir que tu te présentes au boulot, aussi. Évidemment, tu peux aussi faire le mort en attendant de l'être pour de bon.

— Juste, admit Brian. En fait, je me sens assez merdeux, tu sais. Jack m'aurait botté le cul s'il m'avait vu dans cet état.

— Y a des chances, oui.

— Peut-être qu'ils sont en planque devant chez moi.

— Ça se pourrait.

— Tu aurais le temps de m'aider à sortir des affaires de l'appartement ?

— Pas de problème. Et tu peux t'installer ici en attendant que ça se tasse. Peut-être qu'ils te foutront la paix une fois que le Président sera venu légaliser leur truc.

— J'espère. Merci, Freeman. Il reste encore une chose. Je voudrais essayer de contacter ce type dont m'a parlé Phil dans son message.

— C'est quel nom ?

— Angus MacLanahan.

Sharpe alla chercher l'annuaire de Boston dans un tiroir.

— Voilà, dit-il. Joy Street. Derrière Beacon Hill.

— Pas très loin de l'hôpital.

Sharpe composa le numéro et lui tendit l'appareil.

— La ligne de votre correspondant est interrompue, annonça Brian après avoir écouté quelques secondes. Qu'est-ce que tu dis de ça ?

— Que c'est du bla bla télécom. Tu veux qu'on passe là-bas avant d'aller chez toi ?

— Si tu as le temps, mais méfions-nous. Phil cite le patient nommément dans son message. Il se peut qu'ils surveillent l'endroit.

— Ils te cherchent toi, dit Freeman, mais moi, je ne risque rien.

L'appartement d'Angus MacLanahan était au milieu d'une rue étroite bordant Beacon Hill, derrière le Boston Atheneum. Freeman se gara en double file. Il pénétrait dans l'immeuble lorsque Brian remarqua des planches en bois aveuglant la fenêtre du deuxième. Sharpe fut de retour au bout de deux minutes. Il marcha calmement jusqu'à la fourgonnette, sauta dedans et s'arracha.

— MacLanahan est mort, dit-il d'un ton sinistre. C'est la dame du dessous qui me l'a dit. Explosion de gaz il y a trois semaines.

— Je le savais, dit Brian. Dès que j'ai vu ces planches sur la fenêtre, j'ai su qu'il habitait là.

— Et l'autre type dont tu m'as parlé, le survivant des camps ?

— Tué d'une balle dans un hold-up en bas de chez lui.

Freeman sortit de la rue et prit au nord vers la I-93, direction Reading.

— Si la mort violente de ces deux types est une coïncidence, elle est plutôt vache, dit-il. Qu'est-ce que tu vas faire ?

Brian frotta ses yeux rougis de fatigue.

— Dès que j'aurai pris mes affaires, je compte joindre la femme de Bill Elovitz, dit-il.

30

Bruits de la ville, avec Pat Carson
WBZ-TV, Boston.

Pat : La ville de Boston est considérée depuis longtemps comme une des capitales mondiales de la médecine. A ce titre, elle captera particulièrement l'attention dans deux jours en raison de la venue du président des États-Unis qui honorera de sa présence la cérémonie d'approbation du Vasclear, un médicament produit et expérimenté ici même. A cette occasion, *Bruits de la ville* a invité ce soir le Dr Art Weber, directeur du projet Vasclear aux laboratoires Newbury. Mais tout d'abord, j'ai le plaisir de vous présenter Mme Evelyn Goodman, qui est en quelque sorte un cobaye, puisqu'elle est traitée au Vasclear à titre expérimental depuis maintenant un an et demi. Madame Goodman, bienvenue sur le plateau de *Bruits de la ville*. Alors dites-nous. Qu'est-ce qui vous est arrivé ?

— C'est venu très vite, en fait. Je n'avais jamais été sérieusement malade jusqu'au jour où j'ai commencé à avoir des douleurs là, sous le sternum.

— Quel genre de douleur ?

— Des douleurs aiguës. Avec des symptômes d'indigestion. J'ai cru que c'était ça qui n'allait pas, du reste. J'ai décidé de voir mon médecin à toutes fins utiles et comme il y avait des antécédents cardiaques dans ma famille et que mon électrocardiogramme n'était pas parfait, il m'a envoyée faire un bilan complet auprès du Dr Jessup à White Memorial. On m'a fait passer un test d'effort, puis j'ai été cathétérisée. A ma grande surprise, il s'est avéré que j'avais un problème cardiaque très sérieux.

— Alors on vous a mise au Vasclear.

— Exactement.

— Et ça a marché tout de suite ?

— Oui, en quelques semaines, disons un mois. Mes douleurs ont disparu, et je me porte très bien depuis.

Brian était assis sur le siège passager de la fourgonnette, les pieds sur la plage avant, un carnet à spirale sur les genoux.

Dans la marge de la première page, parmi des dizaines de figures géométriques, se reconnaissaient ses griffonnages familiers, coiffure d'Indien, canot hors-bord, tête de cochon, volcan, et ballon de football. Au centre de la feuille, il avait écrit :

Kenneth Ford	HAP probable	éos 14 %	mort
Sylvia V.	HAP probable	éos 15-20 %	morte
MacLanahan	HAP probable	éos 15 %	mort violente
Bill Elovitz	HAP	éos 13 %	mort violente

Sous la liste, il avait jeté les mots *Russes... laboratoire pharma... Vitamines... Médic $$... blanchiment.* Un peu à l'écart, enfin : *Vasclear.*

— Freeman, il y a un truc que je ne pige pas, dit-il. C'est ce que tu disais l'autre fois : j'ai beau être une fourmi, ils me tirent dessus avec un fusil d'assaut. Et maintenant, Phil, qui disparaît. Seigneur, j'espère qu'il ne lui est rien arrivé.

Soudain, il laissa échapper un juron en serrant les poings.

— Quoi ?

— Teri, cette femme de la FDA dont je t'ai parlé. Je lui ai téléphoné avant-hier soir. Si les gens de Newbury nous ont entendus, elle risque d'avoir des ennuis. Il faut que je l'appelle pour lui dire de faire attention, au moins.

— Le fais pas sur ta ligne, alors.

Ils quittèrent la voie rapide, entrèrent dans Reading et circulèrent au ralenti dans les rues adjacentes à celle de Brian. Dans cette banlieue calme et résidentielle, des étrangers passeraient difficilement inaperçus s'ils voulaient surveiller les lieux en permanence.

Enfin, ils arrivèrent à proximité de l'appartement. Celui-ci allait appartenir à Brian dès que le testament de son père prendrait effet.

— Planque-toi ! cria Freeman comme ils passaient devant la maison.

Brian se tassa rapidement au pied du siège avant.

— Tu vois quelque chose ? demanda-t-il.

— Une voiture beige garée entre deux autres véhicules de l'autre côté de la rue. Un seul type dedans, je crois.

Freeman continua et s'arrêta au bord du trottoir une centaine de mètres plus loin.

— Tu tiens absolument à rentrer chez toi ?

— J'aurais besoin de fringues, mais surtout de mon attaché-case. J'ai mon badge de l'hôpital dedans, plus tous mes documents de travail et mon stéthoscope.

— OK, on y va.

Ils mirent au point un plan simple. Brian descendrait du fourgon un peu avant sa maison et s'approcherait de celle-ci par-derrière en passant par le jardin du voisin. Il n'aurait plus qu'une petite clôture à franchir pour se retrouver dans sa cour. Pendant ce temps, Freeman irait se ranger à côté de la voiture beige et demanderait sa route au conducteur. Il s'incrusterait là le plus longtemps possible, empêchant le type de regarder en direction de la maison, et tâchant de le faire parler. Les fenêtres du salon et du rez-de-chaussée étaient visibles depuis la voiture, par conséquent Brian avait intérêt à éviter ces deux pièces.

— Comment vas-tu entrer ? demanda Sharpe.

— Il y a un jeu de clefs sous une pierre à côté de la porte de derrière.

— Vite fait bien fait, hein ? Incursion éclair, comme au Viêt-nam.

— Je rentre et je sors, assura Brian.

Freeman fit le tour du pâté de maisons, enfila de nouveau la rue et le débarqua à l'endroit convenu. Brian courut à travers le jardin du voisin, sauta facilement par-dessus la clôture et retomba dans sa cour, heureusement sans dommage pour son genou. Entre les maisons, il avait eu le temps de voir Freeman s'approcher de la voiture beige. Plié en deux, il alla droit à la pierre qui dissimulait les clefs, revint à la porte et l'ouvrit sans faire de bruit. Son attaché-case était toujours sur la table de la cuisine où il l'avait laissé. Il alla ensuite dans sa chambre, et sortit de sous son lit un sac en plastique qu'il remplit de sous-vêtements, de chaussettes, d'un jean et d'une paire de baskets.

Il venait de décrocher un costume de la penderie quand il entendit la chasse d'eau des toilettes donnant sur le couloir. Saisi par une brusque décharge d'adrénaline, il jeta ses affaires sur le lit et s'aplatit contre le mur, le cœur battant. Quelques instants plus tard, la porte des toilettes s'ouvrait. Brian regarda autour de lui, cherchant une arme. Sur son bureau, à portée de sa main droite, se dressait un trophée sportif échappé à la collection du salon, décerné jadis au Joueur de l'Année du New England College. Une figurine de footballeur en action, avec un socle en marbre.

Il la prit par la tête et observa l'intrus qui revenait dans le salon. C'était le plus petit de ses deux poursuivants de Fulbrook. Moins amoché qu'il n'avait cru par son jet de pierre, semblait-il. Derrière lui, à travers les fenêtres du salon, Brian voyait la fourgonnette de Freeman. Il n'allait pas pouvoir s'incruster longtemps.

L'intrus portait son holster sous une chemise à carreaux. Il fit quelques pas, regarda par la fenêtre, puis sortit un talkie-walkie pour appeler son comparse. Ils échangèrent quelques phrases rapides en russe. L'homme était à moins de quatre mètres, tournant le dos à Brian, absorbé par sa conversation. Impossible de revenir à la cuisine sans se faire remarquer. Brian affermit sa main autour du footballeur, respira à fond, et s'élança. L'autre se retourna en poussant un cri et avant de frapper, Brian eut le temps de constater que sa pierre l'avait quand même sérieusement blessé au visage. Le coin du socle s'enfonça en plein dans l'énorme plaie à peine refermée et le Russe s'effondra sur la moquette, totalement inerte.

La fourgonnette de Freeman était toujours immobilisée à côté de la voiture beige. Brian imagina l'autre malfrat hurlant à Freeman de se pousser pour qu'il puisse sortir. Son malheureux complice respirait encore, mais la plaie saignait abondamment et Brian n'avait aucun moyen de savoir s'il était mortellement frappé.

Il prit le revolver dans le holster, le jeta dans le sac en plastique et, son attaché-case dans l'autre main, ressortit dans la cour. Il franchissait la clôture du voisin de droite lorsqu'il entendit le fourgon s'arracher dans un crissement de pneus. En un instant, Brian fut dans la rue. Il courut quelques mètres sur la chaussée, ouvrit la porte latérale, jeta ses affaires à l'intérieur et monta en marche tandis que Sharpe accélérait. Il se faufila jusqu'au siège avant, hors d'haleine, et ne put prononcer un mot avant qu'ils aient fait un bon kilomètre.

— C'est dingue, dit-il. Le type dans la voiture, il était comment ? Très grand, la gueule vérolée ?

Freeman secoua la tête.

— Non. Courtaud, large d'épaules, avec une moustache. Il parle assez bien l'anglais, en fait.

— Bon Dieu, Freeman, c'est une véritable armée. J'en ai assommé un, c'est le même que celui à qui j'ai balancé une pierre dans la forêt. Il est en train de pisser le sang dans mon salon. Je me suis servi d'un trophée, cette fois. J'ai peur de l'avoir tué.

— C'est le métier qui rentre, ironisa Freeman. J'espère que

tu ne culpabilises pas à cause de lui. Ils t'ont déclaré la guerre, mon pote, prépare-toi à lutter pour ta survie. D'abord, il faut qu'on trouve une cabine. Je vais essayer de passer un coup de fil anonyme aux flics de Reading pour leur signaler des activités louches dans ta rue. Avec un peu de chance, ils tomberont sur le Ruskof, en train de traîner le cadavre de son pote jusqu'à la bagnole. Ce serait marrant, non ?

— Super. Freeman, cette histoire va finir par me rendre fou. Je ne suis pas un enfant de chœur, mais ces enfoirés veulent ma peau et je ne sais même pas pourquoi. Et voilà que le seul type à qui je fais confiance à l'hosto est introuvable. Tu crois qu'il faudrait que j'aille tout raconter aux flics ?

— Oui, mais à condition que tu soies sûr que ça serve à quelque chose.

Brian se prit la tête à deux mains.

— Je ne vois pas comment je pourrais le faire sans mentionner le Vasclear, or je n'ai toujours pas le moindre commencement de preuve. Personne ne m'écouterait. Tout le monde me prendrait pour un cinglé ou croirait que je récidive avec la came. Je serais viré de mon boulot, si je ne le suis pas déjà. Et les Russes essaieraient quand même de m'avoir.

Freeman s'arrêta à côté d'un Publiphone et posa une main rassurante sur l'épaule de Brian.

— Vas-y mollo, doc, dit-il. Ce que tu as vu marqué sur les banderoles dans les salles de réunion des NA est à prendre au pied de la lettre. Chaque chose en son temps.

— Peut-être que je ferais mieux de me cacher jusqu'à ce que la cérémonie de signature soit finie et que le Vasclear ait entamé sa carrière mondiale.

— En voilà une idée qu'elle est bonne ! ricana Freeman. Comme si ton absence du boulot allait arranger les choses...

Brian afficha un sourire crispé.

— Enfin, je suis toujours en vie, dit-il en posant la main sur celle de son ami. C'est déjà ça. Je vais bien, mais j'ai vraiment eu une trouille terrible. Va donner ton coup de fil. Ensuite, j'en aurai deux à passer moi aussi.

Pendant que Sharpe appelait la police, Brian, obnubilé par Phil, essaya d'imaginer un scénario expliquant la désertion et le silence de son confrère, d'habitude un bourreau de travail, alors qu'il devait diriger les visites le matin même. Aucune hypothèse plausible ne lui venait à l'esprit, à moins, bien sûr, d'impliquer des lascars comme ceux qui le traquaient depuis deux jours.

Freeman remonta à bord de son fourgon.

— Dis donc, c'est des cracks, les flics de ta ville ! Ils n'aiment pas beaucoup les tuyaux anonymes, mais ils m'ont dit qu'ils iraient peut-être faire un tour.

Brian se précipita dans la cabine et appela d'abord Teri à son bureau. Il tomba sur son répondeur et laissa un message de mise en garde. Elle n'était pas non plus chez elle.

— Teri, dit-il après le bip sonore, mon enquête sur le Vasclear tourne au cauchemar. Je sais que ça a l'air dingue, mais brusquement, il y a des gens qui s'en prennent à moi physiquement. Je crois que je suis sur écoute, nos conversations ont peut-être été enregistrées. Alors je t'en prie, si vous faites encore des recherches, sois très prudente jusqu'à la cérémonie et ne t'isole pas pour travailler. Tu me manques. Tu me manques terriblement.

Il raccrocha, appela les renseignements et obtint le numéro de Wilhelm Elovitz à Charlestown. Il tomba sur sa veuve cette fois, Devorah.

— Ah oui, dit-elle avec un accent un peu moins prononcé que celui de son mari, Bill m'avait dit beaucoup de bien de vous.

— Il avait l'air d'un homme charmant, madame Elovitz. Je regrette de ne pas l'avoir connu davantage.

— Oui.

Brian sentit qu'elle allait éclater en sanglots.

— Madame Elovitz, je ne voudrais pas vous déranger. Je peux rappeler plus tard, si vous le souhaitez.

— Non, non, ça va. Ça ne fait pas de mal de pleurer. Qu'est-ce que je peux faire pour vous, docteur ?

— Je sais que Bill a été victime d'un coup de feu dans un hold-up, mais je n'ai aucun détail.

— C'est passé dans les journaux et à la télé.

— Désolé, ça m'a échappé. J'ai moi-même vécu une tragédie. Mon père est décédé subitement.

— Oh, mon Dieu. Je... je suis très triste pour vous, docteur.

— Merci. Vous préférez peut-être que je passe vous voir, au lieu de vous questionner par téléphone ?

— Si vous voulez venir, ça ne me dérange pas. Mais le mieux serait que vous parliez à Sid.

— Sid ?

— Sid Mastrangelo. Il a une boutique au marché où Bill s'est fait... tuer.

— Il était là quand c'est arrivé ?

— Bien sûr. Ils lui ont tiré dessus aussi.

31

Sid tenait boutique dans un vieil immeuble en brique de Charlestown, non loin du quai du *Constitution,* un bâtiment de la Navy. Ils n'eurent même pas besoin de se servir du plan de Devorah.

— A mon retour du Viêt-nam, expliqua Freeman, j'ai passé pas mal de temps à traîner dans ce quartier. Je me souviens très bien du marché où travaille Sid.

— Et tu te souviens de lui ?

— Ça fait une vingtaine d'années, mais si ma mémoire est bonne, c'est un petit gros. Il m'a jeté de sa boutique plus d'une fois.

En allant de Charlestown à Reading, ils mirent la radio du fourgon sur les infos. On parlait de la venue du Président à

Boston, mais pas d'un cadavre trouvé chez un ex-toxico médecin à la suite d'un coup de fil anonyme.

— Trop tôt, dit Freeman. En plus je ne crois pas que les flics de ta ville m'aient cru. Comment tu te sens ?

— Les pommes. J'ai les pommes. Je n'arrive pas à croire que ce fumier m'attendait chez moi.

— Ils avaient tes clés. Comme l'un des deux planquait à l'intérieur, l'autre pouvait s'éloigner de temps en temps avec la voiture. T'as eu du pot que ton bonhomme soit aux chiottes.

— J'ai l'impression que ma chance va tourner.

— Tous ceux qui viennent de décrocher disent ça.

Sid Mastrangelo était bien tel que Freeman se le rappelait, trapu et chauve comme un œuf, à part un petit rond de cheveux grisonnants. Il aurait fait un excellent acteur dans une pub de raviolis. Il avait le bras droit en écharpe et portait un tablier blanc dénoué. Brian se présenta, et présenta Freeman.

— La femme de Bill Elovitz m'a appelé pour me prévenir que vous alliez passer, dit Mastrangelo.

— Elle vous a dit ce que nous voulions ?

— Elle m'a parlé de quelque chose à propos de la fusillade. Et elle m'a dit que vous êtes le médecin de Bill, aussi.

— Je l'étais. Je travaille à l'Institut de cardiologie.

— Et lui, c'est qui ? fit le commerçant en montrant Freeman.

— Je suis juste un ami, dit celui-ci.

— Ah ouais ? Et si je te dis que tu me rappelles un camé qui traînait un peu trop dans le secteur ?

— Je suis gardien d'immeuble. J'ai cinquante logements sous ma responsabilité. Marié, rangé de la poudre depuis vingt ans. Mes amis, c'est plutôt des toubibs comme monsieur. Vous devez faire erreur.

— Ah bon, fit l'épicier, les yeux pétillants, ça me rassure, parce que le punk auquel je pensais avait *pas de chance* tatoué sur les doigts, comme toi.

— Monsieur Mastrangelo, intervint Brian. Est-ce que vous accepteriez de nous raconter ce qui s'est passé ?

— La femme de Bill me l'a déjà demandé, alors je ne vois pas pourquoi je refuserais.

Une vieille dame entra pour acheter du lait et des cigarettes. Mastrangelo prit son argent, fit sonner son vieux tiroir-caisse et lui rendit sa monnaie, non sans l'avoir avertie des dangers du tabac.

— Avant que nous commencions, dit Brian, est-ce que je pourrais utiliser votre téléphone ? Il faut que j'appelle l'hôpital.

Mastrangelo plongea la main sous son comptoir et lui passa un portable.

Brian appela son service, le front soucieux. Toujours pas de nouvelles de Phil, lui dit-on.

— Savez-vous si le Dr Pickard est au courant de son absence ? demanda-t-il à la secrétaire.

— Oui, justement il vient de passer pour s'informer. Ah, attendez, il est encore là, je le vois dans le couloir.

— Vous pourriez me le passer ?

— Ne quittez pas, docteur.

Brian patienta. Pendant ce temps, Freeman achetait une tablette de chocolat, un coca et un paquet de tabac pour sa pipe.

— Je n'avale pas la fumée, l'entendit dire Brian, alors que Pickard prenait la communication.

— Brian, dit ce dernier. On s'inquiétait beaucoup de votre absence. Vous allez bien ?

— Ça va, monsieur, merci. J'ai un virus qui m'a tenu éveillé la moitié de la nuit et mon réveil n'a pas marché. Mais je me sens beaucoup mieux. Je comptais être au travail d'ici une heure.

— Parfait. Vous ne savez pas où est Phil, par hasard ? Il ne s'est pas présenté à ses visites ce matin, et il n'a pas appelé.

— Ça ne lui ressemble pas. Vous avez envoyé quelqu'un chez lui ?

— Oui, je crois que la police est partie là-bas. Brian, nous avons deux assistants en congé. Phil était de garde ce soir. Vous ne pourriez pas le remplacer ?

— Si, bien sûr, dit Brian, escomptant déjà poursuivre sa

recherche des premiers sujets. N'importe comment, je serai à l'hôpital à deux heures.

— Pas de nouvelles ? s'inquiéta Freeman.

— Aucune. Je remplace Phil ce soir.

— C'est raisonnable, tu crois ?

— C'est toi qui disais que mon absence n'arrangerait rien, je te rappelle.

— Juste. Va au travail, mais ne fais pas de zèle. Pas la peine de te faire remarquer. Et, au fait, tâche de trouver une explication à ton état, t'as l'air d'un déterré.

— Excusez-nous de parler de nos affaires chez vous, dit Brian à Sid, mais il y a eu beaucoup de bouleversements à l'hôpital, et je me trouve directement impliqué dedans.

— Ça a quelque chose à voir avec le hold-up ?

Freeman et Brian échangèrent un regard et, d'un même hochement de tête, optèrent pour la vérité.

— Peut-être, dit Brian. C'est pour ça que nous sommes venus vous voir. J'espérais que vous pourriez nous décrire exactement les circonstances de la mort de Bill.

— Je peux faire mieux, dit Mastrangelo. Je peux vous montrer.

— Nous montrer ?

— J'ai une copie de la cassette de vidéo-surveillance. Mon appartement est au premier, si vous voulez me suivre.

Il mit un panonceau *fermé* sur la porte extérieure et les conduisit au logement qu'il occupait avec sa femme.

— J'ai un ami qui travaille dans une boîte de sécurité, expliqua-t-il. Triple A, je ne sais pas si vous connaissez, c'est à Charlestown. Je me suis fait braquer la caisse plusieurs fois, alors mon pote Manny m'a installé un système. Après le hold-up, avant de donner la bande à la police, il m'en a laissé une copie. Les deux types qui ont fait le coup portaient des lunettes de ski. J'ai regardé la cassette trois ou quatre fois pour voir s'il n'y avait pas des détails qui me rappelaient quelqu'un.

— Et alors ?

Mastrangelo secoua la tête.

— Rien du tout.

L'appartement sentait un peu le moisi. La femme de l'épicier, réplique féminine de son époux, leur fit un signe de sa cuisine en souriant.

Sid mit la cassette, la cala au début, et tendit la télécommande à Brian.

— Faites un arrêt sur image si vous avez des questions à me poser.

Après quelques secondes de shimmy électrostatique, on voyait un plan intérieur de l'épicerie, en noir et blanc. La caméra, placée au-dessus du comptoir, à gauche de la porte, avait un objectif à champ panoramique qui déformait un peu l'image mais permettait de visionner toute la scène. D'en haut, les formes paraissaient comprimées. Et l'absence de son rendait le film encore plus glauque.

Personne dans le magasin, à part Sid, de dos, qui va et vient derrière son comptoir... 20 h 48, à la pendule murale.

— Je ferme à neuf heures le vendredi, commenta Mastrangelo.

La porte s'ouvre, Bill Elovitz entre. Bras gauche dans le plâtre, imperméable ouvert. On le reconnaît tout de suite à ses cheveux... On devine même l'enflure aux chevilles au-dessus des chaussures. Il fait un signe amical à Mastrangelo et affiche ce sourire aigre-doux qui avait plu d'emblée à Brian... Il se dirige vers le fond du magasin et disparaît de l'écran... La porte se rouvre et deux types font irruption. Tous les deux en coupe-vent sombre et lunettes de ski... L'un braque un pistolet, l'autre un fusil à canon scié.

Brian arrêta la bande. Malgré la déformation, on voyait nettement que l'un des deux braqueurs, celui qui tenait le fusil, était plus grand et plus large d'épaules que l'autre. Brian regarda son ami black qui haussa un sourcil. Sous le masque de ski, ils soupçonnaient un visage troué d'acné. Boris. On ne voyait pas encore son complice de face. Brian remit la cassette en lecture.

Le petit braqueur gesticule sous le nez de Sid avec son flingue. Il n'y a que lui qui parle, semble-t-il... Boris quitte le champ et revient quelques secondes plus tard en poussant Bill Elovitz du bout de son arme... Elovitz proteste et n'a pas l'air trop effrayé. Il a l'expérience des hommes armés... Le petit braqueur ordonne à Sid d'ouvrir son tiroir-caisse, prend les billets et les fourre dans sa poche... Les deux types reculent vers la porte... Ils commencent à se retourner... Brusquement, Boris fait volte-face... Il est à quelques pas de Bill... Sans hésitation, il tire... Elovitz prend le projectile en pleine poitrine... Il tressaute sous l'impact, heurte une étagère de marchandises et s'affaisse par terre... L'autre tueur braque son pistolet sur Mastrangelo et tire, de quatre ou cinq mètres, mais Sid est déjà à moitié sous son comptoir quand il est touché... Les deux malfrats ne l'achèvent pas et déguerpissent... Quelques secondes plus tard, Sid pose une main sur son comptoir et se relève... La pendule marque 20 h 52... Quatre minutes.

Brian éteignit le magnétoscope et fit un signe de tête inquiet à Freeman. *C'est eux.* Il posa la télécommande sur l'accoudoir de son fauteuil.

— Monsieur Mastrangelo, l'homme qui vous a tiré dessus, est-ce que vous avez remarqué quelque chose de particulier chez lui ? demanda-t-il, sans donner d'indice sur la réponse qu'il escomptait.

— Il parlait avec un drôle d'accent, répondit Sid sans hésiter. Je ne sais pas de quel pays. Allemand, peut-être.

— Et l'autre ?

— Godzilla ? Je crois qu'il n'a pas dit un seul mot. Est-ce que la vidéo vous a été utile ?

— Peut-être. Il y a encore beaucoup de choses que je ne comprends pas.

— Mais vous n'avez pas l'air de croire que la mort de Bill soit liée au hold-up.

Brian haussa les épaules, puis se leva et serra la main du commerçant.

— Je ne suis pas sûr, monsieur Mastrangelo. Je n'ai vu personne prendre son portefeuille.

32

Brian laissa son sac dans la fourgonnette et se fit déposer à White Memorial par Freeman. Il pénétra en état d'alerte dans le hall de l'hôpital, fouillant la foule du regard et craignant que quelqu'un à sa recherche n'en fasse autant. Il portait son attaché-case et dedans, en plus des habituels papiers, instruments, barres de chocolat et sous-vêtements, une chaussette en laine enroulée autour du revolver pris sur le corps du Russe dans son salon.

Brian ne s'était jamais servi d'une arme à feu, à part un pistolet à plomb et une fois, une 22 long rifle. Il espérait n'avoir jamais besoin de le faire. Mais deux tueurs de Newbury avaient abattu un vieillard traité en phase un, et sans doute tué un deuxième patient. Maintenant, ils le traquaient et Phil avait disparu.

Vers qui se tourner sinon Teri ? Accepterait-elle de prendre des risques en ne se fiant qu'à sa parole ? Combien de temps restait-il avant que le bureau de Pickard ne le convoque à un test d'urine forcément positif ? Peut-être pouvait-il se confier à un patron comme Pickard.

Docteur Pickard, je n'ai aucune preuve, mais je dois vous dire que l'entreprise avec laquelle vous travaillez main dans la main depuis cinq ans est contrôlée par la mafia russe. Mes sources ? Oh, un truand chinois nommé Cedric qui fréquente les réunions des AA. Bien que le médicament mis au point par l'hôpital avec Newbury puisse sauver des dizaines de milliers de vies humaines et rapporter des millions de dollars à votre institut, des tueurs à la solde du laboratoire ont pour mission d'assassiner vos patients...

L'histoire rencontrerait-elle plus de succès auprès de la police ? De Carolyn Jessup ?

Brian enfila le couloir d'entrée de l'institut, montra son badge au vigile et gravit les cinq étages jusqu'à son service, en s'arrêtant à chaque palier pour vérifier que personne ne le suivait. Il n'y avait rien d'autre à faire qu'essayer de glaner encore plus d'informations tout en redoublant de méfiance.

Pauvre Pop qui n'est plus là. C'est maintenant que j'aurais besoin de toi.

Il alla directement se changer en salle de garde. Jen, l'infirmière du bureau, l'accueillit avec un soulagement visible.

— Content de vous voir, docteur Holbrook. On a passé une journée épouvantable. Qu'est-ce qui vous est arrivé ?

— Juste une attaque de virus.

— Non, je veux dire votre visage, vos mains...

— Oh... Ah... heu... Jardinage. Quand je m'y mets, je le fais à fond. Des nouvelles de Phil ?

— Aucune, dit-elle en secouant tristement la tête. Le Dr Pickard vient de remonter dans son bureau. Il s'est occupé de tous les malades de l'étage. Jamais je n'aurais cru qu'il soit aussi bon médecin.

— Un des meilleurs cardiologues qui soient.

— Il m'a dit que vous assuriez la garde ce soir et m'a remis le biper des urgences pour vous.

Brian l'accrocha à sa ceinture, puis il sortit un bloc de son attaché-case, déchira une feuille et écrivit dessus le nom ALLISON BROUGHAM, pris dans sa liste de sujets en phase un.

— Tenez, Jen, dit-il. Pourriez-vous appeler les archives et leur demander de monter le dossier de cette patiente, s'il vous plaît ? En fait, si vous aviez le temps d'aller le chercher vous-même, ce serait encore mieux.

— Je ne peux pas quitter le bureau pour l'instant, mais Beverly vient me remplacer à trois heures. J'irai à ce moment-là.

— Parfait.

Le service n'était pas trop désorganisé. Quinze patients, tous sérieusement malades, mais aucun dans un état critique. Brian passa les voir dans leur chambre les uns après les autres. A trois heures un quart, quand on l'appela au bureau, il en avait déjà vu neuf. Les notes méticuleusement prises par Pickard sur chaque cas l'accompagnaient dans sa visite. Brian n'avait pas surestimé son patron. Bien que son poste à la tête de l'institut le dispensât de responsabilités thérapeutiques, Pickard restait un cardiologue hors pair. Remplacer deux médecins absents pour superviser une visite de service à deux jours de la venue du Président était sans doute la dernière des choses qu'il souhaitait faire. Force était de reconnaître, cependant, et ses notes en témoignaient, qu'il avait fait ce travail de base avec beaucoup de conscience professionnelle.

— Docteur, j'ai Jen pour vous au téléphone, lui dit Beverly.

— Jen, oui, c'est Brian.

— Docteur Holbrook, je suis aux archives. Il n'y a pas d'Allison Brougham (elle épela le patronyme) dans le système. Aucune patiente sous ce nom n'a été soignée ici.

Oh, que si, voulait rétorquer Brian. Mais ça n'aurait servi à rien. Les obstructions devenaient de plus en plus radicales. Plus de pages manquantes dans les dossiers : les sujets de la phase un étaient systématiquement effacés de la mémoire centrale de l'établissement.

En quittant Freeman, Brian lui avait laissé le compte rendu écrit de tout ce qu'il avait découvert et l'esquisse de ses conclusions, avec pour mission d'en informer qui de droit, notamment la direction de la FDA et la presse. Le commentaire de Brian : *au cas où il m'arrive quelque chose,* agaçait son ami, mais il promit quand même de s'acquitter de sa mission d'une façon ou d'une autre.

Avant d'aller voir les six derniers malades, Brian appela Phil chez lui. Personne. Carrie Sherwood n'était pas chez elle non plus. Se pouvait-il qu'ils se soient mariés sur un coup de tête, elle et Phil ? La spontanéité, l'eau de rose et le sexe avaient-ils eu brusquement raison du professionnalisme de son ami ? L'explication aurait peut-être réussi à atténuer les craintes de Brian si Phil ne lui avait pas laissé ce maudit message concernant Angus MacLanahan.

Brian sortit de la chambre du dernier patient à quatre heures passées. Par acquit de conscience, il sélectionna un autre nom dans sa liste de sujets en phase un et chargea Beverly de s'enquérir du dossier aux archives. Puis il réalisa qu'il n'avait rien mangé depuis le petit déjeuner et partit en direction de la cantine, après avoir prévenu la surveillante qu'il s'absentait. Mais arrivé devant l'escalier, il rebroussa chemin, revint en salle de garde et sortit son attaché-case de sous le lit pour y replacer le revolver qu'il avait mis avec la chaussette dans sa poche de gabardine. La chose le gênait et lui gonflait inutilement la poche. Il décida de prendre sa valisette à la main.

La cantine self-service, fierté de White Memorial, comportait plusieurs petites salles entourant un vaste réfectoire central en forme de fer à cheval. Du côté ouvert du fer à cheval, se trouvait la zone de service, avec un bar-saladerie, un four à pizza, un gril, un comptoir gastronomique, et un autre pour les desserts. Plus de mille employés travaillant de jour comme de nuit dans le centre hospitalier maintenaient la cantine en activité constante.

Brian, son attaché-case à la main et tous les sens en éveil, s'intégra au flot de gens qui pénétraient dans l'immense restaurant. Ne connaissant personne dans la queue ou dans la salle, il se résigna à dîner seul, avec une pensée nostalgique pour l'hôpital Suburban du bon vieux temps, où la table des médecins était toujours la plus animée, où tout le monde se connaissait, du haut en bas de la hiérarchie. A présent, il n'était qu'un anonyme perdu dans la cohue, et le seul confrère dont il se sentait proche avait disparu.

Après avoir fait mine d'aller au bar-saladerie, il prit son tour dans la file d'attente du grill-room. Il allait commander un steak haché lorsqu'il remarqua un homme qui sortait de la salle avec un plateau chargé. Placé dans la queue comme il était, Brian n'avait pas un angle de vue idéal, mais la taille du type et ses puissantes épaules le trahissaient, d'autant que Brian venait de le voir assassiner un vieillard de sang-froid dans un film vidéo.

Brian jaillit de la queue et se dirigea vers la sortie le plus vite possible en essayant de ne pas se faire remarquer. Boris, qui portait la même tenue, jean et blouse bleue, que lors de leur première rencontre, s'arrêta plusieurs fois pour regarder alentour, sans que Brian sache s'il le cherchait lui, ou s'il craignait d'être suivi. Il gagna le couloir central et tourna en direction de l'institut, s'approchant de l'endroit où Brian l'avait surpris la première fois. Il le suivait à distance respectueuse, certain que l'autre allait l'emmener dans l'escalier conduisant au deuxième sous-sol.

Le couloir d'accès au sous-sol était désert. Obligé de rester loin en arrière, Brian perdit de vue le tueur. Il arriva à l'escalier desservant le deuxième sous-sol. Sur sa droite s'élevait celui qui montait au rez-de-chaussée de l'institut, et dix ou douze mètres au-delà, se trouvaient le labo de KT, la vidéothèque, et les portes des ascenseurs. Devant lui, sur la gauche, le local du distributeur automatique, et tout au fond du couloir, l'animalerie. Pas de Boris. Il était certainement parti plus bas.

Brian descendit prudemment les marches, redoutant à chaque instant de voir le Russe surgir derrière lui avec son visage grêlé, revolver au poing. Dans les hôpitaux, le deuxième sous-sol abrite en général la blanchisserie, le magasin de fournitures, et une partie de la chaufferie. Boris pouvait travailler dans l'une quelconque de ces unités, mais Brian ne s'expliquait pas qu'elles soient situées sous le bâtiment de l'institut et non sous le centre hospitalier.

Le deuxième sous-sol de l'institut baignait dans une lumière froide produite par des néons rencognés à l'angle des murs et du faux plafond. Dans le couloir au sol cimenté, il n'y avait qu'une porte en fer, au fond à droite, probablement située sous le labo de KT. Les ascenseurs s'arrêtaient apparemment au niveau supérieur.

Brian fit quelques pas hésitants. La poignée de la porte métallique était en creux, suggérant une ouverture latérale. Il avança de quelques mètres, puis s'arrêta, et sortit de son attaché-case le revolver qu'il mit dans sa poche de gabardine, avec le stéthoscope. Il était à vingt pas de la porte, à présent. Le couloir semblait s'arrêter en cul-de-sac, à peu près à l'emplacement correspondant à l'animalerie un étage au-dessus. Si quelqu'un descendait l'escalier, il était pris au piège. Il glissa une main dans sa poche et serra la crosse de son arme. Y avait-il un cran de sûreté, quelque chose à enclencher pour pouvoir tirer ? Pas le moment idéal pour s'en aviser. Aplati contre le mur, il avança un peu plus vers la porte.

Soudain, son biper se mit à couiner. Brian sursauta et resta en apnée, à deux doigts de l'arrêt cardiaque. Une urgence quelque part dans l'hôpital. D'un mouvement nerveux, il coupa le son du biper et regarda le petit écran luminescent.

ICB-7, lut-il, service de chirurgie cardiaque de l'institut. Une crise cardiaque dans le royaume de Laj Randa. Nulle part ailleurs dans l'hôpital, Brian ne se sentait plus inutile, surtout en situation d'urgence. Randa avait à sa disposition une armée d'assistants tous plus efficaces les uns que les autres. De plus, le sikh tenait Brian en trop piètre estime pour que sa présence soit désirée dans l'équipe de chirurgie.

Il hésita. S'éloigner lentement tout en continuant à surveiller la porte en fer, depuis la cage d'escalier ? Essayer de l'ouvrir tout de suite ? En même temps, il n'arrivait pas à ignorer l'appel d'urgence. Non, il faut que j'y aille, décida-t-il. Même s'il y a neuf chances sur dix qu'ils n'aient pas besoin de moi.

Il se retourna vers l'escalier et resta cloué sur place. Dans un coin du plafond, en partie dissimulée par un rail électrique, une petite caméra de surveillance le fixait de son œil inflexible. Elle ressemblait en tous points à celles de la clinique Vasclear.

A ce moment, la porte métallique derrière lui commença à glisser de côté.

33

Brian battit en retraite dans l'escalier, sortant du champ de la caméra. Bien qu'il fût certain de voir apparaître une masse de cent dix kilos animée des pires intentions, il était tenté de résister, de sortir son arme, pour prendre l'avantage et exiger des explications. Le biper clignotant en silence à sa ceinture le ramena à la réalité. Sans attendre Boris, il remonta les marches quatre à quatre, craignant qu'on ne lui tire dans le dos à tout instant.

Hors d'haleine, il déboucha dans le hall de l'ICB. Sept étages à monter pour arriver en chirurgie. Son genou commençait à le tracasser. L'ascenseur semblait s'imposer, mais l'idée d'être pris au piège dans la cabine pendant que l'autre le poursuivait dans les couloirs l'en dissuada.

Se fiant à son imagination, il repartit en hâte vers les escaliers et monta jusqu'au septième en s'arrêtant une fois au troisième pour écouter derrière lui. Rien. Mais maintenant, grâce à cette nouvelle caméra, on l'avait encore repéré. Ça valait peut-être mieux, au fond. Il était armé et comptait se mêler aux malades, aux personnel et aux visiteurs. Pas question de se faire surprendre en position isolée. Et ses ennemis ne prendraient jamais le risque d'intervenir dans la foule.

Quel était le nom de ce type d'une série télé qui essayait de convaincre les gens qu'il y avait des extraterrestres infiltrés sur terre sous une apparence humaine ? Vinson. Voilà. Roy Vinson.

Tout ce dont Brian avait besoin, c'était un extraterrestre capturé par lui, un Russe en l'occurrence, essayant d'expliquer aux flics ce qu'il faisait sur le film d'un hold-up à Charlestown, d'abord, derrière une porte en fer dans les sous-sols de l'institut ensuite, et pourquoi lui et son complice avaient supprimé Elovitz et MacLanahan, avant de se lancer dans une chasse à l'homme contre lui.

Le service de chirurgie ressemblait à celui de cardiologie clinique, sauf que le bureau des infirmières était plus grand, et les chambres vitrées, côté couloir.

La crise, attestée par la présence du chariot d'urgence, se déroulait tout au bout de l'étage, dans la chambre 703. Dès qu'il entra, Brian se félicita d'avoir répondu à l'appel. Il n'y avait que trois infirmières, un laborantin et seulement un interne auprès du patient. Ce dernier était allongé, nu sur le dos, et semblait à l'article de la mort. Il avait une longue incision de sternotomie sur la poitrine, refermée avec une série de petites agrafes encroûtées de sang, dessinant comme un rail de chemin de fer. A l'intérieur de sa cuisse, une autre cicatrice témoignait du prélèvement d'un greffon pour un récent pontage.

Opéré il y a deux ou trois jours, se dit aussitôt Brian en voyant qu'il n'y avait plus de sonde post-opératoire. Sur l'écran du moniteur, la fréquence cardiaque était très rapide : 130, 135, mais le tracé des pulsations restait étonnamment régulier. L'homme avait le visage blafard, la peau marbrée, les lèvres violacées. Il respirait difficilement. *Collapsus sévère.*

Brian se présenta à l'interne, lequel commençait à paniquer, visiblement.

— Mark Lewellen, répondit le jeune homme, qui semblait à peine sorti de l'adolescence. Première année d'internat. Merci d'être venu. D'habitude, il y a beaucoup plus de chirurgiens dans le service. Un des titulaires est en salle d'opération à White Memorial. Randa et le reste de l'équipe sont partis en ville à un séminaire qui est fini depuis un quart d'heure. Ils ne devraient pas tarder.

— Je n'ai pas de pression artérielle, dit une infirmière agenouillée au pied du lit.

Brian avait déjà pris le pouls au poignet, à la saignée, aux aisselles, à l'aine, et surtout au cou. Il sortit son stéthoscope et ausculta l'homme avec application.

— Mettez-lui un cathéter, s'il vous plaît, dit-il aux infirmières d'un ton égal. Mettez-lui aussi une perfu de dopamine. Ouvrez l'intraveineuse au maxi. Envoyez quelqu'un voir en bas s'il reste du sang compatible. S'il n'y a plus qu'une ou deux unités, dites-leur qu'il nous en faut quatre le plus vite possible. Non, six, plutôt. (Il se tourna vers Lewellen.) Allez-y, racontez-moi. Faites vite.

L'interne s'éclaircit la gorge.

— M. Paul Wilansky, commença-t-il, est marié, cinquante-cinq ans, exerçant la profession de comptable. Il...

— Je vais vous demander la version abrégée, dit Brian en reprenant son examen.

A ce moment, Carolyn Jessup entra dans la salle, tout essoufflée. Elle était vêtue comme Brian, ensemble chirurgical, baskets et blouse blanche.

— Je finissais une consultation quand la secrétaire de l'étage m'a appelée, expliqua-t-elle. L'ascenseur met un temps fou.

— Merci d'être venue, dit Brian. Continuez, Mark. Vite, s'il vous plaît.

— Le Dr Randa lui a fait il y a deux jours et demi un quadruple pontage prévu depuis longtemps. Pas de complications. Admis ici hier soir. Devait sortir après-demain. Il allait bien, et puis tout d'un coup, son pouls s'est emballé et il s'est plaint d'étourdissements et de sensations de nausée. Quelques minutes après, il a perdu connaissance.

— Il y a combien de temps que c'est arrivé ?

— Cinq minutes, répondit une infirmière, en montrant la pendule de la chambre.

Brian enfila des gants de latex, passa la main entre les jambes de l'homme, puis sous le scrotum, et fit une rapide exploration rectale. Il déposa des particules de selles sur une surface enduite d'une préparation chimique et ajouta une goutte de révélateur. Il cherchait la présence de sang.

— Négatif, annonça-t-il à Jessup.

L'hypothèse d'une hémorragie intestinale n'était plus de mise, bien qu'un ulcère saignant abondamment pût produire ce type de choc, avant que le sang n'atteigne le rectum du malade.

— Il faut lui mettre une sonde endogastrique dans le nez, dit Jessup à une des infirmières. Au cas où ce serait une gastrohémorragie *haute*.

— Je n'ai toujours pas de pression, cria l'infirmière au pied du lit.

Brian examina la feuille d'ECG de Wilansky et la passa à Jessup.

— Il y a un peu de surcharge ventriculaire, des séquelles de ce qu'il avait avant. Rien de neuf, dit-elle.

— Je suis d'accord.

Au vu du cardiogramme, une attaque cardiaque, difficile à admettre compte tenu du récent pontage, paraissait encore plus invraisemblable.

— Mark, est-ce que vous voulez que nous prenions les choses en main jusqu'à ce que les chirurgiens arrivent? demanda Brian.

— Ah, oui, volontiers. Allez-y.

— On va commencer un massage cardiaque. Il n'y a que ça à faire tant qu'on n'en sait pas plus. Il doit bien saigner quelque part.

Jessup posa deux doigts sur la carotide et ausculta la poitrine.

— Exact, Brian, dit-elle, totalement calme, totalement concentrée. C'est la seule explication. Quand est-ce qu'on a retiré les fils de son pacemaker ?

Les fils ! Bien sûr ! Brian percuta instantanément.

Les fils métalliques du pacemaker qu'on place traditionnellement lors d'un pontage étaient autrefois ôtés cinq ou six jours après l'opération. Mais deux ou trois jours étaient devenus la norme, afin d'économiser les frais d'hospitalisation. Débrancher le pacemaker prématurément ne pose aucun problème, plaisantait souvent Brian, du moment que le patient n'en a plus besoin.

— Les fils? répondit Lewellen. Le Dr Randa a laissé des consignes pour qu'on les enlève. Je l'ai fait il y a une heure, environ.

— A tous les coups, c'est ça ! s'exclama Brian en faisant un signe de tête approbateur à Carolyn.

— On ne va pas tarder à s'en assurer, dit-elle froidement.

Brian et elle travaillaient au coude à coude, en tandem parfait, se servant mutuellement d'assistant, et vérifiant qu'aucune option n'était oubliée.

— Mark, dit Brian, je crois que vous auriez intérêt à attaquer tout de suite le massage cardiaque. Est-ce que l'anesthésie arrive ? Sinon, il va falloir l'intuber.

— Vous pouvez le faire ? demanda Carolyn à Brian.

— Oui, je peux.

Le jeune interne prit position au bord du lit et entama une série de compressions thoraciques. Sur le visage de Paul Wilansky, les marbrures avaient fait place à une coloration pourpre. Sans pression artérielle, la vie de l'homme ne tenait plus qu'à un fil. Le fait qu'il n'y ait pas d'arythmie cardiaque à corriger rendait la situation encore plus frustrante.

— L'anesthésie ne peut pas venir, annonça l'infirmière. Ils sont occupés en salle d'op.

— Bon, voilà ce que nous pensons, madame Dixon, dit Brian à la surveillante après avoir lu son badge. Quand on a retiré les fils du pacemaker, l'un d'eux a pu se prendre dans un greffon. Si c'est le cas et s'il y a une forte hémorragie intrathoracique à cause d'un greffon arraché, il va falloir qu'on le transfère au bloc et qu'on mette en place une circulation extracorporelle en attendant les chirurgiens. Auparavant, j'ai besoin d'une sonde endotrachéale de sept-cinq et d'un laryngoscope. Vérifiez bien qu'il n'y ait pas de fuite au flexible du ballon.

Brian appuya les doigts sur l'aine du patient pour voir si le massage de Lewellen mobilisait du sang dans l'artère fémorale.

— Je ne sens rien, dit-il.

— Le cœur est vide, dit Carolyn. Il nous faut plus de pression. Prenez une seringue de gros calibre pour injecter du lactate Ringer. Docteur Lewellen, vous pourriez le masser un peu plus fort ?

— Je crois que j'ai déjà esquinté les points de suture du sternum, dit l'interne d'une voix étranglée par la panique.

— Pas grave, le rassura Brian. Les chirurgiens peuvent les refaire.

Mais pas ressusciter un mort, avait-il envie d'ajouter.

Comme Jessup, il lui fallait bien constater que le patient avait peu de chances de s'en tirer. Et comme le jeune interne, il était en proie à une tension extrême. Seul truc valable : ne pas trop le montrer, et surtout s'assurer que l'angoisse n'entravait pas le raisonnement. Quoi que réclame la situation, ils se tenaient prêts à faire le maximum. Travailler avec Carolyn Jessup, c'était comme pénétrer dans des eaux traîtresses sous la conduite d'un pilote chevronné.

Brian se plaça à la tête du lit. Sa carrière s'était faite en grande partie dans les services d'urgence et, malgré les dix-huit mois d'interruption, intuber un patient en état de choc restait pour lui une seconde nature. Il écarta la langue de Wilansky avec la lame du laryngoscope et d'un seul mouvement tout en douceur, enfila le flexible respiratoire entre les cordes vocales.

— Impeccable, commenta Jessup.

Brian fixa l'embout externe au ballon manuel et commença une série de ventilations rapides à raison d'une par seconde, afin de remplacer le gaz carbonique accumulé dans les poumons par de l'oxygène.

Jessup prit le pouls de Wilansky au cou et à l'aine et secoua la tête. Toujours rien.

Brian savait ce que pensait Carolyn. La même chose que lui. Wilansky souffrait de DEM, ou dissociation électro-mécanique. La plus terrible des urgences cardiaques. Le cardiogramme montrait que les impulsions électriques du système autonome de fibres neuro-musculaires étaient suffisantes. Mais le myocarde ne réagissait pas avec des contractions assez fortes pour activer la circulation. Une grande part du volume sanguin s'était donc répandue dans l'abdomen ou le thorax. L'explication s'imposait d'elle-même. Il fallait gagner du temps jusqu'à ce qu'on puisse régler le problème sous-jacent, certainement un greffon endommagé. Et le massage de Lewellen, bien qu'effectué correctement, ne donnait rien.

Ils avaient fait l'impossible pour sauver la vie du malheureux comptable. *Presque* l'impossible.

— Vous avez déjà pratiqué le massage direct, à thorax ouvert ? demanda Brian.

Elle exhala un long soupir en secouant la tête.

— Peut-être autrefois, il y a très longtemps, avant qu'on ait perfectionné les techniques de massage externe. Et vous ?

— Juste une fois. Mais c'était il y a quelques années. Une

blessure par balle que j'ai soignée aux urgences. Fusillade entre deux gangs. Ouvrir la poitrine du gars n'a pas posé de problème, et recoudre les deux plaies au cœur non plus.

— Et puis ?

— Il n'est jamais arrivé jusqu'en salle d'op.

— Eh bien, Brian, cet homme-ci y arrivera peut-être.

Merde.

Brian ne savait pas trop s'il avait articulé ou seulement pensé le mot. Au point où ils en étaient, il ne restait d'autre option que d'ouvrir le thorax du bonhomme sur place, comprimer le greffon avec une pince, poursuivre la ventilation et stimuler le cœur manuellement, jusqu'à ce que les chirurgiens l'emmènent au bloc et qu'on installe la circulation extracorporelle. Les chances qu'avait Wilansky de sauver sa peau étaient quasi nulles, surtout avec une équipe soignante sans chirurgien. Mais si on ne massait pas le muscle cardiaque et si on ne traitait pas l'hémorragie à la source, la DEM ne tarderait pas à dégénérer en fibrillation ventriculaire, ce qui rapprocherait encore le patient de l'issue fatale.

Masser le cœur directement... Brian avait le trac et fut tenté de se défiler. L'expérience en cardiologie de Carolyn devait largement compenser sa défaillance. Mais il se tut, examina les pupilles de l'homme, qui n'étaient pas particulièrement dilatées, et serra les dents. Il restait peut-être encore assez de temps.

Il avait tous les muscles tendus et la bouche sèche comme le sirocco. Boris et l'incident dans les sous-sols de l'institut étaient relégués au fond de son esprit.

— Madame Dixon, on va lui ouvrir la poitrine, dit-il d'une voix mate. Préparez-vous, s'il vous plaît.

— Tout de suite.

— Le plateau est prêt, annonça-t-elle.

Brian revêtit un masque, mit des gants et s'empara du scalpel. Soudain, des éclats de voix se firent entendre dans le couloir. Quelques instants plus tard, Laj Randa faisait son apparition. Ses pupilles noires faisaient penser au regard du faucon s'apprêtant à fondre sur une proie.

Il apprécia la situation d'un rapide coup d'œil. Lewellen continuait le massage cardiaque, mais Randa l'ignora. Il se tourna vers Brian.

— Que faites-vous dans mon service ? demanda-t-il.

Brian se sentait ridicule, ganté et masqué, le scalpel à la main, devant un des plus grands chirurgiens au monde. La réprobation du sikh l'aurait presque fait rentrer sous terre, bien qu'il le dépassât d'une bonne tête. Que se serait-il passé s'il avait ouvert la poitrine de Wilansky et si celui-ci était mort ? Ou s'il s'était aperçu, après l'avoir ouverte, qu'ils avaient mal évalué la situation, et si l'homme était mort ensuite ? Sans doute rien de pire que ce qui va se passer maintenant, se dit-il.

— C'est moi qui avais le biper des urgences, répondit-il avec un air de défi.

Randa en avait assez entendu.

— Qu'est-ce qui se passe, Carolyn ?

— Collapsus brutal, moins d'une heure après l'extraction des fils métalliques du pacemaker, dit-elle. Il fait de la DEM. Voyez ce que nous nous apprêtions à faire. Comme le Dr Holbrook a l'expérience du massage direct, nous...

Randa l'arrêta, une main tendue. Il n'avait pas besoin d'en savoir plus.

— Plateau de chirurgie, ordonna-t-il. Vite. Donnez-lui du Demerol en intraveineuse si nécessaire.

D'un revers de main, il fit signe à Lewellen de s'écarter du lit, et ordonna à un de ses assistants de le remplacer.

Sans qu'on eût besoin de le lui demander, l'infirmière aida Randa à passer une blouse par-dessus ses vêtements de ville, et lui présenta des gants ouverts dans lesquels il glissa les mains. Les gestes du chirurgien étaient vifs et précis, sans brusquerie.

— Scalpel, dit-il. Préparez l'écarteur.

Sans un mot de plus, le sikh coupa à travers le papier protecteur et d'un même mouvement, pénétra dans l'incision précédente. Le sternum avait été fendu en deux pour le pontage et les deux parties réunies ensuite avec du fil métallique. Des trois fils, seul celui du milieu avait cédé sous la pression du massage de Lewellen. Randa sectionna les deux qui restaient, tandis que son assistant mettait l'écarteur en place.

— Tamponnade, dit Randa, prévoyant qu'ils allaient trouver le cœur comprimé par l'hémorragie.

Un flot de sang issu du médiastin confirma son diagnostic, ainsi que celui de Carolyn. Un des fils du pacemaker s'était accroché au greffon qu'il avait arraché de l'aorte.

Randa travaillait dans le silence total, seulement ponctué par les ordres qu'il donnait. En moins d'une minute, il eut jugulé l'écoulement de sang. Il glissa la main gauche sous le cœur de Wilansky pour le soutenir, pendant qu'il effectuait des pressions de haut en bas avec la droite. La technique du chirurgien était parfaite, conforme à sa réputation. En procédant avec les deux mains, il évitait de serrer le myocarde et de perforer la fine cloison auriculaire avec le pouce.

— Le pouls est meilleur, se risqua à dire Brian, les doigts appuyés sur l'artère fémorale.

— Il faut l'emmener au bloc, dit Randa à l'infirmière, ignorant ouvertement Brian.

— Le temps que vous arriviez là-bas, ils seront prêts, répondit-elle. Les techniciens sont déjà sur place pour installer la circulation extracorporelle.

— Qui a donné l'ordre ?

— Le Dr Holbrook. Nous avons deux unités de sang compatible en route et il en a commandé six autres.

Randa continuait son massage rythmique. Il se tourna vers Mark Lewellen qui semblait vouloir se fondre dans le mur.

— Vous n'avez pas vu qu'il y avait dissociation électromécanique, Lewellen, dit-il d'un ton glacé. Vous avez failli tuer cet homme. S'il vit encore, c'est grâce aux médecins qui sont ici. Vous pouvez les remercier. Cela dit, je ne veux plus vous voir dans mon service. Sortez.

— Mais...

— Sortez tout de suite ! répéta le sikh, et ses mots claquaient comme une longe de fouet.

Le malheureux interne, bouleversé, obtempéra dans un

silence douloureux. Brian jeta un œil en direction de Jessup. Elle semblait furieuse mais se contenta de hausser les épaules en pinçant les lèvres.

— OK, dit Randa à son équipe. Débranchons-le du moniteur et descendons-le en salle d'op. Je commence à avoir des crampes aux mains.

L'entourage du chirurgien obéit sans mot dire et manœuvra le lit roulant pour le faire passer par la porte.

Brian, Carolyn et deux infirmières restèrent debout, silencieux, parmi les débris qui jonchaient le sol, décor typique d'une scène d'urgence après la bataille. Ils étaient solidaires dans la fatigue, dans le doute aussi, car le salut du malade restait indécis, et dans la consternation, suite à l'expulsion impitoyable du jeune Lewellen. Ils venaient de passer vingt minutes frénétiques à rivaliser d'efficacité et d'adresse, les tripes nouées par l'angoisse, pour un résultat satisfaisant en termes de survie, du moins jusqu'à maintenant. Il avait fallu cette crise pour que l'équipe réunie à la va-vite se retrouve soudée comme jamais.

Finalement, les infirmières remercièrent les deux médecins et déclinèrent leur offre de les aider à nettoyer la salle. Brian et Jessup sortirent dans le couloir.

— Pour un sauvetage improvisé, c'était plutôt réussi, dit-il. Diagnostiquer un greffon endommagé aussi vite, il fallait le faire. Bravo !

— Merci, Brian. J'avais déjà apprécié votre intervention en KT, mais après ce qui s'est passé ici, j'ai totalement confiance en vous.

— Quelle équipe !

Brian lui tendit sa main. Jessup la prit, avec un semblant d'hésitation.

— Oui, une sacrée équipe, dit-elle d'une voix éteinte. Bon, j'y vais, je suis en retard à mon rendez-vous.

Sur quoi elle tourna les talons et s'éloigna vers le bout du couloir.

Brian la rappela.

— Docteur Jessup ?

— Oui ? dit-elle en se figeant et en tournant lentement la tête.

— Vous êtes vraiment un super toubib.

Il y avait, dans les yeux de Jessup, comme un voile de tristesse, que Brian discerna malgré les dix pas qui les séparaient.

— C'est gentil à vous de me dire ça, répondit-elle.

34

Du haut de la galerie vitrée, Brian observait Laj Randa et son équipe en train d'œuvrer au bloc chirurgical. Il était presque familiarisé avec la scène, à présent. Dix jours plus tôt, maintenu en vie par des moyens artificiels, son père vivait en ces mêmes lieux les dernières minutes de son existence.

Avant d'aller suivre l'opération de Paul Wilansky, Brian avait rapidement fait le tour des malades de son service, puis tenté une nouvelle fois de contacter Phil Gianatasio. Sans succès. Chaque sonnerie le renforçait dans la certitude qu'il était arrivé quelque chose de grave à son ami. Ses tentatives pour joindre Teri n'eurent pas de meilleur résultat. Il commençait à se faire du souci pour elle aussi, et laissa des messages urgents, chez elle et à son bureau, l'implorant de le rappeler dès que possible. Enfin, il téléphona à la police de Reading. Une patrouille était partie voir à son domicile, lui dit-on, mais comme les agents n'avaient rien remarqué d'anormal à travers les fenêtres, ils étaient revenus sans pénétrer à l'intérieur.

Comment diable en était-on arrivé là ?

Brian avait l'impression de s'être enfoncé jusqu'au menton dans des sables mouvants, sans corde, ni secouriste pour en sortir. Seul contre un laboratoire pharmaceutique sur le point d'encaisser des milliards, seul contre des gens sans foi ni loi, prêts à tous les coups bas pour protéger leur investissement. Pour ce genre de type, pour cette pègre, la vie d'Elovitz ne comptait pas, ni celle de MacLanahan ni celle de Phil, peut-être, pas plus que celles de l'animalier ivrogne et de son malheureux singe.

Non seulement Brian craignait pour sa vie, mais il était furieux et frustré, furieux de n'avoir personne à qui demander de l'aide, et frustré de réponses à ses multiples questions.

Un médicament avec des effets positifs non seulement provisoires mais fréquemment contrebalancés par un effet secondaire létal. Qu'y aurait-il pu avoir de pire comme combinaison ? Et pourtant, les scientifiques de Newbury avaient persévéré, modifié la composition, et finalement triomphé. Brian était bien placé pour juger du succès. Soixante-quinze pour cent. Réussite spectaculaire. Produit miracle. Pourquoi, alors, les sbires de Newbury s'acharnaient-ils contre la fourmi qu'il était ?

Brian se sentait un peu nerveux, seul, sur la plate-forme d'observation. Cependant, il y avait un vigile debout à la porte, comme chaque fois qu'une intervention était en cours. Et au fond de la poche de sa blouse, sous une serviette piquée en salle de garde, se trouvait son revolver qui le rassurait et l'embarrassait en même temps. Il avait failli l'essayer dans sa chambre, et craignait de ne pas savoir s'en servir ou de se blesser. On ne voyait pas de cran de sûreté. Suffisait-il de viser et de tirer ?

Brian s'éloigna de la verrière du bloc 01. Il avait son comptant de Laj Randa. L'orgueil du sikh le saoulait. Il comptait s'en aller dès que la partie serait gagnée avec Wilansky. En bas, la réparation du greffon semblait en bonne voie, bien qu'on ne pût préjuger de l'intellect du malade à sa sortie d'anesthésie. Wilansky était resté sans pouls artériel pendant plusieurs minutes, et en réanimation un bon quart d'heure avant que Randa n'ouvre sa poitrine. Le cerveau pouvait être lésé.

— C'est gentil à vous d'être passé, docteur Holbrook, dit soudain Randa.

Le chirurgien parlait sans le regarder et du reste, n'avait pas levé le nez une seule fois depuis que Brian était arrivé.

— Comment va-t-il ? demanda Brian.

— Parfaitement bien.

— Vous croyez qu'il aura des séquelles ?

— Non. Je crois que ce monsieur va s'en sortir indemne.

Pas comme le Ruskof que j'ai occis dans mon salon, hein ? pensa Brian.

— Formidable, dit-il.

La réplique de Randa resta en suspens. Le myocarde, rendu artificiellement inerte, réclamait toute son attention.

— Mon infirmière me dit que vous avez agi remarquablement pendant la crise, dit-il subitement. Je vous en remercie. Ça compense au moins en partie l'erreur que vous avez faite en jouant la vie de votre père quitte ou double au Vasclear.

— C'est bien cruel, ce que vous dites, s'étrangla Brian.

— Oui, mais c'est vrai, malheureusement, dit Randa sans s'interrompre dans sa tâche. Vous êtes tombé dans le panneau, docteur Holbrook. Au lieu d'attendre le verdict de la raison et de la méthode, vous avez préféré vous en remettre à *Time Magazine* et aux journaux télévisés.

— C'est faux. J'ai enquêté. J'ai lu des rapports. J'ai parlé avec des collègues, j'ai examiné des sujets. Mon père avait failli mourir après la première opération. Dans son cas, l'option Vasclear était préférable à cause de ça, voilà tout.

— Eh bien, moi, je vous le dis, docteur Holbrook, quand la mariée est trop belle, ça cache toujours quelque chose. Croyez-moi, il n'y a pas de miracle. Et c'est parce que vous avez cru au miracle en soignant inconsidérément votre père qu'il est mort.

— Le Dr Holbrook n'a jamais rien fait de pareil, Randa !

Brian, saisi, mit la main dans sa poche et se retourna en même temps. Déséquilibré, il fit quelques pas en arrière. Art Weber était à trois mètres, les yeux tournés, non vers lui, mais vers la table d'opération.

— Ah, si le guru du Vasclear s'en mêle... ricana Randa.

M. Holbrook a contribué à sauver la vie de ce patient. J'étais en train de le remercier.

— J'ai entendu ce que vous disiez avant, répliqua Weber. Randa, vous êtes terrifié à l'idée de perdre un gros morceau de votre empire du pontage. Depuis le jour où vous avez réalisé que ce médicament guérissait les gens, vous n'avez pas cessé de mettre en garde le public contre le Vasclear. Eh bien, Laj, vous avez perdu. A partir de samedi prochain, les rois et les sultans qui viennent ici en jet pour qu'on requinque leurs artères et qu'on requinque aussi, accessoirement, votre ego pourtant en pleine forme, oui, les grands de ce monde n'auront qu'à rester sur leur trône en attendant leur perfusion, un point c'est tout. C'est ça que vous ne supportez pas.

— Sortez ! rugit Randa. Je ne veux plus vous voir là-haut !

Brian était choqué de voir l'Oriental perdre son sang-froid, et ne s'attendait pas à le trouver à court d'arguments. Même de loin, on voyait que Randa encaissait mal. La seule explication, réalisa Brian, c'est qu'il sentait que Weber avait raison. Car en dépit de ses critiques sur la procédure d'expérimentation, Randa n'avait rien à reprocher au Vasclear du point de vue de ses propriétés thérapeutiques.

Mais Brian avait des soucis plus immédiats que l'amour-propre malmené du chirurgien. Des tueurs cherchaient à l'éliminer. Des tueurs à la solde de commanditaires dont l'un des principaux, sauf erreur, se trouvait à deux pas. Au fond de sa poche, Brian gardait le doigt posé sur la détente du revolver. Il pouvait tirer à travers la blouse, au besoin. Les muscles de son cou, de ses épaules étaient tendus comme des haubans. D'ici à ce que l'affreux Boris surgisse dans le service, l'arme au poing, il n'y avait sans doute pas loin.

Mais non. Weber se pencha et éteignit calmement le micro. Puis il sortit du champ de vision de l'équipe chirurgicale et invita Brian à l'imiter.

— Je viens de croiser Carolyn, dit Weber. J'ai appris que vous aviez été très efficace au chevet du malade que Randa opère. C'est elle qui m'a dit que j'avais des chances de vous trouver ici.

Brian recula de quelques pas. Weber avait l'air relaxé, presque euphorique, absolument comme un homme qui s'apprête à entrer dans l'histoire de la médecine, tout en empochant plusieurs centaines de millions de dollars.

— Où est Phil ? demanda Brian.

— Gianatasio ?

— Oui. Est-ce que vous savez ce qui lui est arrivé ?

— J'ignorais qu'il lui était arrivé quelque chose.

Brian essaya de percer sa physionomie. Vainement. Pourtant, Weber et le Vasclear ne faisaient qu'un. Si Newbury trempait dans la disparition de Phil, il devait le savoir.

— Il a été absent toute la journée, dit Brian. On est tous inquiets à son sujet.

— Bon sang, voilà que vous m'inquiétez aussi. Est-ce que quelqu'un a appelé la police ?

— Oui, le Dr Pickard.

Brian desserra la crosse du revolver, sans sortir sa main de sa poche. Weber n'allait certainement pas se décomposer, même s'il savait où était son ami.

— Brian, je voulais parler avec vous du Vasclear. Je crois savoir que vous avez enquêté sur certains sujets de la phase initiale de tests. Il s'agirait de MM. Elovitz et Ford, notamment.

— S'agissait, corrigea Brian.

— Pardon ?

— Je dis : il s'agi*ssait* de messieurs Elovitz et Ford. Ils sont morts tous les deux.

Brian se retint de parler aussi de MacLanahan et Vitorelli.

— Ah, bon ? J'ignorais, dit simplement Weber après un bref temps d'arrêt. Enfin, je voulais vous demander d'interrompre votre enquête jusqu'à la signature de samedi. Vous pourrez la reprendre dès que ce sera fini. Je dirais même que nous vous *encourageons* à le faire.

— Je ne comprends pas. Vous me demandez d'enquêter sur le Vasclear ? Vous ?

— Nous sommes assez impressionnés par tout ce que vous avez fait ici depuis que vous êtes arrivé, Brian. Votre intervention efficace d'aujourd'hui confirme cette impression. Nos responsabilités ne vont pas s'arrêter avec la mise sur le marché du produit. Et je dois vous dire franchement que j'ai beaucoup d'autres projets qui requièrent mon attention. J'ai besoin d'un assistant pour m'aider à superviser la commercialisation du Vasclear et pour intervenir en cas de problème après l'AMM. J'ai pensé à vous pour ce poste. Je sais que vous serez l'homme de la situation.

Brian écarquilla les yeux. Derrière le directeur de projet, il aperçut Laj Randa qui se reculait de la table d'opération pour laisser la place aux assistants chargés de recoudre la poitrine de Wilansky. L'opération était terminée.

— Je... Je ne suis pas sûr de croire ce que je viens d'entendre. Vous me proposez de travailler pour Newbury ?

— Vous percevriez dans les... Voyons. Cent cinquante mille. Salaire renégociable au bout de six mois.

— Cent cinquante mille, c'est... c'est très généreux.

— Vous n'êtes pas obligé de me donner votre réponse tout de suite. Vous aurez un contrat de travail dès que vous serez décidé. Bien sûr, vous restez à l'institut tant qu'Ernest a besoin de vous. Vous toucherez deux salaires.

— Je... Je ne sais pas quoi dire.

— Vous n'avez pas besoin de dire quelque chose pour l'instant, Brian. Mais je compte sur une réponse avant ce soir. Et, bien entendu, je vous conseille vivement de vous abstenir de toute relation avec la FDA. L'accélération de la procédure d'homologation du Vasclear les rend assez susceptibles. A ce stade, le moindre retard serait très préjudiciable à Newbury, sans parler des milliers de malades qui attendent le médicament.

— Vous avez ma parole.

Art s'avança et lui tendit une main que Brian serra à contrecœur.

— Je me réjouis de vous avoir bientôt dans mon équipe,

conclut Weber. Et je ne doute pas du profit mutuel que nous en tirerons.

Bon, se dit Brian en regardant l'homme s'éloigner, eh bien, en une semaine, on m'aura pourchassé, on m'aura tiré dessus et on essaie maintenant de m'acheter. Pas de doute qu'ils ont de la suite dans les idées. Art Weber et la direction de Newbury lui donnaient une chance de rendre les armes en sauvant sa peau, avec un joli pécule en sus. Cent cinquante mille pour commencer. Peut-être que ça valait le coup, finalement. Ne détenant aucune info percutante sur le Vasclear, il en savait beaucoup moins que ne craignait Weber. Cent cinquante mille, en plus des quarante-cinq mille qu'il gagnait à l'hôpital... Il ferma les yeux quelques instants, pris de vertige à l'idée des changements qu'un pareil revenu impliquerait dans sa vie et celle de ses enfants. Mais ces pensées furent vite balayées par une autre vision, celle de Bill Elovitz propulsé contre une étagère de conserves dans l'épicerie de Charlestown, mort avant d'avoir touché le sol.

Brian avança sur la galerie vitrée et regarda Paul Wilansky, dont le cœur donnait toute satisfaction, pendant qu'on le transférait sur un lit roulant avant de l'emmener en salle de réveil. Randa, masque baissé, se tenait debout à côté du billard. Brian ralluma le micro.

— Comment va-t-il ?

Randa leva les yeux. Pendant un moment, Brian crut qu'il allait purement et simplement l'ignorer.

— Les pupilles réagissent à la lumière. Il faudra attendre un certain temps avant de pouvoir tirer le bilan cérébral, mais je pense qu'il n'aura rien, répondit le chirurgien.

— Excellent.

— Votre ami Weber est un roquet insolent.

— Peut-être. Mais vous vous attaquiez à l'œuvre de sa vie.

— Ce ne sont pas forcément les plus rapides qui remportent les compétitions, dit Randa. En science, la victoire ultime revient généralement au concurrent régulier qui tient la distance, plutôt qu'au sprinter.

L'analogie de Randa fit sourire intérieurement Brian. Nelly Hennessey, vedette publicitaire du Vasclear, était une habituée des longues marches.

— Je tâcherai de m'en souvenir, dit-il.

Soudain, Brian se figea. On eût dit qu'un courant d'air venu du pôle l'avait transformé en glaçon. En fait de saisissement, il venait de tout comprendre d'un seul coup. C'était Randa qui lui avait soufflé la réponse. Il agrippa la barre de cuivre entourant la plate-forme et la serra si fort que ses phalanges blanchirent. La réalité, la seule réalité n'avait cessé de se manifester autour de lui, mais jamais sous une forme assez concrète pour qu'il l'appréhende. A chaque fois, il était passé à côté de l'explication sans la voir. En fait, il se trompait complètement depuis le début.

Maintenant, il savait. Il connaissait le secret du Vasclear.

— Oui ! dit-il. Oh, bon Dieu, que oui !

Il se retourna brusquement et revint en salle de garde au pas de charge.

35

Les visites des familles se terminaient juste lorsque Brian entra comme une bourrasque dans le service de recherches cliniques, évitant de peu un vieux couple qui se dirigeait vers les ascenseurs.

— Urgence, cria-t-il, et il fonça en salle de garde, les laissant tout ébahis.

Sauf erreur, la clef de toute l'histoire se trouvait sur un bout de papier dans son attaché-case. Il tira celui-ci de sous le lit, l'ouvrit, et renversa le contenu sur la couverture. Pendant un court instant, il crut que sa mémoire l'avait trahi. Enfin, il trouva ce qu'il cherchait entre les pages d'une revue médicale.

C'était la demande de contribution que lui avait donnée Nellie Hennessey pour sa marche de charité, plus exactement, la partie détachable du document, comprenant la liste d'autres épreuves auxquelles elle avait participé.

Dites-moi, Nellie, combien de temps exactement après le début de votre traitement au Vasclear avez-vous commencé à ressentir un mieux ?

Combien de temps ça a pris ? Oh, pas longtemps, cher ami, ça, je peux vous le dire.

Brian se souvenait presque mot pour mot de sa conversation avec Nellie et sa fille Megan.

Je me souviens très bien, maman. Tu as reçu ta première dose le 10 août et tu n'avais plus mal du tout le jour de mon anniversaire, deux semaines après.

Il y a deux ans, le 10 août, voyons, se dit Brian en parcourant la liste de marches du bout du doigt. Il me semble qu'il y en avait une à cette époque, justement.

> 27 juillet — Marche de solidarité pour les victimes du SIDA — 25 miles. Somme réunie : 2 600 $.

Brian avait les yeux fixés sur la date. Comment une telle évidence avait-elle pu lui échapper ? Quinze jours après avoir couru vingt-cinq miles en plein juillet, Nellie se retrouvait sur une table de KT à l'Institut de cardio, avec un diagnostic d'artériosclérose avancée.

D'autres pièces du puzzle commençaient à trouver leur place. Le dossier de Nellie décrivait des symptômes classiques d'angine de poitrine. Mais la description qu'elle faisait elle-même de ses douleurs, loin d'être classique, aurait dû éveiller ses soupçons. Ses parents étaient morts tous les deux à un âge avancé. Une malade cardiaque avec de pareils antécédents, cela n'existait pas, tout simplement.

Le téléphone de Nellie figurait sur la demande de contribution.

— Nellie Hennessey, j'écoute.

— Nellie, bonjour. C'est le Dr Holbrook. Je vous appelle de l'hôpital.

— Ah, oui, bonjour, mon cher. Comment ça va ?

— Bien, merci. J'étais en train de regarder la liste de marches de charité que vous m'aviez donnée, et je me suis aperçu que vous aviez fait un parcours de vingt-cinq miles juste avant qu'on diagnostique votre problème au cœur.

— C'est vrai, répondit-elle sans hésitation. J'ai fait les vingt-cinq miles du SIDA.

— Est-ce que vous vous souvenez d'avoir souffert de la poitrine en courant ?

— Ce jour-là ? Non, je ne crois pas. Mais, docteur Holbrook, n'oubliez pas que les douleurs que j'avais au début c'était à l'épaule et en haut du cou, pas à la poitrine. En fait, je commençais à avoir un peu moins mal quand Mme Jessup m'a fait faire l'épreuve d'effort sur tapis roulant.

Parce que vous n'aviez strictement rien au cœur! voulait hurler Brian.

— Merci beaucoup, Nellie. Vous m'êtes d'un grand secours. J'espère que votre prochaine marche sera un grand succès.

— Ce n'est pas celle-là qui devrait vous intéresser, cher ami, c'est celle d'après.

— Ah ?

— 21 décembre. Marche de Noël organisée par la ville de Boston. J'y serai. Les bénéficiaires des fonds recueillis changent chaque année.

— Ah bon, et qui est-ce, cette année ?

— Je pensais que vous étiez au courant, mon cher. C'est l'Institut de cardiologie de Boston.

Brian remit ses affaires dans l'attaché-case et, pendant quelques instants, resta assis, la tête vide, le revolver posé à côté de lui. S'il ne se trompait pas, et sa théorie était la seule qui correspondait aux faits, soixante-quinze pour cent des sujets du groupe bêta en phase deux, ceux qui « guérissaient » si bien, étaient de faux malades cardiaques. Les pathologies qui les amenaient chez Jessup s'appelaient bursite, œsophagite, gastrite, pleurésie, ou n'importe laquelle des innombrables pseudo-cardiopathies qui jalonnent la vie d'un cardiologue. Lui-même, au cours de sa carrière, avait vu autant de patients avec des symptômes cardiaques avérés que souffrant d'autre chose.

Certes, il devait être facile de « programmer » un électrocardiographe pour qu'il imprime le tracé d'une insuffisance coronarienne au cours d'une épreuve d'effort. Mais que dire de l'artériographie réalisée en salle de KT ? Jessup n'était pas la seule à suivre le déroulement du test à l'écran. Deux infirmières spécialisées l'assistaient, ainsi qu'un technicien expérimenté, sans parler des étudiants, internes et médecins privés qui fréquentaient aussi le labo. Ayant participé à des centaines de KT, ils devaient bien être capables de discerner les anomalies.

Pouvait-on fausser une exploration artérielle pendant que la caméra filmait ?

Non, conclut Brian. Impossible, à moins que...

A moins que l'artériogramme de référence, celui d'avant le Vasclear, ne soit pas celui du patient.

Brian prit un bloc de papier dans le tiroir du petit bureau et commença à rédiger une lettre pour Teri, lui expliquant en détail ce qu'il avait découvert. Il s'arrêta au bout de quelques phrases pour essayer une dernière fois de l'appeler chez elle. Elle répondit aussitôt. Toutes ses appréhensions s'envolèrent dès qu'il entendit sa voix.

— Ah, Brian, je viens de rentrer et de trouver tes messages. Je m'apprêtais à t'appeler sur ton biper. Ça va ? Est-ce que ton ami Phil s'est manifesté ?

— Non, je n'ai aucune nouvelle. Teri, il y a de gros problèmes ici et je pense que le Vasclear et Newbury en sont la cause principale. Quand est-ce que tu montes à Boston ?

— Pas avant samedi matin.

— Tu ne pourrais pas venir demain ?

— Brian, j'adorerais ça, mais c'est impossible, voyons.

— Bon, mais est-ce que tu peux rester près de ton téléphone pendant un moment ?

— Bien sûr. Qu'est-ce qui t'arrive ?

— Je crois que Weber et Jessup ont falsifié les résultats de la phase deux. Je pense que la plupart des sujets du groupe bêta n'étaient pas des malades cardiaques. Et je ne crois pas non plus qu'on leur ait donné du Vasclear.

— C'est impossible. On a revu tous les artériogrammes et tous les ECG. On a même interviewé les patients. Est-ce que tu as des preuves formelles ?

— Je vais descendre à la vidéothèque pour essayer d'en ramener. Je te rappelle dès que j'ai quelque chose.

— OK. Je ne bouge pas. Fais attention, Brian. Ne prends pas de risque, je t'en prie.

Brian remit le revolver dans sa poche de blouse, fila au bureau des infirmières et leur dit qu'il serait absent pour une heure et joignable sur biper. Il descendit d'une traite et sans prendre de précaution particulière les six étages jusqu'à la salle d'archivage des films KT, seul endroit où il pût trouver une preuve tangible à l'appui de sa théorie.

Art Weber, confiant dans le succès de sa tentative de séduction par le fric, devait compter sur le silence de Brian, au moins jusqu'à la cérémonie. Dès lors, on avait dû mettre un frein aux agissements de Boris et consort, ça semblait évident. Avec un peu de chance, Brian aurait le temps de réunir des documents accablants avant que Weber ne réalise son erreur et ne l'empêche de révéler l'escroquerie d'un milliard de dollars qui se préparait.

Le sous-sol était silencieux et sinistre. A l'extrémité du long corridor, après le distributeur de sandwichs, les lumières de l'animalerie étaient éteintes. Déterminé à ne pas se faire piéger une troisième fois par la vidéo-surveillance, Brian resta dans la cage d'escalier et inspecta soigneusement les murs et le plafond à la recherche d'une caméra. Quand il fut certain qu'il n'y en avait pas, il se dirigea vers la porte du labo de KT. Bizarre de penser que Boris et les truands de Newbury se trouvaient peut-être quelques mètres au-dessous.

On accédait à la vidéothèque soit par le laboratoire, soit

directement par le couloir. Brian choisit la porte du couloir. Comme la plupart des espaces protégés de l'ICB, l'endroit disposait d'un système d'ouverture par digicode. Brian tapa son numéro et se glissa rapidement à l'intérieur du local sans fenêtre, totalement obscur. Avant d'allumer la lumière, il examina les murs et le plafond au moyen de la petite lampe de poche en forme de stylo qui ne le quittait jamais. Il n'y avait pas de caméra visible, mais une grille, probablement celle d'une bouche de ventilation, se voyait au milieu du plafond. Il monta sans faire de bruit sur une chaise et essaya de regarder derrière. S'il y avait une caméra, elle était dissimulée trop profondément pour qu'on la voie. Il hésita, puis haussa les épaules et se décida à allumer le plafonnier. Il n'allait pas reculer au point où il en était.

La pièce était assez longue, sept à huit mètres, et étroite. Dans le fond, sur deux tiers de la surface environ, s'élevaient des étagères de cassettes vidéo rangées dans des emboîtages individuels. Deux magnétoscopes avec des écrans de 30 pouces et des chaises occupaient le tiers restant. Brian alluma les deux machines et grâce au cahier d'enregistrement, obtint la référence des KT de Nellie. Elle en avait subi quatre en tout. Avant traitement, six mois, un an, et deux ans après le commencement de la thérapie au Vasclear.

Brian n'eut pas de mal à trouver les quatre films. Il mit la vidéo initiale dans le premier magnétoscope et dans l'autre, celle à laquelle il avait assisté, datant de deux ans plus tard. Puis il cala les deux films sur la première image, une vue oblique antérieure gauche de l'artère coronaire droite de Nellie, juste après l'injection de colorant. Vu séparément, chaque film paraissait normal. La vidéo avant traitement montrait les branches de l'artère coronaire droite fortement touchées par l'artériosclérose. Le même examen deux ans après montrait des artères en excellent état pour une femme de l'âge de Nellie, malgré quelques plaques d'athérome résiduel.

Il n'y avait qu'en examinant attentivement les deux films côte à côte qu'on pouvait découvrir la supercherie : les artériogrammes ne provenaient pas du même patient. Brian visualisa jusqu'au bout la première et la dernière vidéo, puis regarda en vitesse les deux autres, qu'il trouva identiques à la plus récente. La vidéo de référence, celle qui avait décidé de l'incorporation de Nellie au programme Vasclear, était bidon. La substitution, faite par quelqu'un ayant accès à un grand nombre de cas anormaux et qui connaissait parfaitement l'anatomie cardio-vasculaire, demandait beaucoup d'habileté. Mais l'arborisation des artères, veines et vaisseaux du cœur est unique pour chaque individu. Or, chez Nellie Hennessey, la morphologie vasculaire différait nettement, avant et après traitement. Au cours de l'examen initial, on avait remplacé d'une façon ou d'une autre les images de la KT de Nellie par celles d'un authentique malade.

— Remarquable, murmura Brian. Absolument remarquable.

Il resta assis quelque temps, consumé par un mélange de colère et de regrets. Il avait privé son père d'une opération chirurgicale nécessaire et utile, et mis en danger sa propre réhabilitation pour traiter Jack avec un produit équivalant à de l'eau en intraveineuse. Pas étonnant que Carolyn Jessup s'obstinât à pousser Jack entre les mains de Laj Randa. Elle savait depuis le début que le Vasclear administré aux sujets ne servait à rien. La « success story » du médicament reposait sur des malades imaginaires.

Brian rembobina les films, les remit dans leur boîte et rangea à leur place les K7 datant de six mois et d'un an. Puis il prit les deux autres à la main, éteignit les magnétoscopes, ferma les lumières et entrouvrit prudemment la porte donnant sur le couloir.

Sans être irréfutables, les artériogrammes vidéo de Hennessey devaient suffire, comme preuve, pour ajourner la signature du Vasclear. Teri, son patron et les experts de la FDA seraient ensuite conviés à une petite séance de cinéma dans ces mêmes lieux, où ils découvriraient environ 170 autres cas de films avant et après traitement présentant des différences anatomiques inexplicables. Art Weber et les autres dirigeants de

Newbury ne le savaient pas encore, mais ils étaient déjà dans les cordes.

Tout était calme dans le couloir. Brian appuya son épaule contre la porte et la poussa légèrement. Rien en vue. Il ne lui restait qu'à réintégrer son service et à cacher les deux K7 en salle de garde. Le matin, au moment de l'arrivée en masse du personnel et des visiteurs, il n'aurait aucun mal à les sortir de l'hôpital.

Il ouvrit complètement la porte et fit un pas dans le couloir. La crosse d'un pistolet s'abattit comme un piolet sur son poignet gauche. Un choc électrique lui explosa dans la main, les K7 tombèrent bruyamment sur le sol carrelé.

Brian tressauta en se tenant le poignet et heurta le mur derrière lui, qui l'empêcha de tomber. Il se retrouva nez à nez avec une apparition, le tueur ressuscité des deux matraquages successifs, qui le regardait d'un œil mauvais. Une longue blessure sanguinolente lui traversait maintenant la tête, du haut du crâne jusqu'au coin de la bouche, s'étendant jusqu'à l'œil bleuâtre et au nez tumescent. Une partie de ses cheveux avait été tondue, révélant deux cicatrices fermées avec des agrafes qui se rejoignaient.

L'homme appela en russe quelqu'un qui se trouvait à l'intérieur du labo de KT, bloquant l'autre issue possible pour Brian. Celui-ci comprit qu'il avait très peu de temps pour réagir. Lâchant sa main endolorie, il plongea l'autre dans sa poche de blouse, pointa son arme en direction du Ruskof et tira. Le projectile frappa l'homme en pleine poitrine. Ses yeux s'agrandirent de terreur, tandis qu'il basculait sur le côté. Du sang jaillit entre ses lèvres et il tomba à genoux. A ce moment-là, la porte du labo de KT s'ouvrit.

Brian, qui avait maintenant sorti son revolver, fit feu deux fois dans le battant, recula de quelques pas, tira une quatrième fois avant de se retourner et s'élança dans le couloir.

Deux détonations retentirent coup sur coup et des éclats de ciment lui ricochèrent sur le nez. Sa blouse déployée derrière lui comme une cape, il tourna au coin du couloir et s'engouffra dans le long passage menant tout droit à White Memorial. Des claquements de pas précipités le suivaient. D'ici quelques secondes, le tireur pourrait l'ajuster comme un lapin. Une ouverture se présentait sur la droite. Brian s'y jeta instinctivement et aboutit dans l'escalier descendant au deuxième sous-sol. Le tunnel de ciment était désert. Il dépassa la blanchisserie, fermée pour la nuit par une grille en accordéon. Le bruit de pas l'avait suivi, mais courant en baskets, il espérait creuser l'écart.

Des lettres peintes sur le mur d'un autre tunnel indiquaient la direction de la chaufferie, sur sa droite. Brian la suivit sans savoir où il déboucherait, tout en cherchant fébrilement un endroit pour se cacher. Un long escalier métallique sans lumière s'élevait maintenant devant lui. En haut, il semblait y avoir assez d'obscurité pour échapper aux tirs. En plus, la position en hauteur était avantageuse pour se défendre. Il monta les marches deux par deux en essayant de se rappeler combien de fois il avait tiré et combien de munitions il lui restait.

En haut, au-delà d'un petit palier, se trouvait une grosse porte métallique. Après s'être accroupi dans l'ombre pour souffler, Brian alla s'aplatir dessus, pantelant et secoué d'un tremblement incoercible. Pouvait-on le voir d'en bas ? Pas moyen d'en être sûr quoique ce fût peu probable. Une chose certaine, en revanche, c'est qu'il venait de tuer un homme. Il chercha le remords en lui et n'en trouva guère. Son père, ainsi que Bill Elovitz et Angus MacLanahan, étaient morts à cause de ces gens d'une cupidité implacable. S'il lui fallait tuer encore, il n'hésiterait pas.

Il s'assit dans le noir, toujours appuyé contre le battant. Plus aucun bruit ne lui parvenait d'en dessous. Quelqu'un l'attendait-il, tapi dans un coin ? Comment diable avaient-ils pu le trouver ? Seule explication, une caméra camouflée dans le faux plafond. Une minute s'écoula. Rien. Brian ôta sa blouse et la roula en boule avant de s'asseoir dessus. L'ensemble vert foncé qu'il portait en dessous se verrait moins qu'elle dans l'obscurité. Soudain, il entendit un grésillement de contact radio venant d'en bas, suivi d'un bref échange en russe.

Quelques instants plus tard, Boris passa dans son champ de vision, pistolet au poing, et s'éloigna après avoir jeté un bref coup d'œil en l'air.

Brian retint sa respiration, leva les bras et attrapa la barre de fer qui commandait l'ouverture de la porte. Il poussa dessus lentement et le battant joua un tout petit peu, laissant pénétrer une bouffée d'air frais. L'ouverture donnait-elle sur l'extérieur ? Il poussa un peu plus fort. Le pêne sortit de la gâche avec un claquement sec et le battant s'écarta du cadre. Le bruit se répercuta jusqu'en bas des marches. En un instant, Boris réapparut, brandissant son arme. Brian tira avant lui. Le tueur recula mais se mit à riposter furieusement dès qu'il fut à l'abri. Toujours accroupi, Brian ouvrit la porte en grand et tira deux fois vers le bas, au jugé. La deuxième fois, le revolver ne fit entendre qu'un cliquetis impuissant.

Boris se découvrit et fit feu à nouveau, mais Brian avait déjà franchi le seuil. Dehors, tombait une pluie fine et glacée. Brian se trouvait maintenant au pied d'une passerelle, dans un passage situé entre plusieurs bâtiments, tout à fait à la périphérie du centre hospitalier. Sur sa gauche, la voie se terminait en cul-de-sac, semblait-il. Mais vers la droite, Brian entendait des bruits de circulation. Il jeta son revolver et détala sur le pavé dans cette direction. Les poumons en feu, il traversa une ruelle déserte en pataugeant dans les flaques d'eau, et dépassa un chantier de construction. Il n'allait pas pouvoir courir longtemps comme ça.

Une haie d'arbustes touffus s'élevant à hauteur d'épaule entourait une cité résidentielle devant lui. Rassemblant ses forces, Brian se jeta dedans tête baissée, les bras en avant, espérant réussir à écarter les branches, au lieu de quoi elles lui arrachèrent cruellement la peau des bras et du visage. Trempé, haletant et à nouveau couvert d'écorchures, il émergea à quatre pattes de l'autre côté.

36

Dégoulinant de pluie, Brian resta tassé au pied de la haie pendant une quinzaine de minutes, jetant à travers le feuillage des coups d'œil inquiets vers l'hôpital distant de deux cents mètres. Pas de Boris en vue, mais Brian savait que ça ne voulait rien dire. Tous les sbires de Newbury devaient être réquisitionnés pour le chercher dans les environs. Hors de question qu'il retourne à White Memorial. Weber et la direction de l'ICB avaient forcément mobilisé le service de sécurité du centre hospitalier, et peut-être aussi la police de Boston.

On avait déjà dû concocter une histoire à propos d'un homme tué par balle dans les sous-sols de l'institut, une histoire dans laquelle Brian tenait le rôle principal, à n'en pas douter.

Il se mit debout et fit quelques flexions pour se dégourdir bras et jambes. Son genou le lançait à cause de sa course sur le ciment, et de l'eau de pluie ruisselait sur les écorchures de ses bras, empêchant le sang de coaguler.

Soudain, on l'appela sur le biper d'urgence qui servait pour tout l'hôpital et qu'il avait malencontreusement gardé sur lui. C'était son service. Par chance, il avait aussi gardé son portefeuille dans la poche arrière de son pantalon.

Il se rendit à la plus proche épicerie où il obtint de la monnaie de un dollar, sans s'alarmer du regard étonné du commerçant. Puis il appela le secrétariat de son service d'une cabine.

— Je suis à l'extérieur de l'hôpital et ne reviendrai pas ce soir, dit-il à la surveillante. Soyez gentille de prévenir l'interne de garde en cardio, à White Memorial : madame Jessup. Expliquez-lui qu'il faudra qu'elle se passe du biper d'urgence pour cette nuit.

Il raccrocha sans laisser le temps à la surveillante de répondre, puis héla un taxi qui l'emmena chez Freeman Sharpe. Son trousseau de clefs, qui comprenait celle que les Sharpe lui avaient prêtée pour entrer chez eux, était resté dans son attaché-case en salle de garde. Si Freeman et Marguerite étaient de sortie, Brian allait se retrouver, errant en pleine nuit dans Roxbury, trempé jusqu'aux os, en tenue de chirurgie. Rétrospectivement, la nullité de son travail chez Speedy Rent-A-Car lui parut presque enviable.

Devant l'immeuble, la rue était déserte.

— Allô, Freeman ? cria Brian dans l'interphone. C'est moi.

— Ouais, OK, répondit le Black, et la porte s'ouvrit dans un grésillement.

Dès qu'elle le vit, Marguerite se mit à glousser.

— Un jour, tu vas apparaître en super costume trois pièces, et il faudra me réanimer avec des sels ! dit-elle.

Brian se doucha et enfila le jean et le sweat-shirt rapportés de chez lui. Il grelottait, et alla se chauffer sous une couverture dans le salon en sirotant une bonne tasse de café fumant.

— J'ai tué un homme ce soir à l'hôpital, annonça-t-il.

— Un de ceux qui te couraient au cul ? demanda Freeman sans se démonter.

— Oui, celui qui était planqué chez moi. Je lui ai tiré une balle dans la poitrine avec le revolver que j'ai pris sur lui ce matin.

— Eh bien, sa tête ne lui fera plus mal, c'est toujours ça. Je te l'ai dit, Brian. Ces gens n'ont pas d'âme et ils t'ont déclaré la guerre. Il faut riposter sur le même mode, avec leurs règles, ou leur absence de règles, plutôt. Est-ce que tu comprends mieux ce qui se passe, au moins, pourquoi ils se sentent tellement menacés par toi ?

— Je comprends pourquoi, mais je n'ai pas de preuve. Quant à la menace que je représenterais, elle est réelle, crois-moi.

— Raconte-nous.

— Il me manque encore quelques éléments, mais en gros, la clef de toute l'histoire, c'est qu'une fois qu'un médicament est sur le marché, c'est extrêmement difficile de l'en retirer. Et retirer un médicament uniquement parce qu'il ne marche pas relève de l'impossible. En fait, la plupart des produits actuellement sur le marché ne marchent pas si bien que ça. Et personne n'y fait attention, pour dire les choses comme elles sont. Les labos de recherche et la FDA n'ont pas le temps ou la volonté d'enquêter, ni de faire le suivi et les contrôles nécessaires, tant que ces médicaments ne font de mal à personne. Voilà la clef. *Primum non nocere,* dit l'adage latin qu'on nous apprend en fac de médecine, « d'abord, ne pas nuire ». La plupart des gens guérissent de leur maladie ou se sentent mieux sans que ce soit dû au médicament qu'ils prennent, et même parfois *malgré* ce médicament. Les autres, ceux qui sont dans un état plus sérieux, on les soigne toujours avec plusieurs produits. C'est presque impossible de distinguer ce qui marche et ce qui ne marche pas.

— Mais le Vasclear, ça marche, observa Marguerite.

— Non, justement, fit Brian en secouant la tête. Les chercheurs de l'Institut de cardio ont truqué leurs résultats. Le Vasclear ne marche pas du tout. Il a même fait du mal à des gens qui en ont pris. Parmi les premiers sujets traités, plusieurs ont ressenti un mieux au début et souffert d'un grave problème pulmonaire ensuite.

— Mais pourquoi est-ce qu'ils ont continué à le développer, alors ? s'étonna Freeman.

— Tu connais la réponse aussi bien que moi. Mettre au point un nouveau médicament, le tester et le lancer sur le marché coûte cent millions de dollars minimum. Si les gens qui tirent les ficelles de Newbury sont bien ceux que soupçonne ton pote Cedric, et je n'ai pas de raison de penser qu'il se trompe, je serais surpris qu'ils prennent à la légère un trou de cent millions de dollars. Pour que l'argent commence à tomber, il leur suffit de lancer le Vasclear sur le marché. Il faudra un an, peut-être davantage, pour qu'on commence seulement à suspecter le médicament de ne pas marcher, et encore des années avant qu'on le retire de la vente.

— Du moment que personne n'est empoisonné... dit Marguerite.

— Ils ne comptent pas les malades comme mon père, touchés par le Vasclear comme par la grâce alors qu'on aurait dû les opérer, mais oui, comme tu dis : du moment que ça n'empoisonne personne.

— Et les premiers patients, les malades du poumon ? demanda Freeman.

— Passés pour pertes et profits. Plus longtemps ils restaient en vie, plus il était prévisible que quelqu'un finisse par s'interroger sur leur étrange problème pulmonaire et sur le rôle du Vasclear dans leur maladie. Alors je crois que quelqu'un, probablement Weber, a surveillé toutes leurs prises de sang, et dès que leur numération sanguine est devenue anormale, ils ont disparu accidentellement.

— Mais tu n'as aucune preuve ?

Brian leur expliqua comment l'artériogramme de Nellie Hennessey avait été falsifié.

— J'avais les preuves en main, les cassettes vidéo prises dans les archives de l'hôpital. Malheureusement, je les ai perdues au moment où j'ai failli me faire tuer. A propos, il faudrait qu'on regarde les infos.

— Je m'en occupe, dit Marguerite. Mais il n'y en a pas avant un quart d'heure.

En fait, elle n'eut pas besoin d'attendre ou de surfer d'une chaîne à l'autre car sur Boston première, il y avait un flash spécial annonçant de *graves incidents à l'Institut de cardiologie*. Brian et ses deux amis s'assirent en silence devant l'écran, tandis que la présentatrice passait l'antenne à Lina Fallin, journaliste dépêchée sur place.

— Je suis actuellement à l'hôpital White Memorial de Boston, où deux hommes ont été abattus au cours d'une fusillade. Une partie de l'institut a par ailleurs été détruite par le feu. C'est dans cet hôpital que le président des États-Unis doit venir dans deux jours pour signer l'autorisation de mise sur le marché d'un nouveau médicament miracle mis au point et testé dans l'établissement. On ne sait pas encore si ces meurtres sont liés ou pas à la visite présidentielle.

« L'identité d'une des victimes, un agent de sécurité trouvé dans un couloir du sous-sol, n'a pas été révélée. Mais l'autre, rendu presque méconnaissable par la combustion, serait le Dr Philip Gianatasio, de Boston, un cardiologue de l'institut dont l'absence aujourd'hui avait été signalée. Ce n'est pas confirmé officiellement, mais un des policiers présent sur les lieux du drame a déclaré que la mort de Gianatasio semblait due à une blessure par balle, et non à l'incendie, qui a totalement ravagé la vidéothèque de cardiologie dans les sous-sols de l'institut. Apparemment, le brasier a été circonscrit dans les limites de ces locaux. »

— Oh, Seigneur, non ! s'écria Brian en enfouissant sa tête entre ses mains. Oh, Phil, Oh, merde. Non !

Marguerite serra la main de Brian et l'attira vers elle. Ils ne savaient que trop ce qui allait suivre.

— Lina, demanda la présentatrice, la police a-t-elle un suspect et un mobile ?

— Nous manquons encore de détails, Paula, mais la police est à la recherche d'un médecin, semble-t-il, un autre cardiologue nommé Brian Holbrook, qui était de garde cette nuit à l'hôpital. Cet homme a appelé dans la soirée pour dire qu'il quittait son poste dans le service et ne reviendrait pas.

Brian changea de chaîne.

— ... responsable de la police judiciaire, M. Dracut, qui est sur place et fera une déclaration aux médias dans un quart d'heure. Mais en résumé, je vous rappelle que la police a trouvé ce qu'elle pense être l'arme du crime, un revolver sans doute jeté par le tueur au moment où il s'est enfui. Les policiers recherchent activement le Dr Holbrook qui avait eu des problèmes de drogue dans le passé, et n'a été autorisé à réexercer la médecine que depuis peu.

— Bill, sait-on si la Maison Blanche a été informée de ce drame et s'il affectera la cérémonie de samedi prochain ?

— Non, rien n'a filtré là-dessus jusqu'à présent...

Brian éteignit le téléviseur. Il n'avait même pas la force de pleurer tellement il était choqué et furieux.

— Des ressources illimitées et aucun respect pour la vie humaine, dit Freeman. C'est une mauvaise combinaison.

— Le docteur drogué devient fou furieux, parodia Brian. Comme c'est bien ficelé ! Ah, ça, on peut leur faire confiance... Et quand les flics m'auront attrapé, Weber et ses amis trouveront un moyen de m'avoir, c'est couru d'avance.

— J'aimerais bien ne pas être d'accord, soupira Freeman. Est-ce qu'il te reste une carte à jouer, une seule ?

— Les dossiers sont expurgés. Les films ont brûlé. Phil est mort. Et je serai mort aussi avant d'avoir pu convaincre qui que ce soit avec mon histoire.

Il attrapa le téléphone et appela Phoebe, qui dormait.

— Tâche de protéger les filles de ton mieux, dit-il après l'avoir suppliée de croire qu'il était à jeun. J'ai descendu un tueur, mais c'était de la légitime défense, sache-le. Je te rappellerai dès que je pourrai. Désolé pour tout ce qui se passe.

Le silence qui suivit en disait long sur l'état de choc où la plongeait ce coup de fil. Mais au moins, elle ne lançait pas d'accusation contre lui.

Brian regarda encore la télé pendant une heure et demie, sans apprendre grand-chose de neuf, à part les circonstances du déclenchement de l'incendie, qui montraient une intention calculée. Les détecteurs de fumée avaient été sabotés, puis on avait sorti de leur emboîtage et jeté sur le cadavre de Phil des centaines d'artériogrammes, avant de les enflammer.

Vers minuit, Ernest Pickard lut en direct une brève déclaration déplorant ce qui s'était passé et pressant Brian de réintégrer son poste à l'institut. Un peu plus tard, le chef de cabinet de la Maison Blanche, Stan Pomeroy, lut une autre déclaration assurant que, sauf information supplémentaire concernant le double meurtre, le Président participerait comme prévu à la cérémonie du samedi. Toutefois, ajouta-t-il, des mesures de sécurité complémentaires seraient peut-être adoptées.

A minuit et demi, Freeman et Marguerite allèrent se coucher. Brian éteignit la télé et appela Teri qui, elle, ne dormait pas.

— Brian ! J'étais malade d'inquiétude à ton sujet. On vient de m'appeler pour m'apprendre ce qui s'était passé.

— Ce n'est pas moi qui ai mis le feu, Teri. Et le seul homme que j'ai tué, c'est quelqu'un qui voulait me tuer, moi.

— Mais qui est-ce qui a mis le feu et tué ton ami Phil, alors ?

— Les gens de Newbury Pharmaceuticals.

— Brian, qu'est-ce que tu racontes ?

Il lui raconta les événements de la soirée. Elle l'écouta patiemment, mais il y avait de l'urgence dans sa voix quand elle reprit la parole.

— Brian, il faut que tu te rendes, dit-elle. Si ce que tu dis est vrai, on te croira.

— Je n'ai pas de preuve. Strictement aucune.

— Je peux donner l'ordre qu'on analyse des échantillons de Vasclear prélevés au hasard. Est-ce que ça t'aiderait ?

— Peut-être, mais je te parie qu'il y aura une substance chimique proche de l'original dans les ampoules. Ces gens font très attention, tu sais.

— Je ne sais pas quoi te dire, Brian. Cela ne fait que peu de temps que nous nous connaissons et... Ah, je ne sais plus quoi penser. Je persiste à dire qu'il faut que tu te rendes à la police.

— Non, pas question. Si je fais ça, les autres sauront où je suis et me tomberont dessus, j'en suis certain. Teri, il faut que tu convainques les gens de croire à ce que je dis.

— Est-ce que tu as des preuves quelconques ?

— Non, mais...

— Brian, je t'en prie, ne me compromets pas. Constitue-toi prisonnier.

— Si j'obtiens des preuves, comment puis-je te les transmettre ?

— Apporte-les dans le Maryland.

— Quand est-ce que tu montes à Boston ?

— Samedi. La cérémonie commence à huit heures du soir au dôme d'Hippocrate.

— J'essaierai de reprendre contact avec toi, Teri. Je n'ai rien fait de mal. Crois-moi, je t'en prie.

— J'essaie, dit-elle.

Brian raccrocha et s'allongea sur le canapé. Cinq heures plus tard, lorsqu'il s'éveilla, il était sous une couverture. Un arôme de café et de saucisses grillées flottait dans l'appartement.

— Hé, je suis contente que tu aies pu dormir un peu, dit Marguerite. Freeman est sous la douche.

— Merci. Tu as les journaux de ce matin ?

— Oui, je les ai, mais es-tu sûr d'avoir envie de les regarder ?

— Si c'est le *Globe*, je jetterai un œil dessus. Si c'est le *Herald*, par contre, je ne sais pas.

— C'est le *Globe*, mais la frontière entre les deux est assez floue pour une histoire comme ça.

Brian se versa une tasse et contempla son portrait qui s'étalait à la une du quotidien. C'était, chose ironique, la photo qu'il avait remise à l'administration de White Memorial au moment de son embauche.

— Et dire que j'étais furieux de ne pas avoir assez de presse quand je jouais pro, dit-il. Ça va être catastrophique pour les filles.

Freeman émergea de la salle de bains en robe de chambre, une serviette à la main.

— Bon, dit-il lucidement, un nouveau jour qui commence.

— Je sais ce que disent les AA : que chaque journée sans boire ou sans se camer est bonne à prendre, mais j'ai des doutes sérieux pour hier.

— Je sais. As-tu un plan, ou quoi ?

— Pas vraiment. Mais il faut que je fasse quelque chose.

Freeman s'assit à côté de lui et se servit un verre de jus de fruits.

— Il n'y a pas quelqu'un à l'hôpital à qui tu puisses faire confiance ?

— Il y avait Phil, dit Brian en montrant le journal. Et peut-être ce pot d'orgueil de chirurgien qui a essayé de sauver Jack. Les autres ont misé trop gros sur le Vasclear pour être libres de leurs mouvements. Pourquoi tu me demandais ça ?

— Parce que la mafia russe est capable de descendre un type dans un magasin, ou de faire sauter un appartement, mais tous tes toubibs, avec les responsabilités qu'ils ont, j'ai du mal à croire qu'ils puissent tremper là-dedans ou même fermer les yeux.

— C'est possible aussi qu'ils ne le sachent pas ! dit brusquement Brian...

— Attends, tu veux dire quoi, là ?

Brian ne répondit pas tout de suite. La remarque de Freeman était juste et c'était sans doute là qu'il fallait chercher le défaut dans la cuirasse du Vasclear. Quelqu'un dans l'équipe devait être au courant d'une partie du plan, mais pas du meurtre des patients en phase un. C'était cette personne qu'il fallait trouver.

— Freeman, tu m'as souvent dit qu'aux AA ou aux NA, il y avait toujours quelqu'un pour te dépanner, quel que soit ton problème.

— C'est vrai.

— Bon, eh bien, si je te donne le nom d'une personne qui est sur liste rouge, crois-tu que tu pourrais me dégoter quelqu'un qui me trouverait le numéro et l'adresse ?

— Tu veux dire quelqu'un qui travaillerait aux télécoms ?

— Exactement.

Freeman et sa femme échangèrent un sourire complice.

— Donne toujours le nom et la ville, dit Freeman.

— Elle habite sur la côte Nord, Salem, Marblehead, Beverly, Gloucester, une de ces villes-là, je ne sais pas laquelle.

— Et elle s'appelle ?

— Jessup. Dr Carolyn Jessup.

— Je vais voir ce que je peux faire. Ça peut prendre un certain temps.

— Pas de problème. Je n'ai rien d'autre à faire qu'attendre, n'importe comment. Et Freeman, si c'est possible, il y a trois autres choses dont j'aurais besoin.

— Tant que tu ne me demandes pas un flingue.

— Eh bien, en fait...

— Je suis sérieux, mon pote. Tu penses peut-être à t'affronter directement aux mafieux de Newbury, mais dans ce cas, je veux que tu tentes d'abord ta chance avec les flics. Si on te met une arme entre les mains en ce moment, la seule personne qui ait cent pour cent de chances de se faire descendre, à mon avis, c'est toi.

— OK, OK, oublie le flingue.

— Bon alors, dis-moi ce qu'il te faut d'autre pour ton mégaplan, et je verrai ce que je peux faire.

— Rien d'extraordinaire, en fait. J'ai besoin d'une voiture de location, trois ou quatre enveloppes Federal Express, un téléphone portable... et de pas mal de chance en prime.

37

BOSTON HERALD

Hôpital White Memorial :
Un médecin drogué recherché pour le double meurtre.
La visite du Président n'est pas remise en question.

Un mandat d'arrêt a été émis contre Brian Holbrook, ancienne star de football de l'équipe universitaire du Massachusetts, et praticien à l'Institut de cardiologie de Boston. M. Holbrook, à qui le Conseil de l'Ordre a interdit l'exercice de la médecine pendant dix-huit mois parce qu'il s'était frauduleusement prescrit les narcotiques que réclamait sa toxicomanie, est le principal suspect dans une bizarre affaire de fusillade à l'hôpital White Memorial, au cours de laquelle un gardien à temps partiel et un éminent cardiologue ont été tués. Le cardiologue, M. Philip Gianatasio, était également membre du personnel de l'Institut de cardiologie de Boston.

De sources proches de la Maison Blanche, on indique que la cérémonie prévue demain soir à White Memorial en présence du Président est maintenue.

Brian passa la matinée à taper sur l'ordinateur de Freeman un rapport détaillé sur tout ce qui s'était passé depuis le jour où Jack avait été transporté aux urgences de White Memorial.

Les dossiers médicaux ont disparu, écrivait-il, *et la plupart sinon la totalité des patients de la phase un sont décédés. Mais je pense qu'un examen attentif des résultats d'autopsie de Wilhelm Elovitz révélera les modifications dues à l'hypertension artérielle dans ses poumons, de même qu'un examen attentif de la bande vidéo conservée après le hold-up de l'épicerie montrera que l'homicide était délibéré et prémédité...*

Il était presque une heure de l'après-midi quand il commença à imprimer le document de onze pages. Il avait prévu un exemplaire pour le *Globe,* un pour le *Herald,* un pour les parents de Phil Gianatasio, et le dernier pour Teri. Rien pour le couple Sharpe, en revanche, car ses amis s'étaient déjà compromis pour lui, et Brian ne voulait pas qu'ils courent le risque d'être victimes de ce que Freeman décrivait justement comme une guerre.

Un rapport de onze pages signé d'un ex-toxico recherché pour assassinat, accusant de fraude et de meurtres en série le fabricant d'un médicament miracle aux vertus thérapeutiques confirmées, sans rien de tangible à l'appui... Comment les équipes du *Globe* et du *Herald* allaient-elles accueillir le scoop ? Comme les élucubrations d'un fou dangereux, à n'en pas douter. Je n'ai aucune chance, se dit Brian. Personne ne voudra me prendre au sérieux. Et dans le cas contraire, un pot-de-vin, une menace ou une balle judicieusement placés réglera la question.

Dehors, une nouvelle journée de pluie commençait. La météo prévoyait le même temps cinq à sept jours d'affilée. La pluie, le soleil, l'automne, les enfants, sa nuit d'amour avec Teri, Freeman et Marguerite, ses patients... tout cela lui paraissait tellement précieux désormais. Lancer un ballon de football... ausculter un cœur... respirer l'odeur des saisons... autant de choses de la vie qu'il aurait abordées différemment s'il avait su qu'il les vivait pour la dernière fois.

Combien de micro-événements avait-il ainsi vécus pour la dernière fois avec Jack, sans le savoir et sans les apprécier, durant ces dernières semaines ?

Le téléphone sonnait. Brian décrocha après quelques instants d'hésitation. C'était Freeman. Une canalisation avait sauté dans un des bâtiments dont il avait la garde. Il serait rentré d'ici une heure, avec tout ce dont Brian avait besoin.

— Dès que j'aurai ce qu'il me faut, je file d'ici et je te laisse tranquille, lui promit Brian.

— Hé, si tu crois que je vais me disputer là-dessus avec toi, tu te fourres le doigt dans l'œil, répondit Freeman. Je ne suis pas du genre héros.

Brian s'habilla et mit ses baskets encore trempées. Il était temps qu'il commence ses préparatifs. S'il se trompait au sujet de Carolyn Jessup, autrement dit si elle ne se laissait pas influencer, il faudrait qu'il se tienne prêt à se rendre... ou à fuir. La seule chose qui lui restait à faire était de discuter avec Teri une dernière fois. Il ne pouvait pas la laisser dans le doute et l'ignorance. Mais il ne pouvait pas non plus exiger de Teri qu'elle mette sa crédibilité ou même sa carrière en jeu. Il irait au front tout seul. Et s'il succombait, ce serait seul aussi.

Il la trouva à son bureau.

— Teri, je vais t'envoyer en courrier express un compte rendu détaillé de tout ce qui se passe selon moi avec le Vasclear. J'en envoie également une copie aux journaux locaux. Peut-être que quelqu'un voudra bien admettre que je ne suis pas dingue.

— Mais tu n'as toujours pas de preuve ?

— Non, pas encore, mais je vais m'en occuper ce soir. Hier, j'ai travaillé sur un cas difficile avec Carolyn Jessup. Elle a pris soin de mon père avant son décès. C'est vraiment un excellent médecin. Elle n'a pas cessé de me pousser à faire opérer Jack, malgré notre refus à tous les deux. Je crois que c'est parce qu'elle savait que le Vasclear qu'on lui donnait ne marcherait pas. Je ne sais pas comment elle s'est retrouvée embringuée avec ces types de Newbury, mais j'espère qu'elle m'en dira plus quand elle saura ce qu'ils ont fait.

— Je l'espère aussi, surtout pour toi. Est-ce que je peux faire quelque chose pour t'aider ?

— Où est-ce que tu vas dormir, demain soir ?

— Je ne couche pas à Boston. Dès que la cérémonie sera finie, nous repartons en avion.

— C'est aussi bien. Il vaut mieux que tu restes en dehors de tout ça. Phil a voulu en savoir plus et regarde ce qui lui est arrivé.

— Tu es sûr que tu vas bien, Brian ? Par ici, les journaux te décrivent de façon plutôt déplaisante.

— Ça ne m'étonne pas. Teri, j'aurais préféré que ça se passe autrement, mais il faut que j'aille au fond des choses, sinon, je n'ai aucune chance. L'enveloppe devrait arriver à ton bureau demain matin à dix heures. Lis ce que j'ai écrit et fais-toi une idée.

— D'accord. Prends soin de toi et ne fais pas de bêtises.

Brian raccrocha et ferma les yeux. Il commençait à somnoler quand le bruit d'une clef dans la serrure le fit sursauter. Le parfum de la pipe de Freeman le précéda de quelques secondes.

— Un téléphone portable, une Ford Taurus dont voici les clefs, dit-il en déposant cérémonieusement les objets sur la table. Plus tes enveloppes, l'adresse complète et le téléphone d'une certaine Carolyn Jessup, enfin un plan de Nahant et des environs.

— Nahant? s'étonna Brian. J'avais entendu dire qu'elle habitait sur la côte Nord, mais je n'avais pas pensé à Nahant.

Jadis une île, la langue de terre était maintenant reliée au continent par une chaussée d'un kilomètre de long. On y trouvait surtout des baraques en planches serrées les unes contre les autres, mais le front de mer s'enorgueillissait aussi de magnifiques villas dont la plupart jouissaient d'une vue panoramique sur la baie de Boston. C'était un petit monde à part et maintenant qu'il y pensait, Brian trouvait que l'endroit convenait parfaitement à Carolyn Jessup.

L'après-midi était bien avancé lorsque Brian scella la dernière enveloppe, qu'il laissa sur la table de la cuisine.

— Merci pour tout, Freeman, dit-il en serrant la main de son conseiller et parrain. Et admire ton propre succès. Je n'ai pas bu une goutte ni touché aux toxiques, malgré tout ce qui m'est tombé dessus.

— Ne perds pas de vue cette priorité. Et saches que tu seras toujours le bienvenu ici, mon pote. Tâche de m'appeler dès que tu auras vu ta bonne femme de Nahant. Sers-toi du portable et garde-le tant que tu en as besoin. Quant à la voiture, j'ai signé personnellement la caution et je me suis permis de faire faire un jeu de clefs supplémentaire. Comme ça, je garde les clefs d'origine. Et puis comme tu n'auras peut-être pas envie de te montrer devant un distributeur, voilà un peu de cash, conclut-il en lui tendant une enveloppe.

— Je te dois une fière chandelle, dit Brian en regardant dedans. Tu es vraiment un frère.

— Te fais pas tuer, c'est tout ce que je te demande.

Brian tassa quelques vêtements dans son sac de sport et compléta avec le portable et le plan de Nahant.

— Si ton plan ne marche pas, demanda Freeman, est-ce que tu comptes te rendre aux flics ?

— Je ne sais pas. Je louerai peut-être une cassette du *Fugitif* avant de décider.

— Grand comme tu es, tu seras un peu plus voyant que Harrison Ford.

— M'en parle pas.

Brian et le Black tombèrent dans les bras l'un de l'autre et restèrent quelques instants enlacés.

— La voiture est garée juste devant, dit Freeman. J'ai pensé que tu la préférerais en noir.

— Parfait.

— Et rappelle-toi une chose, mon gars : ce que Dieu te donne...

— Excuse-moi, coupa Brian, mais mon père est mort, un de mes amis est mort, je suis recherché pour des meurtres que j'ai commis et que je n'ai pas commis, alors ce n'est pas vraiment le moment de me parler du bon Dieu.

38

Pendant les quarante-cinq minutes que dura le trajet jusqu'à Nahant, Brian resta en état d'alerte maximum. C'était le début de l'heure de pointe et le moindre accrochage, le moindre changement de file intempestif pouvait signer ses dernières minutes de liberté.

Fallait-il vraiment qu'il parte en cavale en cas d'échec ? Dès lors qu'il commencerait à fuir, dès lors, surtout, que l'argent du médicament commencerait à affluer, il savait qu'il n'y aurait plus de revirement, plus de justification ni de défense possibles. Avec la mise en vente du Vasclear, ou plus exactement d'un placebo inoffensif et chimiquement voisin répertorié sous ce nom, on atteignait un point de non-retour. Des années et quelques milliards de dollars plus tard, le produit s'éclipserait en douceur du marché. Encore un médicament prometteur qui ne passe pas le cap de la durée, regretterait-on. Mais quoi ? Ni dommage ni tricherie... sauf, bien sûr, pour Jack Holbrook, Bill Elovitz, Phil et quelques autres.

Brian suivit la route de Lynn, une horreur rectiligne de quatre kilomètres parcourue de lignes à haute tension et jalonnée de concessionnaires auto, de restaurants, de portiques de lavage et de pompes à essence. Il était quatre heures passées et la pluie, pour le moment du moins, avait fait place à un pâle soleil de fin d'après-midi. Même les faubourgs de Lynn reprenaient des couleurs. Un ensemble résidentiel, un dernier restaurant, et Brian se retrouva sur la chaussée surélevée menant à Nahant. Une voiture de police le rattrapa et se mit à lui coller au train, sirène et gyrophare en action. Brian sentit son cœur s'emballer. Il se rangea humblement sur le côté, prêt à capituler, mais le véhicule pie le dépassa à fond de train. S'il se retrouvait en cavale, ce serait comme ça pour le restant de ses jours.

Grâce au plan de Freeman, il n'eut pas de mal à s'orienter dans le labyrinthe de rues étroites qui constituait l'essentiel de la ville. Le domicile de Jessup se trouvait au bout d'une petite rue longeant le front de mer, à l'extrémité sud-est de la péninsule. La propriété était de dimensions modestes, mais complètement isolée des voisins et de la rue par une double haie soigneusement taillée de plus de deux mètres de haut. La maison elle-même, une villa de plain-pied flanquée d'un garage monoplace, se dressait sur un petit promontoire dominant l'océan au fond du terrain. Côté rue, les fenêtres étaient insignifiantes, mais celles qui faisaient face au port et à la métropole au loin, devaient offrir une vue exceptionnelle.

Comme Brian ne voulait pas rester trop longtemps au même endroit, il fit plusieurs fois le tour de la localité. Lorsque l'éclairage urbain s'alluma, il avait repéré une ruelle sombre et excentrée où il pouvait garer la Taurus sans se faire remarquer. Un entretien en face-à-face semblait le seul moyen d'obtenir toute la vérité de Jessup.

La chaussée reliant la péninsule à la terre ferme lui posait un problème. Si Jessup savait qu'il était dans les parages et s'entêtait à se protéger ainsi qu'à protéger Newbury, un simple coup de fil à la police suffirait pour condamner cette seule issue avant qu'il n'ait le temps de s'enfuir. D'autre part, il ne souhaitait pas rester dans la voiture de peur d'attirer l'attention des flics, ce qui lui créait un autre problème. Il fit plusieurs fois l'aller-retour jusqu'au continent, s'arrêtant juste une fois pour acheter un hamburger dans un McDonald. A deux reprises, il croisa un véhicule de la police de Nahant.

Vers neuf heures du soir, Brian réalisa que des lumières venaient de s'allumer chez Jessup. Vêtu d'un coupe-vent de couleur discrète, il prit le portable, abandonna la Taurus et, pressant le pas dans les rues désertes, gagna la haie où il se sentait plus en sécurité. Puis il fit le tour de la propriété jusqu'au rivage. Entre celui-ci et la maison s'étendait une étroite pelouse parfaitement tondue, prolongée par un plan rocheux de sept à huit mètres incliné vers la mer. Il faisait sombre à cause du ciel bouché, mais on voyait miroiter sur l'eau les lointaines lumières de l'agglomération de Boston.

Comme Brian l'avait supposé, le côté sud de la maison était

presque entièrement vitré. La cuisine donnait sur une véranda d'environ cinq mètres carrés. Il avança jusqu'au bord du jardin, franchit un remblai et atteignit l'enrochement lissé par les vagues, qu'il descendit sur quelques mètres. De là, il jouissait d'une vue parfaite dans la cuisine et le salon de Jessup. Il sortit de sa poche le papier sur lequel il avait noté son numéro mais se figea aussitôt car il venait de la voir pénétrer dans sa cuisine.

Brian se trouvait à quinze ou vingt mètres, mais même de cette distance, il voyait qu'elle était agitée et inquiète. Elle avait gardé sa jupe et son chemisier et faisait les cent pas dans la pièce. Soudain, elle s'arrêta, sortit une bouteille d'un placard, et se remplit un verre qu'elle avala d'un trait. Elle le remplit à nouveau, mais l'abandonna sur un meuble, et alla se camper devant la porte vitrée pour contempler l'horizon.

Brian recula de quelques pas sur la pente glissante. Espionner la doctoresse le gênait, mais au point où il en était, mieux valait qu'il soit parfaitement d'équerre avec elle, même si c'était à son insu. Jessup avait les traits tirés et semblait très fatiguée. Elle défit sa queue-de-cheval, et secoua la tête pour libérer ses cheveux. Il est temps, décida Brian. Il composa son numéro et constata avec satisfaction qu'elle réagissait à la sonnerie. Une fois de plus, les tuyaux de Freeman aux NA s'avéraient infaillibles. Son téléphone était un portable posé sur un plan de travail dans un coin de la cuisine.

— Allô ?

— Docteur Jessup, c'est Brian Holbrook.

En entendant son nom, elle se raidit.

— Comment avez-vous eu mon numéro ?

— Je suis dos au mur. Les gens désespérés peuvent être pleins de ressources. Désolé de vous appeler comme ça, mais comme vous le savez, j'ai actuellement de graves problèmes. Et la vérité, c'est que je n'ai personne vers qui me retourner.

— C'est à la police qu'il faut vous adresser, pas à moi.

— Docteur Jessup, hier, dans le service de chirurgie, vous et moi avons contribué à sauver la vie d'un homme. Je considère que vous êtes un médecin remarquable. Je vous considère aussi comme suffisamment impartiale pour écouter ce que j'ai à vous dire. Et puis il y a une autre chose.

— Quoi ?

— Je crois que vous avez essayé de sauver la vie de mon père en insistant pour qu'il soit opéré, plutôt que traité au Vasclear.

Durant les quelques secondes de silence qui suivirent, Brian la vit récupérer son verre d'alcool et le vider.

— Je ne sais pas de quoi vous parlez, dit-elle.

— Docteur Jessup, je n'ai pas tué Phil Gianatasio. Phil était mon ami. Par contre, j'ai été obligé de tirer sur l'homme que la presse qualifie de gardien à temps partiel. Il faisait peut-être office de gardien, mais il était porte-flingue à plein temps pour Newbury Pharmaceuticals. Je l'ai tué parce qu'il allait me tirer dessus. Et il allait me tirer dessus parce que je sortais de la vidéothèque du labo de KT, avec les artériogrammes avant et après traitement de Nellie Hennessey. Je sais que les images avant traitement n'étaient pas celles de ses artères, docteur Jessup. Je n'ai pas fait de vérification sur les autres patients mais je vous parie tout ce que vous voulez qu'un examen attentif de leurs films montrerait la même chose. Phil commençait à prendre conscience de ce qui se passait, c'est pourquoi ils se sont débarrassés de lui. C'est aussi pour ça qu'ils ont brûlé les K7.

— Qui ça, *ils ?*

— Les gens de Newbury. Je crois qu'Art Weber joue un rôle central dans l'affaire, mais je ne pense pas qu'il contrôle toute l'entreprise.

Nouveau silence éloquent. Jessup était appuyée contre son frigo.

— Je ne vous crois pas, dit-elle. Si vous avez des accusations à formuler, adressez-vous à la police. Maintenant, je dois vous laisser.

— Non, s'il vous plaît, docteur Jessup, écoutez-moi, je vous en supplie. Ma vie dépend de vous, et beaucoup d'autres vies aussi. Vous ne pouvez pas refuser de m'écouter.

— Allez-y, dit-elle après un moment de flottement.

— Merci. J'ignore comment vous avez pu vous retrouver mêlée aussi étroitement à cette sale histoire, mais j'ai peur que vous ne compreniez pas tout ce que ces gens ont fait. Tous ces patients de la phase un, ceux qui faisaient de l'hypertension pulmonaire à cause du Vasclear, eh bien, Newbury s'est arrangé pour les faire disparaître accidentellement, du moins ceux qui n'étaient pas déjà morts d'HAP. Pendant que vous étiez en train de créer un médicament fantôme prétendument miraculeux en soignant des malades cardiaques imaginaires, Newbury éliminait systématiquement toutes les personnes susceptibles d'entraver la procédure d'approbation du Vasclear. Je dis *éliminait*, comprenez : assassinait.

— Vous avez des preuves de ce que vous avancez ?

— C'est vous qui êtes ma preuve, docteur Jessup. Vous auriez pu laisser mon père mourir sans rien dire, mais vous avez essayé de le sauver. Si vous aviez su le sort que Newbury réservait aux sujets de la phase un, je pense que vous auriez refusé de collaborer avec eux. J'ai besoin de votre aide. J'ai besoin que vous m'aidiez à faire justice.

Encore un silence, au cours duquel Brian la vit écluser un autre verre.

— Je... je ne sais pas si je peux, dit-elle finalement.

Elle s'était affalée sur une chaise et fixait la baie vitrée d'un regard absent.

— Est-ce que vous accepteriez au moins de me parler en tête-à-tête ? demanda-t-il. J'aurais besoin que vous m'aidiez à combler certaines lacunes. Si vous ne voulez pas vous compromettre davantage ensuite, ça vous regarde. Je tenterai ma chance tout seul.

Jessup était éreintée, défaite. Brian le voyait bien, à présent.

— Quand ? demanda-t-elle.

— Tout de suite. J'ai laissé des instructions sous les marches de votre véranda pour vous dire où nous pouvons nous rencontrer.

C'était pour éviter que Jessup n'appelle la police et que

celle-ci ne barre la sortie de Nahant, que Brian avait mis au point ce mensonge. Elle ne savait toujours pas qu'il se trouvait sur son terrain. Si elle lui raccrochait au nez tout de suite et passait un coup de fil à quelqu'un d'autre, il ne lui resterait qu'à déguerpir au plus vite. Et si elle descendait de la véranda pour regarder sous les marches et refusait ensuite de l'aider, il serait obligé de la ligoter avant de s'enfuir.

Sans quitter Jessup des yeux, Brian remonta dans le jardin, courbé en deux, et se plaça de façon à pouvoir lui couper la retraite vers sa cuisine si elle sortait. Il la vit retourner le téléphone entre ses mains tandis qu'elle réfléchissait à sa proposition. Finalement, au bout d'une minute interminable, elle traversa la véranda et ouvrit la porte vitrée donnant sur la pelouse. Brian s'accroupit, retenant son souffle. Elle scruta l'obscurité avec méfiance, puis descendit les marches pour regarder en dessous. Brian bondit de sa cachette et se précipita entre elle et la porte.

— Docteur Jessup, n'ayez pas peur, je ne vous ferai aucun mal, dit-il. Je veux juste discuter.

Jessup, frappée de stupeur, recula d'un pas et le fusilla d'un regard ulcéré. Pendant un instant, Brian crut qu'elle allait se jeter sur lui.

— Comment osez-vous pénétrer chez moi pour m'espionner ? dit-elle en s'étranglant de rage.

Il fallait qu'il lui tienne tête. Il avait l'avantage de la force physique, pourtant, elle ne semblait nullement intimidée.

— Docteur Jessup, mon père est décédé parce que j'ai cru à ce que je lisais et à ce qu'on me disait sur le Vasclear. Maintenant, mon ami Phil est mort, j'ai dû tuer un homme, et ma propre vie risque d'être saccagée. Il faut que cela cesse. Falsifier des résultats de recherche est une chose. Mais il y a des gens qui se font assassiner. Vous ne pouvez pas laisser faire des choses pareilles.

Jessup le fixait toujours d'un regard plein de défi, mais Brian discernait la lassitude et la confusion dans ses yeux. Finalement, elle exhala un long soupir, vaincue.

— Vous voulez rentrer à l'intérieur ? demanda-t-elle.

— Non, j'aime autant rester ici.

Il ôta son coupe-vent, l'étala sur une marche et lui fit signe de s'asseoir dessus.

— Je suis vraiment navrée que votre père soit mort, dit-elle.

— Je sais. Maintenant, vous avez l'occasion de faire en sorte que ça ne se reproduise plus.

— J'ai très peur.

— Moi aussi.

Jessup frotta ses yeux rougis de fatigue.

— OK, dit-elle enfin. Par quoi voulez-vous commencer ?

— Ça m'est égal. Parlez-moi du Vasclear. Je voudrais comprendre comment tout ça a pu arriver.

— Il y a plusieurs années, Art Weber travaillait en Colombie avec une équipe médicale internationale, dans une clinique du bassin de l'Amazone. C'est là qu'il a découvert, ou cru découvrir, le Vasclear. Il y avait une tribu d'indigènes qui mangeaient de la viande et mâchaient tous les jours une espèce d'écorce bouillie. Ils étaient une centaine et aucun d'eux ne montrait le moindre signe d'artériosclérose. Art a cru qu'il avait trouvé la fontaine de jouvence, mais il avait besoin d'argent pour faire analyser l'écorce, isoler la substance bioactive, la synthétiser et la tester. Et il voulait tout contrôler et faire le plus de profit possible. Je ne sais pas comment il connaissait les gens qui détenaient les capitaux de Newbury, ni quel genre d'accord il a conclu avec eux. Mais je peux vous dire une chose, c'est que rien ne lui résistait. Il était tellement persuasif qu'il aurait réussi à convaincre un lapin pourchassé de sortir de son trou.

— Il a signé un pacte avec le diable, dit Brian. Ces types appartiennent à la mafia russe.

Jessup leva les yeux sur lui, impressionnée.

— En fait, il s'agit de la mafia tchétchène, corrigea-t-elle. J'ignorais leur existence jusqu'au moment où les choses ont commencé à mal tourner. D'après Art, même la mafia russe a peur des Tchétchènes.

— Ça ne m'étonne pas.

— Les gens qui sont derrière Newbury ont mis une somme gigantesque sur le tapis. Weber leur avait fait miroiter des bénéfices colossaux. Rien que pour isoler la molécule bioactive qu'ils ont baptisée Vasclear, il a fallu trois ans de recherches et d'essais sur des animaux. J'ai été nommée directrice de l'unité de recherches cliniques, et Newbury a commencé à financer plusieurs programmes de l'ICB en échange du travail que je fournissais. Tout allait apparemment bien avec le Vasclear jusqu'au moment où on a lancé la première phase de tests. Au début, le médicament a eu l'air de tenir ses promesses. Et puis les animaux sont tombés malades, surtout les primates, et certains patients ensuite.

— Éosinophilie, suivie d'hypertension artérielle pulmonaire.

— Exactement. Art a annoncé à ses partenaires de Newbury qu'il fallait que les chercheurs se remettent à plancher. Ils ont accepté, à condition qu'on leur rembourse les dix millions de dollars qu'ils avaient investis, plus les intérêts.

— Mais comment a-t-il fait pour vous convaincre de participer à cette escroquerie ?

Jessup détourna les yeux. Même dans la pénombre, il la vit distinctement rougir. Art Weber était son amant !

— Je, heu... L'enjeu était très important pour moi, dit-elle en choisissant ses mots. Pas seulement l'enjeu financier.

— Je comprends, s'empressa de dire Brian pour lui éviter l'humiliation d'un aveu supplémentaire.

— Art était véritablement paniqué. D'après lui, les gens de Newbury étaient prêts à nous tuer tous les deux s'ils ne rentraient pas dans leurs fonds. C'est là que j'ai eu l'idée de créer une fausse maladie cardiaque chez les patients, et de les soigner ensuite. Oui, c'était une idée à moi. Art l'a perfectionnée, mais pour l'essentiel, elle vient de moi. On a même calculé combien de temps le Vasclear devait rester sur le marché avant qu'on soit libérés des exigences de Newbury.

— Je parie que ce n'était pas si long que ça.

— La clef consistait à faire en sorte que la FDA n'entreprenne jamais de recherches elle-même.

— Et du moment que le Vasclear ne faisait aucun mal, personne ne s'y intéressait vraiment.

— Mais il fallait que les patients aillent mieux et que les résultats d'analyse soient concluants, ajouta Jessup avec une pointe de fierté dans la voix.

— Vous y êtes arrivés.

— Reprogrammer l'électrocardiographe pour qu'il imprime un test d'effort anormal était relativement facile. La difficulté commençait avec l'artérioscopie. J'ai choisi un local destiné à entreposer du matériel, situé juste en dessous du labo de KT. Nous y avons construit un appartement pour nos techniciens, ainsi qu'un terminal électronique relié au moniteur vidéo de la salle de KT.

— Je sais où se trouve ce local, dit Brian. L'homme de main que j'ai tué y était caché. Peut-être même qu'il y vivait.

— Je ne savais pas cela, dit-elle. Croyez-moi, je l'ignorais.

— Je vous crois. Continuez, s'il vous plaît.

— Eh bien, parmi des centaines d'artériogrammes, j'en ai sélectionné une vingtaine présentant des anomalies. De cette façon, nous avions sous la main une copie quasi conforme des artères de n'importe quel patient, quelle que soit la morphologie de son système sanguin.

— Les images dont vous vous êtes servie pour Nellie Hennessey étaient frappantes de ressemblance.

— Et encore, ce n'étaient pas les meilleures que nous avions.

— Alors, vous procédiez comment ? Il y avait une commande électronique dissimulée quelque part ?

— Sous la pédale utilisée pour orienter la caméra. Je la branchais en général la veille de l'intervention. Quand le contact était mis, chaque fois que j'appuyais sur la pédale, l'injection de colorant projetée à l'écran provenait de l'étage en dessous. Il fallait que ça corresponde exactement aux images que nous avions en salle de KT.

— Qui n'étaient pas celles du patient.

Jessup, le regard perdu au loin, n'était plus que l'ombre d'elle-même. Mais Brian la sentait aussi soulagée.

— Non, dit-elle. Effectivement.

— Pardonnez-moi de vous poser cette question, mais est-ce que vous êtes toujours, heu... aussi proche de Weber ?

— Il est de plus en plus distant, si c'est ce que vous voulez dire. Mais oui, nous sommes toujours amants. Il fut un temps où j'aurais fait quasiment n'importe quoi pour lui, je crois. Mais c'était très intéressé de ma part, ne vous méprenez pas. Deux millions et plus en une année si tout marchait bien. J'ai de l'argent, mais pas des sommes pareilles.

Touché par la fatigue à son tour, Brian se frotta les yeux.

— Maintenant, il faut qu'on monte un plan, dit-il. Qu'est-ce qu'on doit faire, à votre avis ?

— Rien du tout, dit une voix d'homme derrière eux. A mon avis, vous n'avez plus rien à faire.

Brian et Jessup firent volte-face. Debout au fond de la véranda, Art Weber les observait d'un regard tranquille. Boris et deux autres hommes, armés tous les trois, s'étaient déployés en éventail à ses côtés.

Brian jeta un coup d'œil à Jessup pour voir si elle était aussi choquée que lui par l'arrivée des intrus. Il fut rapidement fixé.

— Art, il sait tout, dit-elle d'une voix cassée par l'angoisse. Absolument tout.

Weber s'avança et, d'un revers de main, lui décocha une claque monumentale.

— Évidemment, salope, puisque tu lui as tout dit !

39

Combien de temps s'était écoulé depuis qu'on l'avait transporté ici ? Plusieurs minutes ? Plusieurs heures ? Plusieurs jours ? Hébété par le tabassage et la drogue, Brian avait totalement perdu la notion du temps. Il était assis sur une chaise, ficelé aux poignets et aux chevilles, dans une pièce sans fenêtre, qui avait dû servir autrefois de débarras. On l'avait roué de coups au ventre et à la poitrine et chaque fois qu'il respirait, ses côtes, fêlées ou cassées, lui arrachaient un gémissement douloureux.

Cependant, son esprit commençait à se clarifier. Il se souvenait d'avoir été frappé par Boris dans le jardin de Carolyn Jessup, à coups de poing et de pied, au visage et à l'abdomen. Il se souvenait de la sensation d'une injection intramusculaire à la base du cou, alors qu'il était encore étendu sur l'herbe humide. Il se souvenait du bruit d'une fermeture Éclair se refermant sur lui après qu'on l'eut introduit dans un sac en plastique. Il se souvenait d'avoir été plié en deux tandis qu'on le faisait rentrer de force dans le coffre d'une voiture. Ensuite, plus rien.

Il battit rapidement des cils pour accommoder sa vision. Ses paupières étaient boursouflées, les muscles de sa figure raidis et tuméfiés. Là où aurait dû se trouver une de ses incisives, sa langue ne rencontrait qu'une cavité charnue. Ses narines étaient encroûtées de sang coagulé.

— De l'eau, grogna-t-il. Donnez-moi de l'eau.

Il y eut un mouvement derrière lui. Quelques instants plus tard, on approcha de ses lèvres une tasse en plastique. Il but avidement et se rinça la bouche avant d'avaler. Peu à peu, sa vision s'améliorait. L'homme qui tenait la tasse n'était autre que celui que Freeman avait empêché de sortir de la voiture beige à Reading. Petit, râblé, avec une fine moustache et des yeux marron inexpressifs, il empestait la mauvaise eau de Cologne. La pièce, simple séjour avec un coin cuisine, était meublée sans goût, de façon strictement utilitaire. Il n'y avait aucune décoration sur les murs blancs. Une télévision et un magnétoscope occupaient un angle.

Bien qu'il n'en eût que de vagues indices, Brian était persuadé qu'il se trouvait au fin fond de l'hôpital, dans le local que Jessup avait aménagé au deuxième sous-sol. La salle de contrôle d'où partaient les fausses images vidéo ne devait pas être loin, peut-être derrière cette porte coupe-feu peinte en gris qui lui faisait face. Possible aussi qu'elle renferme les écrans de contrôle des différentes caméras disséminées dans la clinique Vasclear et ailleurs, se dit-il.

Brian repensait à sa capture par Weber et ses sbires. Carolyn avait dû être suivie depuis l'hôpital jusque chez elle par un des Tchétchènes. Comment expliquer, sinon, que Weber ait pu arriver pile au bon moment ? Déterminé à connaître les noms de tous ceux à qui Brian avait donné des informations sur le Vasclear, Weber s'était servi de plusieurs drogues pour le faire parler, de Kétamine, et de quelque chose comme du Seconal. Et il n'avait pas lésiné non plus sur les moyens de pressions physiques. En plus d'avoir le corps meurtri, Brian était certain qu'il avait le petit doigt de la main gauche brisé.

La torture avait-elle pris fin, à présent ? Weber était-il sûr que Brian lui avait tout dit ? Depuis combien de temps moisissait-il ici ? La cérémonie du Vasclear était-elle finie ? Qu'était-il arrivé à Jessup ? Avait-il craqué sous les coups et parlé de Teri ? De Freeman et Marguerite ?

Les questions s'entrechoquaient dans sa tête. La seule chose dont il était certain, c'est qu'il ne sortirait pas vivant de ces lieux sinistres. Une porte s'ouvrit sur sa gauche, révélant une seconde pièce, genre de petite chambre à coucher, moitié moins grande que la salle où il se trouvait. Il aperçut deux lits, et sur l'un d'eux était assise Carolyn Jessup. Elle avait dû essuyer pas mal de coups aussi, à en juger par son visage rougi, parcouru de traînées de larmes, et par ses paupières gonflées, mais ses cheveux étaient soigneusement tirés en arrière et elle paraissait très calme. Elle avait troqué son tailleur contre une tenue de chirurgie, pantalon et veste vert pâle, ce que Brian ne s'expliquait pas.

— Je ne t'attacherai plus, Carolyn, lui dit Weber, mais tu sais ce qui vous attend, toi et Holbrook, si vous créez le moindre problème à ces messieurs. Ils se feront un plaisir d'exécuter les instructions que je leur ai données. Compris ? Est-ce que tu comprends ?

— Oui.

— Et j'espère que c'est clair pour vous aussi, docteur Holbrook, dit-il en s'avançant vers Brian. Je vous tiens pour responsable des sanctions que pourrait subir le Dr Jessup.

— J'ai compris, articula Brian. Quel jour sommes-nous ?

— Quel jour ? Mais c'est Noël, voyons ! Mon Dieu, mon Dieu, j'ai l'impression que vous avez salement morflé. Je crains que Boris n'ait pris très à cœur ce que vous avez fait à son ami. N'est-ce pas, Boris ?

L'énorme nervi fit le tour de la chaise et gifla violemment Brian dont les lèvres déjà fendues se rouvrirent. Brian suça le sang, avant de relever les yeux sur le visage pustuleux du Tchétchène, qui lui renvoya un regard non moins venimeux que le sien.

— Arrêtez ! cria Carolyn.

Weber pointa l'index sur elle.

— La ferme ! gueula-t-il. Dernier avertissement.

Il se retourna vers Brian.

— J'ai peur de n'avoir pas tout à fait terminé avec vous, dit-il.

D'un geste théâtral, il consulta sa Rolex, et c'est alors seulement que Brian réalisa qu'il avait revêtu un superbe costume, ainsi qu'une cravate en soie particulièrement tape-à-l'œil.

— Toutefois, poursuivit Weber, je suppose que vous avez compris que nous sommes le 19 octobre. De pressantes affaires m'appellent auprès du président des États-Unis. Vous m'avez parlé de deux journaux et du père de ce pauvre Phil Gianatasio. Nous allons nous en occuper. Mais je ne sais pas pourquoi, je reste convaincu que vous me cachez encore quelque chose.

— Pourtant, vous devriez tout savoir, puisque vous avez mis mon téléphone sur écoute, dit Brian amèrement.

— Docteur Holbrook, à part quelques instants plutôt mouvementés sur lesquels je ne reviendrai pas, vous n'êtes pas allé chez vous depuis plusieurs jours. Mais tranquillisez-vous, docteur. Votre petite vie privée ne nous intéresse pas et nous n'avons pas mis votre ligne sur écoute.

— Mais...

— Je n'ai pas le temps de discuter avec vous. Mais dès mon retour, je vous promets une conversation douloureusement approfondie, faites-moi confiance. D'ici là, Boris, tu ne leur fais rien, à moins qu'ils n'essaient de te jouer un sale tour. Dans ce cas-là, tu n'as qu'à passer ta mauvaise humeur sur elle. Elle peut regarder la cérémonie à la télé et même lui parler, si elle veut. Mais ne les laisse pas seuls, ni l'un ni l'autre. Pas une seconde. Vu ?

Boris opina d'un grognement.

— L'anglais de Boris laisse un peu à désirer, expliqua Weber. Mais je vous garantis qu'il le comprend parfaitement. Pas vrai, Boris ?

— Parfaitement.

Le sourire de Boris découvrait une denture jaunie de nicotine.

Weber mit la télé et la cala sur une chaîne locale.

— La Sept devrait retransmettre les festivités en direct, si ma mémoire est bonne. Chez Newbury, nous avons un service commandes extrêmement efficace. Elles arrivent déjà du monde entier et nos camions sont prêts. Ils seront sur les routes dans les minutes qui suivront la signature.

— Vous êtes un trou du cul et un tocard, lâcha Brian.

Weber se recula et laissa Boris se défouler. Une double baffe claqua sur les joues de Brian et sa tête cogna contre le dossier de la chaise. Son nez cassé se remit à pisser le sang. Des larmes de rage lui aveuglaient les yeux.

— Nous verrons bien quel est le plus tocard de nous deux, dit Weber. Je reviens dans une heure ou deux. Il faut non seulement que j'assiste à la signature présidentielle, mais que je m'occupe de la rumeur qui commence à circuler sur vous deux. Je compte sur des réponses satisfaisantes tout à l'heure, n'est-ce pas, Holbrook ?

Il envoya de loin un baiser à Carolyn et sortit. Brian restait immobile, les yeux fermés, tâchant de mettre de l'ordre dans ses idées. Weber disait-il la vérité à propos du téléphone de l'appartement ? Dans ce cas, comment est-ce que...

— Brian, ça va ?

Carolyn était sortie de la chambre à coucher. Elle avait les yeux pochés et la lèvre inférieure entaillée.

— Pas la grande forme, bredouilla-t-il. Comment se fait-il que vous soyez en tenue de travail ?

— Je... j'ai vomi. Ils m'ont forcée à regarder pendant qu'ils vous tabassaient.

— Heureusement que j'étais dans les vapes.

Il s'apprêtait à en dire plus, mais une crainte l'arrêta court. Peut-être Weber avait-il fait des promesses à Carolyn si celle-ci arrivait à lui tirer les vers du nez.

Elle alla mouiller une serviette au lavabo et revint lui essuyer doucement le visage. Puis elle tira une des chaises de la table et s'assit face à lui. Brian sentait qu'elle se creusait la cervelle, comme lui, du reste, pour trouver un plan d'évasion. Il était obligé de faire confiance à Jessup, sinon il n'arriverait à rien. Mais pas question de mentionner Teri ou les Sharpe. Leurs trois gardiens étaient omniprésents. Celui qui puait l'eau de Cologne se tenait derrière lui, un autre dans la chambre à coucher sur sa gauche, et Boris restait près de Jessup. Tous exhibaient leur holster à l'épaule. Les chances de réussir une évasion étaient quasi nulles.

— Je suis désolée, Brian, dit Jessup en le regardant droit dans les yeux, vraiment désolée pour tout.

Son intonation, sa façon d'articuler étaient d'une étrange intensité.

— Vous savez, reprit-elle, j'ai beaucoup pensé à tous ces cas sur lesquels nous avons travaillé ensemble depuis des années.

Hein ? Mais de quoi est-ce que... ?

Il y avait comme une urgence dans le regard de Jessup, qui l'empêcha d'exprimer son étonnement.

— Oui, opina-t-il sans comprendre. Je me souviens.

— J'ai été particulièrement impressionnée par ce monsieur charmant que vous m'avez aidée à soigner un soir à la clinique. Walter quelque chose.

Louderman. Brian jeta un œil en direction de Boris, appuyé contre le bar du coin cuisine, à moins de deux mètres. Il semblait indifférent à leur conversation.

— C'était un cas fascinant, continua Jessup. Un peu comme Mme Hennessey, vous savez, cette femme avec des films incroyables, à qui vous avez sauvé la vie au labo de KT.

Louderman... des films comme ceux de Nellie... Soudain, Brian comprit. Toutes les preuves de l'escroquerie du Vasclear n'avaient pas été détruites dans l'incendie de la vidéothèque. Il restait des images, soigneusement mises à l'abri des regards indiscrets, celles de l'homme qui nourrissait l'espoir de devenir un jour président des États-Unis.

Brian hocha la tête pour lui signifier qu'il comprenait. A la télé, un animateur arbitrait un jeu quelconque. La retransmission en direct de l'Hippodôme n'avait pas commencé.

— Vous êtes sûr que c'est à la clinique que nous l'avons vu ? demanda Brian.

— Maintenant que vous m'y faites penser, c'était plutôt dans mon bureau, répondit-elle. Nous lui avons fait un ECG avec cette machine spéciale que j'ai là-bas. Celle que j'ai inventée et qui se trouve à côté du meuble de rangement.

Dans le bureau de Jessup. Les films de Louderman se trouvaient dans le meuble de rangement, ainsi que l'électrocardiographe trafiqué. C'était la preuve qu'il avait cherchée avec tellement d'obstination, la preuve qui pouvait barrer la route au Vasclear, fermer Newbury et le disculper des accusations de meurtre qui pesaient sur lui.

Boris semblait prêter plus d'attention à leur conversation, à présent. Cependant, s'il se rendait compte que les aspects médicaux de leur dialogue étaient absurdes, il le cachait bien. Brian n'avait pas la moindre stratégie d'évasion, mais si jamais il arrivait à gagner les étages, il voulait connaître le numéro de digicode du bureau de Jessup.

— Je me souviens très bien de ce cas, dit-il en grimaçant sous l'effet de ses blessures. Lui et moi avons attendu une heure dans le couloir parce que *nous ne pouvions pas rentrer.*

Jessup hocha la tête.

— Oui, dit-elle. Je pensais qu'il avait un problème avec sa dernière vertèbre cervicale.

C-7... la dernière vertèbre cervicale.

— Oui, répondit Brian, mais ce n'était pas ça.

— Non. Et si je me souviens bien, nous avons vérifié toutes les électrodes de l'ECG, aussi.

Douze électrodes... 7-1-2...

— Je suis surpris que vous vous en souveniez.

— C'est difficile à oublier. Vous avez effectué un remarquable travail sur lui. Surtout l'évaluation des cavités cardiaques.

Quatre cavités... 7-1-2-4... Brian lui fit signe qu'il avait enregistré le digicode. Il essaya ensuite de forcer sur la corde à linge qui lui entravait les poignets. Rien à faire. En détendant brusquement ses jambes repliées sur le thorax, il pouvait frapper efficacement avec les pieds. Il pouvait même balancer un bon coup de boule avec la tête, mais la corde qui lui liait les chevilles l'empêcherait de rester en équilibre s'il tentait de se lever. D'autre part, il ne savait pas ce que sa cage thoracique déjà mise à mal pouvait encore supporter comme épreuve.

— Et votre cœur, s'enquit Jessup, est-ce qu'il tient bon ?

A son expression, il comprit qu'elle réclamait toute son attention.

— J'ai un peu mal, répondit-il.

— Tant que vous ne faites pas de fibri V...

Fibrillation ventriculaire... Dérèglement très grave du rythme cardiaque, ordinairement accompagné de collapsus avec convulsions. Carolyn voulait qu'il se tienne prêt à simuler un arrêt du cœur. Mais quand ?

Elle se leva et marcha à travers la pièce. Brian la suivait des yeux. Il y avait une bouteille de vodka à moitié remplie sur la table. Elle but une rasade, ce dont personne ne s'offensa, puis reposa la bouteille. Une arme. Elle reporta ensuite son attention sur la télé. Toujours pas de cérémonie. Il était arrivé une fois à Brian de faire la route depuis l'aéroport jusqu'à Boston *intra-muros* presque en même temps que le Président. Le tunnel de deux kilomètres de long menant au centre-ville avait dû être fermé à la circulation. Deux ambulances, une demi-douzaine de motards, plusieurs voitures de police et cinq ou six limousines formaient le cortège. A se demander comment ils faisaient pour arriver à l'heure où que ce soit.

Jessup ouvrit le frigo, les placards, qui ne contenaient pratiquement rien. Finalement, elle desserra le cordon qui tenait son pantalon de chirurgie et lentement, de façon théâtrale, rentra la tunique dans le pantalon, avant de resserrer le cordon autour de sa taille. C'était un mouvement que tout homme possédant une molécule de testostérone, quel que soit son âge, aurait trouvé séduisant. Brian remarqua que les deux cerbères occupant la pièce ne la quittaient pas des yeux. Elle tourna en minaudant autour de Boris, faisant de son mieux pour qu'il s'intéresse à son corps, puis se plaignit de crever de faim. D'une voix langoureuse, elle quémanda un sandwich et une tasse de café en lui posant la main sur le bras.

Aucune chance, pensait Brian, bien qu'il trouvât son courage méritoire. Mais soudain, Boris arbora un large sourire et tapota les fesses de Jessup.

— Sandwich ? répéta-t-il avec un rire grasseyant. OK.

Sur quoi il donna sèchement des ordres en russe au moustachu, lequel vint se placer face à Brian. Puis il appela le troisième homme qui se trouvait dans la chambre et apparut aussitôt pour prendre position devant la porte extérieure du local. Il était grand, bien bâti, et beaucoup plus jeune que les deux autres. Brian lui donnait vingt ans à peine. Finalement, Boris prit Carolyn par le bras et la força à s'asseoir devant la télévision.

— Restez, ordonna-t-il.

Enfin, après une dernière série de recommandations à ses hommes, Boris s'en alla. Ils avaient cinq minutes devant eux, dix au maximum. S'il fallait agir, c'était maintenant ou jamais.

— Hé, fit Brian à l'intention du moustachu. Vous parlez un peu anglais ?

— Je parle anglais bien, gronda le Tchétchène, à la fois menaçant et vantard.

— Je me sens mal.

Brian attendit encore trente secondes. Puis il se plia en deux et commença à gémir en haletant, comme s'il étouffait.

— Quoi, qu'est-ce qu'il y a ? fit le plus âgé des gardiens.

— Brian, c'est votre cœur ? s'écria Jessup en bondissant de son siège.

Brian gémit encore plus fort, puis il se jeta à terre, secoua violemment la tête et fit ce qu'il pouvait, malgré ses liens, pour contrefaire une crise convulsive aiguë. Jessup se précipita auprès de lui.

— C'est son cœur ! s'exclama-t-elle. Vite, détachez-le, que je m'occupe de lui.

— Non. Attendez Boris.

— Il sera mort d'ici là, idiot ! Regardez-le !

— Non, répéta l'homme.

— Venez ici, vous ! dit-elle au jeune garde. Tournez-le sur le dos.

Les deux hommes, de plus en plus perplexes, échangèrent quelques rapides propos dans leur langue, tandis que Brian continuait à geindre et faire des soubresauts par terre.

Finalement, le jeune gardien se pencha et renversa Brian dans l'autre sens. Brian vit Jessup se relever, reculer et s'emparer de la bouteille qu'elle cacha un instant dans son dos, avant de la fracasser en ahanant sur la tête du moustachu, qui s'effondra dans une pluie de vodka et d'éclats de verre. Son compagnon, surpris par le choc, pivota de côté. Brian, bien que ralenti par ses liens et par ses douleurs costales, en profita aussitôt pour attaquer. Il lança ses deux mains au-dessus de la tête du jeune homme dont le cou se trouva pris par la corde à linge, raidit celle-ci en écartant les poignets et se laissa tomber en arrière en tirant de toutes ses forces. Le Tchétchène s'effondra lourdement sur lui, le visage tourné vers le plafond.

Ignorant la douleur causée par le poids de son adversaire qui lui écrasait les côtes, Brian tirait sur la corde avec l'énergie du désespoir. Le jeune garde se débattait en agitant vigoureusement bras et jambes, mais il ne pouvait se retourner. Ses épaules étaient comme deux lances fouaillant les flancs douloureux de Brian. Mais brusquement, les secousses s'arrêtèrent et le corps de l'homme devint tout mou. Brian, les yeux et le nez dégoulinant de sang, n'avait toujours pas relâché sa traction sur la corde.

— Ça suffit, Brian, cria Jessup. Il est mort.

Brian repoussa le corps sur le côté et ne put s'empêcher d'écarquiller les yeux à la vue de la langue de sa victime, masse de chair violacée qui lui sortait de la bouche. Il était surpris du peu de remords qu'il éprouvait après avoir tué pour la deuxième fois. Carolyn, haletante, s'agenouilla près de lui et défit ses liens.

— Est-ce que l'autre type est mort ? demanda-t-il.

— Non. En fait, je crois qu'il est en train de se réveiller.

Brian et Jessup roulèrent l'homme à demi conscient sur le ventre et lui lièrent bras et jambes.

— Vous voulez rester, et essayer de tendre une embuscade à Boris ? demanda-t-elle.

— Sortons d'ici. Je ne me sens pas la force de maîtriser Boris.

— Dans ce cas, il faut qu'on monte à mon bureau le plus vite possible. Si on arrive à prendre ces vidéos et à les montrer à Baird, il nous reste une chance d'arrêter la cérémonie.

— Je vous promets que je dirai à tout le monde que vous m'avez sauvé la vie, dit Brian alors qu'elle l'aidait à se relever. J'espère que ça vous aidera.

Jessup prit le revolver sur le cadavre du jeune homme et le tendit à Brian, mais celui-ci secoua la tête.

— Un de mes meilleurs amis m'a encore dit hier qu'avec une arme à feu, je risquais de me faire tirer dessus avant qu'on me pose des questions.

— Moi, ça m'est égal qu'ils me tirent dessus, dit-elle en retournant l'arme dans ses mains. Je ne me suis jamais servie d'un engin pareil. Il y a un truc à savoir ?

— Vous visez et vous tirez, comme avec une caméra.

Ils ouvrirent prudemment la porte de la salle de contrôle.

L'endroit était tel que Brian se l'imaginait, matériel d'enregistrement ultramoderne, une demi-douzaine d'écrans au mur.

A l'extérieur, le couloir était désert.

— Montons au rez-de-chaussée et prenons l'ascenseur jusqu'au quatrième, suggéra Jessup.

— Avec la dégaine qu'on a, je trouve qu'on ferait mieux de rester dans les escaliers.

Avant de sortir, Carolyn prit un mouchoir en papier dans les toilettes et essuya le sang qui maculait le visage de Brian.

— Allons-y pour les escaliers. Tenez bon, Brian. C'est presque fini.

— Je l'espère. Dites-moi, demanda-t-il tandis qu'ils se hâtaient dans le couloir, comment se fait-il que Weber se soit pointé chez vous hier soir, à votre avis ? Vous croyez que vous avez pu être prise en filature ?

— Je ne sais pas, dit Jessup après avoir réfléchi quelques instants. Je me suis arrêtée un moment à la plage au bout de la route d'accès à Nahant, et l'endroit était totalement désert. Il n'y avait que ma voiture sur le parking. Si on m'a suivie, je ne sais pas comment ils ont fait pour que je ne m'en aperçoive pas. Pourquoi demandez-vous ça ?

— Ça me tracasse, c'est tout, répondit Brian.

40

BWHDH - TV
Channel 7

Ici Kimberly Herrera qui vous parle en direct du dôme d'Hippocrate, vénérable amphithéâtre de l'hôpital White Memorial. Le président des États-Unis vient de pénétrer dans ce magnifique auditorium, sous les applaudissements enthousiastes de quatre cents spectateurs. Il est accompagné du Dr Alexander Baird, représentant de la FDA, et tous deux ont été accueillis par Sal Giglia et Walter Louderman, sénateurs du Massachusetts.

Le public est surexcité. D'ici quelques minutes, le Dr Baird et le Président apposeront leur signature sur les documents d'autorisation de mise sur le marché du fameux Vasclear. Ce produit a été mis au point par les laboratoires Newbury Pharmaceuticals, de Boston, et testé ici même, au célèbre Institut de cardiologie de Boston. Après la signature, le Président inaugurera la Semaine nationale de prévention des maladies cardiaques par une proclamation officielle.

L'assistance, dans laquelle on compte de nombreux responsables et élus locaux, a été vivement impressionnée, non seulement par l'atmosphère entourant la visite présidentielle, mais par la coupole surplombant l'amphithéâtre, composée de vitraux représentant les grands moments de l'histoire de la médecine. Ce dôme est actuellement en phase finale de restauration, après deux ans de travaux qui ont coûté plus de cinq millions de dollars, intégralement versés par des contributeurs privés. Comme vous le voyez, il y a encore des échafaudages en place autour du dôme et celui-ci est magnifiquement éclairé par huit projecteurs installés pour l'occasion.

Eh bien, mesdames et messieurs, les lumières de l'amphi déclinent, le dôme brille de tout son éclat, le Président a fini de serrer les mains et prend place sur le podium. C'est un grand jour pour le centre hospitalier de Boston, généralement reconnu comme le meilleur au monde...

Poussé par l'adrénaline mais handicapé par ses blessures, Brian suivit Carolyn Jessup jusqu'à son bureau du quatrième. Il avait le plus grand mal à gonfler d'air ses poumons. Son nez était bouché par des caillots de sang et ses côtes le faisaient souffrir à chaque mouvement. Il franchit pourtant sans s'arrêter les six étages depuis le deuxième sous-sol. Heureusement, son cauchemar était bientôt fini.

Les membres du personnel avaient déserté les escaliers pour honorer leur visiteur de marque. Ils atteignirent le bureau de Jessup sans avoir rencontré personne. Jessup composa le numéro du digicode, poussa la porte et introduisit Brian dans le vestibule plongé dans l'obscurité, puis dans son bureau. L'électrocardiographe se trouvait exactement à l'endroit qu'elle avait indiqué. A côté, se dressait le meuble de rangement en chêne, qui comportait plusieurs tiroirs.

— Bon Dieu ! pesta Jessup, la clef du tiroir est sur mon trousseau.

— Vous n'avez pas de double ?

— Ma secrétaire en a un, mais il doit être sur son trousseau à elle.

Brian fouilla dans le bureau de la réceptionniste et revint, non pas avec la clef, mais avec un solide coupe-papier en acier.

— J'ai cru rêver quand on m'a adressé le sénateur Louderman, dit-elle pendant que Brian essayait de forcer la serrure. C'était un patient inespéré qui nous tombait du ciel. Une fois qu'il a eu la foi, tout le programme Vasclear s'est trouvé accéléré.

— Mais il n'avait pas de maladie cardiaque.

— Non. Une bonne vieille œsophagite des familles.

Brian remarqua qu'elle ne pouvait s'empêcher de mettre un peu de suffisance dans sa voix. Juste au moment où il pensait que le coupe-papier allait se casser en deux, le tiroir céda. Les K7 de Louderman, soigneusement étiquetées, se trouvaient dans une petite mallette en cuir.

— Dépêchons-nous, dit Brian d'une voix pressante. Boris a déjà dû revenir avec son sandwich. Ils doivent nous chercher. Venez.

Comme ils traversaient le vestibule vers la sortie, Brian remarqua :

— Je ne suis pas sûr d'être assez présentable pour rencontrer le Pré...

Le crachotement d'un silencieux l'interrompit. Il pivota et eut juste le temps de voir Jessup tournoyer, la main sur la poitrine, avant de s'effondrer lourdement à côté du bureau de la secrétaire. Boris et le tueur qu'ils avaient ficelé se tenaient debout sur le seuil, pistolet au poing. Brian étouffa un grognement. Ils étaient partis trop vite du sous-sol, sans prendre garde à l'état de conscience du Tchétchène que Jessup avait assommé. *Stupide!* Mais pas aussi stupide que d'avoir oublié d'emporter l'arme du type.

Brian regarda désespérément vers la fenêtre, tandis que les deux tueurs avançaient dans le vestibule. Le bureau de Jessup était au quatrième, mais à l'étage au-dessous, peut-être quatre mètres plus bas, se trouvait un toit, le toit de la galerie d'observation du bloc, supposait Brian. Aurait-il assez de cran pour plonger la tête la première à travers la fenêtre ? Survivrait-il à une pareille chute ?

— Vilain docteur ! fit Boris en affichant un rictus haineux. Reste ici, dit-il en anglais à son acolyte.

Il fit un pas en avant. A sa gauche, au pied du bureau, Brian vit Jessup commencer à bouger. L'autre type avait les yeux fixés sur Brian et ne faisait pas attention à elle, ce qui lui fut fatal. Le tir de Carolyn, d'un angle pourtant peu commode, le foudroya en pleine tête. Il basculait en arrière lorsque Jessup fit feu de nouveau. Boris gueula et se prit l'épaule en grimaçant. Il répliqua en tirant sur Carolyn, mais celle-ci, à genoux, réussit à se mettre à l'abri derrière le bureau.

Brian comprit que c'était le moment. Il se rua vers la porte du bureau, la referma derrière lui et donna deux tours de clef. Un autre coup de feu retentit de l'autre côté. Il songea à appeler le standard pour demander de l'aide, mais changea d'avis en voyant le bois exploser autour de la serrure sous l'action de deux balles tirées coup sur coup. Il souleva alors à bout de bras le lourd fauteuil en cuir de Jessup et le jeta à toute force dans la fenêtre. Une bouffée d'air frais envahit la pièce. Dehors, des rafales de vent secouaient la pluie battante. La nuit était tombée. Un nouveau tir fit éclater le bois du battant.

Du pied, Brian évacua les morceaux de verre qui restaient, puis il glissa la main dans la poignée de la mallette, passa les jambes à l'extérieur, se retourna et se suspendit au-dessus du vide, bras en extension et jambes ballantes. Le rebord de la fenêtre lui entaillait les mains et sa douleur au thorax était insupportable. Le toit semblait plus distant qu'il n'avait estimé, mais c'était trop tard pour s'en aviser. Au moment où la porte cédait à grand fracas, il desserra les doigts et se lâcha.

Roulé-boulé, se répétait-il en chutant à travers la pluie. *Roulé...*

Il tomba jambes tendues sur la surface gravillonnée, et croula sur le côté, sans amortir aucunement le choc. L'air explosa hors de ses poumons. Ses côtes craquèrent, son genou blessé se déboîta, puis se remit en place. Il heurta le sol avec l'épaule et se déchira la peau du visage sur le gravier. Sonné, il réussit néanmoins à obéir à la voix qui répétait dans sa tête :

Bouge ! Bouge de là !

Brian roula à l'écart du bâtiment, tandis qu'une balle s'encastrait dans le toit, à quelques centimètres de son cou. Penché à la fenêtre, Boris l'ajustait. Un projectile lui perfora le muscle crural, à l'intérieur de la cuisse. Il poussa un cri, mais continua à s'éloigner en roulant sur lui-même. Il eut juste le temps de voir Boris se suspendre dans le vide à son tour avec son seul bras valide.

Agrippant les K7 de Louderman, Brian se força à se lever et traversa le toit en clopinant vers ce qu'il espérait être une issue de secours. Mais il ne trouva qu'un grand échafaudage montant jusqu'en haut de l'immeuble, appuyé contre le bâtiment d'à côté. Devant lui, à cinquante mètres, la nuit était inondée de lumière. A travers la pluie, les rayons de projecteurs placés sur tous les toits convergeaient vers un seul et même endroit : le dôme !

S'il pouvait s'approcher suffisamment, peut-être arriverait-il à lancer la mallette à travers la verrière, quitte à redescendre ensuite par l'échafaudage, le long du bâtiment Pinkham. Les preuves lui survivraient, au moins. Il y avait peut-être dix ou quinze mètres jusqu'au sol de l'amphithéâtre, mais les vidéos étaient bien protégées.

Brian regarda par-dessus son épaule, juste au moment où Boris se recevait sur le toit. Malgré son épaule blessée, le tueur réussit un roulé-boulé parfait et rebondit sur ses jambes comme un chat. Aucun des arrières avec qui Brian faisait équipe autrefois n'avait une telle souplesse. Il monta sur l'échafaudage et partit en traînant la patte vers les lumières, sachant que Boris ne tarderait pas à le rattraper. Les brillantes couleurs du dôme se rapprochaient. Derrière lui, Brian entendait les pas de son poursuivant résonner sur les traverses métalliques. Il ne lui restait plus que quelques secondes. Aucun espoir de quitter l'échafaudage et donc de toucher terre par une autre voie. Il prit la valisette à deux mains pour bien viser et la lança comme un ballon de football. Moins d'une seconde plus tard, le flingue de Boris s'abattait entre ses épaules. Les K7 explosèrent les vitraux du dôme à mi-hauteur du sommet, déclenchant des hurlements dans l'amphi.

Sous la force du coup de crosse, Brian avait fait quelques pas en trébuchant, et s'était affalé à l'extrême bord de la planche. Boris se jeta sur lui aussitôt. Ivre de rage, il saisit Brian par le col de sa chemise, l'obligea à se mettre à genoux, et lui introduisit le canon du pistolet dans la bouche. Brian ne put que fermer les yeux en attendant la fin.

Garde présidentielle ! Lâchez votre arme, immédiatement !

La voix provenait de la fenêtre du bâtiment situé sur leur gauche. Brian vit le tireur d'élite les coucher en joue, appuyé sur le bord de la fenêtre. La main gauche de Boris se relâcha autour de son col. Il retira l'arme de sa bouche et baissa lentement le canon. Mais soudain, d'un sursaut, il la releva, visa le garde du corps et tira. L'autre répliqua instantanément et Brian sentit les projectiles hacher le corps du Tchétchène. Celui-ci culbuta sur lui, glissa de l'échafaudage et l'entraîna dans sa chute.

Les deux hommes heurtèrent ensemble la verrière qui se fracassa en morceaux tandis que des cris de panique s'élevaient du public. Brian serra les dents en prévision d'un atterrissage mortel, mais il tomba sur une planche de l'autre échafaudage dressé à l'intérieur de l'Hippodôme. Il reçut le corps massif de Boris en pleine poitrine et ses côtes, écrasées sous la masse, perforèrent ses poumons, lui arrachant un râle d'agonie. Puis l'énorme tueur bascula lentement vers le vide et Brian le perdit de vue. Un instant après, il entendit le bruit mou de son cadavre s'écrasant sur les sièges, cinq mètres plus bas.

— Pas un geste ou vous êtes mort ! hurla une voix distante.

Brian sourit faiblement et ferma les yeux.

T'en fais pas mon pote, je ne bougerai pas d'un poil.

Brian ne savait plus où il était, ni depuis combien de temps. Il ouvrit les yeux et comprit qu'il n'avait pas bougé de l'échafaudage. Un homme en blouson bleu marine l'avait enjambé et lui braquait un pistolet entre les deux yeux.

— Je suis de la garde présidentielle, Holbrook. Ne bougez surtout pas. Ils sont en train de mettre une échelle en place. Nous allons vous attacher à une civière et vous faire descendre. Vous m'entendez ?

Brian acquiesça d'un grognement. Il souffrait le martyre chaque fois qu'il tentait de prendre sa respiration. Quelques instants plus tard, il entendit l'échelle cogner contre l'échafaudage. Un autre garde du corps accompagné d'un secouriste monta en portant une planche de la taille d'un homme.

— Restez tranquille, mon vieux, dit le secouriste. Nous allons vous descendre de là.

— Faites attention, il y aura au moins trois fusils à lunette braqués sur vous, prévint le garde.

Brian cilla sous les gouttes de pluie qui tombaient à travers le vitrail dévasté.

— J'ai entendu, murmura-t-il.

Les hommes le sanglèrent sur la planche, le descendirent et le déposèrent sur une des civières roulantes de l'hôpital. L'amphithéâtre était maintenant presque entièrement vide. Deux médecins et deux infirmières des urgences commencèrent aussitôt à s'affairer auprès de lui. Une des infirmières s'agenouilla pour lui parler à l'oreille.

— Brian, c'est Sherry, Sherry Gordon, votre vieille copine de Suburban, dit-elle.

— Salut.

— N'essayez pas de parler. Je voulais juste vous dire que Mme Jessup était aux urgences. Elle a reçu plusieurs balles, mais elle est consciente. Elle a demandé de vos nouvelles. Les chirurgiens disent qu'elle s'en sortira. Ils sont en train de la transporter au bloc.

Merci, articula Brian du bout des lèvres.

Un policier en uniforme vint prendre la place du garde du corps et menotta Brian au montant du lit.

— Vous n'avez pas besoin de faire ça, protesta Sherry.

— Occupez-vous de votre boulot et laissez-moi faire le mien, répliqua sèchement le flic.

Quelques instants plus tard, Sherry se mit de côté pour faire de la place à Laj Randa. Le sikh, resplendissant en costume noir et turban orange, ausculta Brian, avant de lui palper amicalement la main.

— Je crois que vous avez un collapsus au poumon droit, dit-il. Je vais vous accompagner aux urgences et mettre une canule dedans. Nous verrons ce qu'il faut faire d'autre ensuite. Vous avez pris les grands moyens pour démontrer que vous partagiez mon point de vue sur le Vasclear.

— Si vous saviez...

Ils s'éloignèrent en poussant le lit roulant, mais durent s'arrêter à la sortie de l'amphi. Brian entendit une voix qu'il reconnut.

— Je peux lui parler ?

— Pas longtemps, sénateur, répondit le flic. Juste quelques secondes. Et restez de ce côté-ci de la civière. Il est recherché pour meurtre.

— Je sais.

Le visage de Walter Louderman apparut au-dessus de Brian. Il n'avait pas l'air content du tout.

— Vous vouliez montrer quoi avec ces films, Holbrook ? Pourquoi me faites-vous un coup pareil ?

Malgré son incisive manquante, Brian fit de son mieux pour sourire, et tapota la manche du sénateur d'une main ensanglantée.

— Je ne vous embêterai pas longtemps, dit-il d'une voix cassée.

Épilogue

1

Une semaine plus tard

A cause d'une série de dépressions tropicales, il y avait encore plus de monde que d'habitude à l'aéroport international de Miami. Art Weber était contrarié par le retard de son vol, mais ravi qu'il y eût foule devant les comptoirs d'embarquement. Il n'en passait que plus inaperçu. Pour la même raison, il voyageait en seconde classe.

Aussitôt que le corps de Boris Kulrushtin eut fait exploser la coupole vitrée pour atterrir comme un sac de ciment sur les sièges de l'amphithéâtre, il comprit que sa vie et ses plans d'avenir venaient de prendre une tournure radicalement différente. En fait, sa vie aurait même pu être abrégée, s'il n'avait pas agi vite et avec détermination. Dans la confusion et la panique, il s'était glissé hors de l'amphithéâtre et rendu directement au studio qu'il louait à Cambridge de l'autre côté du fleuve, en face de sa villa de Back Bay.

Il ne se servait que rarement de cet appartement, en général pour des soirées en galante compagnie, c'est-à-dire avec des hôtesses grassement payées dont il louait les services par l'entremise d'agences spécialisées. Mais l'endroit lui tenait lieu avant tout de base de repli, en prévision de catastrophes comme celle que Brian Holbrook venait de déclencher. Il y conservait des vêtements, des bagages, trois passeports sous des identités différentes, plusieurs armes de poing et cent mille dollars, en coupures de vingt et de cinquante. Il avait raflé plus de trois millions dans les caisses de Newbury Pharmaceuticals depuis le début de leur coopération, mais cet argent se trouvait déjà sur un compte bancaire dans les îles Caïmans.

Weber pensait disposer de quelques jours pour mettre le plus possible de distance entre lui et les Tchétchènes, pendant que ceux-ci s'efforçaient eux-mêmes de fuir les autorités. Ils allaient se lancer à sa recherche par la suite, bien sûr. Des passe-droits seraient délivrés, des récompenses offertes, des pots-de-vin distribués. Dans les années consécutives à la chute de l'URSS, la pègre tchétchène, jusque-là peu organisée, s'était implantée un peu partout aux USA. Et quand ils se lançaient à la poursuite de quelqu'un, il était rare qu'ils n'arrivent pas à leurs fins. Mais ils n'avaient jamais couru après un homme aussi débrouillard et intelligent qu'Art Weber.

Le maître mot était l'anticipation. Weber avait préparé sa fuite en Colombie longtemps à l'avance, et commencé à transmettre des fonds à ceux qui devaient l'aider à disparaître si nécessaire. Et il était content de lui en faisant la queue pour enregistrer ses bagages. Dans moins de cinq heures, il quitterait Bogotá pour pénétrer dans la jungle.

Un coin de valise lui heurta le mollet droit.

— Perdone usted, señor, s'excusa une jeune femme derrière lui.

Weber se retourna. La fille avait vingt-deux ou vingt-trois ans et elle était irrésistible. Elle portait un chemisier plissé et une robe de paysanne colorée. La peau fine et dorée, des nattes noires, de grands yeux un peu fixes. Et un corps qui lui mettait l'eau à la bouche.

— Il n'y a pas de mal, dit-il en espagnol. Vous allez à Bogotá ?

Weber l'avait déshabillée avant même qu'elle ne réponde.

— J'habite là-bas, répondit-elle d'une voix timide.

— Moi j'y habiterai d'ici peu, dit Weber en lorgnant sur son décolleté. Je reste plusieurs mois pour affaires.

— Votre espagnol est excellent.

Elle s'appelait Rosalita et rentrait au pays après avoir rendu visite à sa sœur à Miami. Le temps qu'on pèse les bagages de Weber, ils s'étaient déjà mis d'accord pour s'asseoir l'un à côté de l'autre dans l'avion. Il resta à côté d'elle pendant qu'on étiquetait son sac en toile, se l'imaginant déjà la tête sur son épaule quand ils amorceraient leur descente sur Bogotá. Et le soir même...

Il restait une heure à tuer avant d'embarquer. La fille lui appartenait et récompensait son intuition infaillible. Trois millions sous les tropiques avec cet ange miraculeux contre cinquante à Boston avec Carolyn Jessup. Les événements décidaient à sa place, ce qui l'enchantait, car il aurait beaucoup hésité. Il suggéra de boire un verre et lui prit le bras pour l'accompagner dans un petit bar, derrière les boutiques de souvenir. Une table et une banquette s'offraient à eux dans un coin tranquille. Weber ne pouvait détacher son regard de ses seins, et fantasmait maintenant sur une possible virginité.

— Tu sais que tu es adorable ? lui susurra-t-il.

— Merci, fit-elle en baissant les yeux.

Elle se tourna vers lui et sourit en bombant la poitrine. Il s'approcha, elle ferma les yeux et tendit les lèvres. Weber lorgna de droite et de gauche. Pas de serveur indiscret dans les parages. Il l'attira contre lui, pencha la tête et prit sa respiration.

Weber resta une seconde et demie en apnée, les yeux dilatés, puis il recracha un flot de sang. La lame du poignard faisait dix centimètres et lui avait percé le cœur à travers le diaphragme. La jeune femme lui enfonça un mouchoir sur la bouche et retourna l'arme dans le myocarde d'une main experte. Puis elle adossa Weber bien droit sur la banquette, la tête en arrière, lui plaqua une main entre les cuisses et lui chuchota à l'oreille :

— Sans rancune.

Épilogue

2

Un mois plus tard

Le siège de la FDA dressait ses treize étages de bureaux gris et froids au milieu d'un îlot bétonné de Rockville, Maryland. Par une belle journée de novembre ensoleillée, Brian gara sa voiture de location et entra dans le bâtiment Parklawn.

Le temps d'un face-à-face avec Teri était venu. Brian, embarrassé par sa patte folle, se renseigna auprès d'un gardien qui lui indiqua un bureau au quatrième. Au téléphone, elle avait paru très surprise qu'il veuille la voir à son bureau et non chez elle. Elle devait pourtant bien se douter que pas mal de choses avaient changé. Ils ne s'étaient pas parlé sauf une fois, le lendemain de son opération, et Brian n'avait pas rappelé chez elle, ni répondu à ses messages.

Il sortit de l'ascenseur et trouva un comptoir de réception servant une douzaine de bureaux. On pouvait reprocher à la FDA son inefficacité, mais pas de gaspiller de l'argent pour avoir des locaux somptueux. L'hôtesse lui demanda de patienter. Il s'assit sur une chaise en frottant l'incisive qu'on venait de lui poser avec sa langue. Qu'allait-il trouver à dire ?

En fait, il lui aurait bien dit qu'elle était la femme la plus excitante qu'il ait connue. Rien de plus vrai. Mais il avait autre chose en tête. L'hôtesse l'appela et le dirigea vers une porte marquée Dr T. Sennstrom. Il frappa une fois et entra.

Le bureau n'était pas très grand, peut-être cinq, six mètres carrés. Des étagères couvertes de livres, de dossiers, de périodiques couraient du sol au plafond. Teri se leva et lui tendit la main par-dessus son bureau. Elle avait une jupe noire serrée et un chemisier lilas qui lui allaient à la perfection. Brian s'assit en face d'elle en fronçant les sourcils. Ça n'allait pas être facile mais il voulait que ce soit fait correctement.

— Eh bien, tu as l'air en pleine forme. J'ai appris que tu ne serais pas poursuivi.

— Non, légitime défense, dit-il avec un petit sourire. Il était temps que ça s'arrête. Mon nez retrouve peu à peu sa taille normale. Pour le profil grec, par contre, il faudra que j'y renonce.

— J'ai regretté que tu ne m'appelles pas.

— Je sais, mais Phoebe est venue me voir tous les jours à l'hôpital et je viens de passer quelques jours chez elle pour récupérer. Nous, heu... il est question que nous revivions ensemble.

— Ah, c'est pour ça...

Brian déglutit et s'obligea à la regarder en face.

— Non, dit-il, ce n'est pas pour ça. En fait, il y a beaucoup de choses qui me tourmentent, Teri. Je voulais t'en parler pour que tu me donnes ton avis.

Elle le regarda de côté, l'air froid et sérieux.

— Je t'écoute.

— Eh bien, à un moment où il pensait que je ne sortirais jamais vivant des sous-sols de l'hôpital, Art Weber m'a assuré que mon téléphone n'avait jamais été mis sur écoute. Je suis certain qu'il disait la vérité.

— Et alors ?

— Son homme de main, Boris, ainsi qu'un autre type m'attendaient à Fullbrook. Comment ont-ils su que j'allais là-bas si ma ligne n'était pas surveillée ?

— Ils t'ont probablement suivi.

— Je ne pense pas, Teri. Je suis sûr de n'en avoir parlé à personne d'autre que toi, je n'ai pas arrêté d'y repenser.

— C'est absurde, voyons.

Elle commençait à perdre des couleurs.

— Non, je ne trouve pas. Autre chose. Il y avait un vieux monsieur sympa nommé Elovitz. Bill Elovitz. Il a survécu aux camps d'extermination, mais pas à ces messieurs de Newbury. Il est mort parce qu'il avait de l'hypertension pulmonaire, mais pas *de* son hypertension pulmonaire. Comment ont-ils su qu'il souffrait de ça ? Je vais te le dire, Teri. Moi, je te l'ai dit, et toi, tu le leur as répété.

— Mais...

— Ensuite, il y a le fait que Weber ait surgi juste au moment où j'avais réussi à retourner Carolyn Jessup. Elle est sûre de ne pas avoir été suivie en rentrant de l'hôpital. Je me souviens très bien des gens à qui j'ai dit que j'allais chez elle. Il y a deux personnes. La première, c'est mon ami et parrain aux NA. Il se ferait écarteler pour moi. L'autre personne, c'est toi. Alors, Teri, combien est-ce que Weber te payait pour m'espionner ?

— Brian, je t'en prie, c'est ridicule !

— Non, malheureusement. J'ai passé des heures à envisager toutes les hypothèses et les faits sont là. Tu étais soudoyée par Weber.

Les yeux de Teri se remplirent de larmes.

— Je ne savais absolument rien de ce qui se passait derrière, je te demande de me croire. Weber ne me payait que pour lui donner des informations. Rien d'autre. Et je ne savais pas ce que Weber en faisait. Je n'ai jamais douté de l'efficacité du Vasclear jusqu'à... jusqu'à ce que tu commences à m'expliquer ce que tu avais trouvé. Le temps que je réalise quel genre de type était Weber, il avait déjà une vidéo de... de moi acceptant son argent. J'ai eu peur. Je ne savais pas quoi faire.

Brian secoua la tête.

— Des gens sont morts à cause de toi.

Teri avait l'œil sec, maintenant. Elle redressa le menton.

— De quel droit est-ce que tu m'accuses d'une chose pareille ? Je n'ai tué personne. Ce n'est même pas illégal, ce que j'ai fait. Depuis des années que je me crève le cul à bosser ici, je suis toujours payée des clopinettes. Sais-tu que j'ai gagné plus d'argent avec Weber que pendant toute ma carrière ? Cet argent, je l'ai mérité.

— Je vais être obligé d'aller voir Baird et de lui en parler.

— Salaud ! vas-y donc ! Dis-lui tout ce que tu veux, je nierai. Il m'adore. Il sait le travail que je peux abattre. Vas-y, je te dis !

Brian soupira. Elle pinçait les lèvres de dépit, ces lèvres qu'il avait embrassées et désirées pendant des nuits.

— De toute façon, Teri, ce n'est plus ta parole contre la mienne, maintenant. C'est ta parole contre la tienne.

Il se leva et marcha jusqu'à la porte. Alors il se retourna, et, ouvrant son blouson, montra le magnéto qu'il avait scotché sur la doublure.

— Justice est faite à mon patient assassiné, ainsi qu'à mon père, dit-il sans joie. Quant à moi, je suis satisfait.

Teri, hurlante, se mit à vomir un torrent d'injures contre lui, au point que la réceptionniste vint voir ce qui se passait à la porte du bureau. Elle continuait à crier des insanités quand la porte de l'ascenseur se referma sur lui.

En rentrant à Washington où l'attendaient Phoebe et les filles, il s'arrêta près d'un parc où deux groupes de jeunes choisissaient leur camp en prévision d'une partie de football.

— Vous n'auriez pas besoin d'un quarterback, les gars ? leur demanda-t-il.

Cet ouvrage a été réalisé par la
SOCIÉTÉ NOUVELLE FIRMIN-DIDOT
Mesnil-sur-l'Estrée
en mai 2000

et relié
aux Établissements Brun
à Malesherbes

Édition exclusivement réservé aux adhérents du Club
Le Grand Livre du Mois
15, rue des Sablons
75116 Paris
réalisée avec l'aimable autorisation des éditions Grasset

Imprimé en France
Dépôt légal : mai 2000
N° d'impression : 51446
ISBN : 2-7028-5994-1